rowohlt
HUNDERT AUGEN

Rebecca Solnit

ORWELLS ROSEN

Aus dem Englischen
von Michaela Grabinger

ROWOHLT HUNDERT AUGEN

Die Originalausgabe erschien 2021 unter dem Titel
Orwell's Roses bei Viking, New York.

Deutsche Erstausgabe
Veröffentlicht im Rowohlt Verlag, Hamburg, Juli 2022

Satz aus der Abril
Gesamtherstellung CPI books GmbH, Leck, Germany
ISBN 978-3-498-00313-5

Inhalt

V RÜCKZÜGE UND ANGRIFFE

VI DER PREIS DER ROSEN

VII ORWELL, DER FLUSS

Schon der Versuch, nach vorn zu blicken,
um Möglichkeiten erkennen und auf Gefahren
aufmerksam machen zu können,
ist ein Akt der Hoffnung.

OCTAVIA BUTLER

I

DER PROPHET
UND DER IGEL

D. Collings, Die Ziege Muriel, *1939*
(Porträt Orwells in Wallington.)

1
Tag der Toten

Im Frühling 1936 pflanzte ein Schriftsteller Rosen. Ich hatte das seit mehr als dreißig Jahren gewusst, dachte aber erst an einem Novembertag vor einigen Jahren gründlich darüber nach, als ich mich auf ärztliche Anweisung hin eigentlich zu Hause in San Francisco hätte erholen sollen, stattdessen aber im Zug von London nach Cambridge saß, um mit einem Schriftstellerkollegen über eines meiner Bücher zu sprechen. Es war der 2. November, und dort, wo ich herkomme, feiert man diesen Tag als *día de los muertos*, den Tag der Toten. Meine Nachbarn zu Hause errichten den Verstorbenen des zurückliegenden Jahres zu diesem Anlass Altäre, die sie mit Kerzen, Speisen, Ringelblumen, Fotos und Briefen der Toten dekorieren, und abends ziehen die Leute durch die Straßen, erweisen den Dahingeschiedenen vor den im Freien stehenden Altären ihren Respekt und essen *pan de muerto*, das Brot der Toten. Einige haben sich nach der mexikanischen Tradition, die den Tod im Leben und das Leben im Tod sieht, ihr Gesicht wie blumengeschmückte Totenköpfe geschminkt. In vielen katholischen Ländern geht man an diesem Tag auf den Friedhof, richtet die Gräber her und schmückt sie mit Blumen. Wie früher zu Halloween werden auch hier die Grenzen zwischen Leben und Tod durchlässig.

Ich aber saß in einem Frühzug, der soeben King's Cross in nördlicher Richtung verlassen hatte, und beobachtete durchs Fenster, wie sich Londons dichte Bebauung in immer niedrigere und weiter voneinander entfernt stehende Häuser auflöste. Dann fuhr der Zug über Ackerland mit grasenden Schafen und Kühen, Weizenfeldern und kleinen Gruppen kahler Bäume, eine wunderschöne Szenerie selbst unter dem winterlich grauen Himmel. Ich hatte einen Auftrag, vielleicht sogar eine Mission. Ich hielt für Sam Green, Dokumentarfilmer und einer meiner besten Freunde, Ausschau nach Bäumen – nach einem Cox-Orange-Pippin-Apfelbaum beispielsweise und anderen Obstbäumen. Sam und ich tauschten uns schon seit Jahren in vielen Gesprächen und noch mehr E-Mails über Bäume aus. Wir liebten sie beide, vielleicht würde er darüber irgendwann einen Dokumentarfilm drehen, oder wir würden zusammen ein Kunstprojekt daraus machen.

Bäume hatten Sam in dem schwierigen Jahr nach dem Tod seines jüngeren Bruders 2009 Trost gespendet, und ich denke, wir liebten beide ihre Ausstrahlung unerschütterlicher Beständigkeit. Ich war in einer sanften kalifornischen Hügellandschaft mit verschiedenen Eichenarten, Lorbeerbäumen und Rosskastanien aufgewachsen. Viele einzelne Bäume, die mir in meiner Kindheit vertraut waren, erkenne ich immer noch wieder, so wenig haben sie sich verändert und ich mich dagegen so sehr. Am anderen Ende des Countys liegt Muir Woods, der berühmte Wald aus uralten Küstenmammutbäumen, die unangetastet blieben, als die Wälder rundherum abgeholzt wurden, siebzig, achtzig Meter hohe Bäume, auf deren Nadeln sich an nebligen Tagen die Luftfeuchtigkeit niederschlägt und von dort als Sommerregen zu Boden tropft, der nur unter dem Dach der Baumkronen fällt, nicht im Freien.

In meiner Jugend waren Scheiben aus den Stämmen von

Mammutbäumen mit einem Durchmesser von oft mehr als dreieinhalb Metern beliebte Ausstellungsstücke in Museen und Parks. Die Jahresringe dienten als Zeittafeln, auf denen Kolumbus' Ankunft in Amerika oder die Besiegelung der Magna Carta, manchmal auch Jesus' Geburt und Tod markiert waren. Der älteste Küstenmammutbaum in Muir Woods ist 1200 Jahre alt, sodass er schon die Hälfte seiner Jahre gelebt hatte, als die ersten Europäer*innen in der Gegend auftauchten, die sie dann Kalifornien nannten. Ein Baum, den man morgen pflanzen und der genauso lang leben würde, stünde noch im 23. Jahrhundert n. Chr. und wäre doch jung im Vergleich mit den Grannen-Kiefern ein paar hundert Kilometer weiter östlich, die fünftausend Jahre alt werden können. Bäume laden dazu ein, über die Zeit nachzudenken und in ihr zu reisen wie sie, indem man stillsteht und zur Seite und nach unten ausgreift.

Das Gegenteil von Krieg, falls es so etwas gibt, sind wohl Gärten. In Wäldern, auf Wiesen, in Parks und Gärten finden viele Menschen einen besonderen Frieden. Der Surrealist Man Ray floh 1940 vor den Nazis aus Europa und verbrachte die folgenden zehn Jahre in Kalifornien. Im Zweiten Weltkrieg besichtigte er die Sequoia-Wälder der Sierra Nevada und schrieb über diese Bäume, die dickere Stämme als die Küstenmammutbäume haben, aber nicht ganz so hoch sind: «Ihr Schweigen ist beredter als die tosenden Sturzbäche und die Niagarafälle, als der Wiederhall des Donners im Grand Canyon und als das Explodieren von Bomben – und es enthält keinerlei Drohung. Die tuschelnden Blätter der Mammutbäume, hundert Meter über unseren Köpfen, sind zu weit entfernt, als dass man sie hören könnte. Mir fiel ein, wie ich in den ersten Monaten nach Ausbruch des Krieges bei einem Spaziergang durch den Jardin du Luxembourg unter einer alten Kastanie stehen geblieben war, die wahrscheinlich schon die Französische Revolution miterlebt hatte – wie ein Zwerg kam ich mir vor und wünschte, ich könnte mich in einen Baum verwandeln, bis wieder Frieden wäre.»

Als Sam im Sommer vor meiner Englandreise in San Francisco war, sahen wir uns die Bäume an, die Mary Ellen Pleasant gepflanzt hatte, eine schwarze Frau, die um 1812 als Sklavin geboren wurde, Heldin der Underground Railroad und Bürgerrechtsaktivistin war, aber auch zur Geldelite San Franciscos gehörte. Als wir unter ihren Eukalyptusbäumen standen, die mir wie Zeugen einer ansonsten unerreichbaren Vergangenheit erschienen, lag Pleasants Tod mehr als ein Jahrhundert zurück. Die Bäume hatten das herrschaftliche Holzhaus überdauert, das Schauplatz mancher Dramen im Leben dieser Frau gewesen war. Ihre Stämme waren so dick, dass sie den Gehweg wegdrückten, und sie überragten die meisten Gebäude in der Umgebung. Die abgelöste graubraune Rinde hing in Spiralen herab, die sichelförmigen Blätter lagen auf dem Gehweg verstreut, und in den Kronen murmelte der Wind. Der Anblick dieser Bäume rückte die Vergangenheit wie nichts sonst in greifbare Nähe: Etwas Lebendes, gepflanzt und gehegt von einem Lebewesen, das längst tot war; die Bäume aus Pleasants Lebzeiten waren noch zu unseren lebendig und würden es wohl auch nach unserem Tod sein. Sie veränderten die Gestalt der Zeit.

Das etruskische *saeculum* bezeichnet die Lebensdauer des jeweils ältesten lebenden Menschen, also um die hundert Jahre. Im weiteren Sinne steht es für die Zeitspanne, die noch lebenden Menschen in Erinnerung ist. Jedes Ereignis hat sein Säkulum. Es endet mit dem Tod beispielsweise des letzten Menschen, der im Spanischen Bürgerkrieg kämpfte, oder des letzten, der noch eine Wandertaube gesehen hat. Das Säkulum der Bäume ist anders – eine längere Zeitskala, eine tiefere Kontinuität, die Schutz vor unserer Vergänglichkeit bietet, so wie ein Baum im wörtlichen Sinn Schutz unter seinen Ästen gewährt.

In Moskau gibt es Bäume, die im Zarenreich gepflanzt wurden, wuchsen, im Herbst ihr Laub abwarfen, den Wintern trotzten, die im Frühling während der Russischen Revolution blühten, die Schatten spendeten in den Sommern des Stalinismus, der Säuberungen, der Schauprozesse, der Hungersnöte, des Kalten Kriegs, der Glasnost und des Zerfalls der Sowjetunion, die in den Herbstmonaten während des Aufstiegs von Stalinbewunderer Wladimir Putin ihre Blätter verloren und Putin, Sam, mich und alle, die an jenem Novembermorgen mit mir im Zug saßen, überleben werden. Die Bäume erinnerten sowohl an unsere Vergänglichkeit als auch an ihre Beständigkeit, die die unsere so weit übertraf, und standen aufrecht wie Wächter und Zeugen da.

Als wir damals im Sommer bei mir zu Hause saßen und über Bäume sprachen, erwähnte ich einen von George Orwell verfassten Essay, den ich schon seit Langem besonders schätzte. Der mit leichter Hand verfasste, poetisch anmutende kurze Text war im Frühjahr 1946 in Orwells Kolumne «As I Please» in der *Tribune* erschienen, einer sozialistischen Wochenzeitschrift, für die er von 1943 bis 1947 ungefähr achtzig Beiträge schrieb. Der Essay vom 26. April 1946 mit dem Titel «A Good Word for the Vicar of Bray», Ein gutes Wort für den Pfarrer von Bray, ist ein Triumph der Abschweifung. Am Anfang steht die Beschreibung einer Eibe in einem Kirchhof in Berkshire. Angeblich hatte den Baum ein Pfarrer gepflanzt, der wegen seiner Sprunghaftigkeit in politischen Dingen Berühmtheit erlangt und in den Religionskriegen wiederholt die Seiten gewechselt hatte. Diese Sprunghaftigkeit sicherte dem Mann sein Überleben und ermöglichte es ihm, ganz wie ein Baum zu bleiben, wo er war, während viele andere fielen oder flohen.

Orwell schreibt über den Pfarrer: «Doch nach der langen Zeit sind von ihm nur ein satirisches Lied und ein wunderschöner Baum geblieben, der den Blick vieler Generationen zur Ruhe brachte und alle schlimmen Auswirkungen der politischen Prinzipienlosigkeit dieses Menschen sicherlich wettmacht.» Von da aus springt Orwell zum letzten König von Burma und erwähnt dessen angebliche Vergehen, um gleich darauf über die Bäume zu sprechen, die der König in Mandalay pflanzte – «Tamarinden, die einen angenehmen Schatten warfen, bis sie 1942 von den Brandbomben der Japaner zerstört wurden». Orwell war Polizeibeamter in Diensten des Britischen Empire gewesen und muss sowohl diese Bäume in den 1920er Jahren als auch die von ihm beschriebene riesige Eibe im Kirchhof von Bray, einem Dorf westlich von London, selbst gesehen haben.*

«Wer einen Baum pflanzt», schreibt er weiter, «insbesondere einen langlebigen Laubbaum, macht der Nachwelt ein Geschenk, das kaum Geld und fast keine Mühe kostet, und schlägt der Baum Wurzeln, wird er die sichtbare Auswirkung alles Übrigen, was dieser Mensch in seinem Leben an Gutem oder Bösem getan hat, weit übertreffen.» Dann erwähnt er die preiswerten Rosen und Obstbäume, die er zehn Jahre zuvor selbst gepflanzt und sich eben erst wieder angesehen

* 2019 suchten Sam und ich in dem Dorf Bray und auf Friedhöfen dort nach dem Baum, fanden ihn aber nicht. Dafür hatten wir am Themseufer eine sehr nette Begegnung mit dem jetzigen Pfarrer von Bray. Und wir stießen tatsächlich auf mehrere riesige Eiben.

hatte. Er betrachte sie, schreibt er, als sein bescheidenes botanisches Geschenk für die Nachwelt. «Einer der Obstbäume und ein Rosenstrauch sind eingegangen, aber der Rest gedeiht. Insgesamt sind es fünf Obstbäume, sieben Rosen- und zwei Stachelbeersträucher, alles für zwölf Shilling und einen Sixpence.* Die Pflanzen haben kaum Arbeit gemacht und keine weiteren Ausgaben verursacht. Nicht einmal gedüngt wurden sie, abgesehen von dem, was der eine oder andere Ackergaul vor dem Gartentor hinterließ und hin und wieder von mir in einen Eimer eingesammelt wurde.»

Die letzte Zeile hatte in mir das Bild des Autors mit einem Eimer heraufbeschworen und dahinter ein Gartentor, an dem Pferde vorbeitrabten, aber wo und wie er damals lebte und warum er Rosen zog, darüber machte ich mir keine Gedanken. Doch der Essay hatte mich seit der ersten Lektüre beeindruckt und bewegt. Ich hielt ihn für die flüchtige Spur eines noch nicht ausgereiften, noch nicht entfalteten Orwells, eine Spur dessen, der er in weniger turbulenten Zeiten vielleicht hätte sein können. Doch da irrte ich mich.

Sein ganzes Leben war durchsetzt von Kriegen. Er wurde am 25. Juni 1903 geboren, gleich nach dem Burenkrieg, und kam während des Ersten Weltkriegs ins Jugendalter (ein patriotisches Gedicht, das er mit elf schrieb, war sein erster publizierter Text). Die Russische Revolution und der Irische Unabhängigkeitskrieg tobten bis in die zwanziger Jahre und in sein frühes Erwachsenenleben hinein. In den dreißiger Jahren sah er den Feuersturm des Zweiten Weltkriegs nahen, kämpfte 1937 im Spanischen Bürgerkrieg, lebte während der deutschen Luftangriffe in London und wurde selbst

* Da ein Shilling zwölf Pence entsprach, ist hier von insgesamt 150 Pence die Rede.

ausgebombt, prägte 1945 den Begriff *Kalter Krieg* und erlebte in den letzten Jahren vor seinem Tod am 21. Januar 1950, wie dieser Kalte Krieg und die damit verbundenen Atomwaffenarsenale immer bedrohlicher wurden. Diese Konflikte und Bedrohungen beanspruchten einen großen Teil seiner Aufmerksamkeit – aber nicht die gesamte.

Auf den Essay über das Bäumepflanzen war ich in einem dicken, hässlichen, mit vielen Eselsohren verunzierten Taschenbuch mit dem Titel *The Orwell Reader*, Das Orwell-Lesebuch, gestoßen. Ich hatte es mit ungefähr zwanzig in einem Antiquariat günstig gekauft und im Lauf mehrerer Jahre nach und nach durchgelesen, wurde nach und nach mit Orwells Stil und Ton vertraut und lernte seine Ansichten über andere Autoren, über Politik, Sprache und Schreiben kennen; ein Buch, das mich schon so früh faszinierte, dass es mich auf dem verschlungenen Weg, der mich selbst zum Schreiben von Essays führte, stark beeinflusste. Orwells 1945 erschienene Fabel *Farm der Tiere* hatte ich schon als Kind gekannt; ich las den Roman zuerst als eine Tiergeschichte und betrauerte den Tod von Boxer, dem treuen Pferd. Dass es sich um eine Allegorie handelte, die den Niedergang der Russischen Revolution hin zum Stalinismus meinte, wusste ich damals nicht.

Als Teenager hatte ich *1984* gelesen und war in meinen Zwanzigern auf *Mein Katalonien* gestoßen, Orwells Augenzeugenbericht über den Spanischen Bürgerkrieg. Letzteres Werk hatte großen Einfluss auf mein zweites Buch, *Savage Dreams*, weil es beispielhaft zeigt, wie man die Unzulänglichkeiten der eigenen Seite ehrlich betrachten und dennoch loyal bleiben kann und wie sich persönlich Erfahrenes bis hin zu Zweifel und Unbehagen in eine politische Erzählung einbetten lässt – wie man also im Großen, Historischen Raum für das Kleine, Subjektive schaffen kann. Doch obwohl Orwell einer meiner wichtigsten literarischen Einflüsse war, wusste ich über ihn nur das, was er in seinen Büchern preisgegeben hatte und was an Vermutungen kursierte.

Der Essay, von dem ich Sam erzählt hatte, war ein Loblied auf das Säkulum der Bäume und drückte die Hoffnung aus, dass die Menschen etwas zur Zukunft beitragen und, mehr noch, ihr sogar im Jahr nach den ersten Atombombenabwürfen ein gewisses Vertrauen entgegenbringen würden. «Schon ein Apfelbaum lebt ungefähr hundert Jahre. Der Cox, den ich 1936 gepflanzt habe, wird also aller Voraussicht nach noch bis weit ins 21. Jahrhundert hinein Früchte tragen. Eichen und Buchen können mehrere Jahrhunderte alt werden und Tausenden, ja Zehntausenden Menschen Freude bereiten, bevor man sie schließlich zersägt. Was nicht heißen soll, dass man sich mittels privater Wiederaufforstung aller Verpflichtungen gegenüber der Gesellschaft entledigen kann. Trotzdem ist es vielleicht keine schlechte Idee, sich jede unsoziale Handlung, die man begeht, im Tagebuch zu notieren und dann zur richtigen Jahreszeit eine Eichel in den Boden zu drücken.» Das ist der Ton, den man in seinem Werk häufig findet, ein lässiges Schlendern vom Besonderen zum Allgemeinen und vom Kleinen zum Großen – in diesem Fall von einem bestimmten Apfelbaum zu den universellen Fragen von Wiedergutmachung und Vermächtnis.

Als ich Sam in dem Gespräch über Bäume an jenem Sommertag von Orwells Garten erzählte, wurde er neugierig, und wir setzten uns an meinen Computer, um herauszufinden, ob die fünf Obstbäume noch existierten. Schon nach wenigen Minuten hatten wir die Adresse des Häuschens, in das Orwell im April 1936 gezogen war, und zoomten es auf einer Onlinekarte heran. Allerdings zeigten die Luftaufnahmen nur undeutliche grüne Laubkleckse, was wir in Erfahrung bringen wollten, war nicht zu erkennen.

Sam schrieb einen Brief an die unbekannten Bewohner des Häuschens, dessen Umgebung sehr viel ländlicher war, als ich sie mir all die Jahre seit meiner ersten Lektüre des Essays vorgestellt hatte. Er betonte in seiner unnachahmlichen Ausdrucksweise, wir seien keine «Spinner», und fügte die Links zu seiner und meiner Website hinzu, um zu zeigen, dass wir nachweislich Leute waren, die sich schon lange für abseitige Fakten interessierten und historische Berührungspunkte recherchierten. Als ich ein paar Haltestellen vor Cambridge in Baldock, Hertfordshire, aus dem Zug stieg, hatten wir noch immer keine Antwort auf unseren Brief erhalten, und die Aussicht, gleich an die Tür des Häuschens zu klopfen, machte mich leicht zittrig und nervös. Aber ich freute mich trotzdem darauf.

Hinter mir lag ein anstrengendes Jahr. Ich war nicht nur erschöpft, sondern auch ernsthaft krank und hätte mich eigentlich zu Hause erholen sollen. Doch obwohl ich mir das ganze Jahr hindurch unsicher gewesen war, wie viele Lesereisen ich absolvieren sollte, hatte ich einen britischen Vertrag unterschrieben, der im seitenlangen Kleingedruckten einen Passus enthielt, dem zufolge ich mindestens zehntausend Pfund zu zahlen hätte, falls ich nicht auftauchte. Mir war also nichts übrig geblieben, als nach London zu fliegen und über Politik und Ideen zu sprechen, während ich ständig befürchtete, auf der Straße in Ohnmacht zu fallen oder auf offener Bühne zusammenzubrechen. Da ich nun schon so weit reisen würde, hatte ich mich bereit erklärt, auch nach Manchester zu fahren, um den Norden nicht zu vernachlässigen, sowie nach Cambridge zu einer Podiumsdiskussion mit meinem alten Freund und Kollegen Rob Macfarlane.

Nun war ich kurz davor zu finden, was ich auf dieser am liebsten abgesagten Reise gar nicht gesucht hatte. Als ich dem Taxifahrer die Adresse nannte, wusste er sofort den Weg. Die Fahrt, die in dem alten Marktflecken begann und durch die sanfte Hügellandschaft von Hertfordshire führte, hätte ruhig länger dauern dürfen, da mich die bevorstehende Ankunft nervös machte und die Felder, an denen wir in hohem Tempo vorbeifuhren, bezaubernd waren. Doch schon nach kurzer Zeit hatten wir das Dorf Wallington erreicht – oder das, was ich davon zu sehen bekommen würde: einen von kleinen Häusern gesäumten Feldweg. Der Taxifahrer deutete auf einen Mann, der draußen stand, und sagte: «Da ist ja Graham. Kommen Sie, ich stelle Sie ihm vor.»

Fast rechnete ich mit einer Abfuhr oder einem Vorwurf – wahrscheinlich fühlt sich jeder, der das frühere Haus eines berühmten Autors bewohnt, im Belagerungszustand. Ich sah mich schon verstohlen über irgendwelche Zäune hinweg nach Obstbäumen Ausschau halten oder höchstens ein, zwei Fragen an der Tür stellen, doch Graham Lamb, ein schmaler älterer Herr mit grauen Locken und schottischem Akzent, begrüßte mich fröhlich. Er erinnerte sich an Sams Brief, bat um Entschuldigung für die ausgebliebene Antwort – er sei noch dabei, Unterlagen zusammenzutragen, die er uns schicken wollte –, führte mich hinter das Haus in den Garten, wo seine Lebensgefährtin Dawn Spanyol gerade arbeitete, und machte uns miteinander bekannt.

Dawn war auf das Haus gestoßen, als es einige Jahre zuvor zum Verkauf stand, und hatte Graham davon erzählt, der es sich sofort ansah. Da es klein, eng und somit für Ferienaufenthalte der Verwandtschaft ungeeignet war und deren Kriterien hinsichtlich der Nähe zum Meer, zu Pubs und Geschäften in keiner Weise erfüllte, hatten sie es vom Fleck weg gekauft. Immerhin sei ihr Häuschen früher ein Laden und das Haus nebenan ein Pub gewesen, scherzten die beiden, und Graham gefiel das literarische Erbe, Dawn der Garten. Außerdem stehe es in einem Dorf voller Menschen, die irgendwann einmal ganz woanders leben würden. Die Obstbäume gab es nicht mehr; man hatte sie in den Neunzigern gefällt, um den Schuppen vergrößern zu können. Doch Nigel, der Nachbar, lebte schon viel länger dort. Wir gingen hinüber, sagten Hallo, flanierten ein bisschen durch seinen Garten und spähten von der anderen Seite in den von Graham und Dawn hinüber. Die Obstbäume waren ihm zwar in Erinnerung, gehörten in sein Säkulum, aber er wusste kaum etwas darüber zu sagen, außer dass sie früher dort drüben gestanden hatten, wo jetzt nur noch feuchte, halb vermoderte und von Efeu überwucherte Stümpfe zu sehen waren, möglicherweise die letzten Spuren einiger dieser Bäume.

Wir gingen ins Haus, wo mir Graham eine dreißig oder vierzig Jahre alte Luftaufnahme in Farbe zeigte. Auch auf diesem Foto waren alle Bäume nur grüne Kleckse, aber man erkannte, dass die Obstbäume damals schon nicht mehr standen. Die Wände im Haus waren weiß verputzt und von dunklen Holzbalken durchzogen, die Zimmer klein, die Decken niedrig. Das Ganze war so malerisch und anheimelnd, dass ich es kaum mit Orwell zusammenbrachte, denn in den meisten Beschreibungen wirkt das Haus eher düster. Außerdem verfügte es 1936 über keinerlei modernen Komfort – es gab kein Gas, keinen Strom, keine Innentoilette, und das inzwischen reetgedeckte Dach bestand noch aus Blech. Trotzdem wohnte Orwell sehr gern dort, soweit ich weiß. Graham zeigte mir den niedrigen Türrahmen zwischen der Küche und dem Zimmer daneben, in dem Orwell gearbeitet hatte, und den Raum dahinter, der zu Orwells Zeit ein Dorfladen gewesen war und nun als Wohnzimmer diente. Der groß gewachsene Autor musste sich jedes Mal gebückt haben, um nicht mit dem Kopf an den Sturz zu stoßen. Die Tür hatte Schlitze, durch die er vom Schreibtisch aus in den Laden hineinsehen konnte, wenn Kundschaft hereinkam.

Die Bäume im Garten waren verschwunden, doch nachdem wir mit Nigel gesprochen, die Stümpfe besichtigt und das Foto betrachtet hatten, hieß es plötzlich, Orwells Rosen seien noch da. Die überraschende Mitteilung ließ mich aufhorchen, und meine leichte Enttäuschung über die verschwundenen Obstbäume wich aufgeregtem, beschwingtem Interesse. Wir gingen zurück in den Garten, wo sogar noch an diesem Novembertag zwei große wuchernde Rosensträucher blühten, der eine mit zaghaft geöffneten blassrosa Knospen, der andere mit nahezu lachsfarbenen Blüten, deren Blätter unten einen goldgelben Rand aufwiesen. Diese angeblich achtzig Jahre alten Rosen – Lebewesen, gepflanzt von der lebendigen Hand (und dem Spaten) eines Menschen, der schon den Großteil ihrer Existenz tot war – strotzten vor Leben. Graham erzählte mir, die Rosen gediehen so üppig, dass die Schullehrerin Esther Brookes, die das Häuschen 1948 nach Orwells Mietkündigung gekauft hatte, die Knospen eines der beiden Sträucher als Eintrittskarten für das Dorffest verwendet habe. 1983 wusste sie zu vermelden, die von Orwell gepflanzte Albertine-Rose sei «das Glanzstück des Gartens» und «blüht noch immer».

Orwells Rosen blühten auch im November 1939, als er in seinem Haushaltstagebuch notierte: «Den restlichen Phlox heruntergeschnitten und die Chrysanthemen, die es umgeweht hat, zusammengebunden. Jetzt im Winter kann man nachmittags kaum etwas tun. Chrysanthemen voll erblüht, hauptsächlich dunkelrot-braun und ein paar hässliche lilaweiße, die ich nicht behalten werde. Die Rosen versuchen noch immer zu blühen, ansonsten keine Blüten mehr im Garten. Die Bergastern sind hinüber, habe sie zum Teil heruntergeschnitten.» Fast alle, die Orwell noch kannten, sind tot, doch die Rosen bilden eine Art Säkulum, das auch ihn umfasst. Plötzlich war ich ganz unversehens bei ihm und bei einem lebenden Relikt des Essays, und meine bisherigen Annahmen über ihn waren hinfällig.

Die Unmittelbarkeit der Verbindung dieser beiden Pflanzen mit ihm und dem lang zuvor verfassten Essay über Rosen und Obstbäume, über Beständigkeit und die Nachwelt versetzte mich ebenso in Hochstimmung wie die Tatsache, dass dieser Mann, der so berühmt für seine hellsichtigen Analysen von Totalitarismus und Propaganda war, für seine Haltung gegenüber unschönen Fakten, für seine schnörkellose Prosa und für bedingungslose Treue zu seiner politischen Einstellung, Rosen gepflanzt hatte. Dass ein Sozialist, ein Utilitarist oder überhaupt ein pragmatischer oder praktisch veranlagter Mensch Obstbäume pflanzt, ist nicht erstaunlich: Sie haben einen konkreten ökonomischen Wert und produzieren die notwendige Ware Essen, wenn nicht sogar mehr. Aber eine Rose zu pflanzen – im Fall des von Orwell 1936 neu angelegten Gartens anfangs sogar sieben Rosensträucher, denen weitere folgten –, kann vieles bedeuten.

Ich hatte über diese Rosen, auf die ich mehr als dreißig Jahre zuvor in meiner Lektüre gestoßen war, nicht gut genug nachgedacht. Sie waren Rosen, aber sie waren auch Saboteure meiner lang anhaltenden konventionellen Sicht auf Orwell und damit die Aufforderung, tiefer zu schürfen. Sie verkörperten die Frage, wer er gewesen war und wer wir waren und wie Freude, Schönheit und Stunden ohne messbares praktisches Resultat zum Leben eines Menschen – vielleicht jedes Menschen – passten, dem gleichzeitig Gerechtigkeit, Wahrheit, die Menschenrechte und der Versuch, die Welt zu verändern, am Herzen lagen.

2
Flower-Power

Es gibt zahlreiche Biografien über Orwell, und sie haben mir alle geholfen bei der Arbeit an diesem Buch, das sich aber nicht zu ihnen gesellt. Mein Buch besteht aus Streifzügen mit immer demselben Ausgangspunkt: der Geste des Rosenpflanzens, ausgeführt von einem Schriftsteller. Deshalb ist es auch ein Buch über die Rose, einmal als Bewohnerin des Pflanzenreichs, dann aber auch als eine Blume, um die herum ein riesiges Gebäude menschlicher Resonanzen von Lyrik bis zu Industrie entstanden ist. Rose – der Begriff bezeichnet eine häufig vorkommende Wildpflanze, umfasst aber auch die zahlreichen Arten einer Pflanze, die weithin domestiziert ist und Jahr für Jahr die Züchtung neuer Varianten erlebt, was sie obendrein zu einem glänzenden Geschäft macht.

Rosen bedeuten alles und damit fast nichts. Sie wurden für große Aussagen benutzt, vom mittelalterlichen Philosophen Petrus Abaelardus, dem die Rose bei der Untersuchung der Allgemeinbegriffe als Beispiel diente, bis zu Gertrude Steins «Rose is a rose is a rose». Die Ethnologin Mary Douglas schrieb, so wie alles ein Symbol für den Körper sei, sei der Körper ein Symbol für alles andere. Dasselbe gilt für die Rosen in der westlichen Welt. Ihre bildliche Omnipräsenz macht sie buchstäblich zur Tapete; dargestellt werden sie überall, ob auf Unterwäsche oder Grabsteinen. Faktisch existierende Rosen finden beim Liebeswerben, bei Hochzeiten, Begräbnissen, Geburtstagen und vielen anderen Gelegenheiten Verwendung, stehen also für Freude, Trauer und Verlust, für Hoffnung, Sieg und Vergnügen. Nachdem der schwarze Bürgerrechtler und Kongressabgeordnete John Lewis im Sommer 2020 gestorben war, wurde sein Sarg von einem Pferdegespann über die Brücke in Alabama gezogen, auf der Bundespolizisten Lewis bei einem Protestmarsch fast zu Tode geprügelt hatten. Die auf der ganzen Wegstrecke verstreuten roten Rosenblütenblätter symbolisierten jenes Blutvergießen.

Sie treten aber nicht nur als Ornament auf, sondern sprießen auch in Aphorismen, Gedichten und Popsongs. Blumen sind oft Sinnbild von Vergänglichkeit und Sterblichkeit, beispielsweise auf den weit verbreiteten Vanitas-Gemälden im Europa des 17. Jahrhunderts mit ihren detailreich ausgeführten Bouquets, die häufig zusammen mit Totenschädeln, Obst und anderen Gegenständen abgebildet sind, die an die Untrennbarkeit von Blüte und Verfall, Leben und Tod gemahnen. In Liedern stehen Rosen oft für die Liebe und für den geliebten Menschen als etwas Kostbares, das sich nicht nehmen oder halten lässt. «La vie en Rose», «Ramblin' Rose», «My Wild Irish Rose», «(I Never Promised You a) Rose Garden», «A Rose Is Still a Rose», «Days of Wine and Roses» – alles berühmte Songs vergangener Jahrzehnte. In «A Good Year for the Roses» von 1970, dem wundervoll schwermütigen Hit des Countrysängers George Jones, sind die unverdrossen weiterblühenden Rosen beständiger als seine darin besungene Ehe.

Zu den Besonderheiten der Rosen gehören ihre Dornen, die wohl mit ein Grund dafür sind, dass diese Blumen gelegentlich zu kapriziösen Schönheiten oder Femmes fatales vermenschlicht werden, etwa die selbstgefällige Rose, das Liebesobjekt in Antoine de Saint-Exupérys *Der kleine Prinz*. In der Grimm'schen Fassung des Märchens *Dornröschen* sterben die erfolglosen Verehrer in der Dornenhecke, die den Turm mit der schlafenden Prinzessin umgibt, doch kaum erscheint der richtige Kandidat, verwandeln sich die Dornen in Blüten. Während die Blüte verlockend wirkt, schrecken die Dornen ab oder fordern einen Preis für die Verlockung. «Wahrheiten und Rosen haben Dornen», heißt es in dem alten Aphorismus, und das Gedicht «Roses Only», Nur für Rosen, von Marianne Moore, das sich, wie überhaupt erstaunlich viele Gedichte, direkt an die Rose richtet, endet mit den Worten: «Die Dornen sind das beste Teil an dir.» Mittelalterliche Theologen mutmaßten, im Garten Eden habe es Rosen gegeben; Dornen seien ihnen allerdings erst nach dem Sündenfall gewachsen.

Obwohl die Blüten als die Sexualorgane der Pflanzen häufig sowohl über männliche als auch über weibliche Geschlechtsteile verfügen, werden sie meist als weiblich dargestellt, und was als weiblich gesehen wird, gerät oft in die Ecke des Dekorativen, Belanglosen. Vielleicht ereilt dieses Schicksal Blumen, die man abschneidet, um sie als Altar- oder Tischschmuck zu verwenden, weil sie aus dem Lebenszyklus der Pflanze herausgerissen werden und keine Frucht, keine Samen, keine nächste Generation mehr hervorbringen können. Wahrscheinlich sind Schnittblumen aber gerade wegen ihrer Nutzlosigkeit – abgesehen von der Freude, die sie bereiten – das ideale Geschenk, das die Großzügigkeit und den Antiutilitarismus des Gebens verkörpert. Doch Blumen haben Macht, und unser aller Leben ist mit ihnen verflochten, ob uns das bewusst ist oder nicht.

Es gibt eine kulturelle Sicht auf Blumen, die sie als zart,

banal und entbehrlich wahrnimmt – und eine wissenschaftliche, der zufolge Blütenpflanzen mit ihrem Erscheinen auf der Erde vor etwa zweihundert Millionen Jahren eine Revolution einleiteten, die Landfläche von der Arktis bis in die Tropen dominieren und für den Menschen überlebenswichtig sind. «Wie die Blütenpflanzen die Erde eroberten» heißt ein kürzlich erschienener wissenschaftlicher Artikel. Die Blüten sind die Fortpflanzungsorgane der als Angiospermen bezeichneten Pflanzen, die Samen das Ergebnis dieser sexuellen Reproduktion. Und sie, die Samen, spielten in oben erwähnter Revolution eine mindestens ebenso große Rolle. *Angiosperme* bedeutet Bedecktsamer, und diese «Bedeckungen» – häufig eine äußere Schutzhülle, immer ein Nahrungspäckchen im Inneren des Samens, das die entstehende Pflanze versorgt, gegebenenfalls Flügel, Kletten oder andere Hilfsmittel, die der Ausbreitung dienen – eröffneten Fortpflanzungsmethoden, die belastbarer, vielfältiger und mit größerer Mobilität verbunden waren als die früherer Pflanzen. Die Blütenpflanzenarten verfügten über variantenreichere Überlebens- und Verbreitungstechniken; außerdem eigneten sich die Samen gut als Nahrung für andere Lebewesen. In einem Essay, der mich als Jugendliche stark beeindruckt hat, behauptete der Paläontologe und Schriftsteller Loren Eiseley vor mehr als einem halben Jahrhundert, dass die Blütenpflanzen die Evolution der Säugetiere und Vögel enorm vorangebracht hätten.

«Das rasch reagierende, hochentwickelte Hirn der warmblütigen Vögel und Säugetiere verlangt reichlich Sauerstoff und konzentrierte Nahrung, sonst überdauern sie nicht», erklärte er in einem Kapitel seines Buchs *Die ungeheure Reise*, das mit «Blumen verändern die Welt» überschrieben ist. «Aber erst die blühende Pflanze konnte solche Energien liefern, und ihr Auftreten veränderte daher den Gesamtcharakter des Lebens. Kein Wunder, dass erst mit den Blumen auch die Vögel und Säuger erschienen.» Insekten, die mit Blumen koevolutionierten, erhielten für ihre Bestäubungsdienste Pollen und Nektar; das Gleiche galt für Vögel und Fledermäuse, die ja bei der Nahrungsaufnahme an Blüten ebenfalls bestäuben. Derartige Beziehungen wurden so wichtig, dass bestimmte Arten in wechselseitige Abhängigkeit gerieten und einige gewissermaßen monogame Beziehungen miteinander entwickelten, etwa der Stern von Madagaskar, eine Orchidee mit einem langen Sporn, der nur von einer ganz bestimmten Falterart mit einem entsprechend langen Saugrüssel bestäubt werden kann, oder die Blaugrüne Palmlilie, die sich seit vierzig Millionen Jahren ausschließlich auf den Falter *Tegeticula yuccasella* als Bestäuber verlässt, während die Samen der Pflanze diesem Falter als einzige Nahrung für seine Raupen dienen. Auch für viele andere Arten bilden Samen eine wichtige Nahrungsquelle – nicht zuletzt für den Menschen, denn Getreide, Hülsenfrüchte, Nüsse, Obst und Gemüse wie Kürbisse, Tomaten, Paprika und der ganze Rest sind, was wir oft vergessen, samentragende Früchte. Auch Samen selbst haben Beziehungen zum gegenseitigen Vorteil entwickelt, beispielsweise Beeren, die von Vögeln gefressen werden, die dann die unverdauten Samen weit von der Mutterpflanze entfernt aussäen. Durch die einander ergänzenden Beziehungen zwischen Angiospermen und Tieren entstand Eiseley zufolge eine größere Komplexität und Vernetzung, und die konzentrierte Nahrung beschleunigte die Evolution der Säugetiere.

Während ich dies schreibe, nasche und nippe ich hin und wieder an meinem Frühstück, das sich schon lange aus folgenden Bestandteilen zusammensetzt: Tee aus indischen

Teeblättern, Toast aus Weizen, Roggen und irgendwelchen anderen Körnern, Milch, Butter, Joghurt von Kühen aus der Region, deren Weiden ich gut kenne, sowie Honig von Bienen – eine idyllische Landschaft auf einem Teller. Der Großteil unserer Nahrung stammt entweder von angiospermen Pflanzen oder, im Fall einer nichtveganen Ernährung, von Tieren, die sich von Angiospermen ernährt haben. Dass auch wir Menschen die Blumen so anziehend finden, ist wahrscheinlich evolutionär bedingt. Unser Leben ist eng mit ihnen verbunden, wir haben sie domestiziert und gezüchtet, damit sie sich vermehrten und unterschiedliche Größen, Formen, Farben und Düfte entwickelten. Unser Leben hängt zwar nicht gerade von Blumen, durchaus aber von Blütenpflanzen ab.

Rosen sind nirgendwo auf der Erde ein wichtiges Nahrungsmittel für den Menschen, aber ihre Blütenblätter tauchen in mittelalterlichen Rezepten auf, und aus ihren Früchten werden bis heute Tees und andere Getränke hergestellt. Das britische Ministerium für Ernährung (in dem Orwells Ehefrau Eileen O'Shaughnessy Blair arbeitete) rief im Zweiten Weltkrieg dazu auf, Hagebutten zu sammeln, um das Land, das keine Nahrungsmittel und vor allem keine Zitrusfrüchte mehr importieren konnte, mit Vitamin C zu versorgen. Bis 1942 waren angeblich zweihundert Tonnen und somit 134 Millionen Hagebutten zusammengekommen, die meist zu Sirup verarbeitet wurden. Das Ministerium veröffentlichte aber auch Rezepte für selbst gemachte Hagebuttenmarmelade, wie sie in Deutschland bis heute gern gegessen wird. Und natürlich werden Rosen für Parfüms und Duftöle verwendet.

Sie gehören zur Familie der *Rosaceae*, der Rosengewächse, die mehr als viertausend Arten umfasst, darunter Äpfel,

Birnen, Quitten, Aprikosen, Pflaumen, Pfirsiche, aber auch die stacheligen Brombeeren und Himbeeren, deren Blüten denen der Wildrosen ähneln. Die Wildrosenblüte hat, wie die Obstbaumblüte, fünf Blätter. Die bekannten vielblättrigen Formen entwickelten sich in China, Europa und im Nahen Osten durch zufällige Mutationen. Im dritten Jahrhundert v. Chr. schrieb der Philosoph Theophrast: «Die meisten haben fünf Blütenblätter, doch einige zwölf oder zwanzig und wieder andere noch sehr viel mehr. Denn es soll welche geben, die sogar hundertblättrig genannt werden.» Auch Plinius d. Ä. erwähnte dreihundert Jahre später hundertblättrige Rosenblüten.

Im Lauf der vergangenen Jahrhunderte haben Rosenzüchter Varianten dieser Formen hervorgebracht, sodass heute Tausende unterschiedliche Rosen existieren, von alten Moschus-, Damaszener- und Albarosen bis hin zu den unzähligen aktuellen Versionen der Teerosen-Hybriden, von kleinen Rosen bis hin zu wuchtigen Kohlrosen. Es gibt einzeln und in Büscheln blühende Rosen, Strauch- und Kletterrosen, reinweiße und leicht düster wirkende mauvefarbene und violette sowie ein riesiges Spektrum an Karmesin-, Pink-, Rot- und Gelbtönen und Düfte mit süßlicher, würziger, zitroniger, myrrhenähnlicher und moschusartiger Note. Noch als Schmuck stehen Rosen für das Leben, für Fruchtbarkeit, Sterblichkeit, Vergänglichkeit und Verschwendung und gehen als Zeichen all dessen in Kunst, Ritual und Sprache ein.

3
Flieder und Nazis

Am 2. April 1936, wenige Monate vor seinem dreiunddreißigsten Geburtstag, war Orwell gerade in Wallington eingetroffen. Er hatte das Haus erst kurz zuvor gemietet; nun legte er einen Garten an und damit ein Leben. Jener Frühling war eine Zeit zwischen zwei Reisen, die ihn politisch wachrütteln und auf den Weg zum politischen Journalisten, Essayisten und zuletzt einflussreichen Autor bringen würden. Zum ersten Mal ließ er sich nieder und bezog ein Haus, in dem er länger als in jedem anderen bleiben und zum ersten Mal so leben würde, wie er wollte: mit einem Garten, einer Frau, auf dem Land und vorwiegend vom Schreiben.

Orwells Leben war auffällig episodisch, was häufig geografisch bedingt war. Geboren wurde er in Nordindien, wo sein Vater zurückblieb, während der Sohn seine ersten Kindheitsjahre mit seiner Mutter in mehreren hübschen englischen Kleinstädten verbrachte. Das Zusammenleben mit ihr und seinen beiden Schwestern endete, als er als Achtjähriger für fünf Jahre auf ein Internat geschickt wurde, wo er aufgrund des zur Hälfte erlassenen Schulgelds schikaniert, bloßgestellt und auf ein Stipendium für den kostenlosen Besuch einer Eliteschule hin gedrillt wurde. Noch immer traurig und verbittert darüber schrieb er seine Erinnerungen an diese Erlebnisse gegen Ende seines Lebens nieder. Mit dreizehn wurde ihm ein Stipendium für Eton zuerkannt, die berühmteste Eliteschule des Landes. Dort verbrachte er weitere vier Jahre und gewöhnte sich einen Akzent an, der ihn zum Außenseiter unter den Armen machte, nicht aber zugehörig zu den Reichen. Weil er sich danach keine Stipendien mehr erarbeiten konnte oder wollte und seiner Familie das Geld für ein Universitätsstudium fehlte, musste er sich Arbeit suchen.

Mit neunzehn trat er in den Dienst der britischen Polizei in Burma ein und blieb fünf Jahre. Auf einem Foto, das ihn mit den Kollegen zeigt, wirkt er in seiner militärisch anmutenden Uniform stattlicher und besser gekleidet als jemals sonst in seinem Leben. Sein Job bestand darin, die lokale Bevölkerung zum Gehorsam gegenüber einer ungeliebten Kolonialverwaltung zu zwingen. Später schrieb er darüber in seinem Roman *Tage in Burma* sowie in den Essays «Einen Elefanten erschießen» und «Einen Mann hängen». 1927 kehrte er aus einem krankheitsbedingten Heimaturlaub nicht mehr zurück. Dreizehn Jahre später schrieb er über seine Tätigkeit in Burma: «Ich quittierte den Dienst teilweise deswegen, weil das Klima meine Gesundheit ruiniert hatte, teilweise, weil ich bereits vage Vorstellungen vom Bücherschreiben hegte, hauptsächlich aber, weil ich auf keinen Fall länger einem Imperialismus dienen konnte, den ich inzwischen als einen ziemlich großen Volksbetrug durchschaut hatte.» Dass er bald darauf nach Paris fuhr, hing wahrscheinlich mit seinen literarischen Ambitionen und den niedrigen Lebenshaltungskosten in Frankreich zusammen. Darüber hinaus hatte er beschlossen, die von seinen Eltern vorgegebene Richtung umzukehren und sozial abzusteigen, nicht nur in Armut zu leben, sondern, gewissermaßen als Sühne für seinen kolonialen Lebensabschnitt, auch freiwillig Umgang mit Armen zu pflegen und sich für die Gesellschaftsschichten zu engagieren, die er in der Schule und im Polizeidienst zu meiden gelernt hatte.

In seinem ersten Buch, dem pikaresken Bericht *Ganz unten in Paris und London*, beschreibt er sein Leben in der Welt der Schnorrer, Abzocker und Hungerleider. Auch in zwei Essays thematisiert er die Zeit unter den Mittellosen. «Wie die Armen sterben» ist eine Schilderung von zwei Wochen im März 1929, die er wegen einer schweren Lungenentzündung in der allgemeinen Abteilung eines Pariser Krankenhauses verbracht hatte, wo er unter Vernachlässigung seiner körperlichen Bedürfnisse mit barbarischen, völlig veralteten Methoden behandelt wurde. Ende 1929 kehrte er nach England zurück und wohnte zunächst bei seinen Eltern. In «Hopfenpflücken» berichtet er von der harten Arbeit und seinen Begegnungen mit anderen Erntehelfern auf einer Farm in Kent 1931 – «Leute aus East End (hauptsächlich Hausierer), Zigeuner und umherziehende Landarbeiter, denen sich ein paar Landstreicher zugesellen» –, von der miesen Bezahlung, den schlimmen Lebensbedingungen, seiner Freude an der Arbeit selbst und von Betätigungen wie dem Apfelklau. «Sie waren von der Sorte, die [...] kein Hauptwort benutzt, ohne es mit ‹fucking› zu untermalen», heißt es in dem Erlebnisbericht, «aber ich habe nie Menschen getroffen, die freundschaftlicher und feinfühliger waren.» Von 1932 bis 1935 arbeitete er als Lehrer in verschiedenen Provinzschulen und als Aushilfskraft in einer Londoner Buchhandlung – schlecht bezahlte Jobs, die er nicht nur an sich hasste, sondern auch weil sie ihm die Zeit und Kraft zum Schreiben raubten.

Seine anderen Aufenthaltsorte – das strenge Internat, Eton, Burma, Paris, später Spanien während des Bürgerkriegs, London in den Jahren der Armut und dann wieder im

Zweiten Weltkrieg, schließlich die abgelegene schottische Insel, auf der er in den letzten Lebensjahren so viel Zeit wie möglich verbrachte – haben wesentlich mehr Beachtung gefunden als Wallington. Es stimmt, Burma, Paris, London und Spanien wurden zu Schauplätzen seiner Bücher und passten besser zu dem Bild von Orwell, das in den Büchern über ihn, die ich nach meiner Begegnung mit den Herbstrosen las, immer und immer wieder gezeichnet wird. Im Vordergrund stehen sein politisches Engagement, die konfliktreichen Beziehungen mit Leuten aus seiner Klasse, der ungewöhnlich große Scharfblick, mit dem er erkannte, wie sich Propaganda und Autoritarismus gegenseitig beförderten und Rechte und Freiheiten bedrohten, sowie seine Atemwegsprobleme, an denen er mit sechsundvierzig starb. Eines dieser Bücher trägt den Titel *Orwell: Wintry Conscience of a Generation*, Orwell: Freudloses Gewissen einer Generation. Es ist ein ernstes und düsteres Porträt, Grau in Grau.

Mag sein, dass ihn sein schonungslos prüfender Blick auf das Unmenschliche und die damit verbundenen aktuellen und künftigen Gefahren tatsächlich definiert, doch darüber hinaus wird er charakterisiert, als wäre er gewesen, was er sah, oder als hätte er nichts als das gesehen. Als ich zu seinen Büchern zurückkehrte, nachdem mich die Rosen stutzig gemacht hatten, fand ich einen anderen Orwell, einen mit anderen Blickwinkeln, die einen Ausgleich zu seinem kalten Blick auf politische Ungeheuerlichkeiten bilden. Ich fand es beispielsweise erstaunlich, wie oft er von vergnüglichen Dingen erzählt: von dem Wohlgefühl, ja geradezu der Gemütlichkeit bei sich zu Hause, von obszönen Postkarten, von seinem Spaß an amerikanischen Kinderbüchern aus dem 19. Jahrhundert, von britischen Autoren wie Dickens, von «guten schlechten Büchern» und vielen anderen Dingen, vor allem aber von Tieren, Pflanzen, Blumen, Landschaften, Gartenarbeit, dem Leben auf dem Land – Freuden, die in seinen Büchern immer wieder auftauchen, selbst noch in *1984* in den poetischen Schilderungen des Goldenen Landes mit seinem Licht, seinen Bäumen, Wiesen, Vogelstimmen und dem Gefühl von Freiheit und Erlösung.

Dieser weniger bekannte Orwell brachte mir einen Essay von Noelle Oxenhandler in Erinnerung, eine Reflexion über den Wert des Wartens und der Langsamkeit. Die Autorin streift darin das Leben von Jacques Lusseyran, der als Kind erblindet war und sich während der Besatzung von Paris als Siebzehnjähriger der Résistance anschloss. «Ebenso sehr wie seine heroischen Taten beeindruckte mich das Innehalten davor», schreibt sie und schildert, wie Lusseyran das besetzte Paris erkundete und Swing tanzen lernte, denn, so berichtete er in seinen Erinnerungen, «dieser Tanz war wirklich geeignet, Teufel auszutreiben». Oxenhandler und Lusseyran zufolge ist es ratsam, wenn nicht sogar unverzichtbar, als Vorbereitung auf die eine zentrale Aufgabe im Leben etwas ganz anderes zu tun, das scheinbar in keinem Zusammenhang damit steht.

Orwell besaß ein Gespür für dieses andere und das Talent, ihm zu seinem Recht zu verhelfen. In seiner letzten Lebensphase schrieb er nicht nur konzentriert an *1984*, sondern verwendete auch enorm viel Zeit, Kraft, Fantasie und Geld auf einen Garten an der abgelegenen Nordspitze einer schottischen Insel. Dieser Garten wuchs sich mit dem Vieh, dem angebauten Gemüse, den Obstbäumen, dem Traktor und den vielen Blumen darin fast zum Bauernhof aus. Was ermöglicht es einem Menschen, etwas zu tun, das größten Wert für andere hat und für ihn selbst das wichtigste Vorhaben im Leben ist? Andere – gelegentlich auch man selbst –

empfinden es als banal, unwichtig, ichbezogen, sinnlos oder als reine Ablenkung. Die Liste ließe sich um weitere abschätzige Begriffe ergänzen, mit denen das Messbare das Nichtmessbare schlechtmacht.

Dieser weniger bekannte Orwell weckt in mir auch die Erinnerung an eine berühmte buddhistische Parabel. Ein Mensch wird von einem Tiger verfolgt, stürzt auf der Flucht über eine Klippe und bekommt eine kleine Pflanze zu fassen, die ihn vor dem Fall in die Tiefe bewahrt. Nach und nach lösen sich die Wurzeln des Erdbeerpflänzchens aus dem Fels, gleich wird es jeden Halt verloren haben. Es trägt eine einzige, herrliche reife Erdbeere. Was, fragt die Parabel, sollte der Mensch in diesem Augenblick tun? Die Antwort lautet: die Beere mit Genuss essen. Die Geschichte lehrt, dass wir jederzeit und früher als erwartet sterben können: Tiger sind oft in der Nähe, Erdbeeren nur hin und wieder. Orwells Tiger war seine schlechte Gesundheit; er war sich der ständigen Nähe des Todes immer bewusst.

Er litt die meiste Zeit seines Lebens an wiederkehrenden Atemwegserkrankungen. Als Kleinkind litt er mehrfach an Bronchitis, was offenbar zu einer Bronchiektasie führte, einer Schädigung der Atemwege, die eine erhöhte Anfälligkeit für Lungeninfektionen mit sich brachte. Als Kind wie als Erwachsener erkrankte er häufig an Lungenentzündung und Bronchitis. Oft ging es ihm so schlecht, dass er ins Krankenhaus musste und erst nach Wochen oder Monaten genesen war. Während seines Aufenthalts in Spanien 1937 (anderen Berichten zufolge bereits zehn Jahre früher in Burma) steckte er sich mit Tuberkulose an und kämpfte seitdem mit gefährlichen Lungenblutungen, Atemnot, allgemeiner Schwäche und Erschöpfung. Er verbrachte viel Zeit in Kliniken und Sanatorien, bevor sich sein Zustand so sehr verschlimmerte, dass er sein ganzes letztes Lebensjahr im Krankenhaus lag, wo er im Januar 1950 mit sechsundvierzig Jahren an Tbc starb.

Manche ängstigt oder deprimiert der Schatten des Todes, andere bringt er dazu, das Leben intensiver zu leben und als weniger selbstverständlich zu betrachten, und Orwell gehörte offensichtlich zur zweiten Kategorie. Er war in vielem asketisch, ein Kämpfer, der körperliche Beschwerden nicht mied, sondern an seine Grenzen ging, bis ihn sein Zustand ans Bett fesselte; immer wieder stand er auf, und er griff nach der seltenen Erdbeere. «Er rebellierte gegen seinen biologischen Zustand, und er rebellierte gegen die sozialen Zustände; beides hing eng zusammen», sagte ein Freund über ihn.

Was nicht heißt, dass er keine Fehler gehabt hätte. Nach dem Tod seiner Frau beklagte er, ihr nicht die gebotene Freundlichkeit und Treue entgegengebracht zu haben. Er hielt an so manchem Vorurteil seiner Klasse, *race* und Nationalität fest, war geprägt durch sein Geschlecht, seine Heterosexualität und seine Zeit. Entsprechende Herabsetzungen und Hohn treten besonders in seinen frühen Schriften zutage. Das Einprügeln auf andere war für ihn offenbar Mittel zur Selbstfindung und Selbstwerterhöhung; es ließ erst nach, als der Schriftsteller und Mensch Orwell selbstbewusster und humaner geworden war.

Seine Texte sind gelegentlich brillant, oft zweckmäßig, unglaublich prophetisch und mitunter schön, aber nie gefällig. Und natürlich findet sich die eine oder andere Voreingenommenheit oder ein blinder Fleck. Doch so wenig vorbildlich er in manchen Dingen war, so mutig und engagiert war er in anderen. Er konnte alles Englische lieben und zugleich das Britische Empire und den Imperialismus hassen und über beide viel sagen, trat für Außenseiter und Benachteiligte ein und verteidigte die Menschenrechte und die menschliche Freiheit auf bis heute vorbildliche Weise.

Orwell hat nie ein Buch über Wallington geschrieben, außer vielleicht den streng allegorischen Roman *Farm der Tiere*, der in der Nähe eines Dorfs namens Willingdon angesiedelt ist und dessen Handlung sich in der großen Scheune der Manor Farm abspielt – die Scheune der realen Manor Farm steht noch immer pechschwarz und sehr imposant gleich um die Ecke von Orwells Häuschen. Doch in fast allen seinen Büchern werden das ländliche England und die Freude daran heraufbeschworen, und diese Freude hat viel mit Wallington und den Gegenden zu tun, in denen er als Kind, Heranwachsender und junger Mann Wanderungen und Angelausflüge unternommen, botanisiert, Vögel beobachtet, gegärtnert und gespielt hat. Seine Kindheit war, so scheint es, unterteilt in die Freiheit und das Vergnügen des Draußenseins und die Reglementierung und Qual in den Schulen, die er vom achten bis zum achtzehnten Lebensjahr besuchte.

Mit elf machte er einmal auf einer Wiese einen Kopfstand, um von drei anderen Kindern, die in der Nähe standen, beachtet zu werden. Der Trick funktionierte. Jacintha Buddicom, eines dieser Kinder, hat über die Freundschaft der drei Geschwister mit Orwell geschrieben; sie sahen sich immer in den Ferien, wenn er zu seiner Familie nach Shiplake, Oxfordshire, zurückkehrte, und verbrachten mehrere Sommer viel Zeit miteinander, spielten und erforschten die Gegend. Sie unternahmen «nicht besonders lange Spaziergänge», angelten, beobachteten Vögel und sammelten Vogeleier. Sie erinnert sich, wie begeistert er von Büchern und vom Lesen war, dass er Gespenstergeschichten erzählte, die Natur erkundete und nicht bloß Schriftsteller, sondern «ein berühmter Autor» werden wollte.

In seinem Roman *Auftauchen, um Luft zu holen* von 1939 scheint etwas von dem Zauber auf, den diese Landschaft für ihn gehabt haben muss. «Wir machten immer endlose Spaziergänge – auf denen wir natürlich ständig irgendetwas aßen –, den Heckenweg hinter den Gärten hinab, über Ropers Wiesen zum Mühlenhof, wo ein Teich mit Wassermolchen und kleinen Karpfen war (als wir ein wenig älter wurden, fischten Joe und ich dort), und dann zurück über die Straße von Upper Binfield, sodass wir an dem Süßwarenladen vorbeikamen, der sich am Stadtrand befand.»

Für Sätze wie den folgenden aus *1984* wurde er weltberühmt: «Wenn Sie sich ein Bild von der Zukunft machen wollen, dann stellen Sie sich einen Stiefel vor, der ein menschliches Gesicht zertrampelt – unaufhörlich.» Für Sätze wie diesen aus dem Jahr 1946 über den Gebrauch und Missbrauch der Sprache wird er bewundert: «Die politische Sprache [...] muss Lügen wahr und Mord ehrenwert klingen lassen und dem wehenden Wind den Anschein von Festigkeit geben.» Er spottete gerne, wie in seiner kleinen Kampagne von 1944 gegen die schlampige Verwendung des Wortes *jackboots*, das nicht nur Soldatenstiefel, sondern auch Unterdrückung, Tyrannei, rücksichtslose Methoden bedeutet: «Fragen Sie einen Journalisten, was ein *jackboot* ist, er wird es nicht wissen. Trotzdem wird er weiter von *jackboots* sprechen.»

Dann schrieb er wiederum Sätze wie die aus dem Essay, der mich zu dem Besuch in seinem Häuschen veranlasst hatte: «In der guten alten Zeit, als bei Woolworth nichts mehr als einen Sixpence kostete, waren die Rosen mit das Beste im gesamten Sortiment. Die Pflanzen waren immer sehr jung, blühten aber im zweiten Jahr, und soweit ich mich erinnere, ist mir nie eine eingegangen.» Oder, in einem Brief vom April 1936, als er den Garten anlegte: «Der Garten ist noch immer ein Saustall (ich habe in zwei Tagen zwölf Stiefel ausgegraben), aber allmählich bringe ich etwas Ordnung hinein.»

In Orwells Texten existieren das Schreckliche und das Erlesene oft nebeneinander. Als er durch Deutschland reiste, um über das Ende des Zweiten Weltkriegs zu berichten, stieß er in Stuttgart an einer Fußgängerbrücke, einem der letzten nicht gesprengten Neckar-Übergänge, auf eine Leiche: «Ein gefallener deutscher Soldat lag ausgestreckt auf dem Rücken am Fuß der Brückenstufen. Sein Gesicht hatte eine wachsgelbe Farbe. Auf seine Brust hatte jemand einen Strauß blauen Flieder gelegt, der hier überall blühte.» Was für ein Bild, welche Auslotung zweier Extreme – das gelbe Gesicht und der Flieder, Tod und Leben, die Vitalität des Frühlings und die fürchterliche Zerstörung des Krieges.

Der Flieder täuscht weder über die Leiche noch über den Krieg hinweg, sondern macht beide komplexer, so wie das Besondere das Allgemeine meistens differenziert. Das gilt auch für die unbekannte Hand, die einen Strauß auf einen Soldaten gelegt hat, und für die Mitteilung, dass in Stuttgart der Flieder blüht, in einer Stadt, die 1945 in Schutt und Asche lag, nachdem britische Flugzeuge während des Kriegs Tausende Tonnen Bomben darauf abgeworfen hatten. Die Blüten besagen, dass dieser Mann – für den britischen Leser ein Feind – jemandes Freund oder Geliebter gewesen war, dass diese Leiche nicht nur eine politische, sondern auch eine private Geschichte hatte.

Wer sich mit Orwells Werk beschäftigt, entdeckt darin viele Sätze über Blumen, Freuden, die Natur. Je mehr solcher Sätze man liest, umso bunter wird das graue Porträt, und wenn man bewusst nach solchen Passagen sucht, verändert sogar *1984*, Orwells letztes Meisterwerk, seine Farbe. Diese Sätze hallen nicht so stark wider, sind weniger prophetisch als die politische Analyse, stehen aber durchaus im Zusammenhang mit ihr und haben ihre eigene Poesie, ihre eigene Kraft und ihren eigenen politischen Gehalt. Ist doch die Natur selbst zutiefst politisch durch die Art, wie wir sie uns vorstellen, mit ihr interagieren und auf sie einwirken, auch wenn dieser Gedanke zu Orwells Zeiten noch nicht weit verbreitet war.

Die Leiche des Deutschen erzählt etwas über den Krieg, über Nationalismus und über eine Begegnung mit dem Tod. Und auch der Flieder in diesem Satz besagt etwas, vielleicht dass es über den Krieg hinaus etwas gibt, so wie eine zyklische Zeit existiert, die Naturzeit in Form von Jahreszeiten und Prozessen, die bis vor kurzem außerhalb der historischen Zeit verortet wurden. Der Mensch lebt in beiden Zeiten – als politischer Akteur, als Bürger dieses oder jenes Orts, als bewusstes Wesen mit Ansichten und Überzeugungen, aber auch als biologisches Wesen, das isst und schläft, ausscheidet und sich fortpflanzt, vergänglich wie die Blumen. Gefühle entstehen aus körperlichen Ängsten und Bedürfnissen, aber auch aus Gedanken, aus Engagement und Kultur.

In seinem Essay «Warum ich schreibe» aus dem Jahr 1946 spricht Orwell diesen Punkt direkt an: «Wer sich die Mühe macht, sich mit meinen Arbeiten zu beschäftigen, wird finden, dass sie, selbst wo es sich um reine Propaganda handelt, viel enthalten, was ein Berufspolitiker für überflüssig erklären würde. Ich wäre nicht imstande, und ich habe auch nicht die Absicht, die Weltanschauung aufzugeben, die ich seit meiner Kindheit habe. Solange ich lebe und gesund bin, wird mir gute Prosa immer wichtig sein, werde ich immer das Antlitz der Erde lieben und meine Freude an handfesten Themen und Schnipseln von unnützer Information haben. Es hätte keinen Zweck zu versuchen, diese Seite meines Ichs zu unterdrücken. Es handelt sich darum, meine ureigensten persönlichen Neigungen und Abneigungen mit einer im Wesentlichen öffentlichen, auf allgemeine, nicht individuelle Fragen gerichteten Arbeit zu verschmelzen, wie sie unsere Epoche jedem von uns aufzwingt.»

Der Satz in der Mitte ist bemerkenswert. Dem Autor ist etwas *wichtig*, er *liebt*, er hat *Freude*, und die Objekte seiner Liebe und Freude werden in diesem Credo konkret benannt. Anders als die meisten Bücher über ihn und das vorherrschende Bild von ihm zeigt sein eigenes Werk, dass er solchen Phänomenen viel Zeit gewidmet und sich an ihnen erfreut hat. Er beschäftigte sich oft mit Blumen und schenkte ihnen Aufmerksamkeit sowohl in ländlicher als auch in alles andere als ländlicher Umgebung. 1944 – er lebte damals in London, das bereits seit Jahren mit Bombenangriffen lebte – fragte er seine Leser, ob sie wüssten, wie «das rosa blühende Unkraut» heiße, «das zwischen den Bombentrümmern wuchert».

Ungefähr zur gleichen Zeit kam ihn die Dichterin Ruth Pitter besuchen. Jahre später erinnerte sie sich: «Ich brachte ihm zwei Dinge mit, die damals in London unmöglich zu bekommen waren – zwei gute Handvoll Trauben von meiner Mutter in Essex und eine rote Rose – seltene Kostbarkeiten. Ich sehe ihn noch vor mir, wie er die Trauben voller Bewunderung und entzückt lächelnd in die Höhe hielt und dann die Rose mit seinen mageren Händen umschloss und den Duft selig, geradezu ehrfürchtig einsog. Das ist das letzte Bild von ihm, an das ich mich erinnere.»

Er war nicht nur Gärtner, sondern liebte die gesamte Natur seit seiner Kindheit. Weil er wenig Geld hatte und ihm kaum Orte für Intimes zur Verfügung standen, blieben für sexuelle Aktivitäten nur Parks und verschwiegene Stellen auf dem Land, was sich in den Romanen *Die Wonnen der Aspidistra* und *1984* widerspiegelt, und vielleicht hat dieser Umstand der Natur in seinen Augen einen weiteren Reiz hinzugefügt. Doch er konnte dem Land noch weit mehr abgewinnen. Richard Peters, dessen Privatlehrer der junge Orwell gewesen war, sagte später über die langen gemeinsamen Spaziergänge: «Er sprach über die Vorgehensweise von Politikern nicht anders als über das Verhalten von Wieseln oder die Gewohnheiten des Reihers. [...] Sein Verhältnis zu Tieren war beinahe wie das zu Kindern. Er fühlte sich in ihrer Anwesenheit wohl, wusste praktisch alles über sie, fand sie amüsant und interessant.»

Eine Frau, die oft mit dem jungen Orwell spazieren ging, berichtete: «Er kannte sich auf dem Land gut aus und zeigte mir Vögel und andere Tiere, die er entdeckt hatte. Er sagte ‹Hör mal!›, und dann erklärte er mir, welcher Vogel gerade sang. Wenn ich die Tiere endlich sah, waren sie schon wieder weg! Und er erklärte mir die Bäume – er kannte die Namen der Pflanzen.» Der Romanautor Anthony Powell beklagte sich: «Wenn man mit Orwell auf dem Land spazieren ging [...], wies er ständig fast schon aufgeregt darauf hin, dass dieser Strauch für die Jahreszeit zu früh blühe oder jene Pflanze im Süden Englands selten sei.»

Ein junger Kommunist, der Orwell gegen Ende seines Lebens besuchte, erzählte, dieser habe ihn «zu Tode gelangweilt, weil er ununterbrochen das Verhalten aller möglichen Vögel beschrieb» – was möglicherweise geschah, um eine Diskussion über Politik zu vermeiden. Dieser Orwell könnte ein Neffe Thoreaus sein (der ebenfalls botanisierte, die Zeiten der Vogelzüge und der ersten Blüten in einem Notizbuch festhielt, selbst angebautes Gemüse verkaufte, es an seine Freunde verteilte und sich in seinen wichtigsten Essays bekanntermaßen für radikale politische Positionen und Aktionen aussprach). Ich hatte nicht damit gerechnet, ihm zu begegnen, doch sobald man weiß, wie er aussieht, trifft man ziemlich oft auf ihn.

1935 veröffentlichte Orwell ein nicht besonders gutes Gedicht – er war damals weder ein begabter Lyriker noch ein vielversprechender Romanautor, und bis ihm (und anderen) klar wurde, dass er ausgezeichnete Essays schrieb, sollte noch einige Zeit vergehen. Das Gedicht bringt jedoch überzeugend zum Ausdruck, dass er sich selbst als einen Menschen sah, der tut, was seine Zeit ihm abverlangt.

Vor zweihundert Jahren wäre ich vielleicht
ein glücklicher Pfarrer gewesen,
hätte über die ewige Verdammnis gepredigt
und meine Walnüsse wachsen sehen.

Aber leider in schlechten Zeiten geboren,
verfehlte ich diesen schönen Hafen [...].

In den nächsten Zeilen bedauert er es, um einen solchen «schönen Hafen» gebracht worden zu sein, fand ihn im richtigen Leben dann aber doch. Besser gesagt: Seine Tante fand ihn für ihn, auch wenn er in einem Brief an seinen Freund Jack Common schrieb, «eine Freundin» habe sie entdeckt – vielleicht weil er glaubte, es lasse ihn unreif wirken, wenn er mit dreiunddreißig eine «Tante» erwähnte. Wie das Häuschen in Wallington kommt auch die ältere Schwester von Orwells Mutter in den Berichten über sein Leben fast immer zu kurz, obwohl sie in einer wichtigen Phase eine bedeutende Rolle spielte. (Ganze Abhandlungen ließen sich über unkonventionelle Tanten, schrullige Onkel und all die anderen Verwandten schreiben, die sich begeistert und besser, als die Eltern es wollen oder können, um Kinder kümmern, denen in ihren Familien eine Außenseiterposition zukommt.) Diese Tante, Helene Limouzin, genannt Nellie, war Frauenrechtlerin, Sozialistin (wahrscheinlich die erste, die er kennenlernte), Bohemienne, Schauspielerin und verfasste Artikel für linke Zeitschriften.

Jacintha Buddicom schrieb in ihren Erinnerungen an ihren Freund Eric Blair (der 1933 den Namen George Orwell annahm): «Es gab die Tante Ivy Limouzin und eine gewisse Tante Nellie. Eine oder beide waren militante Suffragetten, ihre Freundinnen ebenfalls. Mrs. Blair sympathisierte mit ihnen, war aber nicht so aktiv. Eric zufolge waren einige dieser Frauen ins Gefängnis gegangen und in den Hungerstreik getreten oder hatten sich, etwas weniger radikal, an Geländer gekettet.» Als Orwell noch sehr jung war, stellte Nellie ihn der ersten Schriftstellerin vor, die er jemals kennenlernte. E. Nesbit war für ihre Kinderbücher bekannt, in denen es ziemlich turbulent zuging, und hatte die demokratisch-sozialistische Gruppe Fabian Society mitbegründet.

Nach seiner Rückkehr aus Burma half die Tante ihrem Neffen, in seinem neuen Leben Fuß zu fassen. Sie hatte zwar kein Geld, war aber abenteuerlustig. Anders als seine entsetzten Eltern bestärkte sie ihn in seiner Entscheidung, von der Karriereleiter herunterzusteigen und den unsicheren Beruf des Schriftstellers zu ergreifen. Sie war seit den zwanziger Jahren mit dem französischen Anarchisten Eugène Adam liiert, der 1917 Zeuge der Russischen Revolution gewesen war. Nellie und Adam lebten in Paris, als sich Orwell

Ende des Jahrzehnts dort aufhielt. Möglicherweise hatte Adam mit seinen Erlebnissen während der Russischen Revolution und seiner Ablehnung dessen, was daraus geworden war, Einfluss auf Orwells Erkenntnis, dass das Experiment schrecklich gescheitert war. Die meisten Anarchisten hatten das schon früh so gesehen, während viele Kommunisten die Revolution noch dann für die grandiose Verwirklichung der Diktatur des Proletariats hielten, als sie längst einfach nur eine Diktatur war.

Der erste Artikel des erwachsenen Orwell erschien in einer linken französischen Zeitschrift, mit deren Herausgeber, dem Romanautor Henri Barbusse, er durch seine Tante in Kontakt gekommen war. Am 3. Juni 1933 – Orwell arbeitete damals als Lehrer auf dem Land – schickte sie ihm etwas Geld mit der Bitte, ihr Abonnement der linken Zeitschrift *Adelphi* zu verlängern. Den Rest dürfe er behalten. «Damit kannst du die Miete für deinen Kleingarten bezahlen, der *hoffentlich* ein bisschen Profit eingebracht hat; die Samen haben natürlich auch etwas gekostet, und vielleicht hattest du Ausgaben für Dünger und Werkzeug – aber die konntest du hoffentlich ausleihen oder stehlen. [...] Hier sitzen sie in der Abrüstungskonferenz und bereiten derweilen schon in aller Gründlichkeit den Krieg vor.» Aus Nellies langem, herzlichem Brief spricht freundliches Interesse an Orwells Jobs, seinem Buch und seinem Garten. Sie schreibt auch über Politik und akzeptiert seine Entscheidungen mitsamt der daraus resultierenden Armut, ohne sie auch nur andeutungsweise zu hinterfragen.

Mit seinem Kleingarten war Orwell schwer beschäftigt. Einer Frau, für die er sich interessierte, hatte er einige Monate zuvor in einem Brief mitgeteilt: «Verzeihen Sie mir, dass ich so lange nicht geschrieben habe, aber es gab wie immer viel Arbeit, und in den Pausen habe ich versucht, meinem Garten das Rückgrat zu brechen. Heute habe ich mir mithilfe des Spatens beinahe selbst das Rückgrat gebrochen und mir gestern mit der Spitzhacke einen Schlag ans Schienbein verpasst. Haben Sie schon *Ulysses* gelesen?», fragte er und fügte hinzu, möglicherweise auf erotische Aktivitäten im Freien anspielend: «In Burnham Beeches war es wunderschön, und ich würde sehr gern wieder hinfahren, wenn die Bäume knospen.» In einem Brief vom Juli an eine andere Frau, auf die er ein Auge geworfen hatte, beschreibt er den Kleingarten, in dem er offenbar Gemüse zog, das er zu verkaufen hoffte: «Kürbisse, denen man beim Wachsen förmlich zusehen kann. Unmengen von Erbsen, Bohnen (kommen gerade) und Kartoffeln, die allerdings, wahrscheinlich wegen der Trockenheit, ziemlich mickrig ausgefallen sind. Mein Roman ist fertig, aber das meiste gefällt mir nicht.»

Dann bekam er eine schwere Lungenentzündung und musste sich nach seiner Entlassung aus dem Krankenhaus mehrere Monate lang bei seinen Eltern erholen. Etwa zu dieser Zeit veröffentlichte er zum ersten Mal unter dem Namen George Orwell – ein Versuch, sich gemäß den eigenen Vorstellungen neu zu erfinden und von seiner Familie zu lösen. Es dürfte sich wie ein Rückschlag angefühlt haben, als er zu seinen Eltern in das Küstenstädtchen Southwold in Suffolk zurückziehen musste.

Während des Aufenthalts erklärte er in einem Schreiben an eine seiner Briefpartnerinnen: «Unsere Zeit widert mich dermaßen an, dass ich manchmal eine Art Zwang verspüre, an einer Straßenecke stehen zu bleiben und wie weiland Jeremias oder Ezra oder so jemand die Welt laut zu verfluchen [...].» Später würde Orwell meisterhafte Jeremiaden und ganze Romane über seine Zeit schreiben. In dem Brief geschieht etwas Interessantes, etwas, was nur in informellen Äußerungen von Menschen vorkommt, denn das Schreiben wechselt übergangslos von alttestamentarischem Zorn zu Dingen, die dem Autor gefallen oder seine Neugier geweckt haben: «In unser Haus kommen ständig irgendwelche Igel, gestern Abend fanden wir im Badezimmer einen ganz winzigen, nicht größer als eine Orange. Ich konnte mir nur denken, dass es das Junge eines anderen war, obwohl es völlig ausgebildet war – ich meine, es hatte schon Stacheln. Schreiben Sie mir bald wieder.» Es wird oft unterstellt (oder hinausgebrüllt), wer Igel möge, schere sich nicht um die Übel der Zeit. Dabei existiert im Erleben und in der Fantasie beides oft einträchtig nebeneinander.

Am 23. September 1934 schrieb Tante Nellie ihrer Waliser Freundin Myfanwy Westrope im Namen ihres Neffen einen Brief. Westrope – Suffragette, Pazifistin, Vegetarierin und Mitglied der Independent Labour Party – besaß mit ihrem Ehemann eine Buchhandlung in der Nähe des Londoner Parks Hampstead Heath. Dieser Ehemann hatte im Ersten Weltkrieg wegen Wehrdienstverweigerung im Gefängnis gesessen und dort Esperanto gelernt. Die Sprache hatte ihn zu Adam und Adam zu Nellie Limouzin geführt. Nellie brachte ihren Neffen mit den Westropes zusammen und verschaffte ihm einen Job in der Buchhandlung, der ihm vormittags Zeit zum Schreiben ließ. Außerdem wurde ihm ein Zimmer im nahe gelegenen Haus der Westropes zur Verfügung gestellt. Später zog Nellie selbst nach London. Ruth Pitter erinnerte sich: «Ja, einmal waren wir zum Abendessen bei Tante Nellie. Das war ein Essen! Sie lebte mit einem komischen Anarchisten zusammen und war wirklich ein Unikum. Sie servierte uns etwas Grauenhaftes, irgendein Zeug, das man in Paris nur aß, wenn man knapp bei Kasse war.»

In seinen Jahren als Lehrer und später als Aushilfskraft in der Buchhandlung veröffentlichte Orwell 1934, 1935 und 1936 unmittelbar hintereinander drei nicht sonderlich erfolgreiche Romane. Dann trat er die erwähnten Reisen an, auf denen sich ihm eine politische Perspektive offenbarte, die ihm Orientierung gab. Die Bücher, mit denen er selbst nicht zufrieden war, sind insofern beachtenswert, als aus ihnen eine weniger von politischer Analyse als vielmehr von persönlicher Verbitterung beeinflusste Sicht auf die Welt spricht. Dass er immer die Seite der Underdogs einnimmt und die Mächte hasst, die diese Menschen vernichten, geht vielleicht auf die prägenden Jahre als armer Junge in Schulen für reiche Jungs zurück. Er selbst beschrieb den jugendlichen Orwell so: «Ich war [...] sowohl ein Snob als auch ein Revolutionär. Ich war gegen jede Autorität. Ich [...] bezeichnete mich locker als Sozialisten. Aber ich hatte keine große Ahnung, was Sozialismus hieß, und keine Vorstellung davon, dass die Arbeiter menschliche Wesen waren.»

In allen Romanen Orwells geht es um einen von seinem Umfeld entfremdeten Menschen. Dessen Widersacher bilden in ihrer Gesamtheit das System namens Gesellschaft, das jeden der Protagonisten unterdrückt. (Die Handlung von *1984* und der körperlich und moralisch schwache Antiheld des Romans weisen eine auffallende Ähnlichkeit mit der Hauptfigur in *Die Wonnen der Aspidistra* auf, obwohl das früher verfasste Buch die Armut und den Anpassungsdruck der Gesellschaft, in der Orwell lebte, in den Mittelpunkt stellt, während es im späteren Werk um einen totalitären Staat geht, der den Protagonisten mittels Folter und Terror bricht.) Darüber hinaus wird die Sprache in allen drei Romanen leidenschaftlicher und lebhafter, sobald unmittelbare Erfahrungen beschrieben werden, vor allem unmittelbare

Erfahrungen mit der Natur. Die einzelnen Bestandteile – eine obskure Handlung, ein tristes Leben, zornige Tiraden und verschwenderisch eingesetzte Bilder – wirken wie Zutaten, die nicht lange genug gemeinsam im Topf schmoren durften. Die Titelfigur in *Eine Pfarrerstochter* dient ihrem egoistischen Vater in hündischer Ergebenheit, kümmert sich aufopferungsvoll um die Alten und Kranken in der Gemeinde und ist überhaupt eine vom Leben gebeutelte Frau, die durch nicht sehr glaubwürdige Ereignisse aus ihrer Umgebung gerissen und am Ende in ihr provinzielles Elend zurückgeworfen wird.

Auf der Rückfahrt nach dem Besuch bei einer unglücklichen alten Frau aus der Gemeinde ihres Vaters steigt sie kurz vom Fahrrad ab und genießt die Sonne. «In Borlase, der Weide des Milchbauern, grasten die roten Kühe, knietief in scheinenden Gras-Wellen. Der Duft der Kühe, wie eine Destillation aus Vanille und frischem Heu, stieg in Dorothys Nasenlöcher. [...] Dorothys Blick fiel auf eine wilde Rose, ohne Blüten natürlich, die jenseits der Hecke wuchs, und sie kletterte über das Tor, um herauszufinden, ob es sich nicht um eine Apfelrose handelte. An der Hecke kniete sie unter hohem Unkraut nieder. Es war sehr heiß da unten, so nahe der Erde. Das Summen vieler ungesehener Insekten dröhnte in ihren Ohren, und der heiße Sommerdunst aus den verschlungenen Vegetationsschwaden stieg auf und umhüllte sie.» Die Leben, die Orwell erfand, sind mit Epiphanien durchsetztes Elend. Er glaubte weder an ein ständiges Glück noch an eine Politik, die ein ständiges Glück zu verwirklichen versuchte, doch an Augenblicke der Freude, ja der Verzückung, glaubte er fest und beschrieb sie oft, schon in diesen frühen Büchern und bis hin zu *1984*.

Eine der älteren Frauen, die ihn unter ihre Fittiche nahmen, war Mabel Fierz, eine Bekannte seiner Eltern aus Southwold. Sie hatte ihn Freunden aus London vorgestellt, aus denen später sein Literaturagent, seine Verleger und einige seiner treuesten Freunde wurden. Als er bei den Westropes ausziehen musste, machte Fierz ihn mit Rosalind Obermeyer bekannt, einer Psychologiestudentin Mitte vierzig, die ihm ein freies Zimmer in ihrer großen Wohnung überließ. Dort kochte er, wie er in Briefen schrieb, einfachste Gerichte in einem sogenannten *bachelor griller*, einem kleinen Ofen zum Grillen, Braten und Backen, und servierte sie seinen Freunden auf dem Tisch, an dem er sonst immer schrieb.

Im Frühjahr 1935 schmissen Obermeyer und Orwell eine Party in ihrer Wohnung, bei der auch Eileen O'Shaughnessy auftauchte, eine Kommilitonin Obermeyers vom University College London. Orwell war von der ruhigen Neunundzwanzigjährigen sofort begeistert und bemühte sich noch am selben Abend und in der folgenden Zeit sehr um sie. O'Shaughnessys Familie war wohlhabender, aber gesellschaftlich weniger etabliert als seine – ihr Vater, ein irischer Katholik, hatte sich in Nordengland niedergelassen. Eileen hatte zuvor in Oxford studiert, war hochintelligent und schlagfertig, besaß einen bissigen Humor und zeigte sich ihrerseits bald sehr angetan von dem großgewachsenen, kränklichen, erfolglosen Romanautor mit dem wilden dunklen Haarschopf, den tief liegenden blauen Augen und den klaren, oft exzentrischen Ansichten. Aus Liebe zu ihm ließ sie ihren Freundeskreis und ihr Londoner Leben zurück, folgte ihm in das Dorf, in dem er leben wollte, und konzentrierte sich ganz auf ihn statt auf die Karriere, die sie nach dem Studium angestrebt hatte. Die Arbeiten am Garten in Wallington fielen in die Zeit von Orwells Vorbereitung auf Eileens Ankunft aus London und auf seine Ehe.

«Der Garten hat Potenzial, ist aber in einem entsetzlichen Zustand. Ich habe so etwas noch nie gesehen», schrieb er seinem Freund Jack Common am 3. April, einen Tag nachdem er eingetroffen war. «Bis ich ihn hinkriege, wird wohl ein Jahr vergehen.» Es gab einen kleinen Vorgarten – dort pflanzte er einige der Rosensträucher –, einen größeren Garten hinter dem Häuschen und ein Feld auf der anderen Seite des Wegs, das er vom Postmeister des nahe gelegenen Dorfs Sandon pachten und als ausgedehnten Gemüsegarten nutzen konnte. Später kamen Ziegen dazu, die er auf Gemeindeland grasen ließ und zweimal täglich molk (in einem Brief an den Arbeiterschriftsteller Common, der das Haus 1938 vorübergehend mietete, erklärte Orwell bis ins kleinste Detail, wie seine Ziegen gemolken werden mussten).

Das Häuschen war einst ein Dorfladen gewesen. Orwell kaufte eine Wurstschneidemaschine und einen Grundbestand an Nahrungsmitteln und etablierte sich als Krämer der kleinen Dorfgemeinschaft. Der minimale Gewinn, den der Verkauf des schmalen Sortiments abwarf – es bestand unter anderem aus Süßigkeiten, Aspirin, Speck sowie Eiern von seinen Hühnern –, trug zu der niedrigen Miete bei in einer Phase, in der Orwell mit Schreiben kaum etwas verdiente. Im selben Jahr besuchte er die Sommerakademie der Zeitschrift *Adelphi* und beteiligte sich an politischen Debatten. Hauptsächlich aber schrieb er und kümmerte sich um seinen Garten – zumindest in dem halben Jahr nach der Hochzeit. (Eileen übernahm offenbar den Großteil der Putzarbeit, kochte und stand zwischendurch auch im Laden.)

Ende 1936 vollzog Orwell eine Kehrtwende vom Rückzug aufs Land in Richtung Spanien und in den Krieg. Sein Hang zum Außenseitertum, vermutlich entstanden in den von ihm besuchten Schulen für wesentlich reichere Jungen, bewahrte ihn davor, während dieses Kriegs und jemals danach in *groupthink* (Gruppendenken) zu verfallen, wie man es später nannte – ein sprachlicher Ableger des Wortes *double-think* (Doppeldenk), das er in seinem letzten Roman prägte. Außerdem hasste er London und das Leben in der Stadt, und das Häuschen mit der niedrigen Miete bot ihm die vielleicht einzige Chance, sich ganz dem Schreiben zu widmen.

Am 9. Juni, einem Dienstag, wurde aus Eileen O'Shaughnessy Eileen Blair.* Die Kirche, in der die bescheidene Trauzeremonie stattfand, war ganz in der Nähe. Auf einem schattigen Weg ging es an der großen pechschwarzen Scheune der Manor Farm und einem Teich vorbei, der von einer Quelle gespeist wird. Die kleine Kirche war seit dem 12. Jahrhundert nach und nach errichtet worden und besteht aus Feuerstein, genauer gesagt: Zwischen dem hellen Zement der Außenwände stecken seltsam geformte Brocken aus dunklem Feuerstein, der in der Gegend häufig vorkommt. In Reihen angeordnet, erinnern sie an Hieroglyphen oder an eine Geheimschrift auf Papier. Das weiß getünchte Innere ist hell und wirkt karg. In die hölzernen Dachsparren

* Da Eileens Bruder, Dr. Laurence Frederick O'Shaughnessy, den sie sehr liebte, in der Familie Eric genannt wurde, nahm Eileen zwar Eric Blairs Nachnamen an, nannte ihren Mann aber George. Gedruckt erfolgte der Übergang zu «George Orwell» abrupt, in Briefen und im Freundeskreis dagegen ganz allmählich, bis Eric Blair irgendwann auch für viele, die ihn persönlich kannten, George Orwell war. Deshalb gab es zwar einen George Orwell, aber nie eine Eileen Orwell. Auf den Grabsteinen der beiden steht der Name Blair, und der Sohn, den sie 1944 adoptierten, heißt Richard Blair. Ich nenne Eileen O'Shaughnessy Blair nur ungern bei ihrem Vornamen, doch leider ist er wie im Fall der meisten verheirateten Frauen ihr einziger wirklich eigener. Sonia Brownell nahm bei ihrer Hochzeit mit Orwell wenige Monate vor seinem Tod den Namen Orwell an – als ginge sie die Ehe nicht mit dem Menschen, sondern mit der Legende ein.

wurden vor langer Zeit Engel geschnitzt, und im Fußboden liegen schwarze Grabsteine aus dem 18. Jahrhundert mit eingemeißelter Schnörkelschrift.

Orwell bezeichnete sich einmal als einen Tory-Anarchisten, und tatsächlich lag ihm trotz seiner rebellischen, revolutionären Seite viel an Traditionen, an Stabilität, am Rustikalen und an einem geregelten Alltag. «Er war Traditionalist im Sinne einer sehr alten traditionellen englischen Lebensweise, die noch aus der Zeit vor der Industrialisierung stammt, nämlich dem dörflichen Leben in England», schrieb der Dichter Stephen Spender. «Im Grunde glaubte er an kleine Gemeinschaften bestehend aus Nachbarn, die sich sehr gut kennen, weshalb er große Sympathie für die Anarchisten hegte. [...] Kommunist war er vor allem deshalb nicht, weil die Kommunisten keine Kommunisten waren, George Orwell aber schon.» Wie für William Morris lag auch für ihn das Paradies hinter uns, in der früheren Art zu leben und in der organischen Welt, nicht vor uns, in einer urbanisierten und industrialisierten Zukunft.

Vielleicht war auch die Entscheidung, in einer Kirche zu heiraten, dieser Vorliebe für alte Gewohnheiten geschuldet. Vielleicht lag der Grund dafür aber auch darin, dass er so weder das Dorf noch den Laden verlassen musste, der an den meisten Tagen geöffnet war. Das Hochzeitsessen fand im Pub neben seinem neuen Zuhause statt. Die folgenden Monate werden in mehreren Biografien als die glücklichsten seines Lebens bezeichnet. Eileen Blair sah das allerdings etwas anders, wie sie im November des Jahres in einem Brief an eine Freundin schrieb. «In den ersten Wochen unserer Ehe habe ich es aufgegeben, regelmäßig Briefe zu schreiben, weil wir ununterbrochen gestritten haben, und zwar so schlimm, dass mir schon der Gedanke kam, aus Gründen der Zeitersparnis einfach nur einen Brief an alle zu schreiben, sobald der Mord oder die Trennung vollzogen wäre. Dann kam Erics Tante zu Besuch und war so grauenhaft (sie blieb *zwei Monate*), dass wir nicht mehr stritten, sondern nur noch schlecht gelaunt waren. Dann fuhr sie endlich, und jetzt gibt es keine Probleme mehr. [...] Ich habe ganz vergessen zu erzählen, dass er im Juli drei Wochen lang seine ‹Bronchitis› hatte, dass es sechs Wochen ununterbrochen regnete und die Küche permanent unter Wasser stand und das gesamte Essen innerhalb weniger Stunden verschimmelt war. Jetzt kommt es mir so vor, als wäre das ewig her, aber in der Situation selbst hatte ich das Gefühl, es würde nie wieder aufhören.» Sie schrieb diese Zeilen während eines Besuchs der frisch Verheirateten bei Orwells Eltern in Southwold an der Küste von Suffolk und fügte hinzu: «Hätte ich diesen Brief in Wallington geschrieben, wäre es um die realen Dinge des Lebens gegangen – Ziegen, Hühner, Brokkoli (aufgefressen von einem Kaninchen).»

Die Hühner spielten eine tragende Rolle im Leben des Paars. Nach seiner Rückkehr aus dem Spanischen Bürgerkrieg, in den er 1936 gezogen war, und nach mehreren Aufenthalten andernorts, die der Genesung nach seiner Kriegsverwundung und den erneut aufgetretenen Lungenproblemen gedient hatten, notierte Orwell die tägliche Eierproduktion und das Verhalten der einzelnen Hühner. Auch Fütterung und Pflege der Tiere wurden minutiös festgehalten. Im ersten Eintrag des Haushaltstagebuchs, das er in Wallington führte, listet er die vielen Blumen auf, die im dritten April nach dem Bezug des Häuschens im Garten blühten. «Wir haben jetzt 26 Hühner, die jüngsten ungefähr 11 Monate alt. Gestern 7 Eier (die Hennen legen erst seit kurzem wieder). Alles sehr verwahrlost, voller Unkraut usw., Boden wegen der starken Regenfälle und der niederschlagslosen Wochen danach sehr hart und trocken. […] Im Garten blühen zurzeit: Schlüsselblume, Blaukissen, Blaustern, Traubenhyazinthe, Sauerklee und einige Narzissen. […] Die Osterglocken sind stark gefüllt und offenbar nicht wild, sondern stammen aus Zwiebeln, die zufällig dorthin gelangt sind. Die Kriechen-Pflaumen und Pflaumen beginnen zu blühen. Die Apfelbäume tragen Knospen, blühen aber noch nicht. Die Birnen in voller Blüte. Die Rosen sprießen ziemlich stark.» Am 25. Mai 1939 notiert er, die Hühner hätten in den beiden vorangegangenen Wochen zweihundert Eier gelegt.

Aufzeichnungen dieser Art, die einen Großteil der fast sechshundertseitigen Ausgabe der 2009 veröffentlichten Reise-, Kriegs- und Haushaltstagebücher ausmachen, heben sich von Orwells Werk insofern ab, als die Notizen fast im Widerspruch zu den Themen eines politischen Autors stehen: Es geht um Orte, an denen es keine echten Probleme gibt und keine Konflikte toben. Die kleineren Ärgernisse – eine Dohle, die sich bei den Hühnerställen herumtreibt, erfrorene Kartoffeln, vom Donner in Panik versetzte Ziegen, Vögel, die sich an den Erdbeeren gütlich tun, von Blattläusen befallene Rosen und jede Menge Schnecken – laufen zwar den Vorhaben des Gärtners zuwider, nicht aber den Gesetzen der Natur oder Moral. Die Einträge betreffen vorwiegend die Arbeit mit den Gartenpflanzen und den Tieren, doch Orwell schreibt auch über die bewirtschafteten Felder hinter dem Haus und über alles Naturwüchsige ringsum. Gelegentlich werden auch Spekulationen und kleine Experimente notiert.

Während ein Autor wie Henry David Thoreau Bohnen säte und Metaphern und Aphorismen erntete, sind und bleiben Orwells Bohnen in diesen Aufzeichnungen Bohnen. Er benutzt seine Beobachtungen und Listen nie als Sprungbrett für seine Fantasie oder für literarische Grundlagenarbeit.

Es ist ein unpersönliches privates Tagebuch, das weder veröffentlicht werden sollte noch Orwells emotionales, kreatives, soziales oder physisches Leben widerspiegelt, sondern nur die Plackerei und seine Pläne. Es gibt Listen mit Dingen, die er kaufen will oder zu tun beabsichtigt, simple, naheliegende Dinge, die sich im Gegensatz zu vielem anderem verwirklichen ließen. Warum er die detaillierten Notizen aufhob, wissen wir nicht, aber sie lagen ihm so am Herzen, dass Eileen sie fortführte, als er ans Sterbebett seines Vaters eilte, und seine Schwester Avril nach dem Krieg auf der Insel Jura ebenfalls Eintragungen machte, wenn er nicht da war. Sie waren ihm wichtig, ohne seine Stimme und seine Ansichten wiederzugeben, die darin dennoch präsent sind.

Im Jahr 1940 heißt es in einer Selbstdarstellung für ein Schriftstellerverzeichnis: «Neben meiner eigentlichen Arbeit schätze ich am meisten die Gartenarbeit, und davon besonders den Gemüseanbau.» Wie viel ihm diese Arbeit bedeutete, erkennt man an der Aufmerksamkeit, die er ihr schenkte, und an der beträchtlichen Mühe, die er auf sie verwendete – vom Kleingarten 1933 bis zum letzten Garten, den er, bereits todkrank, mit größter Anstrengung zum Leben erweckte. Und man erkennt es an der – weniger messbaren, aber bedeutenderen – Freude, die er daran hatte, und an dem Sinn, den er darin fand. Er wollte einen Garten, und er wollte darin arbeiten, um eigene Nahrung zu produzieren, aber auch weniger Greifbares. Er wollte Blumen, Obstbäume, Gemüse, Hühner, Ziegen. Er wollte die Vögel, den Himmel und die Jahreszeiten sehen. Er liebte das Antlitz der Erde, wie es in seinem Credo in «Warum ich schreibe» heißt. Er wollte alles über Narzissen, Igel und Schnecken wissen und verbrachte viel Zeit damit, Pflanzen, Tiere und das Wetter zu beobachten.

Solcherlei Betätigung kann einen Menschen aus den Höhen der Abstraktion auf die Erde zurückholen. Sie ist gewissermaßen das Gegenteil von Schreiben. Schreiben ist ein undurchsichtiges Geschäft: Man weiß nie genau, was man da eigentlich tut, wann die Arbeit beendet sein wird, ob man sie gut gemacht hat und auf welche Resonanz sie Monate, Jahre oder Jahrzehnte später stößt. Schreiben ist eine von außen weitgehend unerkennbare Tätigkeit, die sich im Kopf von Menschen abspielt, die man so gut wie nie sieht und von denen man kaum je etwas hört (es sei denn, sie wollen sich mit einem streiten). Als Schriftstellerin entfernt man sich von der Welt und kappt die Verbindungen, um sich auf einem Umweg wieder mit ihr zu verbinden – einem Umweg, der darin besteht, dass anderswo andere Menschen die Wörter lesen, die sich in diesem Zustand der Kontemplation aneinanderfügten. Das Lebendige des Geschriebenen erweist sich nicht darin, wie es die Sinne berührt, sondern in seiner Wirkung auf die Fantasie. Man kann ein Schlachtfeld, eine Geburt, eine schlammige Straße oder einen Geruch beschreiben – Orwell ist berühmt für die üblen Gerüche in seinen Büchern –, doch es bleiben schwarze Buchstaben auf weißem Papier, ganz ohne echtes Blut, echten Schlamm oder gekochten Kohl.

Ein Garten ist der Gegensatz zu der körperlosen Ungewissheit des Schreibens. Er spricht alle Sinne an, ist ein Raum physischer Arbeit, einer, in dem man im schönsten und wörtlichen Sinn schmutzig wird, eine Gelegenheit, sofortige und unbestreitbare Ergebnisse zu sehen. Am Abend eines Tages, an dem man ein Beet umgegraben hat, ist das umgegrabene Beet so eindeutig und konkret wie die Anzahl der bei den Hühnern eingesammelten Eier. Der Literaturkritiker Kunio Shin schreibt über Winston Smith, den Protagonisten in *1984*: «In einer Welt, in der von der Partei ‹[n]icht nur die Gültigkeit der Erfahrung [...] stillschweigend [...] geleugnet [wird], sondern bereits die Existenz einer äußeren Realität›, ist bereits Winstons Versuch, sich an die Wahrheit von Binsenweisheiten zu klammern – ‹Steine sind hart, Wasser ist nass, ungebundene Gegenstände fallen zur Erde› –, eine verzweifelte Geste politischen Widerstands.» Im selben Absatz von *1984* heißt es: «Die Partei befahl, man dürfe der Beweiskraft der eigenen Augen und Ohren nicht trauen.» Damit werden auch die unmittelbare Beobachtung und die persönliche Begegnung in der materiellen und sinnlichen Welt zu Widerstandshandlungen oder stärken zumindest den, der Widerstand leisten kann. Solche unmittelbaren Erfahrungen haben, wenn man sie häufig macht, eine klärende Wirkung; man tritt aus dem Strudel der Wörter und aus der Verwirrung heraus, die Wörter stiften können. In Zeiten der Lügen und Illusionen ist der Garten eine Möglichkeit, sich im Reich der Wachstumsvorgänge und zeitlichen Abläufe, der physikalischen Gesetze, der Meteorologie, Hydrologie, Biologie und der sinnlichen Wahrnehmung zu erden.

Der amerikanische Lyriker und leidenschaftliche Gärtner Ross Gay sagte zu einem Interviewer: «Mich hat in meinem Leben wahrscheinlich nichts so sehr gelehrt, den Dingen ihre Zeit zu lassen, und zum genauen Hinsehen gezwungen wie das Gärtnern. Die Freude an meinem Garten besteht auch darin, dass ich mich in ihm verliere, noch bevor ich überhaupt etwas gemacht habe. Wenn ich ihn zu bestimmten Zeiten im Jahr betrete, komme ich keine zehn Meter weit – schon stehe ich zwanzig Minuten da, weil die Ölweiden geschnitten werden müssen. Dann beobachte ich die Wespen und bemerke, dass das Unkraut zwischen den Lavendelsträuchern gejätet werden muss – und das Unkraut zwischen den Thymiansträuchern gleich daneben auch. Mir gefällt, wie produktiv mein Garten jenseits jeder Produktivitätslogik ist – er stellt viel Essbares und Nahrhaftes her, ist aber zusätzlich auf eine Weise ‹produktiv›, die zu messen einem gar nicht einfiele.» Schreiben ist vor allem Denken, nicht Tippen, und manchmal kann man am besten denken, während man etwas anderes macht, das einen Teil der Aufmerksamkeit fordert. Auch beim Spazierengehen, beim Kochen und bei einfachen oder monotonen körperlichen Tätigkeiten kann man die Arbeit eine Weile hinter sich lassen und danach erfrischt zu ihr zurückkehren oder einen neuen Zugang zu ihr entdecken.

Für Autorinnen und Autoren, die vom Schreiben leben, ist der Ertrag ihrer Arbeit (in Form von Wirkung, Einnahmen oder Anerkennung) oft schwer greifbar, während man in einem Garten erntet, was man gesät hat – sofern das Wetter hält und nicht Ungeziefer alles auffrisst. Die Arbeit im Gemüsegarten kann ein Prüfstein sein, eine Möglichkeit, zur Besinnung zu kommen und sich selbst wieder wahrzunehmen, nachdem man durch Wörter gewandert ist. Oder sie wird zur Begegnung mit einem kreativen Prozess voller Unwägbarkeiten und Eingriffen von außen, sei es durch das Wetter, durch andere Lebewesen oder durch unvorhergesehene Kräfte, die sich von dem, was auf dem Papier (oder Computerbildschirm) passiert, stark unterscheiden – zur Zusammenarbeit mit dem Nichtmenschlichen. Manuskripte werden nur selten vom Hagel verbeult, auch wenn eine deutsche Bombe einmal eins von Orwells Manuskripten zu Boden gefegt hat. Die metaphorische, evokative, bilderreiche Sprache, die in *1984* durch Neusprech ausgerottet werden soll, entstammt der natürlichen und der ländlichen Welt. Sie ist die Sprache, in der geackert oder wie ein Pferd gearbeitet wird, in der man bienenfleißig ist und erntet, was man gesät hat, die Sprache, in der man den Baum an den Früchten erkennt und den Wald vor lauter Bäumen nicht sieht, die sich selbst und alles andere entwurzelt. Indem er sich aufs Land zurückzog, kehrte Orwell zur Quelle von Metapher, Aphorismus und Gleichnis zurück.

Seine Erinnerung an eine Begebenheit, die sich wahrscheinlich in Wallington zutrug, zeigt, wie fruchtbar – um eine weitere bäuerliche Metapher zu verwenden – das Rustikale für ihn wurde: «[Ich sah] einen kleinen Jungen [...], vielleicht zehn Jahre alt, der ein riesiges Zugpferd einen schmalen Pfad entlanglenkte und es, jedes Mal wenn es sich abzuwenden versuchte, peitschte. Es kam mir zum Bewusstsein, dass, wenn solche Tiere sich ihrer Kraft nur bewusst würden, wir keine Macht über sie hätten und dass die Menschen die Tiere in ziemlich derselben Weise ausbeuten wie die Reichen das Proletariat.» Das war die Geburtsstunde von *Farm der Tiere*. Orwell schrieb das Buch zwar während des Kriegs in London, profitierte dabei aber von seiner Vertrautheit mit dem Wesen verschiedener Hoftiere.

Gärten sind außerdem Orte, an denen die Untrennbarkeit von Leben und Tod sichtbar wird. Ende Oktober 1939 notiert Orwell in seinem Gartentagebuch nach einem ungewöhnlich starken Frosteinfall: «Die Dahlien haben sich sofort schwarz verfärbt, und die Kürbisse, die noch reifen sollten, sind wohl hinüber.» Am Tag dieser Eintragung recht er Laub, das er als Mulch verwenden will, und bemerkt auf dem Komposthaufen stehend, dass «die Rasenstücke, die der alte H. vor ein paar Monaten aufgehäuft hat, zu wunderbar feiner Lehmerde verrottet sind, aber ich glaube, zuvor hatte ich das Gras darauf vernichtet». Am selben Tag rettet er ein Huhn vor dem Erfrieren. Die Zen-Lehrerin und Gärtnerin Wendy Johnson schreibt: «Zuzusehen, wie die weltlichen Dinge zerfallen und sich neu zusammensetzen, ist Zen in seiner reinen Form und die fundamentale Grundlage jedes Gärtnerlebens.» Die Fruchtbarkeit eines Gartens, heißt es weiter, entspringe «dem beiseitegelegten Abfall unseres Lebens». Kylie Tseng, eine junge Klimaaktivistin, die ich persönlich kenne, schrieb auf ihre Biotonne: «In der Natur ist der Tod nie das Ende.» Und weil ein Garten immer ein Ort des Werdens ist, ist seine Anlage und Pflege eine Geste der Hoffnung darauf, dass die gesäte Saat keimen und wachsen, der Baum Früchte tragen, der Frühling kommen und es später eine Ernte geben wird, wie auch immer sie ausfällt. Die Arbeit des Gärtners ist der Zukunft verschrieben.

Ein Freund von Orwell, der Anarchist George Woodcock, schrieb: «[...] die Quelle, aus der sich seine Vitalität speiste, war die Freude an den kleinen Dingen des Alltags, vor allem an der Begegnung mit der Natur. Die Natur gab ihm, wie Antäus, immer wieder Kraft [...].» Wichtig ist die Unterscheidung zwischen Glück, das sich viele als Dauerzustand, als eine Art ständiges Sommerwetter vorstellen, und Freude, die aufleuchtet wie ein Blitz. Glück setzt für gewöhnlich ein geordnetes Leben ohne Probleme oder Konflikte voraus, während Freude überall aufkommen kann und aufkommt, häufig ganz unerwartet. In ihrem Buch *Joyful Militancy* grenzen carla bergman und Nick Montgomery die Begriffe folgendermaßen voneinander ab: «Freude erneuert den Menschen durch den Kampf gegen die Kräfte der Abhängigkeit (d. h. der Unterwerfung). Freude ist ein Prozess, in dem Abhängigkeit aufgehoben wird, eine Loslösung, eine Intensivierung des Lebens selbst. Sie ist ein Prozess des Lebendigwerdens und Auseinanderbrechens. Während Glück als lähmendes Narkotikum benutzt wird, das Abhängigkeit schafft, ist Freude das Wachsen der menschlichen Fähigkeit, Neues so zu tun und zu empfinden, dass diese Abhängigkeit durchbrochen werden kann.»

Orwell ist berühmt für das, wogegen er angeschrieben hat – Autoritarismus und Totalitarismus, der Verfall von Sprache und Politik durch Lüge und Propaganda (und Schludrigkeit), die Erosion des Privaten, das der Freiheit zugrunde liegt. Aus diesen Kräften lässt sich erschließen, was er befürwortet hat: Gleichheit und Demokratie, Klarheit der Sprache und Ehrlichkeit der Absichten, das private Leben mit seinen Freuden und Vergnügungen, persönliche und staatsbürgerliche Freiheit, die ebenfalls darauf basieren, dass das Private keine Überwachung und Eingriffe von außen erfährt, und das Vergnügen unmittelbarer Erfahrung. Doch man muss nicht den Umweg über das Gegenteil gehen, um zu erkennen, wofür Orwell stand; er hat in seinen zahlreichen Essays und auch innerhalb seines restlichen Werks viel über diese Dinge geschrieben. Noch in seinen düstersten Texten blitzt Schönheit auf; zugleich ringen selbst seine lyrischsten Essays mit substanziellen Fragen.

II

UNTER DER ERDE

Das unbetitelte Foto des Fotografen Sasha, Pseudonym des Briten Alexander Stewart, zeigt zwei Bergarbeiter mit einem Förderwagen. Zeche Tilmanstone, Kent 1930.

1
Rauch, Kohleschiefer, Eis, Schlamm, Asche

Im Frühjahr 1936 pflanzte ein Mann Rosen. So formuliert macht der Satz den Mann zum Protagonisten, aber auch die Rosen waren Protagonistinnen. Man könnte beispielsweise sagen, mehrere domestizierte Rosen – zugehörig der Gattung *Rosa* aus der Familie der Rosengewächse, die den Menschen dazu gebracht hat, sie zu kreuzen und fast überall auf der Welt zu verbreiten – hätten einen Mann für ihre Zwecke genutzt, der seine Sixpence für sie ausgab und sich die Mühe machte, sie zu pflanzen und zu hegen. Denn wie Michael Pollan in seinem Buch *Die Botanik der Begierde* schrieb, glauben wir zwar, wir hätten diese Pflanzen domestiziert, doch genauso gut könnte man sagen, sie hätten uns domestiziert, damit wir sie hegen und verbreiten.

Die Rosen gediehen. Sie wuchsen, tranken mit ihren Wurzeln Wasser, nahmen vom Sonnenlicht aktiviert bei der Fotosynthese durch ihre Blätter Kohlenstoffdioxid aus der Atmosphäre auf und zogen mit den Wurzeln Wasser aus der Erde. Sie verwandelten den Kohlenstoff in Kohlenhydrate, aus denen sie sich aufbauten beziehungsweise Energie gewannen, und spalteten das Wasser auf, um Sauerstoff an die Luft zurückzugeben. Sie blühten, unterhielten symbiotische Affären mit Bestäuberinsekten und erzeugten ihre mit Samen gefüllten Früchte, die Hagebutten. Pflanzen sind alles andere als passiv – sie haben die Welt hervorgebracht. Die Geschichte von der Begegnung dieses einen Menschen mit genau diesen Pflanzen hat viele Anfänge und verzweigt sich in viele Richtungen. Ein Erzählstrang hat seinen Ausgangspunkt etwas früher in jenem Jahr, ein zweiter in der Geschichte der industriellen Revolution und ein dritter vor mehr als 330 Millionen Jahren. Über die beiden letztgenannten Zeitabschnitte hatte er gerade Recherchen angestellt und schrieb den größten Teil des restlichen Jahres 1936 darüber.

In jenem Frühjahr war Orwell aus dem Norden Englands und von Orten zurückgekehrt, die Wallingtons idyllischer Umgebung so gar nicht glichen. Er hatte für ein Buch recherchiert, das 1937 erschien und nach einem Viertel in der nahe Manchester gelegenen, für ihre Armut berüchtigten Stadt Wigan betitelt war: *Der Weg nach Wigan Pier*. (Wigan Pier war auch wegen eines in den Varietés kursierenden Witzes berühmt, der sich darum drehte, dass die hässliche, schmutzige Gegend trotz ihres Namens keineswegs über einen Vergnügungspier verfügte.) Orwells politisch links stehender Verleger Victor Gollancz hatte das Buch als Dokumentation über die notleidenden Gebiete in Auftrag gegeben und dem Autor damit die Gelegenheit verschafft, erneut in das Leben der Armen einzutauchen, so wie bereits zuvor in London, Paris und bei den Hopfenpflückern in Kent. Es wurde ein seltsames Buch, das Gollancz in Rage versetzte. Er hätte am liebsten nur die erste Hälfte veröffentlicht, eine hervorragende Reportage über die Menschen und ihre Lebensbedingungen, auf die Orwell gestoßen war. Die zweite Hälfte bestand dagegen aus einer Suada unausgereifter Ansichten des Autors über Politik und Klassenproblematik mit stark autobiografischer Färbung und Beobachtungen wie dieser: «Die moderne englische Literaturwelt, und ihr arrogant-intellektueller Teil ohnehin, ist eine Art giftiger Dschungel, in dem nur Unkraut gedeihen kann.»

Von London aus machte sich Orwell mitten im Winter zu Fuß und per Zug und Bus auf den Weg nach Norden, wo er fast zwei Monate blieb und in Pensionen, bei Bekannten, bei Arbeiterfamilien, deren Bekanntschaft er gemacht hatte, in einer Jugendherberge sowie bei seiner älteren Schwester Marjorie und deren Familie in einem Vorort von Leeds übernachtete und dabei mit allen sprach, die zu einer Unterhaltung mit ihm bereit waren.

Er beschrieb die Zustände in den Wohnungen der Leute, berichtete von ihren Einkünften und Ausgaben, ihren Ansichten und ihrem Kampf um Nahrung, Wohnung und Heizmaterial. Sosehr ihn die Lebensbedingungen der Menschen entsetzten, so sehr rührte es ihn zugleich, dass so viele einem Außenstehenden mit fremdem Akzent vertrauten und sich ihm öffneten. Die Region, in der das Leben schon seit Generationen hart war – dort hatte die industrielle Revolution begonnen und das Industrieproletariat hervorgebracht –, hatte Anfang der dreißiger Jahre besonders stark unter der Weltwirtschaftskrise gelitten.

Orwell sah sich nicht nur die Menschen, sondern auch die von Bergbau und Fabriken geprägte Gegend an. Die Kohle war omnipräsent – als Arbeit, Staub, Heizmaterial, als Smog, Gefahr, Krankheit, Tod, als der im Überfluss vorhandene Stoff, der buchstäblich unter allem lag. Er näherte sich ihr Schritt für Schritt. Zuerst betrachtete er die Landschaft: «[...] die abscheuliche Gegend von Schlackenbergen, Kaminen, Schrotthaufen, stinkigen Kanälen, Pfaden im Aschenschlamm, kreuz und quer von Holzschuhabdrücken gezeichnet.» Alle Häuser waren vom Ruß geschwärzt, selbst der Schnee war schwarz, und über den Städten hing schwarzer Rauch. Wigan erschien ihm «wie eine Welt, aus der die Vegetation verbannt ist; es gab nichts als Rauch, Kohleschiefer, Eis, Schlamm, Asche und fauliges Wasser». Er beschrieb Tümpel mit stehendem Wasser in abgesackten Gruben, bedeckt mit Eis «von der Farbe ungebrannter Umbraerde». Manche Schlackenhügel brannten, und «in der Dunkelheit sieht man lang gezogene, gewundene Feuer darüber kriechen. Die Flammen leuchten nicht nur rot, sondern auch gespenstisch blau (das kommt vom Schwefel). Man denkt, sie würden jeden Augenblick verlöschen, doch dann flackern sie wieder auf.»

Besonders eindrücklich beschreibt er eine Szene, in der Männer, Frauen und Kinder bei eisigen Temperaturen in der von den Bergbauunternehmen entsorgten Schlacke nach kleinen Kohlestücken suchen und manche ihre Beute auf selbst montierten Fahrrädern abtransportieren. Er registriert, wie apathisch der Hunger, die chronische Unterernährung, ihre schreckliche Lage und Verzweiflung die Menschen macht, beobachtet, wie Männer aufgrund von Arbeitslosigkeit verelenden und ganze Familien kaum noch durchhalten, sieht die Verletzungen und Krankheiten ehemaliger Bergleute und den Schatten, den der Tod auf diesen gefährlichsten aller Berufe wirft. Er betrachtet die Körper der Kumpel, die geschwärzt vom Kohlestaub – bei vielen später die Todesursache – nach Hause kommen. Und er beschreibt ihre vernarbten Gesichter, denn sie stießen oft mit dem Kopf an die niedrigen Grubendecken. Wenn Kohlestaub in die Wunden eindrang, verwandelten sich die Schnitte in blaue Tätowierungen: «Die Stirnen mancher älteren Männer sind aus diesem Grund geädert wie Roquefort-Käse.»

«Unsere Zivilisation beruht […] auf Kohle, und zwar viel umfassender, als man sich im Klaren ist, bis man einmal darüber nachdenkt», heißt es später. «Die Maschinen, die für uns lebensnotwendig sind, und die Maschinen, die die Maschinen herstellen, sind alle direkt oder indirekt von Kohle abhängig.» Und an anderer Stelle: «Nur ganz selten und mit einer entschiedenen gedanklichen Anstrengung bringe ich die Kohle mit der Arbeit weit weg in den Bergwerken in Verbindung.» In London stank es seit dem späten 16. Jahrhundert nach dem Rauch brennender Kohle, und Orwell wohnte den größten Teil seines Lebens in Häusern mit Kohleheizung – ob in Form von Öfen oder, was oft der Fall war, in Form eines Kohlekamins im Zimmer (und bestimmt trugen die Abgase und Partikel, die dabei entstanden, zum schlechten Zustand seiner Lunge bei und verschlimmerten die Tuberkulose, an der er schließlich starb).

In *Der Weg nach Wigan Pier* erwähnt er, dass er die oben zitierten Passagen an einem Kaminfeuer schreibe. Die Kohle werde in einem Kohlewagen geliefert und von den Kohlemännern in den Kohleverschlag unter der Treppe des Häuschens geschüttet, und es sei erstaunlich leicht, nicht über diese Arbeiter oder den Kohleverschlag hinauszudenken. Er schrieb eindeutig für Menschen wie ihn selbst, eher links orientiert und aus dem Süden Englands, die nichts Genaues über das Leben der Armen und über die Arbeit und die Bedingungen in den Gruben und Fabriken wussten.

Diese Unsichtbarkeit auf der einen und die Ahnungslosigkeit auf der anderen Seite gehören zu den entscheidenden Voraussetzungen unserer modernen Welt. Indem Orwell in den Norden fuhr, um der arbeitslosen Arbeiterklasse zu begegnen, und in die Gruben hinunterging, um vom fundamentalen Rohstoff Kohle und den Bedingungen seiner Gewinnung Zeugnis abzulegen, leistete er Wiedergutmachung für diese Ahnungslosigkeit. Der Abstieg in die Tiefen der Erde ist eine Reise in die zurückliegende Zeit, und etwas auszugraben heißt, die Vergangenheit in die Gegenwart zu holen. Das hat der Bergbau in so gewaltigem Ausmaß gemacht, dass er die Erde bis hinauf in die obere Atmosphäre veränderte. Man kann diese Geschichte als eine Geschichte der Arbeit erzählen, ebenso gut aber als eine Geschichte der Ökologie. Letztlich gehören sie beide zusammen – als eine Geschichte der Zerstörung.

2
Karbon

Die ökologische Geschichte geht ungefähr so: Der Großteil der Kohle auf der Erde entstand in dem geologischen Zeitalter, das seinen Namen der Kohle verdankt, im Karbon, einer Periode, die vor etwa 359 Millionen Jahren begann und vor ungefähr 299 Millionen endete. Der Planet sah damals völlig anders aus als heute; die Kontinente drifteten über den Globus und hatten ihre heutigen Formen noch nicht erreicht. Manche Gebiete lagen noch unter seichten Meeren, andere waren miteinander verwachsen: In der Frühzeit des Karbons bildeten Europa und Nordamerika den großen Kontinent Laurasia, während sich südlich davon andere Landmassen zum Superkontinent Gondwana vereint hatten. England und Schottland hatten sich noch nicht von größeren Landmassen gelöst und waren noch nicht aneinandergestoßen.

Einer der poetisch anmutenden, geheimnisvollen Sätze, auf die ich bei meiner Suche nach Informationen über die Entstehungsgeschichte der Kohle stieß, lautet: «Nachdem Laurentia mit Avalonia und Baltica verschmolzen war, wobei die beiden Hälften des Vereinigten Königreichs in der kaledonischen Orogenese zusammengefunden hatten, driftete Gondwana weiter nach Norden.» Lange vor den Blütenpflanzen und Säugetieren und sehr lange bevor Bedingungen herrschten, die das Entstehen von Menschen ermöglichten, war die Erde ein fremdartiger Planet – ein Planet ohne Wörter und Namen, auf dem viele Welten entstanden und wieder versanken, einer, der sich in seiner Geologie, seiner Biologie, den Bestandteilen seiner Atmosphäre und seinem Klima immer wieder veränderte. Eine Erde, auf die wir nicht gehörten und die wir nicht wiedererkennen würden.

Im Karbon besiedelten die zuvor kahle Erdoberfläche grüne Lebewesen, die aus den Meeren gekrochen waren, sich weiterentwickelt und auf den riesigen felsigen Flächen Humus geschaffen hatten. Die äquatornahen Gebiete strotzten vor Pflanzen. Die Kohlenwälder, wie die üppige äquatoriale Vegetation genannt wird, bestanden aus gigantischen Bärlappen, riesigen Baumfarnen, dreißig Meter hohen Schachtelhalmen und primitiven Bäumen. Die Angiospermen – die Blütenpflanzen – erschienen erst mehr als hundert Millionen Jahre später, doch auch die aufgezählten Pflanzen taten, was Pflanzen tun: Sie spalteten Wasser, gaben Sauerstoff ab, nahmen Kohlenstoffdioxid auf und nutzten es zur Energiegewinnung und zum eigenen Aufbau.

Das hektische, überreiche Pflanzenleben der Karbonzeit intensivierte diese Prozesse, was seltsame Auswirkungen hatte – unter anderem Sauerstoffwerte, die weit höher waren als in jüngeren geologischen Erdzeitaltern. Die Atmosphäre unseres Planeten besteht seit Langem zu knapp 21 Prozent aus Sauerstoff; im Karbon betrug der Gehalt bis zu 35 Prozent. Die sauerstoffreiche Luft ermöglichte mehr Wachstum und erleichterte den Insekten das Fliegen. Die Evolution der Tiere explodierte geradezu. Libellenartige Wesen mit einer Flügelspanne von bis zu 70 Zentimetern, zweieinhalb Meter lange Tausendfüßler, riesige Eintagsfliegen und Kakerlaken sowie ein Urmolch, der aussah wie ein gigantisches Krokodil, kreuchten und fleuchten durch die sumpfigen Wälder. Dieser hohe Sauerstoffgehalt war das Ergebnis einer weiteren Eigentümlichkeit des Karbons.

Wenn Pflanzen sterben, gelangt normalerweise ein großer Teil des darin enthaltenen Kohlenstoffs durch Verwitterung oder andere Transformationsprozesse, etwa Verbrennung, in die Atmosphäre zurück und verbindet sich mit Sauerstoff zum Treibhausgas Kohlenstoffdioxid, einem wärmespeichernden Bestandteil der Atmosphäre. Doch im Karbonzeitalter wurden gewaltige Mengen Kohlenstoffdioxid, die die Pflanzen aus der Luft aufgenommen hatten, nicht wieder an die Atmosphäre abgegeben. Der Kreislauf war unterbrochen. Der Kohlenstoff der toten Pflanzen gelangte in die Sümpfe und die mit Wasser durchtränkte Erde und wurde zu Torf, der sich im Lauf von Jahrtausenden verdichtete, trocknete und in Kohle verwandelte. In vielen moorigen Gegenden der Welt bildet sich noch heute Torf und speichert riesige Mengen Kohlenstoff.

Die schwarze Masse, die Millionen Jahre im Dunkel der Erde lag, entstammte der Fotosynthese des Sonnenlichts. Mein Freund Joe Lamb, Baumchirurg, Lyriker und Evolutionsbiologe, erklärte mir das einmal so: «Im Grunde sind Bäume gefangenes Licht. Die Fotosynthese fängt ein Photon ein, entzieht ihm ein bisschen Energie, gibt es mit einer etwas kürzeren Wellenlänge wieder ab und nutzt die gewonnene Energie, um aus Luft Zucker und aus den Zuckern das herzustellen, woraus sich Blätter, Holz und Wurzeln bilden. Selbst die massivsten Lebewesen, die Sequoias, bestehen eigentlich aus Licht und Luft.»

Ein Teil des ursprünglichen organischen Materials bewahrte in den Kohleflözen seine Form, weshalb in den Berichten der Geologen, die die britischen Kohlenreviere seit dem 19. Jahrhundert dokumentierten, oft von Pflanzenfossilen die Rede ist. Im Jahr 2009 berichteten Wissenschaftler von einem nordamerikanischen Kohlebergwerk, an dessen Decke ein sich meilenweit erstreckender urzeitlicher Wald zu sehen ist: Laubstreu, dicke Stämme, die sich zu Ästen verjüngen, Wurzeln und Stümpfe, die aus der Decke zu fallen drohen. Zumindest einigen Bergleuten und Ingenieuren muss demnach bewusst gewesen sein, dass sie eine uralte Welt ausgruben, um sie in der gegenwärtigen zu verbrennen.

Pflanzen haben die Erde immer wieder neu gestaltet, bereits als einzellige Meeresorganismen zum ersten Mal signifikante Mengen Sauerstoff an die Atmosphäre abgaben. In der Zeit der Kohlenwälder entzogen die Pflanzen der Atmosphäre so viel isolierendes Kohlendioxid, dass die erdgeschichtliche Epoche des Karbons mit einer Klimakatastrophe endete, nämlich mit einer Eiszeit. Wissenschaftler*innen vermuten, dass der Kohlenstoff-Crash beinahe zu einer globalen Vereisung – der sogenannten Schneeball-Erde – führte. Georg Feulner vom Potsdam-Institut für Klimafolgenforschung kam 2017 zu dem Schluss, dass der Kreislauf des Vegetationswachstums, durch den der Luft Kohlenstoff entzogen und die Vergletscherung der Erde herbeigeführt worden war, von der Kälte selbst verlangsamt beziehungsweise beendet wurde, und wies darauf hin, dass wir diesen Prozess heute umkehren. Das Karbon-Zeitalter lässt sich als ein sechzig Millionen Jahre andauerndes Einatmen der Pflanzen betrachten, bei dem Kohlenstoffdioxid vom Himmel gesogen wurde; die letzten beiden Jahrhunderte wären demnach ein gigantisches menschengemachtes Ausatmen, die Aufhebung dessen, was die Pflanzen vor Millionen von Jahren taten.

Man kann sich vorstellen, dass die Bergleute den Kohlenstoff aus dem Erdinneren direkt in die obere Atmosphäre schaufeln, aber diese Sicht täte ihnen unrecht, denn sie sind nicht verantwortlich für den Klimawandel; schließlich befördern wir den vor langer Zeit von den Pflanzen im Boden gebundenen Kohlenstoff nicht in die obere Atmosphäre zurück, indem wir ihn ausgraben, sondern indem wir ihn verbrennen. Die Kohlekumpel schaffen ihn nur heran. Andere verbrennen ihn – ebenso wie Öl und Gas, die gleichermaßen Produkte urzeitlicher Pflanzen und gebundener Kohlenstoff sind und den Kohlendioxidgehalt auf der Erde genauso katastrophal verändern. Indem wir die Überreste der fernen Vergangenheit am Himmel abladen, heizen wir den Globus auf und zerstören das elegante Zusammenspiel von organischen und anorganischen Systemen, Jahreszeiten, Wachstumszyklen, Wetter, Wanderbewegungen, Blüte und Fruchtbildung, Luft- und Meeresströmen. Hätten wir das Ergebnis der über viele Millionen Jahre hinweg erfolgten Kohlenstoffablagerung in der Erde nicht so rasch, nämlich innerhalb weniger hundert Jahre verbrannt, wären die Auswirkungen wahrscheinlich nicht so verheerend. Aber wir waren zu schnell. Wir haben die Pflanzen in ihrer Fähigkeit, den Kohlenstoff wiederaufzunehmen, schlicht überfordert.

«Alles Ständische und Stehende verdampft», lautet die berühmte Formulierung im *Manifest der Kommunistischen Partei*, und auch wenn Marx und Engels darin über soziale und technologische Veränderungen nachdenken, könnte das Diktum ebenso gut eine Beschreibung der Rückkehr unterirdischen Kohlenstoffs in die obere Atmosphäre sein. Im Jahr 1931 erschien die englische Ausgabe eines fast lachhaft brutalen Buchs mit dem Titel *Fünf Jahre, die die Welt verändern. Erzählung vom großen Plan*, eine Ode an die Industrialisierung der Sowjetunion, die in den Vereinigten Staaten zahlreiche Leser fand. In einem Abschnitt mit der Überschrift «Lassen wir das Tote arbeiten!» sind folgende Sätze zu lesen: «Die Überreste der Sumpfgräser, der Farnkräuter, der Schachtelhalme verfaulten unter den Sand- und Lehmschichten, wurden schwarz, verwandelten sich in Kohle. Und zu diesem Friedhof wollen wir ziehen, die Toten aus ihren Gräbern holen und für uns arbeiten lassen.» Diese Sprache macht den Vorgang zum Zombiefilm, zur Horrorgeschichte: Die Toten kehren zurück und suchen uns heim – in diesem Fall mit ihrem Kohlenstoff.

3
Im Dunkel

In der Erzählung «Die Omelas den Rücken kehren» von Ursula K. Le Guin geht es um einen scheinbar wundervollen, wohlgeordneten Stadtstaat mit einer scheinbar aufgeklärten, progressiven Bewohnerschaft, dessen Existenz jedoch auf dem Missbrauch eines Kindes beruht, das isoliert von allen anderen, unterernährt und seiner Würde beraubt in einem düsteren Keller gefangen gehalten wird. Das Leid dieses einen Kindes dient metaphysischen Zwecken; in England gab es nicht allzu lange vor Orwells Lebenszeit viele solcher Kinder, und deren Elend hatte einen praktischen Nutzen. Ein Bericht aus dem Jahr 1842 mit dem Titel *Arbeitsbedingungen und Behandlung der in den Minen und Zechen des Vereinigten Königreichs beschäftigten Kinder* enthält detaillierte Schilderungen der damals herrschenden Zustände.

Beschrieben wird, wie Kinder in die Gruben hinuntergeschickt wurden und dort so lange arbeiten mussten, dass sie nur sonntags Tageslicht zu sehen bekamen. Sie mussten Kohle aus Stollen herausholen, die so niedrig waren, dass sich die Kleinen über große Distanzen nur kriechend fortbewegen konnten. Viele hatten oben am Kopf keine Haare mehr, weil sie sich gegen die Förderwagen stemmen mussten, um sie vor sich herzuschieben. Andere zogen die Förderwagen auf allen vieren an Ketten, die um ihre nackten Oberkörper geschlungen und zwischen den Beinen durchlaufend mit den Wagen verbunden waren. Oft schabten die Ketten Löcher in die Kleider und rieben die Haut wund. Orwell schreibt, er habe noch ein paar sehr alte Frauen getroffen, die in ihrer Jugend auf diese Weise Kohlewagen gezogen hatten, einige sogar in der Schwangerschaft. «Aber meistens würden wir natürlich lieber vergessen, dass sie es taten.»

In dem Bericht von 1842 erklärten Frauen, sie lebten wie Tiere. Sie arbeiteten, bis die Wehen kamen, oder entbanden in den Gruben unter Tage, und häufig starben die Kinder. Die jüngsten von ihnen, mit ihren fünf, sechs oder sieben Jahren noch zu klein für die Schufterei, mussten die Klapptüren bedienen, mit denen die Belüftung in den Bergwerken reguliert wurde. Es kam vor, dass ein kleines Kind seinen Posten vor Tagesanbruch einnahm und dort zwölf Stunden lang ganz allein war, außer wenn Bergleute vorbeikamen und die Tür geöffnet und wieder geschlossen werden musste. Ringsum war es oft stockdunkel, denn Kerzen oder Lampen bekamen die Kinder nicht, und wenn sie einschliefen oder zu langsam waren, wurden sie geschlagen.

Sarah Gooder, eine Achtjährige, die sich um eine Klapptür zu kümmern hatte, erzählte den Inspektoren: «Ich muss das ohne Licht machen, und ich habe Angst. [...] Ich schlafe nie ein. Wenn ich Licht habe, singe ich manchmal, aber im Dunklen nie. Das traue ich mich nicht.»

Friedrich Engels, der sich in seiner 1845 veröffentlichten Schrift *Die Lage der arbeitenden Klasse in England* auch mit den Arbeitsbedingungen der Bergleute beschäftigte, schilderte Kinder, die auf dem Heimweg vor Entkräftung wegdösten oder zu Hause so schnell einschliefen, dass ihre Eltern ihnen nichts mehr zu essen geben konnten. Darüber hinaus berichtete er, dass die Kinder aufgrund ihrer Arbeit häufig nicht altersgerecht entwickelt, in manchen Fällen sogar entstellt waren. Dazu kam die Gefahr oft tödlich verlaufender Lungenkrankheiten. Bei der Verbrennung von Kohle entstehen giftige Substanzen, aber auch der eingeatmete Kohlestaub kann zum Tod führen.

Oft stürzten Stollen nach Schlagwetterexplosionen ein, ausgelöst von Grubengasen, sodass die Bergarbeiter*innen ständig damit rechnen mussten, erdrückt, verstümmelt, in Stücke gerissen zu werden, schwere Verbrennungen zu erleiden, in der schlechten Luft zu ersticken oder bei einem Einsturz eingeschlossen zu werden. Es war unter Tage oft so heiß, dass die Frauen und Kinder nur Hosen trugen und die Männer häufig ganz nackt arbeiteten, was die Inspekteure von 1842 als unschicklich empfanden. Heute erstaunt dagegen die fürchterliche Verletzlichkeit der Menschen, die sich kaum vor der lebensfeindlichen Unterwelt schützen konnten. In Le Guins Erzählung kehren die Bewohner, denen die versteckte Brutalität Omelas zuwider ist, der Stadt den Rücken; von der Möglichkeit einer Revolte ist nie die Rede. Im Fall der Kohleminen streikten immerhin einige, die sich über die Bedingungen empörten, organisierten sich, versuchten, die Arbeitsbedingungen publik zu machen und zu reformieren, und schließlich verbaten Gesetze, die Beschäftigung von Frauen und Kindern in Bergwerken.

Auf diesem entsetzlichen Elend fußte die Macht Großbritanniens, beruhten die Eisenbahnen, Dampfer, Kriegsschiffe, Eisengießereien, Textilfabriken und großen Städte. Auf diesem Raub – und auf der Ausbeutung von Arbeitskraft und Rohstoffen in den Kolonien – gründete der neue Reichtum des Landes. Das ist nicht weit entfernt von unserer heutigen Welt: Wir sind abhängig von Ölplattformen im Golf von Mexiko und in der Nordsee, vom stinkenden Bitumen-Tagebau und der Ölgewinnung aus Teersand mithilfe von Dampf in

Alberta, von lecken Ölleitungen auf indigenen Gebieten im Niger- und Amazonasdelta, von der Ausbeutung von Arbeitskräften rings um den Globus, die täglich Giftstoffen, Verletzungsgefahr und Tod ausgesetzt sind.

Kohle war zwar vor dieser industriellen Supernova bereits jahrhundertelang abgebaut worden, doch im 18. und frühen 19. Jahrhundert hatten neue Techniken einerseits den Untertagebau ermöglicht und andererseits Maschinen hervorgebracht, die Unmengen der auf diese Weise geförderten Kohle verbrauchten – ein geschlossener Regelkreis, der sich immer mehr ausweitete und intensivierte. Für den britischen Bergbau wurden Lokomotiven auf Eisenschienen sowie Dampfmaschinen eingesetzt – zum Transport von Erz und Kohle und zum Abpumpen des Wassers, um immer tiefer graben zu können. Durch die Weiterverbreitung dieser Techniken ließen sich die dem Menschen bis dahin gesetzten Grenzen überwinden. Wie schnell und weit wir uns, unsere Güter und schließlich auch Informationen bewegen konnten, wie viel wir produzieren und wie stark wir die Erde selbst, die Luft, die Meere verändern konnten, unterlag immer weniger Beschränkungen. Das alles war angetrieben von Feuern, Millionen Feuern in Kaminen, Öfen und unter den Kesseln der Dampfloks, Dampfschiffe und Dampfpumpen, zig Millionen gleichzeitig brennenden Feuern, die industriellen darunter so unersättlich, dass «Heizer» zu einem Beruf wurde: derjenige, der die Kohle in den Kessel schippte. Die britische Marine war auf diese Leute so sehr angewiesen, dass sie sechs Dienstgrade für Heizer einführte. Und alle dieses Kohlefeuer beförderten den einst unter der Erde befindlichen Kohlenstoff zurück in den Himmel.

Im Vergleich mit vielen anderen Lebewesen blieben die Menschen zwar langsam, schwach und verletzlich gegenüber den Elementen, doch sie konstruierten Geräte und Systeme, Maschinen und Werkzeuge, mit denen sie die Beschränkungen ihres Körpers und der von ihnen genutzten Tiere überwanden (auch wenn die Leistung unserer Maschinen bis heute, lange nach dem Verschwinden der Pferde von den meisten Straßen und Feldern, noch immer in Pferdestärken gemessen wird). So kam es gewissermaßen zu einer mechanischen Selbsttranszendenz, die in sich die Möglichkeit barg, Monster zu erschaffen und selbst zu Monstern zu werden. Die von brennender Kohle, später von brennendem Öl gespeiste Maschinenkraft produzierte wirtschaftliche und politische Macht. Obendrein begünstigten die konzentrierten Energiequellen eine beispiellose Ballung von Macht in den Händen einiger weniger, darunter ab einem bestimmten Zeitpunkt auch die großen fossilen Konzerne und Ölnationen.

Im Jahr 1800 förderte und verbrauchte Großbritannien zehn Millionen Tonnen Kohle; 1853 waren es 71 Millionen Tonnen, und bis zum Jahr 1913 stieg die Zahl auf 292 Millionen. Mehr als einer von zwanzig Briten arbeitete 1920 in der Kohlebranche, und als Orwell 1936 nach Wigan fuhr, betrugen Förderung und Verbrauch 232 Millionen Tonnen. Im Jahr 2015 schloss das letzte Kohlebergwerk, 2017 war die Kohleproduktion auf drei Millionen Tonnen gesunken, und 2019 nutzte das Land zum ersten Mal seit 1882 vierzehn Tage lang keine Kohle zur Stromerzeugung. Großbritannien hatte die Kohle durch Öl und Gas ersetzt, deren Verbrennung ebenfalls zum Klimawandel beiträgt, weil auch sie aus fossilem Kohlenstoff bestehen, die insgesamt aber sauberer und effizienter sind. Vor allem in Schottland hat der Wind an Bedeutung im Energiemix gewonnen. *Karbon*, dieser Begriff, der das Erdzeitalter bezeichnet, in dem die Kohle entstand, lässt sich auch auf unsere Zeit anwenden, die sie so gierig verbraucht hat. Kohle ist etwas Totes, sie besteht aus den Überresten uralter Wälder. Wenn ihr Tod als Brennstoff und Industrie im Vereinigten Königreich wie beschlossen 2025 eintritt, wird das gewissermaßen der Tod eines Todes sein.

Orwell fuhr dreimal in die Gruben ein. Am 23. Februar bestieg er einen Förderkorb, der ihn 270 Meter tief unter Tage brachte. Zunächst überraschte ihn, wie niedrig die Decke war. Seine Begleiter führten ihn in einen Stollen, in dem bei einer Höhe von nicht einmal einem Meter gearbeitet wurde. Orwell vermutete, dass die Männer die Kohle an manchen Stellen nur auf dem Bauch liegend abbauen könnten – und das bei einer Temperatur, die er auf mehr als fünfunddreißig Grad Celsius schätzte. «Nachdem wir einige hundert Meter gebückt und ein- oder zweimal kriechend zurückgelegt hatten, begann ich, die Anstrengung durch einen stechenden Schmerz in meinen Oberschenkeln zu spüren.» Auf dem Rückweg wurde er so müde, dass er alle fünfzig Meter stehen bleiben musste und ihm mehrmals die Knie versagten. Am 25. Februar tauchte er zitternd und kurz vor dem Zusammenbruch bei einem in Liverpool lebenden Bekannten aus seinem linken Freundeskreis auf, der ihn für mehrere Tage ins Bett steckte.

In der Grube, die Orwell am 19. März besuchte, mussten die Bergleute über große Distanzen kriechen oder gebückt gehen und den Kohlenstaub einatmen, den die Maschinen aufwirbelten. «Der Ort, an dem diese Männer und diejenigen, die die zerkleinerte Kohle auf die Förderwagen luden, arbeiteten, war die reinste Hölle.» Bei seinem dritten Aufenthalt zwei Tage später bewunderte er die nackten Oberkörper der Bergleute und mutmaßte, dass sie sechs Tage pro Woche von der Hüfte abwärts schwarz sein müssten, weil sie nur einmal wöchentlich badeten. Obwohl es damals in den Gruben keine Frauen und Kinder mehr gab – es sei denn, man zählt die Halbwüchsigen, die ab dem fünfzehnten Lebensjahr einfuhren, zu den Kindern –, und obwohl die Beleuchtung besser geworden war, konnte man die Bedingungen, die Orwell zu sehen bekam, in wichtigen Punkten durchaus mit der Situation von 1842 vergleichen. In *Der Weg nach Wigan Pier* schrieb er: «Wenn ich meinen Garten umgrabe und an einem Nachmittag zwei Tonnen Erde umschaufle, habe ich das Gefühl, ich hätte meinen Tee verdient. [...] Im Bedarfsfall könnte ich einen mäßigen Straßenkehrer abgeben oder einen unfähigen Gärtner, oder sogar einen zehntklassigen Bauernknecht. Aber auch mit aller vorstellbaren Anstrengung und Übung könnte ich niemals Bergmann werden; die Arbeit würde mich in ein paar Wochen umbringen.»

Seinen Garten in Wallington legte er zwischen zwei Reisen an. Die erste war die Expedition in die Bergbau- und Fabrikregionen Englands, wo er für *Der Weg nach Wigan Pier* recherchierte, die zweite führte ihn im Dezember 1936 nach Spanien, wo er sich im Bürgerkrieg den Republikanern anschloss und Essays sowie das Buch *Mein Katalonien* über die Kampfhandlungen verfasste. Mit diesen beiden Büchern hatte er sich politisch gefunden. Drei Jahre lang, klagte sein Freund Richard Rees, habe er versucht, Orwell zum Sozialismus zu bekehren, doch erst die Reise in den Norden habe bewirkt, was ihm nicht gelungen sei. In «Warum ich schreibe» erklärte Orwell: «Der Spanische Bürgerkrieg und andere Ereignisse in den Jahren 1936–37 bewirkten den Umschwung. Ich wusste nun, wo ich stand. Jede Zeile der wesentlichen Arbeiten, die ich seit 1936 geschrieben habe, ist direkt oder indirekt *gegen* den Totalitarismus und *für* den demokratischen Sozialismus, wie ich ihn auffasse.» Dass den drei Romanen, die er bis dahin rasch hintereinander verfasst hatte, innerhalb der nächsten dreizehn Jahre nur zwei weitere folgten – 1939 und 1949 –, zeigt eine weitere Veränderung, nämlich die Konzentration auf die Essayistik.

Man kann beide Reisen als Reisen in den Krieg und beide Bücher als Kriegsberichterstattung betrachten. In *Der Weg nach Wigan Pier* schrieb Orwell über den Klassenkampf in Form der Brutalität und Ungleichheit, die zur bitteren Armut und entsetzlichen Schufterei in den Gruben führten. Die Bergwerke waren der Schauplatz einer einseitigen Schlacht, die schreckliche Opfer forderte – sowohl unmittelbar, durch Explosionen und Einbrüche, die die Menschen verstümmelten und töteten, als auch mittelbar, durch die schlimmen Krankheiten, an denen die Kumpel und die Bewohner*innen der Bergbaugebiete litten, aber auch durch den Kampf um höhere Löhne und bessere Arbeitsbedingungen.

Der Kriegsvergleich lässt sich erweitern. Die Kohleverbrennung war (und ist) für die Gesundheit der Menschen fatal. Der berühmte Londoner Nebel, der bis Mitte des 20. Jahrhunderts existierte, war eine Mischung aus Dunst und Nebel, die von der Themse aufstiegen, und extrem toxischen, oft tödlichen Kohleabgasen. Der in diesem Zusammenhang bekannteste Vorfall ist die Smog-Katastrophe von 1952, in deren Verlauf die Innenstadt vier Tage lahmgelegt war. Die Abgase waren so dicht, dass Fahrzeuge und Fußgänger*innen nicht weiterkamen und selbst in Theatern und anderen Innenräumen niemand mehr etwas sah. Dieser Smog bestand aus «1000 Tonnen Rauchpartikel, 2000 Tonnen Kohlenstoffdioxid, 140 Tonnen Salzsäure» sowie 370 Tonnen Schwefeldioxid, aus denen sich 800 Tonnen Schwefelsäure bildeten.

Die Kombination ähnelt ein wenig den Giftgasen des Ersten Weltkriegs, und wie der Gaskrieg führte auch sie zu Todesfällen. Frühe Schätzungen, wonach durch die Smog-Katastrophe 4000 Londoner*innen umgekommen waren, wurden später nach oben korrigiert, und zwar auf eine dreimal so hohe Zahl. Und weitere Menschen starben durch die anhaltende Luftverschmutzung. In einer 2019 im *European Heart Journal* veröffentlichten Studie wurde geschätzt, dass pro Jahr 800000 Menschen in Europa und 8,8 Millionen weltweit an Luftverschmutzung sterben, die vorwiegend durch das Verbrennen fossiler Brennstoffe hervorgerufen wird. Eine Studie aus dem Jahr 2021 machte die Emissionen fossiler Brennstoffe sogar für einen von fünf Todesfällen weltweit und für einen von dreien in Ostasien jeweils im Jahr 2018 verantwortlich. Nicht nur die mit Kohle befeuerten offenen Kamine, über die sich Orwell in seinen Schriften so positiv äußerte, sondern auch der Londoner Smog, den er während seiner Aufenthalte in den dreißiger und vierziger Jahren einatmete, haben sicherlich zum miserablen Zustand seiner Lunge und seinem frühen Tod beigetragen.

Die Förderung fossiler Brennstoffe ist ein so lukratives Geschäft, dass es ihretwegen zu Kriegen kommt und sie die Außenpolitik vieler Länder bestimmt. Darüber hinaus zerstört sie riesige Gebiete und hat auf allen Kontinenten außer der Antarktis Wasser kontaminiert. Sie hat zuerst den Himmel, dann die Meere und den Boden verändert. Sie ist ein Krieg gegen die Erde und gegen die Atmosphäre. Im Rückblick auf 1936 verwundert jedoch am meisten, wie lange diese Zeit in ökologischer Hinsicht her ist.

Noch zehn Jahre später, noch angesichts der schaurigen Ruinen des Zweiten Weltkriegs, in dem mehr als 80 Millionen Menschen gestorben und Städte wie London, Dresden, Tokio und Leningrad in Trümmer gelegt worden waren, ging es der nichtmenschlichen Welt – wenn man das Leben der Menschen und ihre Strukturen gedanklich beiseiteschiebt – größtenteils oder zumindest relativ gut. Die Meere waren noch nicht versauert und aufgeheizt, das Polareis, der Grönländische Eisschild, die Gletscher und das Klima selbst wirkten stabil; das Wetter war einigermaßen vorhersagbar, und ein verglichen mit heute weit größerer Teil der Wälder in der gemäßigten beziehungsweise tropischen Zone war intakt und band Kohlenstoff. Zahlreiche Arten, die inzwischen gefährdet oder ausgestorben sind, existierten noch, und ganze Klassen von Chemikalien und Kunststoffen waren noch nicht erfunden.

Natürlich war schon damals großer Schaden angerichtet: der Tasmanische Emu, der afrikanische Blaubock, der Riesenalk aus dem nordatlantischen, der geheimnisvolle Star aus dem südpazifischen Raum und zahlreiche andere Arten weltweit waren bereits ausgestorben. Die Erde befand sich in einem alles andere als unberührten Zustand. Große Teile Westeuropas waren längst entwaldet und zahlreiche Arten durch die Jagd ausgerottet. Der Nahe Osten war seit Langem überweidet, der Bergbau hatte die Landschaften aufgebrochen und die Luft und das Wasser rings um den Globus verschmutzt. Im 19. Jahrhundert war die nordamerikanische Prärie schon in Grundbesitz aufgeteilt und von den Schienen der Eisenbahnen zerschnitten, die zuerst mit Holz, dann mit Kohle angetrieben wurden. Ihretwegen hatte man die Stämme der First Nations in den Great Plains unter anderem durch die Dezimierung der großen Bisonherden bekämpft. Anfang der dreißiger Jahre waren die Great Plains zur *dust bowl* vertrocknet, nachdem die Landwirtschaft eine massive Erosion des Bodens herbeigeführt und der Wind die Erde davongeweht hatte. Engels beschrieb die schwarzen Flüsse im industriellen Norden Englands, und eine mit wenigen Ausnahmen unkontrollierte Luft- und Wasserverschmutzung war bis in die Nachkriegszeit hinein die Norm. Und dennoch war die Erde damals sehr viel weniger versehrt und sehr viel zukunftsfähiger als heute. Von 2021 aus betrachtet wirkt sie wie der Garten Eden.

Obwohl Europa seit Ende des 18. Jahrhunderts und Nordamerika ab einem etwas späteren Zeitpunkt immens viel Kohle verbraucht hatten, obwohl man seit dem späten 19. Jahrhundert Petroleum gewann, obwohl die Beleuchtung mit Gas in Orwells Jugend ebenso verbreitet war wie das Heizen mit Kohle, obwohl in Texas und Saudi-Arabien der Ölboom eingesetzt hatte, obwohl 1871 die britische Rangoon Oil Company (später Burmah Oil Company) gegründet worden war und 1908 die britische Anglo-Persian Oil Company (beide gingen später in British Petroleum, heute BP, auf), obwohl Standard Oil in den Vereinigten Staaten bereits so gigantisch geworden war, dass die amerikanische Regierung den Konzern 1911 zerschlug, sollte der größte Schaden erst noch entstehen.

Die Kohlendioxid-Konzentration in der Erdatmosphäre, die, während ich dieses Buch zu Ende schreibe, ungefähr 416 ppm beträgt (als ich anfing, waren es 413), stieg seit Beginn des 19. Jahrhunderts, nachdem sie lange bei etwa 280 ppm stagniert hatte. Im Jahr 1936 hatte sie nur 310 ppm betragen, deutlich unter der Grenze, innerhalb derer das Klima der holozänen Zwischeneiszeit aufrechterhalten werden konnte. Noch 1984 lagen die Werte knapp unter den 350 ppm, die der Klimaforscher James Hansen als Obergrenze für eine stabile Erde berechnet hat. Aus Orwells letztem Roman spricht die Erwartung, dass 1984 ein politisch grauenvolles Jahr sein würde. Heute blicken wir über die große Kluft zwischen unserem schrecklichen Wissen und unserem noch schlimmeren Handeln hinweg auf 1984 als das letzte in puncto Klima gute Jahr zurück. Doch 1936 war nicht nur in ökologischer Hinsicht ganz anders als unsere Gegenwart, sondern auch in Hinsicht auf das Vorstellbare.

In den Menschen von 1936 war die Zuversicht so tief verankert wie eine noch nicht ans Tageslicht beförderte Bewusstseinsschicht. Die Erde galt als groß und widerstandsfähig genug, um die durch uns erlittenen Schäden wegzustecken, die im Übrigen immer lokal begrenzt sein würden. Das, was wir in Teilbereichen anrichteten, würde, so die Überzeugung, niemals das Ganze schwächen, und von allem würde es immer mehr geben. Die Menschheit verhielt sich wie ein Kind, in dessen Augen die Mutter unsterblich ist, ganz gleich, was passiert. Dieses Kind war aber zu einer Riesin herangewachsen, die mithilfe von Werkzeugen, Maschinen und chemischen Erfindungen übermenschliche Kräfte aufgebaut hatte und so heftig zuschlug, dass das ganze System Blessuren erlitt und massive Veränderungen erfuhr. Als uns klar wurde, dass wir einen Krieg führten, galt es, mit dem Werk der Pflanzen Frieden zu schließen. Das kann Aufforstung bedeuten oder den Schutz von bestehendem Wald, Weideland und Humusboden. In jedem Fall erfordert es die Entscheidung, sich auf die Seite der Pflanzen zu stellen, anstatt den seit Jahrmillionen im Boden steckenden Kohlenstoff weiterhin Richtung Himmel zu schleudern.

Ein Mann pflanzte Rosen und Obstbäume in einer konfliktreichen und chaotischen Zeit. Vielleicht wollte er in seinem neuen Garten in Hertfordshire einen Ort und Beziehungen schaffen, die sich fundamental unterschieden von dem, was er gerade gesehen hatte, ganz anders waren als die Todesgefahr, die Entwurzelung, Entfremdung und schiere Hässlichkeit jener Orte. Der Garten lässt sich unschwer als Reaktion darauf betrachten. Was Orwell im Norden miterlebt hatte, hinterließ einen tiefen Eindruck in ihm, nicht nur als Thema für ein Buch, auch als eine erschütternde Begegnung mit Leid und Ausbeutung, die seine Entwicklung zum politischen Autor beschleunigte.

Diese Geste – Rosen zu pflanzen und einen Garten anzulegen – kann vieles bedeuten. Belassen wir es fürs Erste dabei, sie als ein Zusammenwirken mit der Welt und der Arbeit der Pflanzen zu interpretieren, als den Vorsatz, weitere kohlenstoffbindende, sauerstoffproduzierende Organismen anzubauen und zu hegen, als Ausdruck des Wunsches, Landwirtschaft zu betreiben, sich niederzulassen und auf eine Zukunft zu setzen, in der Rosen und Bäume blühen und die Bäume noch Jahrzehnte oder, wie Orwell schrieb, ein ganzes Jahrhundert später Früchte tragen würden. Wer einen Garten anlegt, will Zerbrochenes wiederherstellen: Beziehungen, in denen man sowohl erzeugt als auch verbraucht, in denen man die Geschenke der Erde unmittelbar ernten kann, in denen vollkommen klar ist, wie etwas entsteht. Das mag nicht ausschlaggebend sein, aber schon eine Geranie auf einem Fenstersims in der Stadt, hoch über der Straße, kann große Bedeutung haben.

Als Orwell sich dafür aussprach, Bäume zu pflanzen, weil kaum ein Mensch etwas zu tun vermag, was länger Bestand hat, ging es ihm um die Zukunft und um den Beitrag, den er dazu leisten konnte. Natürlich dachte 1936 niemand darüber nach, wie sich Kohlenstoff binden ließe, doch auf die Seite der Pflanzen konnte man sich auch ohne dieses Bewusstsein stellen. Und der Mann, der Rosen pflanzte, wusste sich mit seinem Vorschlag aus dem Essay «A Good Word for the Vicar of Bray» auch auf der Seite der Zukunft.

III

BROT UND ROSEN

Tina Modotti, Rosen, Mexiko, *1924.*

1
Rosen und Revolution

Im Jahr 1924 fotografierte eine Frau Rosen. Obwohl Tina Modotti nur wenige Abzüge von dem Großformatnegativ machte, wurde die Aufnahme zu einer der berühmtesten in der Geschichte der Fotografie. Siebenundsechzig Jahre nach seiner Entstehung wurde ein Kontaktabzug versteigert, den der letzte Partner der Künstlerin, einst als Agent der Komintern im Auftrag Stalins tätig, geerbt hatte. Angeblich bot unter anderen auch der Popstar Madonna auf das Foto, doch den Zuschlag erhielt die Modeunternehmerin Susie Tompkins Buell. Die Transaktion machte Schlagzeilen, weil nie zuvor so viel für eine Fotografie gezahlt worden war – 165000 Dollar. Heute gibt es das Bild in Reproduktionen aller Art überall zu kaufen.

Die Geschichte der Frau, die das Foto aufnahm, war ähnlich erstaunlich wie die ihres Werks. Tina Modotti wurde 1896 im Nordosten Italiens geboren und wuchs in einer armen, sozialistisch eingestellten Familie auf. Mit vierzehn ging sie in eine Fabrik und wurde zur Haupternährerin ihrer Familie. Mit sechzehn wanderte sie nach San Francisco aus, arbeitete als Näherin und wurde erfolgreiche Amateurschauspielerin, erst auf der Bühne, später in Los Angeles auch in frühen Filmen. In Südkalifornien lernte sie den Fotografen Edward Weston kennen, der ihr Geliebter wurde und ihr das Fotografieren beibrachte. 1923 verließ er seine Frau und zog mit Modotti nach Mexiko-Stadt. Wenige Jahre nach dem Ende der Revolution verhieß Mexiko für viele Menschen weitere – künstlerische und kulturelle – Revolutionen, und in der Hauptstadt hatte sich eine lebendige Kunstszene gebildet. Modotti war einige Jahre lang Westons Geliebte und Partnerin im gemeinsamen Fotostudio. Ihre Bilder ähnelten in vielem seinen klaren, abstrahierenden, der *straight photography* verpflichteten Werken, wichen in anderer Hinsicht jedoch stark davon ab.

Das 1924 entstandene Foto *Rosen, Mexiko* wurde auf Papier gedruckt, das mit Palladium statt wie sonst üblich mit Silber beschichtet worden war, was ihm einen goldbraunen statt grauen Ton verleiht. Die vier blassen Blüten sind frontal zu sehen, mit den Köpfen nach vorn, und die in konzentrischen Kreisen angeordneten Blütenblätter füllen den gesamten Rahmen. Eine Knospe öffnet sich gerade, während eine andere, die weit mehr Raum als die übrigen einnimmt, bereits zu welken beginnt. Die beiden anderen befinden sich in Phasen dazwischen. Die vier Blüten in drei verschiedenen Stadien des Lebens sind wie das Porträt eines Kindes, eines Erwachsenen und zweier Jugendlicher. Modottis Biografin Patricia Albers schreibt, die Fotografin habe die Blumen für die Aufnahme hingelegt, sodass die beiden im Zwischenstadium befindlichen Blüten durch die Schwerkraft leicht ins Ovale gedrückt wurden. Die blassen Rosen sind zwar deutlich als solche erkennbar, werden aber auf ungewohnte Weise gezeigt – als Individuen von unterschiedlicher Form und in unterschiedlichen Lebensphasen. Das Foto ist sinnlich, schwelgerisch, es strahlt Weichheit und Hingabe aus und wirkt geheimnisvoll.

Dass Rosen schön sind, liegt auch an ihrer Zartheit. Die Blütenblätter sind so weich wie eine Kinderwange – früher bezeichnete man einen jugendlichen Teint als «blühend». Die Blütenblätter dieser domestizierten Blume haben etwas Fleischiges, ohne dick oder hart zu sein wie die der Magnolie, sie sind empfindlich, aber nicht so fragil wie die der Wildblumen, die gleich nach dem Pflücken zu welken beginnen, und diese Eigenschaft, die an die menschliche Haut erinnert, bleibt auch dann erhalten, wenn die Blüte an Frische verliert und erschlafft, ganz so, als würde ihr die Schwerkraft erst im mittleren Alter zusetzen, die Glätte erst dann in winzige Fältchen zerfallen, die die weiche Oberfläche durchziehen, und die Blüte tatsächlich zu welken beginnen. Weil auch ihre Vergänglichkeit zum Wesen der Blumen gehört, hat man sie seit jeher als Symbol für das Flüchtige, Endliche des Lebens benutzt, stets verbunden mit dem Gedanken, dass alles, was vergeht, gerade deshalb umso kostbarer ist.

Auch das Wort *frisch* verweist auf Jugend, Neuheit, aber auch auf Sterblichkeit oder Zeitgebundenheit. Etwas, das nie vergeht oder stirbt, war nie frisch. Der Schriftsteller und Schauspieler Peter Coyote sagte einmal, niemand weine um künstliche Blumen, und tatsächlich setzt eine merkwürdige Enttäuschung ein, wenn man ein Bouquet oder eine Blüte aus der Ferne bewundert und im Näherkommen erkennt, dass sie künstlich sind. Diese Enttäuschung rührt von dem Gefühl her, getäuscht worden zu sein, aber auch von der Begegnung mit etwas, das statisch ist, das nie sterben wird, weil es nie gelebt hat, das sich nicht aus der Erde heraus gebildet hat und dessen Textur gröber, trockener ist und den Berührungsdrang weniger stark anregt als eine sterbliche Blume.

Die Schönheit von Blumen beschränkt sich nicht auf das Sichtbare; sie ist auch metaphysisch, taktil und oft olfaktorisch. Blumen kann man riechen, berühren und in manchen Fällen auch schmecken. Sie bringen Früchte, Samen und andere von Menschen geschätzte oder sogar benötigte Dinge hervor und sind damit auch ein Versprechen. Beim Anblick einer Blume in einem bestimmten Stadium schwingt das Wissen mit, dass andere Stadien hinter ihr liegen und weitere folgen werden. Die Schönheit von Rosen liegt wohl auch darin begründet, dass sie in jeder Phase, von der Knospe bis hin zur vertrockneten, toten Blüte, anziehend sind und dass ihr Dahinschwinden langsam und anmutig abläuft. Voll erblühte Kamelien sehen Rosen sehr ähnlich, aber ihre Verwandlung von der harten Knospe zur weit geöffneten Blüte und schließlich zu einer durchweichten braunen Masse, die abfällt und auf dem Boden vermodert, erfolgt rasant, und auch viele andere Blumen vergehen auf diese Weise. «Doch wenn Verwesung in die Blume dringt, ist das gemeinste Unkraut ihr voraus», heißt es bei Shakespeare – Rosen aber verwesen kaum je.

Wildrosen, fragiler und unkomplizierter als die domestizierte Rose, sind mir in der subarktischen Region Kanadas und in den Rocky Mountains, an der kalifornischen Küste und als Hecken auf Nebenstraßen im Süden Englands begegnet, doch die erstaunlichsten habe ich im tibetischen Hochland gesehen. Wo in mehr als 3600 Meter Höhe und lange nach Beginn der Trockenperiode nahezu jede andere Pflanze aufgrund der harten Bedingungen und wegen Überweidung verschwunden ist, gibt es noch dichte, üppige Rosensträucher, viele größer als ich und breiter als hoch, die teils in Hainen zusammenstehen, teils dicht an dicht die Gletscherbäche säumen, die sich durch die vertrocknete Landschaft winden. Blühen sah ich sie nicht, dazu war es zu spät im Jahr. Die Rosensträucher von Dolpo bildeten Kuppeln aus eng gedrängten, kleinen, hellgrünen Blättern, zwischen denen karmesinrote Hagebutten von der Größe kleiner Weintrauben saßen. Sie strahlten etwas Heroisches, Widerständisches aus, ein Leuchten in der ansonsten vollkommen farblosen Szenerie.

Tibet ist ein buddhistisches Land. Doch der Buddhismus stammt aus feuchteren Regionen, und die ihm wichtigste Blume ist der Lotus. «Wie ein reiner Lotus im trüben Wasser» lautet eine weit verbreitete Redensart; ebenso bekannt ist das sanskritische Mantra «O Juwel im Lotus». Die Azteken hatten ihre zeremoniellen Ringelblumen, das Christentum machte sowohl die Lilie als auch die Rose zu Symbolen des Heiligen. Rosen wurden domestiziert und mit dem Ziel gezüchtet, die Zahl der Blüttenblätter zu vermehren und größere, üppigere, komplexere und intensiver duftende Blüten hervorzubringen. Als ich mir einmal in einem öffentlichen Rosengarten alte Rosen ansah, deren nach innen gewölbte Blütenblätter in konzentrischen Kreisen angelegt sind, erinnerten sie mich an Mandalas. Dabei ist es in Wahrheit natürlich umgekehrt. Mandalas – heilige Bilder in Asien ebenso wie die Fensterrosen der gotischen Kirchen – ähneln vielblättrigen Blüten.

Am Ende der *Göttlichen Komödie* erreicht Dante auf seiner Reise durch die konzentrisch angeordneten himmlischen Sphären eine große Rose, das Herz des Paradieses, und spricht zur Jungfrau Maria, die oft als Rose dargestellt wurde:

In deinem Leib hat sich aufs neu entzündet
Die Lieb, an deren Glut im ew'gen Frieden
Also hervorgesprosst ist diese Blume.

Ich fotografierte damals die Rosen in dem öffentlichen Garten, und als ich mir die Bilder ansah, erinnerten mich einige einzelne Blüten mit ihren zarten gekräuselten Blättern in der Nahaufnahme an Labien beziehungsweise Vulven. Man sieht nie alles an einer Rose. Die Knospe ist meistens geschlossen, die Blütenblätter sind zusammengefaltet, doch selbst bei einer voll erblühten Rose überlappen sich Schichten von Blütenblättern und bilden Innenräume, Schatten, Geheimnisse. Ungefähr zu der Zeit, als Modotti und, in Kalifornien, Imogen Cunningham Blumen in Großaufnahme fotografierten, arbeitete Georgia O'Keeffe an ihren riesigen Gemälden einzelner, frontal dargestellter Blüten, die ebenfalls an weibliche Genitalien erinnern.

Blüten sind ja tatsächlich die Geschlechtsorgane der Pflanzen, dazu bestimmt, die Gene zu reproduzieren, was sie im Fall vieler Arten tun, indem sie Bestäuber anlocken – Insekten, Vögel, Fledermäuse. Und wohl auch die Menschen, die mit so viel Mühe Blumen kultiviert und in ihre Häuser, Opfergaben und Zeremonien integriert haben. Blumen werden zwar allgemein als weiblich betrachtet und mit Frauen assoziiert, besitzen jedoch häufig auch männliche Geschlechtsorgane. In einer Serie des Fotografen Robert Mapplethorpe werden Blumen durch die Akzentuierung ihrer langen Stängel und kraftvollen Formen, der hervortretenden Staubfäden von Lilien und des phallischen Kolbens in der Mitte von Callablüten gewissermaßen vermännlicht.

Henry Miller dagegen bezeichnet in seinem 1934 veröffentlichten Roman *Wendekreis des Krebses*, über den sich Orwell mit amüsierter Begeisterung äußerte, die Vulva einer Sexarbeiterin als «Rosenbusch». Dantes Paradies ist eine Rosenblüte, die sich in der vom Schoß der Jungfrau Maria ausstrahlenden Wärme öffnet. Auch der etwa 75 Jahre vor der *Göttlichen Komödie* begonnene mittelalterliche Versroman *Rosenroman* ist beides, säkular und spirituell. Die Rose ist die geliebte Frau, die geliebte Frau ein Ziel, und ein bisschen wie eine Biene «verfolgt» und würdigt der menschliche Liebhaber diese sowohl erotische als auch spirituelle Rose in der Mitte eines ummauerten Gartens.

In Mexiko haben Rosen eine besonders große Bedeutung, weil am 12. Dezember 1531, nur zehn Jahre nach der Eroberung des Aztekenreichs durch die Spanier, einige Exemplare aus dem derben Umhang von Juan Diego Cuauhtlatoatzin purzelten. Der Legende nach war dem indigenen Mann in der Nähe der heutigen Hauptstadt eine strahlende junge Frau erschienen. Sie offenbarte sich als die Jungfrau Maria und erteilte ihm den Auftrag, zu ihren Ehren an dieser Stelle eine Kapelle errichten zu lassen. Als der spanische Bischof von Mexiko einen Beweis forderte, bewirkte die Jungfrau, dass auf dem Berg Tepeyac mitten im Winter Blumen blühten – manche Berichte sprechen von unterschiedlichen Blumen, die meisten jedoch von Rosen, die es damals in Mexiko gar nicht gab –, und untermauerte damit die Glaubwürdigkeit des Mannes.

Juan Diego kehrte zum Bischof zurück, und als er die gesammelten Rosen aus seinem Umhang geschüttet hatte, erschien an der Innenseite des Kleidungsstücks das Bild der Jungfrau, als hätten die Rosen sie gemalt oder sich in sie verwandelt. Der Umhang mit dem Abbild einer dunkelhäutigen Frau, die in einem mit Sternen durchwirkten blauen Gewand auf einer Mondsichel steht, hängt bis heute in der Basilica de Nuestra Señora de Guadalupe am Fuß des Tepeyac und wird noch immer von so vielen verehrt, dass man die Gläubigen auf Laufbändern daran vorbeigleiten lässt, um den Besucherandrang zu regulieren. Die Wallfahrt, die jährlich am 12. Dezember, dem Festtag der Jungfrau von Guadalupe, unternommen wird, ist die größte der katholischen Welt, und das ganze Jahr über werden unzählige Rosen als Opfergaben vor dem Gnadenbild abgelegt.

Manche halten die Jungfrau für die christliche Wiedererscheinung einer aztekischen Göttin, und tatsächlich hatte sie Juan Diego seinen eigenen Worten zufolge in seiner Sprache Nahuatl angesprochen. D.A. Brading schreibt in seinem Buch über Ursprünge und Geschichte des Bildes und dessen Verehrung: «[...] mit der Aufforderung an Juan Diego, die Blumen zu pflücken, pflanzte Maria das Evangelium tief in den Boden der aztekischen Kultur, denn für die Indios hatten Blumen den gleichen Wert wie spirituelle Lieder und waren im weiteren Sinn Symbole des göttlichen Lebens.» Die Jungfrau von Guadalupe wurde Mexikos Schutzpatronin, und als der Priester Miguel Hidalgo 1810 zur Befreiung von der spanischen Herrschaft aufrief, tat er das in ihrem Namen. «Lang lebe die Jungfrau von Guadalupe» wurde zum Kampfruf der Indigenen und Mestizen, ihr Bild – die Darstellung auf dem wundertätigen Umhang – zum Banner der Aufständischen. Der Titel *Rosen, Mexiko*, den Modotti ihrem Foto gab, entspricht zwar dem damals modernen Stil der *straight photography*, Titel neutral und anschaulich zu halten, doch durch die Verknüpfung genau dieser Blumen mit genau diesem Land schwang darin weitaus mehr mit.

Im Jahr 1924 fotografierte eine leidenschaftliche Anhängerin der Revolution Rosen. Avantgardistische Kunsttheorie und radikale politische Ideen waren in dieser Zeit eng miteinander verbunden, verfolgten die gleichen Träume auf den gleichen Wegen. Kunst, Schönheit und Revolution wurden zusammengedacht. Modotti lernte von Weston, einem führenden Vertreter des neuen, an der US-Westküste entstandenen modernen Fotografiestils, der sich durch unkonventionelle Perspektiven, schlichte, dramatische Formen, hohe Bildschärfe und strenge Komposition auszeichnete. Die Gegenstände wurden so abstrahiert, als bestünde ihre Bedeutung allein in der Form. Weston bildete Paprikaschoten und die Rundungen einer Toilettenschüssel aus Porzellan ähnlich ab, wie er nackte Frauen darstellte, darunter auch Modotti, die er häufig fotografierte. Er war ihr Lehrer, Geliebter und kreativer Begleiter. Noch Jahre nach der Trennung bis zu ihrem Umzug nach Moskau 1931 schrieb sie ihm lange, innige Briefe.

Beide waren 1924 fasziniert vom postrevolutionären Mexiko. Sie verkehrten mit den Künstler*innen und Aktivist*innen des Landes, so auch mit Diego Rivera und weiteren Vertreter*innen des Muralismo, die die Narrative und Hoffnungen jener Zeit in riesigen Formaten einfingen. In den folgenden Jahren verdiente Modotti ihren Lebensunterhalt unter anderem mit der Dokumentation der Wandgemälde und ihrer Entstehung sowie mit Studioporträts. Sie war berühmt für ihre Schönheit und wurde mindestens zweimal von Rivera gemalt. Anfang der dreißiger Jahre sagte sich Weston weitgehend von der Politik los, Modotti dagegen von der Fotografie. Vor ihrer Ausweisung aus Mexiko verschenkte sie ihre Großformatkamera an den jungen Manuel Álvarez Bravo und trat als Unterstützerin der Sowjetunion während einer der brutalsten Phasen des Stalinismus den Weg in ihre letzten Lebensjahre an.

2
Wir kämpfen auch für Rosen

Im Jahr 1910 begab sich Helen Todd, Aktivistin für das Frauenwahlrecht, auf eine Autorundreise durch den Süden des US-Bundesstaats Illinois, um die Leute in den ländlichen Regionen für ihre Sache zu gewinnen. Ehe der 19. Zusatzartikel durch die Aufnahme in die Verfassung 1920 zum nationalen Gesetz wurde, musste das Frauenwahlrecht in den USA Bundesstaat für Bundesstaat errungen werden. Todd schrieb in *The American Magazine* über die Tour und schilderte, wie sie aktuelle Themen – Lebensmittelsicherheit, Kinderarbeit, Sicherheit am Arbeitsplatz – zu Frauenthemen machte. In der letzten Nacht schlief sie bei einer Farmerfamilie. Die über neunzigjährige bettlägerige Gastgeberin erzählte, ihre Tochter Lucy habe das «Dienstmädel» Maggie zur Kundgebung geschickt, da sich jemand um sie, die alte Frau, kümmern müsse und Lucy das Frauenwahlrecht bereits befürworte, während Maggie noch etwas Aufklärung nötig habe.

Am nächsten Morgen frühstückten Todd, Maggie und Lucy gemeinsam in der Küche des Gehöfts. Auf dem Tisch stand ein Strauß Frauenschuh-Orchideen, und durch die geöffnete Hintertür sah man die Stockrosen im Garten. Da meinte Maggie: «Das Beste an der Kundgebung war, als gesagt wurde, dass es das Frauenwahlrecht geben soll, damit alle Brot haben – und Blumen.» Todd berichtet, dieses sprachliche Bild habe Lucy so gut gefallen, dass sie Todd bat, ihrer Mutter ein Kissen mit dem Slogan zu schicken. Auf dem Kissen, das Todd der Frau zukommen ließ, stand «Brot für alle – und Rosen».

In ihrem Bericht für das *American Magazine* denkt Todd über diese Parole nach, die zur Losung sowohl der Frauenrechts- als auch der Arbeiter*innenbewegung und der linken Aktivist*innen in den siebziger Jahren wurde, und erklärt, dass mit dem Wahlrecht für Frauen «die Zeit schneller käme, in der das Brot des Lebens – Unterkunft, Geborgenheit und Sicherheit – und die Rosen des Lebens – Musik, Bildung, die Natur und Bücher – jedem Kind, das in diesem Land geboren wird, unter einer Regierung, an der es mit seiner Stimme beteiligt ist, zur Verfügung stünden. Ab dem Tag, an dem ‹Brot für alle – und Rosen› gilt, gibt es keine Gefängnisse mehr, keine Fallbeile, keine Kinder in Fabriken, keine Mädchen, die ihr Brot auf der Straße verdienen müssen.»

Die Parole, die offenbar wirklich im Gespräch zweier Farmfrauen und einer Suffragette über eine Rede zum Thema Frauenwahlrecht entstanden war, erwartete ein außergewöhnliches Schicksal. Ende 1911 veröffentlichte der Lyriker James Oppenheim sein Gedicht «Brot und Rosen» in ebender Zeitschrift *American Magazine*, in der Todds Bericht erschienen war (und galt danach vielen als Urheber des Slogans). Hier ein Auszug aus dem Gedicht:

Wenn wir zusammen gehen, geht mit uns ein schöner Tag
Durch all die dunklen Küchen, und wo grau ein Werkhof lag,
beginnt plötzlich die Sonne uns're Welt zu kosen,
und jeder hört uns singen Brot und Rosen!
[...]
Wenn wir zusammen gehen, gehen uns're Toten mit,

ihr unerhörter Schrei nach Brot schreit auch durch
unser Lied.
Sie hatten für die Schönheit, Liebe, Kunst erschöpft nie Ruh.
Drum kämpfen wir ums Brot und wollen die Rosen dazu.

Brot ist Nahrung für den Körper, Rosen nähren etwas nicht Greifbares: nicht nur das Herz, sondern auch die Fantasie, die Seele, die Sinne, die Identität. So niedlich der Slogan klang, so vehement drang er doch darauf, dass mehr als schieres Überleben und körperliches Wohl nötig war und als Recht eingefordert wurde. Er sprach sich gegen die Vorstellung aus, nur materielle, quantifizierbare Güter und Bedingungen wären für Menschen wichtig. Die Rosen standen dafür, dass Menschen komplex und Wünsche nicht einschränkbar sind und uns oft gerade das Nichtstoffliche, schwer Fassbare am Leben erhält.

In einem älteren amerikanischen Arbeiter*innenlied über den Kampf für den Achtstundentag wird im Grunde nichts anderes gefordert:

Wir wollen etwas verändern,
Wir arbeiten nicht mehr für nichts.
Wir haben kaum etwas zum Leben,
Zum Nachdenken bleibt keine Zeit.
Wir wollen den Sonnenschein spüren,
Wir wollen den Blumenduft riechen.

Nachdenken, Sonnenschein, Blumen: Sie wollten nicht nur Konkretes, sondern auch Unkonkretes, Vergnügen ebenso wie lebensnotwendige Güter und die Zeit, um beides genießen zu können, Zeit für ein inneres Leben und die Freiheit, die äußere Welt zu durchstreifen.

«Friede! Land! Brot!», hatten die Bolschewist*innen 1917 gerufen – anderen Zeugnissen zufolge auch «Brot, Land, Friede und alle Macht den Sowjets!». Brot war das Grundnahrungsmittel der meisten Armen in Europa – die Französische Revolution war unter anderem durch eine Hungersnot ausgelöst worden, zu der es aufgrund katastrophaler Wetterverhältnisse und einer schlechten Weizenernte gekommen war. Brot stand oft für Nahrung allgemein und für die Erfüllung menschlicher Grundbedürfnisse, und viele Arme lebten buchstäblich fast nur von Brot. Alle kannten das Vaterunser aus dem Matthäusevangelium, die darin enthaltene Bitte «Unser tägliches Brot gib uns heute» und das Bibelzitat «Der Mensch lebt nicht vom Brot allein». Als Ergänzung zum Brot verordnet die Bibel das Wort Gottes, was wohl heißen soll, dass man auf Erden nur das Brot braucht, weil Freude und Trost anderswo zu finden sind. Die Rosen in «Brot und Rosen» sind eine klare Ablehnung der Religion als der zweiten Hälfte menschlicher Bedürfnisse. Sie stehen für den Gedanken, Religion durch die Freuden und Annehmlichkeiten des Lebens in dieser statt in der nächsten Welt zu ersetzen.

Die legendäre New Yorker Aktivistin Rose Schneiderman griff die Parole auf und verwendete sie bei zahlreichen Gelegenheiten (weshalb sie bald ebenfalls als deren Urheberin galt). In einer Rede, die sie 1912 in Cleveland, Ohio, hielt, verkündete sie, die arbeitende Frau wolle «ein Recht auf Leben und nicht nur auf die bloße Existenz – ein Recht auf Leben, so wie die reiche Frau ein Recht auf Leben, auf die Sonne, auf Musik und Kunst hat. Ihr habt nichts, worauf nicht auch die einfachste Arbeiterin ein Recht hätte. Die Arbeiterin braucht Brot, aber sie braucht auch Rosen. Helft ihr, privilegierte Frauen – gebt ihr den Stimmzettel für diesen Kampf!»

In Arbeiter*innenkreisen war die Losung schon zu Beginn des 20. Jahrhunderts weit verbreitet, wurde jedoch erst viel später mit dem Streik der Fabrikarbeiter*innen in Lawrence, Massachusetts, verknüpft, der 1912 stattgefunden hatte. Heute wird dieses Ereignis als der Brot-und-Rosen-Streik bezeichnet und gefeiert, weil die Parole angeblich auf einem Schild der Streikenden stand und Oppenheim davon zu seinem Gedicht inspiriert wurde. Das Gedicht war schon vor Beginn des Streiks, aber erst nach Helen Todds in der gleichen Zeitschrift veröffentlichtem Bericht über das Gespräch mit den beiden Farmfrauen erschienen, und Todd hatte die Geschichte in unterschiedlichen Versionen für ihre Reden verwendet.

Kurz nach seiner Entstehung wurde das Gedicht vertont. In den dreißiger Jahren bauten Studentinnen des Mount Holyoke College in Massachusetts das Lied in ihre Abschlussfeier ein. Die Sängerin und Aktivistin Mimi Fariña schuf in den siebziger Jahren eine neue Melodie; dieser Song wurde zunächst von Judy Collins und später von Fariña gemeinsam mit ihrer Schwester Joan Baez aufgenommen. Fariña startete darüber hinaus das Projekt Bread & Roses, das auch nach dem Tod der Gründerin im Jahr 2001 bis heute Konzerte in Gefängnissen, Krankenhäusern und anderen Einrichtungen veranstaltet. Im 21. Jahrhundert entstand in Argentinien die feministisch-sozialistische Organisation Pan y Rosas, die inzwischen auch in Bolivien, Chile, Brasilien und anderen lateinamerikanischen Ländern sowie in Frankreich und Deutschland aktiv ist. Dass Tina Modotti den Slogan kannte, lässt sich nicht belegen; er war aber in der Zeit ihres Aufenthalts in den Vereinigten Staaten dort weit verbreitet.

3
Ein Loblied

Wenn Rosen Freude, Muße, Selbstbestimmung, das Innenleben und das Nichtmessbare repräsentieren, richtet sich der Kampf um sie nicht nur gegen despotische Wirtschaftsbosse, sondern gelegentlich auch gegen linke Kräfte, die all das verachten. Es hat der Linken nie an Leuten gefehlt, die es für gefühllos und unmoralisch halten, wenn jemand Spaß hat, während andere leiden, und irgendwo leidet immer jemand. Diese puritanische Haltung unterstellt, dass man den Leidenden zuliebe selbst entbehrungsreich oder freudlos leben sollte, anstatt pragmatisch zu ihrer Befreiung beizutragen.

Dieser Einstellung liegt eine utilitaristische Ideologie zugrunde, für die Vergnügen und Schönheit konterrevolutionär, bourgeois, dekadent und verweichlicht sind, und der zufolge der Wunsch danach ausgemerzt und geächtet werden muss. Viele Möchtegern-Revolutionär*innen lassen nur das Messbare gelten und fordern von den Menschen, sich rational zu verhalten und mit dem vorliebzunehmen, was wichtig und notwendig sei, um den angestrebten Zustand zu erreichen, anstatt das zu wollen, was wirklich wichtig und real ist. Die Rosen in «Brot und Rosen» standen nicht nur für die Forderung nach einem Mehr, sondern auch nach einem komplexeren, weniger fassbaren Mehr – «ein Recht auf Leben, nicht nur auf die bloße Existenz», um es mit Rose Schneidermans

Worten zu sagen. Das, was unser Leben lebenswert macht, ist bis zu einem gewissen Grad unberechenbar und unvorhersehbar und unterscheidet sich von Mensch zu Mensch, soll das heißen. So verstanden bedeuten die Rosen auch Subjektivität, persönliche Freiheit und Selbstbestimmung.

Orwell äußerte sich oft und manchmal buchstäblich als Verteidiger der Rosen. Im Januar 1944 schrieb er in seiner Kolumne in der *Tribune*: «Ein Briefpartner wirft mir vor, ich sei ‹negativ› und würde ‹immer alles angreifen›. Nun gibt es in dieser Zeit aber nun einmal kaum Grund zum Jubeln. Lobenswertes lobe ich allerdings durchaus gern und möchte hier mit ein paar Zeilen – die sich leider nur auf die Vergangenheit beziehen – ein Loblied auf die Woolworth-Rose singen.» Dann pries er die Rosen, die er 1936 gepflanzt hatte. Dies schrieb er, während rings um ihn der Zweite Weltkrieg tobte. Einige Monate später – die Royal Air Force hatte die Bombenangriffe auf Deutschland intensiviert – berichtete er: «Nachdem ich in dieser Kolumne letztens Blumen erwähnt hatte, teilte mir eine empörte Dame in einem Brief mit, Blumen seien bourgeois.»*

* In seiner Kolumne erklärte er, die Rosen bei Woolworth seien billig und sorgten fast immer für Überraschungen. «Eine, die ich in dem Glauben gekauft hatte, es handle sich um eine Dorothy Perkins, entpuppte sich als wunderschöne kleine weiße, zur Mitte hin gelbe Rose – eine der hübschesten Ramblerrosen, die ich je gesehen habe. Eine Polyantha, dem Etikett zufolge gelb, blühte dunkelrot. Eine angebliche Abertine sah zwar aus wie eine Abertine, war aber stärker gefüllt und blühte unglaublich üppig. [...] Letzten Sommer kam ich an dem Häuschen vorbei, in dem ich vor dem Krieg gewohnt habe. Der kleine weiße Rosenstock, der beim Einpflanzen nicht größer als eine Kinderschleuder gewesen war, hatte sich zu einem riesigen kräftigen Strauch entwickelt, und die Abertine oder Beinahe-Abertine bedeckte den halben Zaun mit einer Wolke aus rosa Blüten. Beide hatte ich 1936 gepflanzt.» Mit «Abertine» ist vermutlich «Albertine» gemeint.

Gelegentlich pries er auch das, was die Rosen in «Brot und Rosen» bedeuteten: die nicht konkreten, einfachen Freuden, das im Hier und Jetzt mögliche Glück. Sein Essay «Gedanken über die gemeine Kröte», veröffentlicht im Frühjahr 1946, ist eine Hymne auf diese Tiere, wie sie als Vorboten des Frühlings abgemagert und ausgehungert aus dem Winterschlaf hervorkriechen, auf ihre goldfarbenen Augen und auf den Frühling und die Freude selbst. Der Text erschien ebenfalls in seiner Kolumne in der *Tribune*, und weil die *Tribune* eine sozialistische Zeitschrift war, schlug er einen eher defensiven Ton an. Dieser typische Orwell-Text dreht sich zwar um Kröten und den Frühling, aber eben auch um Prinzipien und Werte und kritisiert politische Orthodoxie.

Orwell wendet sich darin gegen die üblichen Beanstandungen der Linken: «Ist es sehr verwerflich, sich am Frühling und anderen Veränderungen der Jahreszeiten zu freuen? Um es genauer zu sagen – ist es politisch vertretbar, in einer Zeit, in der wir unter den Ketten des Kapitalismus ächzen oder wenigstens ächzen sollten, das Leben ab und zu lebenswert zu finden? Etwa wenn eine Amsel ihr Lied ertönen lässt oder eine Ulme im Oktober sich gelb färbt oder die Natur uns sonst ein erfreuliches Schauspiel bietet, das gratis ist, aber, wie Redakteure linker Zeitschriften sagen würden, nichts mit Klassenkampf zu tun hat? Diese Anschauung wird fraglos von vielen vertreten. Aus Erfahrung weiß ich, dass ein Passus in einem meiner Artikel, der auf eine Liebe zur Natur hindeutet, entrüstete Zuschriften zur Folge hat. Wenn der Grundton dieser Zuschriften auch durch das immer wiederkehrende Wort ‹sentimental› gekennzeichnet ist, scheinen hier zwei Argumente durcheinanderzugehen.»

Eines dieser Argumente besagt, so Orwell, dass Genuss den Menschen passiv, fügsam und ichbezogen mache –

man denke an die Leserin, die in ihrem Brief «Blumen sind bourgeois» schrieb. Zehn Jahre zuvor hatte sich innerhalb und außerhalb der Sowjetunion der Gedanke verbreitet, alle Kunst solle offen und unmittelbar der Sache des Kommunismus dienen (so wie in Nazi-Deutschland alle Kunst der rassistischen, reaktionären Politik des Regimes dienen oder zumindest nicht im Widerspruch dazu stehen sollte; 1939 verbrannten die Nazis angeblich 5000 Werke der Moderne, die im Jahr zuvor in der Ausstellung «Entartete Kunst» gezeigt worden waren). Anthony Blunt, der britische Kunsthistoriker und Spion in Diensten der Sowjetunion, schrieb in jenem April 1936, als in Wallington Orwells Garten angelegt wurde: «Die neue Kunst, die jetzt entsteht, ist das Produkt des Proletariats und erfüllt wieder ihre wahre Funktion, indem sie Propaganda betreibt.» Und einige Jahre später: «Kunst, die nicht zum Wohl der Gesellschaft beiträgt, ist schlechte Kunst [...]» (was den Glauben an ein klar und akkurat bestimmbares «Wohl der Gesellschaft» voraussetzt).

In Lawrence Weschlers Essay «Vermeer in Bosnia» von 2005 stieß ich auf einen weit weniger restriktiven Gedanken zu der Frage, was die Kunst für die Politik bewirken könnte, einen Gedanken, der mich seither beschäftigt. Weschler, der in seiner langen Karriere als Autor viel über Menschenrechte weltweit geschrieben und Essays über Kunst verfasst hat, fragte Mitte der neunziger Jahre einen Richter des Internationalen Gerichtshofs in Den Haag, wie er die Berichte über die Gräueltaten ertrage, die er sich Tag für Tag in den Verfahren des Internationalen Strafgerichtshof für das ehemalige Jugoslawien anhören müsse. Der Richter, so Weschler, habe strahlend geantwortet: «Ich gehe, sooft ich kann, hinüber ins Mauritshuis in der Innenstadt und verbringe ein bisschen Zeit bei den Vermeers.»

Nach der Lektüre des Essays dachte ich lange, das Museum besäße viele Bilder von Vermeer, aber es sind nur drei: das Frühwerk *Diana mit ihren Gefährtinnen*, das berühmte Porträt *Das Mädchen mit dem Perlenohrgehänge* und die fast ebenso berühmte *Ansicht von Delft* mit den Wolken am zartblauen Himmel, die alles andere auf dem Bild – die winzigen Gestalten, dicht stehenden Gebäude und den Kanal – an Größe übertreffen. Diese Wolken sind so flüchtig und leicht, die Häuserfront so unerschütterlich stabil, und das blaue Wasser spiegelt sie beide. Im Vordergrund dieses weit offenen Raums unterhalten sich zwei Frauen miteinander. Natürlich sagen die Vermeer-Bilder nicht direkt etwas über den Krieg, das Recht oder die Möglichkeiten zur Verbesserung der Gesellschaft aus. Sie übermitteln keine Nachrichten und machen für nichts Propaganda. Auf dem Gemälde *Diana mit ihren Gefährtinnen* sieht man eine kniende Frau, die einer anderen die Füße wäscht, während zwei weitere Frauen zusehen. Eine dritte sitzt mit dem Rücken zum Geschehen – eine plebejische Haltung in göttlicher Umgebung. Weschler weist darauf hin, dass Vermeer in unruhigen, kriegsgeplagten Zeiten lebte und sich «diese Bilder gerade mit dem Druck der (erinnerten, imaginierten, erahnten) Gewalt» beschäftigen, und zwar indem sie das Gegenteil zeigen, nämlich den Frieden, nach dem sich die Menschen in Kriegszeiten sehnen, die Stille im Aufruhr, die Beständigkeit des Alltags und seine Schönheit.

Die Behauptung, Kunst müsse immer zur Tat ermahnen, übersieht die Bedürfnisse und Wünsche derer, die sich bereits engagieren, übersieht, was diese Menschen antreibt und wie sich der Aufbau einer um Gerechtigkeit und Mitgefühl bemühten Gesellschaft gestalten könnte. An Weschlers Essay hat mich vor allem der Gedanke beeindruckt, dass nicht unbedingt die Darstellung von Ungerechtigkeit und Leid Menschen ermutigt, etwas zu tun, und den Richter motiviert, sein Engagement aufrechtzuerhalten. Kunst, in der es nicht um aktuelle Politik geht, kann uns in unserem Gefühl für uns selbst und für die Gesellschaft, kann unsere Werte, unser Engagement und sogar unsere Aufmerksamkeit stärken – somit alles, was ein Mensch braucht, um den Krisen der Zeit zu begegnen.

Politik ist der pragmatische Ausdruck kulturell geformter Überzeugungen und Anstrengungen. Kunstwerke fördern die Bildung eines Selbstverständnisses, zu dem auch politisches Engagement gehört. Die bloße Ermahnung, sich zu engagieren, oder Tiraden darüber, was alles schiefläuft, führen dagegen nicht unbedingt zu der Empathie, der Einsicht, den Prinzipien, der Orientierung, den kollektiven Erinnerungen, die für ein solches Engagement erforderlich sind. Natürlich gibt es auch Kunstwerke – heutzutage sogar in rauen Mengen –, die das Gegenteil bewirken, indem sie uns zu überzeugen versuchen, wir wären reine Privatpersonen, Individuen, größeren Kräften weder verpflichtet noch davon beeinflusst, oder Kunstwerke, die solche Kräfte als gegeben und unveränderlich darstellen beziehungsweise alle Spuren ihrer Existenz verwischen. Man kann Vermeers Bilder auf die eine wie auf die andere Weise lesen, und die Antwort des Richters lässt vermuten, dass auch hier einiges im Auge des Betrachters liegt.

In jedem Fall legt Weschlers Essay nahe, dass uns gerade die am wenigsten politische Kunst zur Politik führt, dass Menschen Ermutigung und Zuflucht brauchen, dass die Freude an einer Sache uns nicht notwendigerweise von den anstehenden Aufgaben weglockt, sondern uns bestärken kann – die Freude, die Schönheit bedeutet, die Schönheit, die Sinn, Ordnung, Ruhe stiftet. Orwell fand seine Zuflucht in der Natur und in der häuslichen Umgebung, suchte diese Räume häufig auf und verließ sie immer wieder, um in den Krieg gegen Lüge, Täuschung, Grausamkeit und Dummheit zu ziehen – und als Soldat in den Spanischen Bürgerkrieg. In seinem Essay über T. S. Eliot schreibt er den berühmt gewordenen Satz «Alle Kunst ist bis zu einem gewissen Grad Propaganda» – nämlich insofern, als Propaganda den Einsatz für etwas bedeutet und jede künstlerische Entscheidung gewissermaßen der Einsatz für das ist, was zählt und Aufmerksamkeit verdient. Propaganda, wie Blunt sie forderte – Kunst und Künstler*innen im Dienst der Absichten einer Partei oder eines Staates –, lehnte er ab. An anderer Stelle in seinem Werk konstatiert er: «Es gibt keine wirklich unpolitische Literatur.»

Gemälde von Vermeer plädieren für ein Innehalten, für das Betrachten eines Kanals, für die Farbe Blau, für den Wert des häuslichen Lebens im niederländischen Bürgertum oder einfach für große Aufmerksamkeit. Schon sie allein kann in gewissem Sinne stärken. In «Warum ich schreibe» erklärt Orwell, er tue es, «weil ich eine Lüge entdeckt habe, die ich aufzeigen will, irgendetwas, worauf ich die Aufmerksamkeit lenken möchte. Meine erste Sorge ist, gehört zu werden. Aber ich könnte weder ein Buch noch einen längeren Artikel für eine Zeitschrift schreiben, wenn es nicht auch ein künstlerisches Erlebnis wäre.» Auch wenn es ums Brot geht, sprießen Rosen hervor.

Solche Kunstwerke und das Vergnügen, das sie bereiten, sind wie Wassereinzugsgebiete, auf denen zwar nichts kommerziell Verwertbares wächst, wo sich aber Wasser sammelt und die Bäche und Flüsse füllt, die die Nutzpflanzen und die Menschen nähren, oder auf denen Wildtiere leben, die Bestandteil des Agrarsystems sind – Insekten, die die Pflanzen bestäuben, Kojoten, die die Zahl der Taschenratten niedrig halten. Sie sind die Wildnis der Psyche, der unerschlossene Bereich, der die Vielfalt, die Komplexität, die Erneuerungssysteme, das größere Ganze erhält, was das bewirtschaftete Land nicht vermag. Orwell verteidigte sowohl die buchstäblichen Grünflächen der ländlichen Gegenden und den Garten, in dem er so viel Zeit verbrachte, als auch die Metaphysik des freien Denkens und unkontrollierten schöpferischen Schaffens. Bei diesen Themen scheute er kein Gefecht.

In dem Essay über die Kröten, den Frühling und die Freude beleuchtete er auch den anderen typischen Einwand gegen das Vergnügen am Frühling, an der Natur und am Land im Gegensatz zur Stadt: «Das andere Argument geht davon aus, dass wir in einem Zeitalter der Technik leben und dass jeder, der die Technik ablehnt oder auch nur ihren Herrschaftsbereich einzuengen versucht, zum alten Eisen gehört, reaktionär ist und sich leicht der Lächerlichkeit preisgibt.» Vor ein paar Jahren besuchte ich das Detroit Institute of Arts, wo Diego Rivera Anfang der dreißiger Jahre im Auftrag von Henry Fords Sohn eines seiner großartigen Wandgemälde zur Feier der industriellen Arbeit und Produktion gemalt hatte, und fragte mich, wie ein erklärter Kommunist für einen der weltweit erfolgreichsten Kapitalisten hatte arbeiten können – und später auch für die Rockefellers in New York (die Riveras Gemälde zerstören ließen, als sich der Künstler weigerte, den darauf abgebildeten Lenin zu übermalen).

Beim Anblick der Fließbänder und der im Vergleich mit den Maschinen winzigen Automobilarbeiter an den Wänden wurde mir klar, dass damals sowohl Anhänger*innen des Kapitalismus wie des Kommunismus der Technisierung und

Industrialisierung als Phänomene gehuldigt hatten, die es den Menschen ermöglichen würden, die Grenzen der Natur zu überwinden. In Bezug auf die idealen Gesellschaftsstrukturen stimmten sie nicht überein, hinsichtlich des Schicksals der Menschheit dagegen in wichtigen Punkten sehr wohl. Der Glaube an Technik und Wissenschaft als Mittel der Naturbeherrschung und die unangebrachte Zuversicht, die jeweils Verantwortlichen würden diese Kräfte klug einsetzen, waren charakteristisch für die Moderne. Avantgardekünstler*innen, Kommunist*innen, Techniker*innen und Kapitalist*innen jener Zeit teilten die Vision einer glänzenden Zukunft, die sich im Rückblick nur als Hybris und gefährliche Täuschung bezeichnen lässt.

Der Zerfall der Moderne und dieser Hybris hatte viele Gründe, etwa die zunehmende Hörbarkeit nichtweißer und nichtwestlicher Stimmen, doch auch die Umweltwissenschaften und die Politik spielten eine wichtige Rolle. Umweltschützer*innen richten den Blick dorthin, wo menschliches Handeln die Natur schädigt, und versuchen den Schaden zu beheben oder zu verhindern. Sie erkennen das Rücksichtslose, Kurzsichtige, Destruktive in unserer Spezies, raten bei allem Tun zur Vorsicht und mahnen Respekt für das nichtmenschliche Leben an, um das Überleben der Menschheit zu sichern. Orwell war weder von Fabriken noch von Maschinen oder Städten begeistert und in wichtigen Punkten kein Anhänger der Moderne. Er glaubte zwar, dass der Sozialismus durch die Veränderung der Macht- und Eigentumsverhältnisse zu einer besseren Gesellschaft führen könnte, stand der Industrialisierung und Urbanisierung jedoch skeptisch gegenüber. Er hasste jede zentrale Autorität und war überzeugt, dass wir der Natur das Gesicht, nicht den Rücken zuwenden sollten.

Die Fragen nach der Freude, dem Glück, dem Paradies tauchen in seinem Werk immer wieder auf. Einige Jahre vor dem Pro-Kröten-Essay schrieb er über die Notwendigkeit, «den Sozialismus vom Utopismus zu trennen. Fast jede neopessimistische Apologetik besteht darin, einen Strohmann aufzustellen und wieder zu Boden zu schlagen. Der Strohmann hat den Namen ‹Perfektionierung des Menschen›. Man wirft den Sozialisten ihre angebliche Überzeugung vor, die Gesellschaft könne – und werde nach der Etablierung des Sozialismus auch wirklich – hundertprozentig perfekt sein, und Fortschritt sei unausweichlich.» Der konservativen Kritik begegnet er mit den Worten: «Sozialisten behaupten nicht, die Welt perfekt machen zu können; sie behaupten, sie besser machen zu können.»

Allerdings glaubten tatsächlich viele Sozialist*innen und Kommunist*innen an die Verwirklichung einer hieb- und stichfesten Utopie, rechtfertigten alles, was sie wahrscheinlicher machte, und setzten auf die Technik, um ihr Ziel zu erreichen. Orwell argumentierte an anderen Stellen auch gegen die Perfektionisten. In diesem Kontext sei Perfektionierbarkeit gefährlich, und das Gleiche gelte für die Utopie, wenn sie mithilfe oktroyierter Ideale verwirklicht und geschützt werden solle und diese Ideale von Menschen festgelegt seien, die ihrer eigenen Überzeugung nach zur Abschaffung von Rechten – Gewalt genannt – und zur Abschaffung von Fakten – Lüge genannt – greifen dürften. Der Romanautor Milan Kundera schrieb 1975, kurz nach seiner Flucht aus der ČSSR: «Wird der Traum vom Paradies aber Wirklichkeit, trifft er hier und da auf Menschen, die ihm im Wege stehen, weshalb die Herrscher des Paradieses einen kleinen Gulag neben dem Garten Eden errichten müssen. Im Laufe der Zeit wird dieser Gulag immer größer und vollkommener, während das angrenzende Paradies immer kleiner und ärmlicher wird.» Kunderas Äußerung wurde in abgewandelter Form oft als Argument gegen den linken Idealismus angeführt, kann aber ebenso gut als Argument gegen die Gulags dienen – gegen Zwecke, die Mittel heiligen sollen, gegen den Gedanken, die Menschheit könne mittels brutaler Gewalt neu erfunden werden, und gegen Herrscher mit übergroßer Macht.

In einem Essay in der *Tribune* von 1943 griff Orwell das Thema erneut auf. Vielleicht um Gegenwind zu vermeiden, veröffentlichte er den Text mit dem Titel «Können Sozialisten glücklich sein?» unter dem Pseudonym John Freeman. «Alle ‹vorteilhaften› Utopien scheinen sich darin zu ähneln, dass sie Perfektion postulieren, aber kein Glück suggerieren können», schreibt er, teilt gleich darauf gegen diverse utopische Romane aus und landet schließlich bei der vollkommen freudlosen idealen Gesellschaft im letzten Teil von *Gullivers Reisen*. Diese Gesellschaft besteht aus denkfähigen Pferden, die «ein ereignisloses, gedämpftes, ‹vernünftiges› Leben, frei nicht nur von Streitigkeiten, Unordnung oder Unsicherheit jeder Art, sondern auch von ‹Leidenschaft›, einschließlich körperlicher Liebe [führen].» Womit, anders gesagt, bewiesen wäre, dass das Perfekte der Feind des Guten ist oder zumindest des Freudvollen und Freien.

In *1984* heißt es: «Der Geschlechtsakt, erfolgreich durchgeführt, war Rebellion. Verlangen war Gedankenverbrechen.» Weil die totalitäre Gesellschaft in diesem Roman das private und persönliche Leben dominieren und verkümmern lassen will, sind selbstständiges Denken, der Wunsch nach Privatsphäre, Begehren, Leidenschaft und Lust gefährliche Akte des Widerstands. Begehren ist subjektiv, persönlich, unkalkulierbar, korrumpierbar, aber weder durch Individuen noch durch Gesellschaften hundertprozentig zu kontrollieren. Begehren und seine Erfüllung bedeuten nicht Glück, wenn Glück aus einem konstanten Gefühl, einem beschwichtigten Herz und Geist besteht. Viel näher sind sie der Freude, die unvorhersehbar aufkommt und wieder abklingt und auch unter Gefahr und in schwierigen Situationen entstehen kann. Nicht zuletzt lehnt Orwell das Prinzip der Beständigkeit ab, die Vorstellung, etwas stabilisieren zu können, die meistens voraussetzt, dass vieles andere kontrolliert werden muss.

Ebenso spricht er sich gegen die Entkernung des Privaten aus. Eine Gesellschaft, die einen neuen Menschen erschaffen will, muss in jede Psyche eingreifen und sie umformen. Brot lässt sich von autoritären Regimen organisieren, die Rosen muss der Einzelne für sich finden dürfen; sie werden entdeckt und kultiviert, anstatt vorgeschrieben zu sein. «Heute wissen wir nur, dass die Fantasie sich wie bestimmte Tierarten in der Gefangenschaft nicht fortpflanzt», erklärt Orwell am Ende seines Essays «Zur Verhinderung von Literatur», und mit den Rosen in «Brot und Rosen» ist eine Freiheit gemeint, die sich im Privaten und in Unabhängigkeit entfaltet.

In einem Sozialismus, wie ihn Orwell versteht, gibt es keine Gefangenschaft. «[...] das wahre Ziel des Sozialismus ist nicht das Glück [...]. [...] Das wahre Ziel des Sozialismus ist die menschliche Brüderlichkeit. [...] eine Welt [...], in der die Menschen einander lieben, anstatt einander zu betrügen und zu ermorden. Und sie wollen diese Welt als einen ersten Schritt.» Liebe ist leicht zu zerstören und zu untergraben, aber schwer aufzubauen. Es folgt eine letzte Absage an die Utopie: «Sie wollten durch die endlose Fortsetzung von etwas, das nur deshalb wertvoll war, weil es vorübergehend war, eine perfekte Gesellschaft schaffen.» Mit anderen Worten: Sie wollten etwas fixieren und kontrollieren, das von seinem Wesen her dynamisch und unkontrollierbar war – Begehren zum Beispiel und Freude. Sie wollten Rosen in Brot verwandeln oder das Brot erkämpfen und die Rosen fortwerfen.

4
Toast mit Butter

Um für Sozialismus und Brüderlichkeit einzutreten, ging er Ende 1936 nach Spanien und in den Bürgerkrieg, der im Juli begonnen hatte, und wusste noch nicht genau, ob als Journalist oder als Soldat für die Spanische Republik. Im Februar hatte Spanien eine linke Regierung gewählt, die ein Zusammenschluss rechter Kräfte, angeführt von General Francisco Franco und unterstützt durch die faschistischen Länder Italien und Deutschland, stürzen wollte. Den republikanischen Gegnern Francos gehörten Menschen unterschiedlicher politischer Positionen an – Kommunist*innen, Marxist*innen, Gewerkschafter*innen und Anarchist*innen. Die einen wollten den Status quo der Republik vor Ausbruch des Konflikts verteidigen, andere eine echte Revolution einleiten. In vielen Orten gab es bereits revolutionäre Aktionen in Form von Enteignungen und Angriffen auf die katholische Kirche, und allgemein herrschten unter den Republikaner*innen Freude, Begeisterung, ein Gefühl von Gleichheit und unbegrenzten Möglichkeiten.

Diese Begeisterung und die freiheitliche Atmosphäre, die er bei seiner Ankunft in Barcelona erlebte, schildert Orwell in strahlendem Licht. Es war ein außergewöhnlicher Augenblick für linke Idealist*innen. Der Anarchist George Woodcock schrieb: «Und gerade 1936 war ein Jahr, in dem viele ein säkularer Glaube erfüllte, der noch Ende 1935 für unmöglich gehalten worden wäre und ab Mitte 1937 nicht mehr möglich war. Das irdische Paradies schien kein unerreichbarer Traum mehr zu sein […].»

Orwell war noch immer so arm, dass er seine Bank um ein Darlehen bitten und das Familiensilber verpfänden musste, um die Reisekosten aufzubringen. (Als Eileens Schwester und Mutter bei einem Besuch nach dem Silber fragten, behauptete Eileen, sie hätten es außer Haus gegeben, um das Familienwappen eingravieren zu lassen. Wenige Monate später ging auch sie nach Spanien und arbeitete in Barcelona bei der republikanischen Verwaltung, während Orwell an der Front kämpfte.) Vor seiner Abreise holte er Empfehlungsschreiben ein. Harry Pollitt, Generalsekretär der Kommunistischen Partei Großbritanniens, befand ihn für zu eigenwillig und unzuverlässig und verweigerte ihm ein solches Schreiben, nachdem Orwell es offenbar abgelehnt hatte, seinen Eintritt in die Internationalen Brigaden verbindlich zuzusagen, ohne sich zuvor ein eigenes Bild machen zu können. (Einige Monate später schrieb Pollitt eine vernichtende Kritik zu *Der Weg nach Wigan Pier*, in der er Orwell als «desillusionierten kleinen Mittelklassejungen» und «ehemaligen imperialistischen Polizisten» bezeichnete.)

Ohne Empfehlung der Kommunistischen Partei, aber mit Stiefeln in Größe 46 (ihm war klar, dass er in Spanien kaum passende Schuhe finden würde), einem Schreiben der Independent Labour Party und einem Einführungsbrief an das Parteimitglied John McNair in Barcelona zog er los. In Paris legte er einen Zwischenstopp ein und besuchte Henry Miller, der ihn wegen seines Vorhabens zum Idioten erklärte und ihm einen warmen Cordmantel schenkte. In Spanien brachte ihn McNair zur Lenin-Kaserne der POUM, des Partido Obrero de Unificación Marxista (Arbeiterpartei der marxistischen Einheit). Wäre Orwell mit der Situation besser vertraut gewesen, hätte er sich vielleicht den Anarchisten angeschlossen; so aber wurde er Soldat der von Andrés Nin angeführten POUM. Nin hatte kurzzeitig als Trotzkis Sekretär fungiert und mit dem genialen Organisator der Russischen Revolution noch lange danach über Politik und Strategie korrespondiert. (Trotzki war von Stalin zur Unperson erklärt und ins Exil getrieben worden. Das kritisch denkende Schwein Schneeball in *Farm der Tiere* und Goldstein in *1984* weisen große Ähnlichkeit mit ihm auf.) Die meisten Ausländer*innen, die den Republikanern zu Hilfe eilten – insgesamt 35000–40000 –, schlossen sich den kommunistischen Internationalen Brigaden an. Die Amerikaner*innen unter ihnen waren in der Mehrzahl Arbeiter*innen, während die Brit*innen größtenteils der Mittelklasse angehörten und in ihren Reihen zahlreiche Schriftsteller*innen hatten, etwa den Lyriker Stephen Spender und die lesbische Romanautorin Sylvia Townsend Warner bis hin zu Virginia Woolfs Neffen Julian Bell, der in Spanien umkam.

Anfang 1937 war Orwell an der Front. Die Ratten- und Kaninchenjagd, die er als Jugendlicher auf dem Land betrieben hatte, und die Jahre als Polizist in Burma hatten ihn den Umgang mit dem Gewehr und militärische Disziplin gelehrt. Die schlechte Ausbildung und Ausrüstung seiner Kamerad*innen entsetzte ihn, die Großherzigkeit der Spanier*innen, denen er begegnete, rührte ihn. Obwohl er den Geruch des Krieges als Gestank von Kot und verdorbenem Essen beschrieb, stieß er in den Orten, an denen er stationiert war, auch auf erfreuliche und schöne Dinge: «Die Wintergerste stand dreißig Zentimeter hoch, auf den Kirschbäumen bildeten sich rosa Knospen, denn die Front verlief hier durch verlassene Obstgärten und Gemüsegärten. Wenn man in den

Wassergräben suchte, konnte man Veilchen und eine Art wilder Hyazinthen finden, die wie eine bescheidene Abart der Sternhyazinthe aussahen. Unmittelbar hinter der Front floss ein wunderschöner grüner schäumender Bach [...].»

Er verbrachte Tage im Dreck und in Langeweile, bekam Läuse, half beim Ausheben eines faschistischen MG-Nests, das, wie sich herausstellte, über kein Maschinengewehr mehr verfügte, beobachtete den Einzug des Frühlings. «Auf einem von Kugeln zerzausten Baum vor unserem Graben bildeten sich dicke Kirschentrauben. [...] Wilde Rosen mit rosa Blüten von der Größe einer Untertasse wucherten über die Granatlöcher rund um Torre Fabian. Hinter der Kampflinie traf man Bauern, die wilde Rosen hinter ihren Ohren trugen.» Hundertfünfzehn Tage blieb er an der Front, bevor er den ersten Urlaub erhielt. Er habe seiner Meinung nach nicht viel für die Spanische Republik getan, schrieb er in *Mein Katalonien*, die Spanische Republik aber sehr viel für ihn. Hatte er in Nordengland Solidarität mit den Armen empfunden, so eröffnete ihm Spanien Ideale und Möglichkeiten.

«Wie sehr damals auch geflucht wurde, später erkannte jeder, dass er mit etwas Fremdem und Wertvollem in Berührung gewesen war. Man hatte in einer Gemeinschaft gelebt, in der die Hoffnung normaler war als die Gleichgültigkeit oder der Zynismus, wo das Wort Kamerad für Kameradschaft stand und nicht, wie in den meisten Ländern, für Schwindel. Man hatte die Luft der Gleichheit eingeatmet.» Auch diese Art von Freude, die Freude an der Bestätigung und Verwirklichung von Idealen, spielt eine große Rolle in seinem Werk, die Freude an der Solidarität, am Gemeinschaftsgeist, an Zukunftsaussichten und Sinnhaftigkeit. Die Abwesenheit all dessen stellt in *1984* den Normalzustand dar.

Mein Katalonien ist eine lebendige Schilderung aus der

Ich-Perspektive. Im Gegensatz zu *Der Weg nach Wigan Pier* ist Orwell hier nicht nur Beobachter – und zwar ein wesentlich reiferer als im früheren Buch –, sondern auch selbst beteiligt. (In einigen Biografien wird die beträchtliche Entwicklung, die er damals als Schriftsteller machte, auf Eileen zurückgeführt.) Das Buch enthält umfangreiche Betrachtungen der politischen Situation, ebenso aber viele Schilderungen des Lebens als Soldat in diesem Krieg, der körperlichen Erfahrung, der Landschaft und dessen, wie es sich anfühlt, schmutzig, schlecht genährt und durchgefroren zu sein. Auch die emotionalen Folgen werden vermittelt – vom ausgelassenen Saufen im revolutionären Überschwang bis hin zu dem Schock, angeschossen zu werden. Beeindruckend ist das Nebeneinander der erwähnten Zustände. Immer stellen die Einzelheiten das Ganze infrage, stellt das Konkrete das Ideologische auf den Prüfstand.

Orwell berichtet auch von den Kampfrufen, die sich beide Seiten über die Gräben hinweg zubrüllten. Die faschistische Seite rief: «Viva España! Viva Franco!» oder, wenn der ausländische Anteil auf der anderen Seite hoch genug war, «Geht nach Hause, ihr Engländer!», während die Parolen der republikanischen Anarchist*innen «voller revolutionärer Töne [waren], worin den faschistischen Soldaten erklärt wurde, dass sie bloß Söldlinge des internationalen Kapitalismus seien, dass sie gegen ihre eigene Klasse kämpften und so fort, und man beschwor sie, auf unsere Seite zu kommen.» Es folgt der Zusatz: «Jeder stimmte damit überein, dass die vereinzelt zu uns kommenden faschistischen Deserteure teilweise durch diese Parolen beeinflusst wurden.»

Den Hauptbrüller auf seiner Seite bezeichnet Orwell als einen «Künstler in seinem Beruf. Statt revolutionäre Losungen zu verbreiten, erzählte er manchmal den Faschisten, wie viel besser als sie wir ernährt würden. Sein Bericht über die Rationen auf der Regierungsseite neigte dazu, ein bisschen fantasiereich zu sein: ‹Toast mit Butter!› – man konnte seine Stimme als Echo über das einsame Tal schallen hören. ‹Wir setzen uns hier gerade hin und essen gebutterten Toast! Liebliche Schnitten mit gebuttertem Toast!› Ich zweifle nicht, dass er während der letzten Wochen oder Monate genau wie jeder von uns Butter nicht gesehen hatte. Aber wahrscheinlich ließ in einer eiskalten Nacht die Ankündigung von gebuttertem Toast vielen Faschisten das Wasser im Mund zusammenlaufen. Sogar mir lief es im Mund zusammen, obwohl ich wusste, dass er log.»

Der letztgenannte Ruf blieb mir jahrzehntelang in Erinnerung, vor allem wegen seiner fröhlichen Flapsigkeit, aber auch weil er noch etwas anderes besagt. Ich empfand ihn als spielerisch und humorvoll und als Ausdruck der Freiheit, die es den Republikaner*innen erlaubte, zu übertreiben und zu improvisieren, die offizielle Ideologie hinter sich zu lassen und statt einer Drohung eine Einladung auszusprechen. Außerdem gestand der Ruf ehrlich ein, dass Kälte und Hunger herrschten und der Mensch, der ja aus Geist *und* Körper besteht, ein komplexes Wesen ist. Auch wer für Ideale kämpft, hat auf Toast genauso große Lust wie auf Gerechtigkeit. Und auch die, mit denen man sich in ideologischer Hinsicht streitet, kennen diese Gelüste. Manchmal geht es auch bei leckerem Toast mit Butter um mehr als nur ums Brot allein.

Wie Hannah Arendt misstraute auch Orwell starren Ideologien und betrachtete sie als Schilde oder Keulen gegen die Komplexität und Widersprüchlichkeit des Lebens. Sein Freund Stephen Spender schrieb im späteren Widerruf über die kurze Zeit seiner Parteimitgliedschaft: «Bei den kommunistischen Intellektuellen geriet ich immer vor die Tatsache, dass sie eine Berechnung aufgestellt hatten, als sie Kommunisten wurden, wodurch die gesamte Realität für sie in die gröbste Schwarz-Weiß-Zeichnung umgewandelt wurde. […] Die Revolution war der Anfang und das Ende, die Summe aller Summen. Eines Tages würde sich irgendwo alles zu der glücklichen Endsumme addieren […].» In diesem Zusammenhang betrachtet waren die Buttertoast-Rufe ein kleiner Angriff auf Absolutheit und Abstraktion.

Wiederholt beschreibt Orwell, wie sehr ihn das Unmittelbare und Besondere erstaunt und wie beides hilft, Schubladendenken zu hinterfragen. In seinem Essay «Einen Mann hängen» von 1931 schildert er eine Szene, in der ein burmesischer Gefangener einer Pfütze ausweicht. «Seltsam, aber bis zu diesem Augenblick war mir nicht bewusst geworden, was es bedeutet, einen gesunden, denkenden Menschen zu töten. Als ich den Gefangenen beiseitetreten sah, um der Pfütze auszuweichen, erkannte ich das Geheimnis, sah, welch ungeheuerliches Unrecht es ist, einem Leben gewaltsam ein Ende zu setzen, das in voller Blüte ist.»

Etwas Ähnliches ereignete sich in Spanien. An der Front tauchte auf faschistischer Seite plötzlich ein Mann auf. «Er war nur halb angezogen und hielt im Laufen seine Hosen mit beiden Händen fest. Ich schoss nicht auf ihn. […] ich schoss nicht wegen der Hosen. Ich war nach Spanien gegangen, um auf ‹Faschisten› zu schießen, aber ein Mann, der seine Hosen festhalten muss, ist kein ‹Faschist›, sondern offensichtlich ein Mitmensch, mir gleich, und mir war nicht danach, auf ihn zu schießen.» Er misstraute absoluten Werten, Abstraktionen und Theorien, die sich über die Realität hinwegzusetzen versuchten. (1938 gaben Eileen und er ihrem Hund den Namen Marx. «Er sollte uns immer daran erinnern, dass wir nie Marx gelesen hatten», schrieb Eileen an eine Freundin und fügte hinzu: «Nachdem wir inzwischen ein bisschen Marx gelesen und eine persönliche Abneigung gegen den Mann entwickelt haben, können wir dem Hund nicht mehr ins Gesicht sehen.» Als Woodcock den Vergleich mit Antäus zog, der seine Kraft aus der Erde erhielt, meinte er damit wohl auch, dass sich Orwells intellektuelle Kraft aus dem Spezifischen, Konkreten, Selbsterlebten speiste. Das brachte Orwell in Konflikt mit einer Zeit, in der viele von Ideologien irregeleitet wurden, nicht zuletzt von Ideologien in Form von Doktrinen, die autoritäre Tendenzen verfochten und jedem Dissens und unabhängigen Denken die Berechtigung absprachen.

5
Die letzte gestrige Rose

Als Orwell Urlaub erhielt, fuhr er nach Barcelona zurück und sah dort Eileen wieder, die den Bürgerkrieg und die Teilnahme ihres Mannes daran so stark befürwortete, dass sie sich selbst im Hauptquartier der POUM engagierte. Am 1. Mai 1937 schrieb sie ihrem Bruder, Orwell sei «praktisch barfuß, ein bisschen verlaust, braun gebrannt und sieht wirklich gut aus». Erst während seines Urlaubs wurde ihm richtig bewusst, dass er in einem Dreifrontenkrieg kämpfte. Es gab den offen zutage liegenden Krieg gegen Franco, in dem alle anderen Seiten eigentlich hätten vereint sein sollen, doch in Wahrheit kämpften die von der Sowjetunion unterstützten Kommunist*innen gegen die Anarchist*innen und die sowjetkritischen Sozialist*innen um die Macht und versuchten, eine Revolution zu verhindern beziehungsweise die bereits in Gang befindliche zu ersticken. Adam Hochschild schreibt in seinem Buch über diesen Konflikt: «Hätte der sowjetische Diktator auch nur den Anschein vermittelt, er würde die sich in Katalonien und anderen Teilen der Republik anbahnende tief greifende soziale Revolution unterstützen, wären Großbritannien und Frankreich, die unverzichtbaren Verbündeten Stalins im Fall eines Kriegs mit Deutschland, entsetzt gewesen.» Weil die Republik von sowjetischen Waffen abhängig war – kein anderes Land lieferte welche –, konnte Stalin den Spaniern die Revolution vorenthalten.

Kommunist*innen befürworteten seit der Gründung der Sowjetunion 1922 in vielen Fällen das Regime und seit Stalins Machtergreifung auch ihn. So kam es, dass Menschen, die mit den hehren Idealen der Freiheit, Gleichheit und Revolution begonnen hatten, schließlich eine der brutalsten jemals existierenden Diktaturen unterstützten. (Unter anderem deshalb, weil sie als Bollwerk gegen ein anderes Schreckensregime, Hitlers Deutschland, betrachtet wurde. Beide galten damals gemeinhin als Gegensätze; dass sie sich durchaus ähnelten, wurde erst später besser erkannt.) Diese Unterstützung bedeutete in vielen Fällen, Lügen schlucken oder verbreiten und Fakten leugnen zu müssen. In der ersten Hälfte des 20. Jahrhunderts ähnelte ein Großteil der Linken einem Verliebten, dessen Angebetete immer monströser und kontrollsüchtiger wurde. Eine erstaunliche Zahl einflussreicher Künstler*innen und Intellektueller entschied sich dafür, dem Monster die Treue zu halten. Anders als in einer gewaltvollen Beziehung waren die Opfer in diesem Fall allerdings nicht diese glühenden Verehrer*innen, sondern die ohnmächtigen Völker der UdSSR und ihrer Satellitenstaaten. (Die Tatsache, dass sich als links verstehende Menschen autoritäre Regime unterstützt und die von solchen Regimes begangenen Verbrechen abgestritten haben und dies zum Teil noch heute tun, hat mich schon vor Langem zu der Frage geführt, was der Begriff *links* eigentlich bedeutet – bezeichnet er doch in anderen Zeiten diejenigen, die sich für das genaue Gegenteil einsetzen, nämlich für die Menschenrechte, die Freiheit des Individuums und das Gleichheitsprinzip.)

Als Orwell klar wurde, dass er sich in einem Dreifrontenkrieg befand, wollte er sich zunächst den rings um Madrid kämpfenden Internationalen Brigaden anschließen, weil sie seiner Überzeugung nach einen größeren Beitrag als die POUM in Aragon leisteten und der Kampf gegen den Faschismus für ihn an erster Stelle stand. Außerdem war die revolutionäre Stimmung in Barcelona, die ihn anfangs so verwundert und begeistert hatte, in seinen Augen verflogen, und die POUM sah sich heftigen Angriffen von kommunistischer Seite ausgesetzt – teilweise ganz buchstäblich, als sich Anarchist*innen, Kommunist*innen und die POUM blutige Gefechte lieferten, um die Kontrolle über das Telegrafenamt von Barcelona zu erlangen, teilweise in Form von Propagandameldungen, denen zufolge sich die POUM heimlich mit Frankreich verbündet hatte. Orwell kämpfte in einem Krieg, den er erst nach und nach verstand.

Trotz des Konflikts zwischen den Lagern kehrte er schließlich zu seiner Stellung zurück und kämpfte weiter für die POUM. Am frühen Morgen des 20. Mai hob er den Kopf über den Wall seines Schützengrabens und wurde von der Kugel eines Faschisten in den Hals getroffen. Hätte sie die Halsschlagader durchbohrt, anstatt sie um Haaresbreite zu verfehlen, wäre er auf der Stelle verblutet. Orwell trug eine schwere Verwundung davon und konnte nur noch flüstern, weil seine Stimmbänder beschädigt waren. Detailliert beschrieb er die physischen und psychischen Aspekte des Vorfalls: «Mein erster Gedanke beschäftigte sich konventionell mit meiner Frau. Mein zweiter Gedanke war ein leidenschaftlicher Widerspruch dagegen, dass ich die Welt verlassen sollte, die mir alles in allem ganz gut gefiel. Ich hatte Zeit genug, das sehr lebhaft zu empfinden.»

Im Juni wurde Andrés Nin, der Anführer der POUM, ermordet. Alberto Besouchet, ein junger Freiwilliger aus Brasilien, der mit einem an Nin gerichteten Empfehlungsschreiben eingetroffen war, kämpfte Berichten zufolge in der Zeit von Orwells Krankenhausaufenthalt in den Straßenschlachten in Barcelona. Wie Nin starb auch Besouchet unter nicht näher bekannten Umständen in Spanien; man nimmt aber an, dass er im Juni oder im späteren Verlauf des Bürgerkriegs von Stalinist*innen getötet wurde. Auch Modotti war ihrer Biografin zufolge an seiner Ächtung beteiligt; sie soll einen Brief der Brasilianischen Kommunistischen Partei an die Kommunistische Partei Spaniens übermittelt haben, in dem Besouchet als Trotzkist bezeichnet wurde.

Von den Rosen hatte Modotti sich inzwischen abgewendet und sich ganz dem Brot verschrieben. Im Jahr 1927 war sie in die Kommunistische Partei Mexikos eingetreten und arbeitete wenig später für die Internationale Rote Hilfe, ein Projekt der Komintern. «Hatte sie früher auf persönliche und sexuelle Selbstverwirklichung Wert gelegt, so musste sich dies nun, wie sie glaubte, ändern, wenn sie eine gute Kommunistin werden wollte», schreibt Albers und berichtet, dass Modotti ihre Arbeit als Modell aufgab, sich «von Themen wie Blumen und Architektur ab[wandte] und [...] ihr Medium in den Dienst der Massen [stellte].» In dieser Zeit entstanden anrührende Porträts, darunter häufig junge, ausgezehrte Menschen, die ihr selbst als arbeitendes Kind wahrscheinlich nicht unähnlich waren, aber auch Gruppenaufnahmen, vor allem von Müttern mit Kindern.

In dieser Phase schuf sie auch vermehrt Stillleben. Eines zeigt einen gefüllten Patronengurt unter einem Gitarrenhals, dazwischen steckt ein Maiskolben. Auf einem anderen sind Maiskolben und ein Patronengurt mit einer Sichel zu sehen, auf einem dritten Hammer und Sichel auf einem Sombrero. Ein viertes besteht nur aus Hammer und Sichel, eine genaue Nachahmung des sowjetischen Emblems. Auf dem Foto werfen die Werkzeuge Schatten, das Licht gleitet an den Griffen entlang, hebt die Maserung des Hammergriffs hervor und bringt die Sichelklinge zum Glänzen. Ein Symbol wird in die realen Werkzeuge rückübersetzt, das Abstrakte ins Spezifische überführt. Diese für die Fotografie so charakteristische Besonderheit steht im Gegensatz zum Dogma mit seinen Verallgemeinerungen. Gleichzeitig lässt Modotti aber die Dominanz gängiger Bedeutungen über das Werk zu, anstatt eigene zu suchen oder Orthodoxien zu hinterfragen.

Im Jahr 1928 verewigte Diego Rivera sie in einem Wandgemälde. Sie hält einen Patronengürtel ähnlich dem auf den Fotos vom Jahr zuvor und steht in einer Menge bewaffneter Männer, über denen die rote Fahne mit Hammer und Sichel flattert. Rivera war Trotzkist und während Trotzkis Exils in Mexiko mit ihm befreundet. Nach Mexiko zurückgekehrt, distanzierte sich Modotti aus ihrer stalinistischen Haltung heraus von ihm, doch schließlich schlugen sich auch Rivera und seine Frau Frida Kahlo auf die Seite des Stalinismus. Rivera war bereits 1929 aus der Kommunistischen Partei Mexikos ausgeschlossen worden; in einem Brief an Weston, der aus dieser Zeit stammt, erklärte Modotti ihn zum Verräter. Im selben Jahr wurde der schneidige kubanische Revolutionär Julio Antonio Mella, wohl die Liebe ihres Lebens, eines Abends erschossen, als er Arm in Arm mit Modotti in Mexiko-Stadt spazieren ging. Modotti wurde der Tat beschuldigt, in der Presse angegriffen und des Landes verwiesen.

Nach dem entsetzlichen Vorfall, der etwas in ihr zerbrochen haben muss, begann sie ein neues Leben. Vittorio Vidali, als Agent einer Unterabteilung der sowjetischen Geheimpolizei NKWD zuständig für Mordanschläge, Terror, Sabotage und Entführungen, befand sich, zunächst offenbar ohne Modottis Wissen, auf dem Schiff, das sie von Mexiko ins Exil brachte. Eine Theorie lautet, dass Vidali für das Attentat auf Mella verantwortlich war und deshalb aus Mexiko floh, wohin er zwei Jahre zuvor aus der UdSSR gekommen war. Die beiden italienischen Radikalen kamen sich auf der langen Atlantiküberfahrt näher und wurden vielleicht schon damals ein Paar. Danach lebten sie teils zusammen, teils getrennt, doch Vidali blieb die prägende Figur in Modottis restlichem Leben und wird häufig als ihr Mann bezeichnet. Belege für eine Eheschließung konnte ich allerdings nirgendwo finden. Modotti verbrachte einige Jahre mit Vidali in Moskau, wurde zur fleißigen Mitarbeiterin der Komintern, übersetzte ausländische Zeitungsartikel, verfasste Propagandatexte, betätigte sich in Sachen Spionage und Spionageabwehr, unterwarf sich den strengen Regeln des Kommunismus, der längst zum Totalitarismus geworden war, und versuchte, in der zunehmend paranoiden und rigorosen sowjetischen Gesellschaft sowie in den außerhalb davon existierenden kommunistischen Organisationen zu bestehen, in denen die Skrupellosigkeit wuchs.

Entsprang ihre Überzeugung, die Schönheit, die Kunst, ihre eigenen kreativen Visionen aufgeben zu müssen und Revolutionärin zu werden, gerade ihrer Freude an diesen Dingen und dem Gefühl von Handlungskraft, das sie in ihr auslösten? Viele gingen den gleichen Weg und fügten sich einem doktrinären Kommunismus, der strikten Gehorsam forderte und seine Mitglieder genau überwachte. Und zwar keineswegs nur vor dem Krieg; auch später noch unterstützten Linke, die angetreten waren, um für Menschenrechte und Gleichheit zu kämpfen, am Ende autoritäre Regime, die diese Rechte gravierend verletzten. Im Jahr 1936 ging auch Modotti nach Spanien, noch vor Orwell und vor Ausbruch des Bürgerkriegs, und blieb bis zu dessen Ende dort. Sie gab sich den Namen María, den man, wie ihre Biografin schreibt, mit demütigen Frauen, Dienerinnen und der Heiligen Jungfrau in Verbindung bringt. «Genau wie die Jungfrau Maria wurde Tina ein Inbegriff für Hingabe, Freundlichkeit, Askese und Trauer. Sie suchte sich die unangenehmsten und gefährlichsten Aufgaben aus [...].»

Eine Zeit lang leitete sie – in Nonnentracht – ein Krankenhaus. Das Habit, als Verkleidung gedacht, erinnert an Emma Goldmans berühmte Brot-und-Rosen-Antwort an einen Mann, der ihr erklärt hatte, «dass es sich für einen Agitator nicht gehörte zu tanzen», und dem sie entgegnete: «Ich konnte nicht glauben, dass eine Sache, die für ein schönes Ideal stand, für Anarchie, für Zufriedenheit und Freiheit von Konventionen und Vorurteilen, die Verleugnung des Lebens und der Freude fordern könnte. Die Sache durfte nicht erwarten, dass ich zur Nonne und die ganze Bewegung zu einem Kloster würde. Wenn sie es dennoch tat, wollte ich sie nicht. ‹Ich möchte Freiheit, mich selbst verwirklichen können, jeder soll das Recht haben, Schönes und Sinnvolles zu tun.›»

Niemand weiß, was Modotti damals eigentlich wollte. Als María fegte sie jedenfalls Böden, leerte Bettpfannen, pflegte Kinder, die von den Kugeln der MG-Schützen in den faschistischen Flugzeugen niedergemäht und verstümmelt worden waren, und arbeitete weiter für die Rote Hilfe. Vielleicht glaubte sie, dass am Ende Schönes und Sinnvolles wartete. Wie vermutet wird, war sie Vidali damals auch bei der Gegenspionage behilflich. Dem mexikanischen Schriftsteller Octavio Paz zufolge warnte Modotti seine Frau vor weiteren Besuchen in einem Café in Valencia, da «dieses Café ein Treffpunkt anarchistischer und trotzkistischer Elemente sei, von Verrätern der Revolution und Feinden des Volkes und so weiter in diesem Tenor».

Vidali, der sich das Pseudonym Carlos Contreras zugelegt hatte, war ganz in seinem Element. Er kämpfte im Fünften Regiment der Spanischen Republik, reiste durchs Land, vernahm Gefangene, stellte Hinrichtungskommandos zusammen und exekutierte persönlich Menschen. Viele Jahre zuvor war er in Italien auch deshalb Kommunist geworden, weil er den Faschismus bekämpfen wollte; in Spanien aber kämpfte er nicht gegen den Faschismus, sondern gegen Abweichler*innen von der sowjetischen Linie und der kommunistischen Orthodoxie. Er brachte anarchistisch oder trotzkistisch eingestellte Menschen um. Sein unmittelbarer Vorgesetzter nannte ihn «fast ein Monster». Er kämpfte nicht für Spanien, sondern betrachtete das Land als Schlachtfeld in seinem Kampf für die Sowjetunion. Angeblich war er im Juni 1937 an der Vernehmung, Folter und Ermordung von Andrés Nin, dem führenden Kopf der POUM, beteiligt.

Auch Orwell war durch seine Verbindung mit der POUM zur Zielscheibe geworden und am Ende seines Aufenthalts in Barcelona ein Gejagter, der sich tagsüber als wohlhabender Tourist ausgab, sich nachts in Ruinen verkroch und verzweifelt versuchte, aus Spanien herauszukommen. Die Haftbefehle, die auf ihn und Eileen ausgestellt waren, hätten wohl zum Tod beider geführt. Bei einer Durchsuchung von Eileens Hotelzimmer wurden all seine Aufzeichnungen aus Spanien beschlagnahmt; nicht auszuschließen, dass sie noch heute in irgendeinem Archiv in Russland liegen. Am 23. Juni, zwei Tage vor seinem vierunddreißigsten Geburtstag, schafften es Orwell und seine Frau endlich in einen Zug nach Frankreich und in die Sicherheit.

Zurück in Wallington, fühlte er sich in der früher so geliebten ländlichen Stille nicht mehr wohl. «Hier unten gab es immer noch das England, das ich in meiner Kindheit gekannt hatte: die Durchstiche der Eisenbahnlinie, die durch wilde Blumen verschönert wurden, die weitläufigen Weiden, auf denen große glänzende Pferde grasen und meditieren, die langsam fließenden Bäche, die von Weiden gesäumt sind, die üppigen grünen Kronen der Ulmen, der Rittersporn in den Gärten», schrieb er am Ende von *Mein Katalonien*. «[S]ie alle schliefen den tiefen, tiefen Schlaf Englands. Ich fürchte, wir werden nie daraus erwachen, ehe uns nicht das Krachen von Bomben daraus erweckt.» Und dass die Bomben kommen würden – mit dem Weltkrieg, für den der Bürgerkrieg nur der Auftakt gewesen war –, ahnte er wie so viele.

Dennoch lebte er sich in Wallington wieder ein, kümmerte sich um den Garten und die Hühner, schrieb Polemiken über den Krieg in Spanien und arbeitete an seinem Buch. *Mein Katalonien* erschien im April 1938 in einer kleinen Auflage von 1500 Exemplaren, von denen sich zu seinen Lebzeiten nur etwa die Hälfte verkaufte. Es gab zwar einige positive Rezensionen, doch Orwell befürchtete, sein sozialistischer Verleger könnte die Verbreitung unterbinden, und die kommunistische Linke stand dem Buch erwartungsgemäß ablehnend gegenüber. Viel Beachtung konnte er dessen Schicksal jedoch nicht schenken, denn im Monat zuvor hatte sich die Frage nach seinem eigenen dringlicher denn je gestellt, als er jede Menge Blut zu husten begann. Nachdem man ihn mit dem Krankenwagen in ein Sanatorium in Kent gebracht hatte, wurde dort erstmals eine Lungentuberkulose diagnostiziert. Ein ganzes Jahr verlor er an die Krankheit – zuerst fast sechs Monate im Sanatorium (wo er zwar seine Schreibmaschine nicht benutzen, aber angeln durfte), danach weitere sechs mit Eileen in Marokko, wo er sich von der warmen, trockenen Luft Linderung erhoffte. Erst im April 1939 setzte er das Leben in Wallington fort. Das erste Haushaltstagebuch hatte er dort kurz vor der Abfahrt nach Marokko begonnen und führte es nach der Rückkehr am 10. April 1939 mit einem Eintrag fort, in dem es heißt, er habe gerade eine Woche im Bett gelegen, die Osterglocken blühten, die Rosen trieben aus, und «die Lerchen singen wacker».

Modotti blieb bis zu Francos Sieg in Spanien, und auch sie musste nach Frankreich fliehen, um ihr Leben zu retten. Ihre letzten Lebensjahre verbrachte sie zurückgezogen mit Vidali in Mexiko, wo beide unter Pseudonym lebten. Über Vidali heißt es gelegentlich, er sei der Drahtzieher des tödlichen Attentats auf Trotzki am 20. August 1940 in Mexiko gewesen. Modotti starb im Januar 1942 nicht einmal sechsundvierzigjährig in einem Taxi auf dem Heimweg von einem Abend mit Freund*innen. Pablo Neruda schrieb daraufhin das Gedicht «Tina Modotti ist tot», das direkt an sie gerichtet und voller Rosen ist – «die letzte gestrige Rose», aber auch «die neue Rose», ein Gedicht voller Trauer, in dem er der Verstorbenen inständig versichert, dass sie nicht verschwunden ist. Ihr Schweigen brenne, schreibt Neruda und endet mit den Worten «Denn die Flamme stirbt nicht».

Viele Jahre zuvor hatte Rivera sie auf einem Wandgemälde in einer Landwirtschaftsschule in der Provinz als starke Figur gemalt, deren kraftvoller nackter Torso aus einem Baumstamm emporwächst, als käme sie direkt aus der Erde. Neruda beschreibt sie als in die Erde gesetzt wie ein Samen, als mit Wurzeln gefüllt, als Blume und Heldin, als durch den Schnee marschierende Soldatin, und doch gab es sie nicht mehr. «Die Flamme stirbt nicht», aber Modotti war gestorben.

Manche glaubten, dass Vidali sie «liquidiert» hatte, wie es im Jargon der Zeit hieß, darunter der damals in Mexiko lebende russische Schriftsteller Victor Serge und die mexikanische Zeitung *La Prensa*. Serge, ein guter Bekannter von Orwell, schrieb in seinen Aufzeichnungen, «sie hatte Differenzen mit der GPU [Geheimpolizei und Geheimdienst der Sowjetunion], für die sie lange gearbeitet hatte, und fürchtete um ihr Leben». Vielleicht war Vidali «der Mörder», «der Schakal», «der Gedungene», von dem Neruda sie, wie er in seinem Gedicht versprach, weit wegbringen wollte. Vielleicht aber auch nicht. Neruda war seinerseits ein Verehrer Stalins, schrieb später eine Ode an ihn und erkannte die Gräueltaten des Regimes erst 1956 an. Und Modotti war seit Langem herzkrank gewesen.

Nach ihrem Tod kam Vidali in den Besitz all ihrer Fotos und Negative. Wie die meisten Abzüge trägt auch das für so viel Geld verkaufte Foto mit den Rosen eine Art Brandzeichen auf der Rückseite, eine Gefangenentätowierung, Vidalis Stempel aus der Zeit, in der Kommunist*innen zu Feinden der Revolution wurden und er mittendrin war. Rings um den Rand des Zeichens steht «Comandancia General 5.º Regimento Milicias Populares» und in der Mitte «Comisario Politico». Politkommissar, Generalkommando des Fünften Regiments.

Rückseite des Fotos Rosen, Mexiko *von Tina Modotti, 1924, mit Vittorio Vidalis Stempel*

IV
STALINS ZITRONEN

Jakow Guminer,
2 + 2 plus die Begeisterung
der Arbeiter = 5, *1931*

1
Der Feuersteinweg

Im Jahr 1946 pflanzte ein Diktator Zitronen, besser gesagt: Er ließ sie pflanzen. Zehn Jahre zuvor hatte Orwell im Garten seines Häuschens Rosen gepflanzt, darunter wohl auch eine Albertine – eine Sorte, die der französische Züchter Albert Barbier 1921 kultiviert hatte – oder doch immerhin eine Beinahe-Albertine. Niemand kann mit Gewissheit sagen, ob die beiden Rosenstöcke, die jetzt dort stehen, mit den von Orwell gepflanzten identisch sind. Sicher ist aber, dass er und Eileen O'Shaughnessy Blair seit dem Frühjahr 1936 mit Unterbrechungen mehrere Jahre in dem Häuschen wohnten. Die Miete soll wöchentlich sieben Shilling und einen Sixpence (neunzig Pence) betragen haben, was selbst damals günstig war. Das Haus, in dem die meiste Zeit Ackerbauern gewohnt haben dürften, stammte angeblich aus dem 18. Jahrhundert – oder aus dem 17. und, wenn man es nicht alt genug haben konnte, aus dem 16. (Esther Brookes, die Lehrerin, die das Häuschen 1948 kaufte, hält es gar für ein Gebäude aus dem Mittelalter, kann ihre Vermutung aber nicht belegen.)

Es ist aus Stein, Ziegeln, Bäumen und Putz gemacht. In den Wänden des oberen Stockwerks sind alte Balken zu sehen, nicht gerade gesägt, sondern so schief und krumm, wie sie aus den Bäumen kamen. In dem kleinen Vorderzimmer, das als Dorfladen fungierte, gibt es einen riesigen offenen Kamin. In einer Nische wurde Brot gebacken, und der Schornstein führt in das größere Schlafzimmer hinauf, wo er zu einer Art wärmespeicherndem Stufenturm ausgebaut ist, auf dem die Enkelkinder von Dawn und Graham gern herumklettern. Wie mir Graham erzählte, ragen aus den Balken auf dem Dachboden noch die jahrhundertealten Äste hervor. Ringsum liegen Weizenfelder. Und auch wenn der Weizen Jahr für Jahr gesät und geerntet wird, ist die Landwirtschaft auf den seit Jahrtausenden bestellten Feldern älter als das Haus, die Kirche und die Bäume.

Knapp zwei Jahre nach meiner ersten Begegnung mit Graham und Dawn, mit dem Häuschen, den Rosen und den Fragen, die damals aufgekommen waren, flog ich im Spätsommer wieder nach England und quartierte mich in Cambridge ein, um zu recherchieren. Ich unterhielt mich mit Leuten, las viel, unter anderem im Archiv der Cambridge University, und sah mich ein bisschen um. Eines Donnerstags schrieb ich beim Frühstück einen Artikel über den Klimawandel für den *Guardian*; dann zog ich meinen Regenmantel an, steckte eine Flasche Wasser in den Rucksack und fuhr mit dem Bus zum Bahnhof von Cambridge. Dort kaufte ich ein Sandwich, einen Schokoriegel und eine Rückfahrkarte für die kurze Strecke nach Baldock. Die Fassade des Bahnhofsgebäudes von Baldock kannte ich noch von meinem ersten Besuch zwei Jahre zuvor; doch damals war ich gleich in ein Taxi gestiegen und hatte auf der Fahrt kaum etwas gesehen.

An diesem herrlichen Spätsommertag wollte ich die fünf Kilometer zwischen Bahnhof und Häuschen zu Fuß zurücklegen. Weil ich weder eine Landkarte von der Gegend noch einen Drucker hatte und die Karten-App auf meinem Handy im Ausland nicht funktionierte, hatte ich vor der Abfahrt eine grobe Skizze des Wegs mit allen Gabelungen von Google

Maps abgezeichnet. Die kleine Zeichnung erwies sich allerdings schon nach den ersten zwei, drei Abzweigungen in Baldock als unbrauchbar. Ich würde mich irgendwie durchwursteln müssen und freute mich auf den kleinen Vorstoß ins nicht allzu gefährliche Unbekannte.

Am Ende eines Wegs, der auf der einen Seite an Gartenzäunen, auf der anderen an einem Weizenfeld entlangführte, war es vorbei mit meiner skizzierten Route. Ich stand am Rand einer Schnellstraße, auf der die Autos an mir vorbeirasten. Plötzlich kam eine ältere Frau ganz in Hellblau daher, und ich sprach sie an. Ich hätte niemand Besseren fragen können als diese Seniorin, die mir flötend erklärte, wo der Weg verlief und dass er früher die wichtigste Verbindung nach Wallington gewesen war, und mir nicht nur detailreich die Überführung über die A 505 beschrieb, sondern auch noch ein Auge auf mich hatte, während ich über die Schnellstraße rannte und endlich zu meiner Wanderung aufbrach.

Sonst begegnete ich keinem Menschen an diesem zart bewölkten sonnigen Donnerstag. Mit der Zeit fiel ich in eine angenehme, beschauliche Trance, ein Zustand, in dem ich den Weg, die Felder, den Himmel in allen Einzelheiten wahrnahm. England fühlt sich für mich oft eng und klein an, aber diese Weizenfelder waren riesig. Die gekrümmten Ackerfurchen folgten den Konturen des Geländes, und das Gelände bestand aus Wellen und Wogen wie die Oberfläche des Meeres weit vor der Küste, ein Erd-Ozean, auf dem ich dahintrieb. Auf manchen Feldern war der Weizen schon eingeholt und nur staubige goldgelbe Stoppeln waren noch übrig; auf manchen stand er noch, hoch und reif, jeder trockene Halm vom Gewicht der Ähre an seiner Spitze vornübergebeugt und zu einem Haken oder Fragezeichen geformt, und an anderen Stellen waren die Halme großflächig zu Boden gedrückt und bildeten Schneisen. Einige Felder zogen sich auf den Wellen und Wogen dem Horizont entgegen, Gold bis hin zum blauen Himmel.

Es gab auch brachliegende, frisch gepflügte Äcker mit einer Saat aus Feuersteinen in den hellen, kalkigen Furchen. Dieser Stein, den ich erst seit meinen Spaziergängen mit Rob Macfarlane in Cambridgeshire kannte, faszinierte mich – die schwarze, blaue und weiße Färbung, die organisch anmutenden Rundungen, die seltsamen Formen, glatten Oberflächen und rasiermesserscharfen Kanten. Die Feuersteine auf den Äckern zwischen Baldock und Wallington waren noch schöner als alle, die ich zuvor gesehen hatte. Von Habgier und Neugier gepackt verließ ich ab und zu den Weg, ging ein Stück auf die Äcker hinaus, hob wie verzaubert von den Formen und der schieren Menge einzelne Steine auf, ließ diesen oder jenen wieder fallen, hob andere auf.

Obwohl dieser Boden jahrhundertelang bewirtschaftet worden war, bedeckte ihn noch immer eine dichte Schicht Steine. Es waren Dutzende pro Quadratmeter, von Splittern und Scherben bis hin zu größeren, unregelmäßig geformten Brocken mit einem Gewicht von mehreren Pfund, die mich beim ersten Hinsehen an Tiere oder große innere Organe erinnerten. Sie bildeten ein Wörterbuch der Feuersteinmöglichkeiten, aus dem ich mir einen Wortschatz an Formen zusammensuchte. Einer ähnelte einem großen Trommelstock, innen schwarz und glänzend, an der Außenseite weiß und rau. Manche sahen aus wie Schwänze und Eier, während mich einige größere Exemplare, die aufgesprungen waren, an Porträtbüsten erinnerten, sodass sich nach und nach eine kleine Familie aus anthropomorphen Steinen mit himmelblauen oder schwarzen Gesichtern ansammelte.

Feuersteine haben meist eine zementartige, raue weißliche Außenseite, die wie die äußere Schicht des Kleinhirns Rinde oder Cortex heißt, und sind innen glatt wie Glas oder glasierte Keramik. Das Innere kann weiß, schwarz oder von einem herrlichen, an Gewitterwolken erinnernden Blaugrau sein, das von Hell- bis Nachtblau reicht, und mitunter kommen alle Schattierungen vor. Wegen ihrer Wölbungen werden die Steine als Knollen bezeichnet, doch ihre schärfsten Ränder sind schärfer als Skalpelle. In der Steinzeit war der Feuerstein neben dem Obsidian der bevorzugte Stein. Rings um die nahe gelegene Kleinstadt Hitchin, wo zu Orwells Zeiten der Woolworth stand, in dem er wahrscheinlich den Großteil seiner Sixpence-Rosen kaufte, hat man Hunderte von steinzeitlichen Werkzeugen aus diesem Material gefunden.

Die Feuersteine entstanden, als die Gegend ein Meeresgrund war. Zunächst füllten sie in Form von Sediment die Löcher in diesem Meeresboden oder drangen in die von verwesenden Meerestieren gebildeten Hohlräume ein. Ihre häufig biomorphe Gestalt rührt daher, dass sie in vielen Fällen der Abguss dessen sind, was das Leben zurückließ. Der Kalkstein selbst, der dem Erdboden hier seine blasse Farbe verleiht, besteht aus den übrig gebliebenen Muscheln unzähliger winziger Meeresbewohner, und vielleicht wogte die Landschaft deshalb wie die Tiefsee, weil sie genau das einst gewesen war. Gemächlich schwamm ich durch diesen Ozean aus Feuerstein und Weizen, ohne mir sicher zu sein, ob der eingeschlagene Weg der richtige war, bis ich plötzlich eine schmale, von Hecken gesäumte Straße erreichte, auf der das in riesigen weißen Buchstaben aufgemalte Wort S L O W zum langsamen Fahren mahnte und die in mehreren Kurven zum Ortseingang von Wallington führte.

An einigen Abschnitten des Wegs und der parallel dazu

verlaufenden Straßen standen Hecken, in denen robuste Hundsrosen – Englands Wildrosen – wucherten. Sie waren längst verblüht, und statt Blüten hatten sie Hagebutten, die, anders als der Weizen, noch nicht reif waren, sondern sich gerade erst orange färbten. Es war buchstäblich eine Landschaft aus Brot und Rosen, aber auch aus Brombeeren, Kalkstein, Feuerstein und alten, noch immer für die Allgemeinheit zugänglichen Wegen durch das Ackerland. Ich ging von Orwells und Eileens Häuschen das kurze Stück an der dunkel aufragenden Scheune der Manor Farm vorbei zum Friedhof mit den alten Grabsteinen, deren Inschriften unter Flechten, Moos und Efeu verwitterten, und in die Kirche hinein. Dann aß ich draußen auf einer Mauer mein Sandwich und machte mich auf den Rückweg.

Meine Gedanken über Orwells Rosen und darüber, wohin sie führten, waren verschlungen, erinnerten an Rhizome, mit denen Pflanzen wie die Erdbeere ihre Wurzeln oder Sprossachsen in alle Richtungen ausbreiten. Die Philosophen Gilles Deleuze und Félix Guattari griffen das Wort auf und bezeichneten damit ein dezentrales oder hierarchiefreies Modell der Wissensorganisation. «Jeder Punkt eines Rhizoms kann (und muss) mit jedem anderen verbunden werden. Das ist ganz anders als beim Baum oder bei der Wurzel, bei denen ein Punkt, eine Ordnung, festgelegt ist.» Baum- und Wurzeläste werden gern als Abstammungsmodell verwendet, zur Versinnbildlichung der Evolution von Arten oder Sprachen, als Familienstammbaum und überhaupt zur Darstellung chronologischer, sich verzweigender Übertragungsprozesse, weshalb es bei Deleuze und Guattari an späterer Stelle heißt: «Das Rhizom ist eine Anti-Genealogie.»

Die Zitate stammen aus einer Zeit, als die Unterscheidung

zwischen Bäumen und Rhizomen noch nicht so aufgeweicht war wie heute – etwa aufgrund der Erkenntnis, dass die rund 40000 Bäume des 43 Hektar großen Zitterpappelwalds in Utah über ein gemeinsames Wurzelsystem verfügen, im Grunde Klone voneinander sind und den größten und mit 80000 Jahren ältesten Organismus der Welt bilden. Oder angesichts der unterirdischen Mykorrhiza-Netzwerke, auch Wood Wide Web genannt, die Waldbäume miteinander verbinden, indem sie Nährstoffe und Informationen zirkulieren lassen, und aus manchen Wäldern kommunizierende Gemeinschaften ganz und gar nicht individueller Bäume machen.

Thoreau bezeichnete einmal alle Tiere als Lasttiere, «die zu Trägern eines Teiles unserer Gedanken gemacht wurden». Auch Pflanzen liefern uns Metaphern, Sinnzusammenhänge und Bilder in Form von Stämmen, Sprösslingen, Verpflanzungen, Wurzeln und Zweigstellen, Verzeichnisbäumen, Saaten der Gewalt, Früchten der Arbeit, gegenseitiger Befruchtung, Reife, dem Grün hinter den Ohren und dem symbolischen Reichtum dessen, was wir mit unseren domestizierten Pflanzen machen: hegen und pflegen, säen und ernten und vieles mehr.

Auf einem Erkundungsgang ein paar Tage zuvor hatte ich im Botanischen Garten von Cambridge Rosenstöcke gesehen, an denen kaum mehr Blüten hingen, sondern fast nur Hagebutten, darunter einige wunderschöne. Nur eine wilde Prärierose trug leuchtend rosa Blüten. Auf dem Schild darunter war zu lesen: «Am Beispiel dieser Pflanze lässt sich die komplexe Abstammungsgeschichte der modernen Rose demonstrieren, die der Genetiker Charles Hurst zu Beginn des 20. Jahrhunderts in fünfundzwanzigjähriger Hybridzucht in diesem botanischen Garten enträtselt hat.» Die Genetik versucht, genau die Art von Stammbäumen zu erstellen, zu denen Deleuze und Guattari eine Alternative suchten; zugleich ist sie ein wichtiges Modell, das die Funktionsweise von Vererbung und Evolution verstehen hilft. Also ging ich in die Bibliothek der Cambridge University, ließ mir die Schachteln mit Hursts Schriften heraussuchen und verbrachte einen ganzen Tag damit. Eine Mappe nach der anderen holte ich hervor und mit ihnen Leben und Werk eines Mannes. Ich war zwar schon in einigen Büchern zum Thema Rosen über ihn gestolpert, doch die Schachteln bargen eine kompliziertere Geschichte.

Charles Chamberlain Hurst, ein Mann mit einem Zwirbelbart und ererbtem Vermögen, war die rechte Hand von William Bateson, der den Begriff *Genetik* prägte und bei ihrer Etablierung als moderner Wissenschaft eine entscheidende Rolle spielte. Seit die Versuchsergebnisse von Gregor Mendel im Jahr 1900 wiederentdeckt worden waren und als Fundament für weitere Forschung dienten, leisteten Hurst, Bateson und mehrere Wissenschaftler*innen an der Cambridge University Grundlagenarbeit auf dem Gebiet der Vererbung und Evolution. Die Entdeckungen im Bereich der Genetik vertieften nicht nur das Verständnis des Lebens selbst und seiner Vererbungs- und Evolutionsprozesse, sondern führten auch zur praktischen Nutzung in vielen Bereichen. Hursts Mitarbeiter*innen hatten ganz unterschiedliche Hintergründe, von Amateur-Blumenzüchter*innen bis zu weltweit führenden Genetiker*innen. Nicht wenige, etwa die reiche Rose Haig Thomas, waren beides. Die Rosenliebhaberin, Forschungsförderin und Gründerin der Mendel Society verfasste sowohl wissenschaftliche Schriften als auch ein Kinderbuch, in dem sie ihren jungen Lesern Blattläuse und andere Pflanzenschädlinge näherzubringen versuchte.

Hurst setzte seine finanziellen Mittel, seine Zeit und die geerbte Gärtnerei zunächst für die Erforschung von Orchideen ein, beschäftigte sich danach jahrzehntelang mit Rosen und weckte mit den erzielten Ergebnissen das Interesse von Rosenzüchter*innen wie von Wissenschaftler*innen. Außerdem züchtete er Lang- und Kurzhaarkaninchen und entdeckte, dass das für Langhaarigkeit verantwortliche Gen rezessiv ist. Daraufhin wühlte er sich durch die viele Generationen zurückreichenden Stutbücher der britischen Rennpferde, um aufzuzeigen, wie die Fellfarbe von Pferden vererbt wird. Er bewies, dass blaue Augen beim Menschen rezessiv vererbt werden. Weil er trotz der massiven Kritik, die ihm entgegenschlug, standhaft blieb, erhielt er den Spitznamen «Batesons Bulldogge». Obwohl Bateson 1910 die Leitung des John Innes Centre in Norfolk übernommen hatte, ließ sich Hurst nach dem Ersten Weltkrieg in Cambridge nieder. Seine zweite Frau, Rona Hurst, assistierte ihm im Labor und mikroskopierte die Chromosomen von Rosen.

Für die Hursts waren Rosen ein Rätsel, das gelöst werden musste, und eine Pflanzenfamilie, die sie in allen Einzelheiten erfassen wollten. Im Jahr 1928 schrieb Charles Hurst: «Seit dem Krieg habe ich mich ganz dem Studium der Genetik der Rose verschrieben. So entstand im Botanischen Garten von Cambridge eine umfangreiche Sammlung der bekannten Arten, Unterarten und Hybriden aus diversen Quellen, darunter Wildarten, die meine Frau und ich in England und in fünf Schweizer Kantonen gesammelt haben, sowie Pflanzen aus Samen, die mir von Briefpartnern und Reisenden aus Nordamerika, Mexiko, Turkestan, Sibirien, China und Japan zugesandt wurden.»

Hursts Gärtnerei, die sein Ururgroßvater 1773 im mittelenglischen Leicestershire eröffnet hatte, verfügte über mehr als acht Hektar Fläche allein für Rosen. In einem Katalog, den er 1922 herausgab, wurden tausend Sorten zum Verkauf angeboten, darunter «die fünfzig besten Duftrosen», fünfzig «Strauch- und Trauerrosen» sowie die «zwanzig besten Knopflochrosen». (Und sie tragen alle erdenklichen Namen: Irish Fireflame, Adonis, Lady Reading, Snow Queen, Red Letter Day, Golden Ophelia, Lolita Armour, Mermaid, Los Angeles. Darüber hinaus waren viele nach bestimmten Personen benannt, wobei verheiratete Frauen mit Namen wie Mrs. Arthur Jones durch die Bezeichnung gleichzeitig in Erinnerung gerufen und getilgt wurden.)

Streifzüge durch Bücher und Archive sind oft wie Streifzüge durch eine Landschaft. Im Rosengarten der Uni hatte ich Hurst entdeckt und in einem wissenschaftlichen Aufsatz über Orwells letzte Jahre auf der Insel Jura die Erwähnung seines Interesses an der Genetik-Kontroverse in Stalins Sowjetunion. In diesen Kaninchenbau zu fallen, sollte sich lohnen, denn Orwell nahm solche Kontroversen zum Anlass, sich größere Fragen zu stellen – über Wahrheit und Fakten, Lüge und Manipulation und über ihre Konsequenzen. Sie waren für ihn vor allem in Hinblick auf *1984* eine Quelle der Inspiration.

Der Begriff *Inspiration* wird meist mit positiven, erstrebenswerten Dingen assoziiert – man denke nur an das sentimentale Bild der Muse als schöner Frau und Objekt der Leidenschaft des männlichen Autors. Die Inspirationen oder zumindest die Anstöße, die politische Schriftsteller*innen zum Schreiben motivieren, sind dagegen fast immer etwas hochgradig Abstoßendes oder Beängstigendes, hier wird der

Widerspruch zum Stimulans. Stalin war ganz sicher Orwells wichtigste Muse – wenn nicht als Persönlichkeit, dann auf jeden Fall als die zentrale Figur eines in Lügen verstrickten furchterregenden autoritären Systems.

2
Reich der Lügen

Im August 1944 verfolgte Orwell mit großem Interesse einen Vortrag des Biologen John R. Baker, der in London auf einem PEN-Symposium zum Thema Meinungsfreiheit über den Umgang der Sowjetunion mit Wissenschaftler*innen und der Wissenschaft berichtete. Baker war seinen eigenen Worten zufolge buchstäblich der Einzige, der im Zusammenhang mit der gewaltsamen Unterdrückung dieser Freiheit in der Sowjetunion seine Stimme erhob. In seinem eineinhalb Jahre später veröffentlichten Essay «Zur Verhinderung von Literatur» schrieb Orwell, einer der vier Hauptredner habe «im größten Teil seiner Rede die Säuberungsaktionen in Russland [verteidigt]». Einige der Vorträge bezeichnete er als «Lobgesänge an die Adresse Sowjet-Russlands», in anderen wurde die Freiheit verteidigt, das Thema Sexualität zu erörtern, doch «[p]olitische Freiheit wurde» – außer im Zusammenhang mit besagter Politisierung der Wissenschaft – «nicht erwähnt».

«Seine allererste Freiheit», sagte Baker über den Wissenschaftler an sich, «ist die Forschungsfreiheit. Ohne sie ergeht es ihm nicht anders, als es Ihnen erginge, wenn ein Diktator sogar Ihre Fantasie kontrollieren könnte. Mit dem Verlust der wissenschaftlichen Autonomie entsteht eine groteske Situation, denn die politischen Chefs sind selbst beim besten Willen nicht in der Lage, zwischen dem wahren Forscher auf der einen und dem Bluffer und Renommisten auf der anderen zu unterscheiden.» Und die wissenschaftliche Autonomie *war* verloren gegangen. Baker erklärte, Trofim Lyssenko, Leiter des Instituts für Genetik der Akademie für Wissenschaften der Sowjetunion, sei ein «anschauliches Beispiel für den Niedergang der Wissenschaft in einem totalitären Regime».*

Die Geschichte vom Aufstieg des Pseudowissenschaftlers und brillanten Politstrategen Trofim Lyssenko ist gleichzeitig die vom Sturz des herausragenden Agrarwissenschaftlers Nikolai Wawilow. Sie ist die Geschichte vom Triumph eines Lügners über einen Mann, der die Wahrheit sagte, und von den immensen Kosten dieser Lügen. Wawilow war, wie der Ethnobotaniker Gary Paul Nabhan schreibt, «der weltweit einzige Mensch, der auf allen fünf Kontinenten Samen von Nahrungspflanzen gesammelt hatte, ein Forscher, der 115 Expeditionen in etwa 64 Länder organisiert hatte, um neue Möglichkeiten zu erkunden, wie die Menschheit sich ernähren könnte» – und Verfasser von mehr als hundert wissenschaftlichen Aufsätzen.

Wawilow wollte vor allem die landwirtschaftliche Biodiversität verstehen lernen, die bei der Erzeugung neuer

* Hier könnte man anmerken, dass die jahrzehntelang andauernde von der fossilen Brennstoffindustrie mitfinanzierte Leugnung des Klimawandels und die daraus folgende Untätigkeit ein anschauliches Beispiel für den Niedergang der Wissenschaft im Kapitalismus darstellen. Die von den etablierten Medien, US-amerikanischen und gelegentlich auch britischen Regierungsvertreter*innen lange aufrechterhaltene vorgeschobene Behauptung, die Wissenschaft sei sich nicht einig bzw. es gebe keine wissenschaftliche Grundlage, war Verrat an Fakten, Menschenleben und an der Zukunft. Sie alle haben bewusst oder unbewusst immer wieder Framings und Argumente wiederholt, die von fossilen Brennstoffkonzernen stammten.

Pflanzensorten und im Kampf gegen Schädlings- und Krankheitsbefall eine wichtige Rolle spielt. Seiner gesamten Expeditions- und Forschungstätigkeit lag der Wunsch zugrunde, die Nahrungsmittelproduktion vorrangig in Russland zu verbessern, darüber hinaus aber auch die Hungrigen der Welt zu nähren. Seine berühmteste Errungenschaft war die Einrichtung der größten Genbank der Welt in Leningrad, wie Sankt Petersburg seit kurz nach Lenins Tod 1924 und bis zum Ende der Sowjet-Ära hieß. Die riesige Sammlung, Teil des Allunionsinstituts für Pflanzenzucht, dessen Direktor Wawilow von 1924 bis 1940 war, eröffnete die Möglichkeit, mittels Biodiversität Ernährungssicherheit herzustellen – etwa durch Arten und Sorten, die potenziell krankheits- oder schädlingsresistent waren, unter diversen Bedingungen wuchsen, größere Erträge oder höhere Nährwerte erbrachten. (Die Sammlung erlangte auch deshalb Berühmtheit, weil ihre engagierten Mitarbeiter*innen während der 872 Tage dauernden Leningrader Blockade lieber verhungerten, als die tonnenweise vorhandenen Saaten und anderes Pflanzenmaterial zu essen.)

Wawilows Karriere endete, als Lyssenko und er aneinandergerieten. Lyssenko machte im Oktober 1929 von sich reden, als seine Experimente mit Winterweizen als messianisches Heilmittel gegen die Hungersnot gepriesen wurden, mit der die junge Nation zu kämpfen hatte. Obwohl die Schlussfolgerungen, die Lyssenko und die sowjetische Presse aus seiner schlampigen Arbeit zogen, als wissenschaftliche Erkenntnis nicht zu gebrauchen waren, beförderten sie seinen Aufstieg. Von diesem Ausgangspunkt startete er eine erfolgreiche Kampagne, mit der er einerseits der Genetik den Krieg erklärte und sich andererseits die Gunst Stalins erschlich. Lyssenko wusste zu schmeicheln und zu denunzieren, und Stalin lehnte die darwinistischen Prinzipien der zufälligen Mutation und natürlichen Selektion als Triebkräfte der Evolution ohnehin bereits ab.

Stattdessen hing Stalin – wie Lyssenko – der Lehre Lamarcks an, der zufolge erworbene Eigenschaften vererbt werden. (Gängiges Beispiel ist der Giraffenhals. Laut der Theorie Jean-Baptiste de Lamarcks vererbt eine Giraffe, die sich streckt, um ihr Futter zu erreichen, längere Hälse an ihre Nachkommen.) Während man dem 1744 geborenen Lamarck nicht vorwerfen kann, Lamarckianer gewesen zu sein, gibt es für Menschen des 20. Jahrhunderts kaum eine Entschuldigung, außer dass ihnen seine Theorie ideologisch zupasskam, nachdem sie die darwinistische Auffassung von Evolution missverstanden hatten. Schon 1906 hatte Stalin lobend vom «Neolamarckismus» geschrieben, «dem der Neodarwinismus Platz macht».

Einige Jahre später schrieb der Sozialist Anton Pannekoek: «Der Sozialismus ist eine Theorie, die die natürliche Gleichheit der Menschen voraussetzt und ihre gesellschaftliche Gleichheit erstrebt. [...] Aber der Darwinismus ist gerade die wissenschaftliche Begründung der Ungleichheit.» Karl Marx bewunderte Darwin und nahm in dem Gedanken von der Evolution der Arten ein Echo seiner eigenen Idee der sozialen Evolution wahr. Doch der durch Thomas Henry Huxleys hobbesianische Interpretation gefilterte Darwinismus betonte Konflikt und Wettbewerb, und Darwin selbst, das muss gesagt sein, beschrieb die Evolution als einen Kampf, den die Individuen einer Art in Konkurrenz um knappe Ressourcen untereinander ausfechten. Diese Sichtweise wurde so verzerrt, dass sie schließlich als Bestätigung eines naturgegebenen, unvermeidbaren und für ihre Befürworter*innen sogar positiven freien Marktkapitalismus auf der Grundlage eines individuellen Egoismus dienen konnte.

Diejenigen, die diese Sicht nicht befürworteten, sahen offenbar keine Möglichkeit, die der Theorie aufgepfropften sozialen Werte abzulehnen, ohne das gesamte wissenschaftliche Gedankengebäude einzureißen. Allerdings hat der anarchistische Philosoph Peter Kropotkin einen sehr schönen dritten Weg aufgezeigt, als er während seines Aufenthalts in Sibirien zu der Schlussfolgerung kam, dass sich der Überlebenskampf nicht als Wettbewerb der Individuen um Ressourcen abspielte (die gab es in Hülle und Fülle), sondern als das gemeinschaftliche Bemühen, den harten Bedingungen zu trotzen. Kropotkin nannte die innerartliche Kooperation «gegenseitige Hilfe», ermittelte, welche Rolle sie im Leben von Tieren und Menschen spielt, und betonte, dass Evolution und Kooperation keine Gegensätze sind, sondern oft ineinandergreifen. Allerdings vermochte sein Buch *Gegenseitige Hilfe in der Tier- und Menschenwelt* von 1902 die damals gängigen Argumente nicht zu beeinflussen. Die Evolutionswissenschaft von heute steht Kropotkins Sicht näher. Sie betrachtet die Natur zunehmend als kollaborativ und von gegenseitiger Abhängigkeit geprägt und immer weniger als konkurrenzbetont individualistisch.

Doch zu Orwells Zeit war Evolution Darwinismus und Darwinismus sehr oft Sozialdarwinismus. Die Sowjets gingen mit größter Härte sowohl gegen die biowissenschaftlich gewonnenen Fakten als auch gegen alle vor, die sich auf diese Fakten stützten und sie weiterentwickelten. Und auch die westlichen Wissenschaftler*innen waren keine Engel. Viele derer, die Darwins Evolutionsverständnis als Bestätigung des sozialen Status quo verstanden – die Vormachtstellung der Reichen gegenüber den Armen, der Aristokratie gegenüber dem «einfachen Volk» –, wurden Verfechter*innen der Eugenik, der Idee, Menschen in «minderwertig» und «überlegen» einzuteilen und, zumindest in manchen Fällen, die «Überlegenen» zu fördern, die «Minderwertigen» dagegen mittels sozialer Kontrolle und Strafe oder gar durch Völkermord zu beseitigen. Hurst war Eugeniker, Baker, dessen Vortrag Orwells Interesse an der sowjetischen Pseudowissenschaft weckte, war Eugeniker, und Darwins eigener Sohn stand der Britischen Gesellschaft für Eugenik mehrere Jahre als Präsident vor.

Indem das Naziregime eugenisches Gedankengut auf die Spitze trieb, bestärkte es Stalins Rechtfertigungen seiner Ablehnung der gesamten Genetik. Zumindest was die weiteren Motive für Stalins und Lyssenkos Gegnerschaft betraf, dürfte Thomas Henry Huxleys Enkel Julian Huxley, Vizepräsident der Britischen Gesellschaft für Eugenik von 1937 bis 1944, allerdings recht gehabt haben: «Die Mendel'sche Vererbungslehre mit ihren sich selbst kopierenden Genen und zufälligen ungerichteten Mutationen», schrieb er 1949 in dem Buch *Soviet Genetics and World Science* – einem der letzten Bücher, die Orwell las –, «bietet dem menschlichen Drang nach Veränderung der Natur offenbar zu starken Widerstand und raubt ihm die Kontrolle, die er so gern über sie ausüben würde, während der Lamarckismus rasch zu erlangende Kontrolle verheißt.»

In den ersten beiden Dritteln des 20. Jahrhunderts bestand der weit verbreitete, tief verankerte Glaube, man könne jeden und alles neu erfinden, das Alte hinwegfegen, die Vergangenheit vergessen, über die Zukunft verfügen, die menschliche Natur verändern, und diese Vorstellungen waren oft eng mit dem Gedanken verknüpft, man könne derart umwälzende Transformationen in die Hände einer aus Wissenschaftler*innen oder Politiker*innen bestehenden Elite legen. Wie der Lamarckismus beruhte auch die Eugenik auf der Vorstellung, Menschen ließen sich zwangsweise perfektionieren, und stellte somit ein monströses, durch einen zweifelhaften utopischen Zweck gerechtfertigtes Mittel dar. Viele hielten damals die menschliche Natur in psychischer wie biologischer Hinsicht für so formbar, dass sie die Art und Weise, wie Menschen lebten, dachten, liebten und arbeiteten, neu erfinden zu können glaubten.

Lyssenko überzeugte Stalin davon, dass nicht nur Menschen, sondern auch Weizen formbar wäre und er Weizen züchten könnte, der erworbene Eigenschaften vererben würde. Seine Pseudowissenschaft passte perfekt zur marxistischen Ideologie und den Zielen der Sowjets. In Bezug auf die Fakten lag er zwar komplett daneben, doch die Korruption und die ideologische Verblendung in seinem Umfeld bewahrten ihn vor den Konsequenzen. Auch Wawilow arbeitete an der Entwicklung robusterer und ertragreicherer Weizensorten, benötigte aber mit seinen wissenschaftlich fundierten Methoden mehrere Jahre, während Lyssenko Resultate innerhalb unrealistisch kurzer Zeiträume versprach.

Im Jahr 1928 trat der erste Fünfjahresplan der Sowjetunion in Kraft, dessen wichtigstes Ziel die beschleunigte Industrialisierung war. Weil es daraufhin viele Menschen in die Städte zog, entstand eine Brotknappheit, die sich aufgrund von ungünstiger Witterung und Stalins Landwirtschaftspolitik noch verschärfte. Die etwas bessergestellten und eher wenig kooperativen Bauern wurden als «Kulaken» angeprangert, und Anfang 1929 setzte Stalin mit einer Kampagne zur raschen und brutalen «Entkulakisierung» die Vernichtung der Angehörigen dieser nie genau definierten Kategorie in Gang. Vor allem in der Ukraine wurden unfassbar viele Menschen hingerichtet, in Haft genommen oder nach Sibirien und in andere abgelegene Landesteile deportiert.

Das Getreide der verbliebenen Bauern und Bäuerinnen wurde von staatlicher Seite mittels Zwang, Folter oder Waffengewalt konfisziert. Selbst als die Bevölkerung schon Hunger litt, glaubte Stalin noch, dem Staat würde Getreide vorenthalten, und setzte die grausamen Maßnahmen fort. Wer seine von Hunger geplagte Region verlassen wollte, wurde daran gehindert, wer Essen zu stehlen versuchte, erschossen. Die überlebende Landbevölkerung zwang man in Kolchosen, in denen oft chaotische und brutale Zustände herrschten und die Produktivität gering ausfiel. Ideolog*innen ohne landwirtschaftliche Vorkenntnisse wurden in die Kolchosen geschickt, um sie zu leiten. Anfang der dreißiger Jahre spitzte sich die katastrophale Situation zu.

Der daraus resultierende «Mord durch Hunger», auf Ukrainisch *holodomor*, kostete etwa fünf Millionen Menschen das Leben, größtenteils in der Ukraine. Vom Hungertod bedrohte Bauern und Bäuerinnen bettelten in den Dörfern um Essensabfälle, schleppten sich in der Hoffnung auf ein Entkommen in die Bahnhöfe oder starben bereits auf dem Weg. Ihre skelettierten Leichen lagen an den Straßenrändern. Die Menschen waren vom Hunger psychisch zerrüttet, Kannibalismus verbreitete sich, manche aßen gar ihre eigenen Kinder. Um das Image des erfolgreichen Kommunismus nicht durch Millionen Hungertote zu beschädigen, vertuschte die sowjetische Regierung das Schicksal der Menschen mithilfe der meisten westlichen Journalist*innen in der Sowjetunion, die zwar der Zensur unterstanden und ausgewiesen wurden, wenn sie die Wahrheit schrieben, sich aber in den meisten Fällen sehr bereitwillig an der Täuschung der Weltöffentlichkeit beteiligten.

Prominente Persönlichkeiten – allen voran der Dramatiker George Bernard Shaw, den das Regime bei seinem Besuch in der Sowjetunion mit Ehrungen überschüttete – leugneten die Hungersnot, so etwa auch der *New York Times*-Korrespondent Walter Duranty, der sein Renommee dazu nutzte, Kolleg*innen, die sich an die Tatsachen hielten, zu diskreditieren. Leute wie er waren nicht etwa gefoltert worden; man hatte zu subtileren Methoden gegriffen, um sie in die Lüge miteinzubeziehen. Nur wenige Journalist*innen, darunter Orwells Freund Malcolm Muggeridge, berichteten wahrheitsgemäß über die Hungerkatastrophe und deren Ursachen. Gareth Jones, der dies 1933 mutiger als alle anderen getan hatte, wurde 1935 Opfer eines bis heute nicht aufgeklärten Mordes.

Muggeridge schrieb, «das wichtigste Produkt der Sowjetunion ist die Selbstdarstellung», die darin bestehe, unschöne Tatsachen zu vertuschen, anstatt sie zu verbessern. Parteimitglieder versicherten ihm, es gebe Brot im Überfluss und die Landwirtschaft blicke einer verheißungsvollen Zukunft entgegen. Als er sich ein eigenes Bild machen wollte, stellte sich die Sache ganz anders dar. «[...] Rinder und Pferde tot, die Felder verwahrlost, schlechte Ernten trotz relativ guter klimatischer Bedingungen, die gesamte Getreideproduktion vom Staat beschlagnahmt. Kein Brot mehr, nirgends, und auch sonst kaum etwas. Verzweiflung und Fassungslosigkeit.» Über einen hoffnungslosen Kolchosbauern und dessen unterernährte Kinder berichtete er: «Seine Bezahlung betrug fünfundsiebzig Kopeken am Tag. Auf dem freien Markt bekam man für fünfundsiebzig Kopeken eine halbe Scheibe Brot.»

Der amerikanische Journalist Eugene Lyons bereute es später, die Lügen mitgetragen zu haben, wie er in seinem

Buch *Assignment in Utopia* gestand. Orwell besprach das Buch und schrieb: «Wie viele andere, die voller Hoffnung nach Russland gegangen waren, wurde auch er nach und nach desillusioniert, doch im Gegensatz zu manch anderem entschied er sich schließlich, die Wahrheit zu berichten. Leider wird jede harsche Kritik am derzeitigen russischen Regime als Propaganda *gegen den Sozialismus* verstanden. Jeder Sozialist weiß das, und es trägt wahrlich nicht zu einer offenen Debatte bei.» Vielleicht hat Lyons' Buch Orwell zu der berühmten Szene in *1984* inspiriert, in der Winston Smith unter der Folter zusammenbricht und der Aussage zustimmt, dass zwei und zwei fünf ergebe. Diese Formel existierte tatsächlich, und zwar als Kürzel für das sowjetische Vorhaben, den Fünfjahresplan innerhalb von vier Jahren zu erfüllen. Lyons schrieb: «Die Formel 2 + 2 = 5 erregte sofort meine Aufmerksamkeit. Sie erschien mir ebenso kühn wie grotesk – das Verwegene, das Paradoxe und die tragische Absurdität der sowjetischen Politik, ihre mystische Einfalt, ihre Missachtung der Logik. [...] 2 + 2 = 5: in elektrischen Leuchtziffern an Moskauer Hausfassaden, als meterhohe Ziffern auf Plakatwänden.» Vielleicht führte die Indoktrination dazu, dass die Menschen ihre eigene Intelligenz außer Kraft setzten, und ganz bestimmt waren Lügen damals über Jahre hinweg das Einzige, was es in Hülle und Fülle zu ernten gab.

Wer sich von der Wissenschaft, der Geschichte und der Gültigkeit unangenehmer Wahrheiten jeglicher Art nicht lossagen wollte, wurde zum Schweigen gebracht, ins Exil gezwungen oder hingerichtet. Diese Entwicklung gipfelte im August des bedeutsamen Jahres 1936, als in Moskau der erste Schauprozess abgehalten wurde und sechzehn ehemalige hochrangige Funktionäre nach Geständnissen, die sie unter Folter abgelegt hatten, hingerichtet wurden. Auch das eine Form der Selbstdarstellung, eine Terror-Show. Solche Geständnisse entwickelten sich zum gängigen theatralischen Genre der Selbstbezichtigung schwerer und oft lächerlicher oder unrealistischer Verbrechen und der Selbsterniedrigung vor der Obrigkeit. Die Wahrheit selbst, die Sprache und die Geschichtsschreibung wurden erniedrigt und gefoltert, um die erwünschten Ergebnisse zu erzielen. Stalin wollte nicht nur potenzielle Gegner*innen, vor allem Trotzkist*innen, liquidieren, um unbehelligt herrschen zu können, sondern durch die schreckliche Art und Weise, wie er sie und ihre Glaubwürdigkeit zerstörte, alle anderen zum Schweigen bringen und fügsam machen. So eindringlich wie kaum ein anderer vor und nach ihm hat Orwell gezeigt, dass Tyrannenmacht nicht zuletzt darin besteht, die Wahrheit zu vernichten und von Menschen Aussagen zu erzwingen, deren Wahrheitswidrigkeit allen bewusst ist.

Die Lügen, die den früheren hochrangigen Parteimitgliedern in den Prozessen abgepresst wurden, und die anschließenden Exekutionen durchlöcherten die Geschichte der jungen Sowjetunion. Es begann die Phase der retuschierten Fotos; manche wurden sogar mehrmals manipuliert, indem man darauf abgebildete Personen nach und nach entfernte – zuerst aus dem Leben, dann aus den Bildern und der Geschichte. Genrich Jagoda, der für die Zwangskollektivierung der Landwirtschaft (und für Stalins Giftlabor) zuständige Leiter des NKWD, fiel in Ungnade, nachdem er von der negativen Reaktion der Öffentlichkeit auf die Schauprozesse berichtet hatte. Er wurde degradiert, angeklagt, 1938 im dritten Schauprozess verurteilt und hingerichtet. Seinen Nachfolger ereilte ein ähnliches Schicksal: Ihn exekutierte man Anfang 1940.

«Erschießen war die bevorzugte Lösung für alle Probleme,

auch für jene, die aus früheren Erschießungen resultierten», schreibt Adam Hochschild. «Als die Volkszählung ergab, dass Stalins Terrorherrschaft die Bevölkerung dezimierte, befahl er, die Mitglieder der Volkszählungskommission zu erschießen. Neue Beamte lieferten selbstverständlich größere Zahlen. Zwischen 1929, als Stalin seine Gegner ausgeschaltet und die Macht in seinen Händen konzentriert hatte, und seinem Tod 1953 soll er, so vermutet ein Großteil der heutigen Historiker, für den Tod von ungefähr 20 Millionen Menschen unmittelbar verantwortlich gewesen sein.»

Im selben Jahr, in dem die Schauprozesse begannen, versuchten die Genetiker*innen auf einer Tagung mit den Lyssenkoist*innen zu diskutieren, und kämpften in diesem Stellvertreterkrieg auf der Seite von Empirie und Forschungsfreiheit. Für ein Dutzend von Wawilows Kollegen endete der Streit mit Verhaftung und Todesurteil. Wawilow selbst blieb auch dann noch standhaft, als er von Lyssenko angeprangert wurde. Im März 1939 erhob er sich während einer wissenschaftlichen Tagung im Leningrader Allunionsinstitut für Pflanzenzucht und erklärte: «Wir werden den Scheiterhaufen besteigen und verbrennen, aber wir werden nie von unseren Überzeugungen ablassen.» Im November beorderte Stalin ihn zu sich und begrüßte ihn bei der mitternächtlichen Begegnung mit den Worten: «Soso, Sie sind also der Wawilow, der seine Zeit mit Blümchen, Blättern, Pfröpflingen und anderem botanischen Schnickschnack vertrödelt, anstatt wie Lyssenko der Landwirtschaft zu helfen.»

Nach einer persönlich geführten Auseinandersetzung mit Lyssenko reiste Wawilow in die Ukraine, um das Saatgut kultivierter und wilder Pflanzen zu sammeln. Als er an einem Berghang nach bestimmten Exemplaren suchte, fuhren in einem schwarzen Wagen Agenten vor und nahmen ihn mit. In den folgenden elf Monaten wurde er, meist nachts, insgesamt vierhundertmal verhört und beschuldigt, ein Spion, Verräter, Saboteur und maßgeblich für die Hungersnot verantwortlich zu sein. Bei einem dieser Verhöre legte er nach fast zehn Stunden ein falsches Geständnis ab und bezichtigte sich, Mitglied einer rechtsgerichteten Gruppierung zu sein. Nachdem das gegen ihn ergangene Todesurteil in einem Berufungsverfahren abgeändert worden war, steckte man ihn in ein Straflager, wo der Mann, der so sehr gegen den Hunger angekämpft hatte, rohes Mehl und gefrorenen Kohl zu essen bekam und langsam verhungerte. Er starb am 26. Januar 1943.

Im Jahr 1945 erschien in der Zeitschrift *Nature* ein verspäteter Nachruf auf Wawilow, verfasst von dem Wissenschaftler C. D. Darlington, der das Sowjetregime darin offen anprangerte. 1947 schrieb Orwell an Darlington, um mehr über den Lyssenkoismus zu erfahren. Darlington hatte Schwierigkeiten, seine kritischen Beiträge über die Situation der Wissenschaft in der Sowjetunion in der britischen Presse unterzubringen, da kaum jemand bereit war, die Verbrechen des ehemaligen Kriegsverbündeten UdSSR anzusprechen. Orwell selbst hatte Mühe, *Mein Katalonien* und später auch *Farm der Tiere* zu veröffentlichen, weil antisowjetische Positionen auch nach dem Ende der britisch-sowjetischen Allianz und des Kriegs nicht gern gesehen waren. Während der Arbeit an *1984* schrieb er dem linken Verleger Victor Gollancz, der bereits mehrere Bücher von ihm herausgebracht hatte, und bat ihn aus Angst vor künftigen Konflikten und Widrigkeiten um die Auflösung des Vertrags, in dem Gollancz die Rechte auf kommende Bücher eingeräumt wurden.

Der Antigenetiker Lyssenko stieg weiter auf und wurde

Leiter des Instituts für Genetik. 1948 organisierte er eine Konferenz, auf der die Genetik verunglimpft und seine eigene Pseudowissenschaft zur offiziellen Doktrin erklärt wurde, die im Inland nur noch unter Gefahr kritisiert werden konnte. Andersdenkende verloren zu Tausenden ihre Stellung in Lehre und Forschung. Drei bedeutende Wissenschaftler nahmen sich das Leben, um der weiteren Verfolgung zu entgehen. Wawilows Bruder, von Beruf Physiker, spielte bei der Farce zwar mit, schrieb aber in sein Tagebuch: «Das Ganze ist so traurig und beschämend.»

Im Dezember 1949, ungefähr fünf Wochen vor seinem Tod, klebte Orwell folgende Schlagzeile in sein Notizbuch:

«AUS WEIZEN KANN ROGGEN WERDEN» –
LYSSENKO

In dem Artikel wurde Lyssenkos absurde Äußerung zitiert, wonach «in Gebirgsgegenden mit ungünstigen winterlichen Bedingungen aus Weizen Roggen werden» könne, was Stalins Ansichten und Lyssenkos Theorien bestätige. Orwell stellte in seinem Umfeld insofern eine Ausnahme dar, als er es schaffte, den Teil der Linken zu kritisieren, der in Richtung Autoritarismus und Unredlichkeit abgedriftet war, ohne sich denjenigen Linken anzuschließen, die konservativ wurden und andere Formen der Grausamkeit und Täuschung tolerierten. Dass er einen eigenen Weg durch das unwegsame politische Gelände der Jahrhundertmitte fand, machte ihn nach seinem Tod zu einer Kultfigur für Menschen aus dem gesamten politischen Spektrum.

3
Herbeigezwungene Zitronen

Während der Konferenz von Jalta, auf der Stalin, Churchill und Roosevelt 1945 die Nachkriegsordnung verhandelten, äußerte entweder Churchill oder seine Tochter den Wunsch nach Zitronen – für Drinks oder, gemäß einer anderslautenden Version, für den Kaviar – und stellte am nächsten Tag fest, dass im Verlauf der langen Februarnacht wie durch Zauberhand ein mit Früchten beladener Zitronenbaum in der Residenz aufgetaucht war, in der sie logierten. Stalin war in den Nachkriegsjahren besessen von der Idee, das Wachstum von Zitronenbäumen über die natürlichen Grenzen der Pflanze hinauszutreiben. Offenbar war er der Überzeugung, dass Zitrusbäume – wie Menschen, wie Weizen – gewissermaßen mit roher Gewalt grundlegend verändert werden könnten, und unternahm alles, damit sie rings um seine Datschen auf der Krim beziehungsweise in Kunzewo am Stadtrand von Moskau gediehen. Wjatscheslaw Molotow, ein mächtiger Funktionär innerhalb des Regimes und einer der wenigen Bolschewiki, die sämtliche Säuberungen überlebten, erinnerte sich viele Jahre nach Stalins Tod: «Er ließ im Garten seiner Datscha einen Zitronenbaum pflanzen. Ich habe nie gesehen, dass er daran herumgegraben hätte. Alle waren ganz aus dem Häuschen vor Bewunderung. Ich ehrlich gesagt eher weniger. Ich dachte, wozu zum Teufel braucht er einen Zitronenbaum? Einen Zitronenbaum in Moskau!» Ein anderer hochrangiger Funktionär erzählte, Stalin habe ihn durch diesen Garten geführt, ihm Zitronenscheiben zu essen gegeben und pausenlos Lob eingefordert.

Stalins diverse Datschen hatten alle ausgedehnte Gärten. Seine Gärtner erhielten ihre Anweisungen oft von ihm persönlich und versorgten den Diktator und seine Familie mit großen Mengen Nahrung. Stalins Tochter Swetlana schrieb: «[E]r mochte die Natur nicht nur betrachten, er musste in ihr wirtschaften, immer irgendetwas umgestalten.» Obwohl es in seinem Moskauer Garten Gewächshäuser gab, in denen die Zitronenbäume überwintern konnten, befahl er den Gärtnern: «Sorgt dafür, dass sie sich an die Kälte gewöhnen!» Durchaus denkbar, dass eine über Generationen hinweg durchgeführte selektive Züchtung widerstandsfähigere Zitronenbäume hervorgebracht hätte, doch Stalin versuchte offenbar, einzelne Exemplare abzuhärten wie ein Feldwebel, der Rekruten schleift. Seine großangelegten Zitronenhaine auf der Krim erfroren. Da sie im milderen Klima seiner Heimat Georgien besser gediehen, pflanzte er in seiner Datscha in Abchasien mehrere Exemplare – besser gesagt: ließ sie von den täglich instruierten Gärtnern pflanzen. Doch selbst dort überstand nur ein einziger Baum den harten Winter 1947/48. Offenbar ließ Stalin oder jemand anderer später neue Bäume pflanzen, denn in einem aktuellen Reisebericht heißt es, Stalins ehemalige Datscha sei von Zitronenbäumen umgeben.

In einer Szene in *Alice im Wunderland* malen Gärtner hektisch weiße Rosen rot an, weil für den Garten rote Rosen bestellt worden sind, und sollte die Königin von dem Fehler erfahren, «werden wir nämlich alle miteinander geköpft». Wie reagierte Stalin, als sich die Zitronenbäume nicht an die

Kälte gewöhnten? Leugnete er das Missgeschick und fand einen Sündenbock wie bei der Volkszählung? Ersetzten die Gärtner die erfrorenen Bäume einfach durch neue, um den Eindruck zu erwecken, die Sache wäre gutgegangen? Dahinter steht die Frage, wie sehr er sich selbst belog, indem er alle um ihn herum zwang, ständig zu lügen. Erkannte er die Verlogenheit gar nicht mehr, die dadurch entstand, dass das Land seinen Befehlen gehorchen musste? Was bedeutete es, Lügen zu erzwingen, Illusionen Vorschub zu leisten, grausame Wahrheiten zu unterschlagen und Gehorsam gegenüber einer Realität einzufordern, die nicht aus Daten hervorging, sondern aus den eigenen Befehlen und Unterdrückungsmaßnahmen?

Nicht einmal diese Macht konnte Weizen dazu bringen, nach den Gesetzen einer Scheinwissenschaft zu wachsen, oder Zitronenbäume harte Winter überleben lassen. Der Lamarckismus war zu seiner Zeit ein Fehler; zu Stalins Zeiten war er eine Lüge. Lyssenkos Versprechungen waren Lügen. Das Leugnen einer großen Hungersnot mit Millionen Toten Anfang der dreißiger Jahre kam einer Lüge gleich. Die Verbrechen, die während der Schauprozesse unter Folter gestanden wurden, waren größtenteils erlogen. Die Menschen logen, um am Leben zu bleiben, starben, weil sie die Wahrheit gesagt hatten, oder logen und starben dennoch. Manche wussten irgendwann nicht mehr, was wahr war, was nicht. Während die Revolutionär*innen der Oktoberrevolution von ihren Mitrevolutionär*innen nacheinander hingerichtet wurden, schrieb man die Geschichte kontinuierlich entsprechend um. Henker wurden gehenkt, Politkommissar*innen in die Gulags gesteckt, wo sie auf die trafen, die sie verhört hatten. Bücher wurden verboten, Tatsachen wurden verboten, Dichter*innen wurden verboten, Gedanken wurden verboten. Ein Reich der Lügen. Die Lügen – der Angriff auf die Sprache – bildeten das unerlässliche Fundament für alle anderen Untaten.

Im Jahr 1944 schrieb Orwell: «Wirklich beängstigend am Totalitarismus ist nicht die Tatsache, dass er zu ‹Gräueltaten› führt, sondern dass er das Konzept einer objektiven Wahrheit attackiert; er behauptet, die Vergangenheit ebenso wie die Zukunft zu kontrollieren.» Dieses Bild findet sich wieder in der Parole des Großen Bruders «Wer die Vergangenheit kontrolliert, [...] kontrolliert die Zukunft – wer die Gegenwart kontrolliert, kontrolliert die Vergangenheit». Der Angriff auf Wahrheit und Sprache ermöglicht die Gräueltaten. Wer Geschehenes auslöschen, die Zeug*innen zum Schweigen bringen, die Menschen von den Vorteilen des Lügens überzeugen kann, wer Leute mit Terror mundtot, fügsam, unehrlich machen und die Wahrheitssuche so aussichtslos oder riskant werden lassen kann, dass sie niemand mehr unternimmt, kann die eigenen Verbrechen endlos fortsetzen. Im Krieg ist das erste Opfer die Wahrheit, lautet ein altes geflügeltes Wort, und ein anhaltender Krieg gegen die Wahrheit stärkt jede autoritäre Herrschaft, sei sie innerfamiliär oder weltumspannend. Denn der Autoritarismus ist, wie die Eugenik, eine Form von elitärem Denken auf der Grundlage der Idee, dass Macht ungleich verteilt werden muss.

Wladimir Putin, Russlands derzeitiger autoritärer Herrscher, ist dabei, Stalins Ruf zu rehabilitieren, und Lyssenkos Reputation profitiert offenbar von dieser revisionistischen und die Epigenetik zum Teil verzerrenden Welle. Wawilows Arbeit aber lebt durch die Samen weiter, die er suchte, sammelte, säte und die seine Nachfolger*innen während der Leningrader Blockade in der Saatgutbank beschützten. «Etwa ein Vierteljahrhundert nach seinem Tod», schreibt Gary

Paul Nabhahn, «ernährten vierhundert neue, aus den von ihm gesammelten Samen ausgewählte Pflanzensorten einen so großen Prozentsatz von Sowjetbürgern, dass die Häufigkeit von Hungersnöten [...] rapide sank.»

Stalins Zitronenbäume gingen ein, und mag auch ein einzelner Baum – eine Olive, Eibe, Sequoie oder Pappelfeige – tausend Jahre oder länger leben, so erinnerten die Weizenfelder rings um Wallington daran, dass selbst Samen einjähriger Pflanzen oder Kulturtechniken wie die Landwirtschaft ein Regime, einen Diktator, einen Haufen Lügen und einen Krieg gegen die Wissenschaft überleben können. Lügen mutieren ungehinderter als Samen, und auch sie bringen neue Früchte hervor.

V

RÜCKZÜGE UND ANGRIFFE

Sir Joshua Reynolds, The Honorable Henry Fane (1739–1802) mit Inigo Jones und Charles Blair, *1761–66.*

1
Einhegungen

Im Jahr 1936 pflanzte ein Engländer Rosen. Er legte einen Garten an, und Gärten sind eine Möglichkeit der Kultur, Natur entstehen zu lassen. Jeder Garten ist eine Idealversion von Natur, gefiltert durch eine bestimmte Kultur, ganz gleich ob es sich um einen strengen japanischen Stein- und Sandgarten handelt, um einen islamischen Paradiesgarten mit einem Brunnen in der Mitte oder um einen der vielen gewöhnlichen, willkürlich gestalteten Privatgärten, die auf kleiner Fläche und mit geringem zeitlichem, finanziellem und planerischem Aufwand entstehen. Ein Garten zeigt, was man will (und bewältigen und sich leisten kann), und was man will, zeigt, wer man ist, und wer man ist, hängt immer von Politik und Kultur ab. Das gilt auch für den Gemüsegarten – man kann darin Kohl anbauen, aber auch Chilis –, mehr noch aber für den Landschaftsgarten.

Der schottische Künstler und Gartenkünstler Ian Hamilton Finlay schrieb einmal: «Manche Gärten gelten als Orte des Rückzugs, obwohl sie in Wahrheit Angriffe sind.» Orwells Gärten sind übersät mit Gedanken und Idealen, begrenzt von Klasse, *race*, Nationalität und den damit verbundenen Ansichten, und im Hintergrund lauern jede Menge Angriffe. Gärten wurden als unpolitische Orte verteidigt – ein berühmtes Beispiel ist Voltaires philosophische Satire *Candide*, an deren Ende sich die Titelfigur zurückzieht, denn

«[...] wir müssen unseren Garten bestellen». Eine Entscheidung, die vielfach als Rückzug von der Welt und der Politik interpretiert wurde und offenbar endgültig ist, denn nichts deutet darauf hin, dass Candide nur ein bisschen Kraft tanken will, um sich danach wieder ins Getümmel zu stürzen.

In Voltaires Jugend waren die Gärten der europäischen Aristokratie geometrisch gestaltete Natur mit kegelartig und in andere strenge Formen gestutzten Bäumen – Natur, die einer kartesianischen Ordnung gehorchte. Versailles stellte die Vollendung dieses Gartenideals dar: eine Anlage, die vom monarchischen Machtzentrum des Grand Canal her ausstrahlt, der sich vom Schloss aus betrachtet scheinbar bis zum Horizont erstreckt, und lange, schnurgerade, von klassischen Statuen und Bäumen gesäumte Alleen. Die Natur war bezwungen. Einem als ungeregelt oder zusammenhangslos imaginierten Raum hatte die absolute Autorität des Königs strenge Ordnung und Disziplin auferlegt. Diese Natur war unnatürlich, und sie war stolz darauf.

Die Gärten der englischen Aristokratie dagegen veränderten sich in der zweiten Hälfte des 18. Jahrhunderts in Richtung einer Ästhetik der Natürlichkeit – einer meist landschaftsgärtnerisch sorgfältig entworfenen, ausgeführten und mühsam aufrechterhaltenen Natürlichkeit, die der Ästhetik der Natur huldigte und es sich gleichzeitig herausnahm, sie zu pflegen und zu optimieren. Dabei wurden oft ähnlich viele Rohre verlegt und Erdreich bewegt wie in Versailles, um die Künstlichkeit der gewundenen Bäche und hügeligen Gelände zu kaschieren. Die Natur, so unübertroffen sie war, fand in englischem Geld und Geschmack ihren Meister. Dennoch löste der neue Gartenstil eine ästhetische Revolution aus. Wenn Gärten zunehmend wie unangetastete Natur wirkten, konnte die Natur selbst zunehmend als Ort des ästhetischen Genusses bewundert werden, und während die Landschaftsgärten einer Elite vorbehalten blieben, war die Natur so gut wie allen zugänglich.

Gleichzeitig setzten die naturalistischen Gärten eine Gegenrevolution in Gang. Sie verkörperten die Behauptung, dass auch der englische Adel und die gesellschaftliche Hierarchie natürlich seien, dass Macht und Privilegien der Aristokratie in der Landschaft selbst gründeten, auch wenn deren niedriger geborenen Bewohner*innen aufgrund dieser Behauptung durch die *enclosure acts* genannten Enteignungsgesetze entwurzelt und zur Arbeit in die Fabriken der großen Städte oder in die Emigration getrieben wurden. Die Enteignung und Einhegung von Gemeindeland zugunsten der Feudalherren hatten in England bereits im Mittelalter begonnen und erreichten ihren Höhepunkt zwischen 1750 und 1850, als das Parlament zahlreiche *enclosure acts* beschloss. Durch diese Gesetze wurde mächtigen Einzelnen *common land* übertragen – Land, das lange gemeinschaftlich bewirtschaftet, beweidet und verwaltet worden war –, sodass ganze Dörfer vom Erdboden verschwanden und mit ihnen die Bewohner*innen, deren Selbstbestimmung und Wohlstand. Der Historiker Peter Linebaugh, der zur Geschichte der *commons* forscht, berichtet, dass in England und Wales «die politisch dominanten Landbesitzer zwischen 1725 und 1825 durch nahezu viertausend *enclosure acts* in den Besitz von mehr als zweieinhalb Millionen Hektar Land gelangten, was etwa einem Viertel des bewirtschafteten Ackerbodens entsprach. [...] Dies bedeutete das Ende der Dörfer, die das Land nach dem System der *open fields*, d.h. gemeinschaftlich bewirtschaftet hatten, führte zur Abschaffung der gemeinsamen Rechte und trug somit zur Armutskrise im späten 18. Jahrhundert bei.»

Diese Maßnahmen machten aus Landarbeiter*innen entwurzelte und enteignete Menschen, die im Zuge der industriellen Revolution in die Städte strömten. Linebaugh bezeichnet *enclosure*, Sklaverei und Mechanisierung als die Trias gewaltsamer transformativer Kräfte im 18. und 19. Jahrhundert. Der Naturdichter John Clare erlebte die Transformation in Northamptonshire und beschrieb die Landschaft, wie sie davor gewesen war.

Freiheit grenzenlos prägte das lebhafte Bild
Kein Zaun trennte Eigenes ab im offnen Gefild
So weit dem Bild das Auge folgen konnt'
War da als Grenze nur der Horizont.

Nach der Zerstörung der Landschaft «sagt verschreckte Freiheit Armen Lebewohl», und «Vögel, Bäume, Blumen ohne Zahl und Nam/Seufzten, als die gesetzlose Satzung der Einzäunung kam». Das Prinzip *enclosure* war seinerzeit, was die Privatisierung in unserer neoliberalen Ära ist; beides bedeutet die Enteignung der vielen zugunsten der wenigen und stellt einen Angriff auf das Konzept sowohl des Gemeindelands wie auch des Gemeinwohls dar.

Als Vorteile der *enclosure* wurden Effizienz und Produktivität angeführt. In seinem 1804 verfassten Bericht über die Landwirtschaft in Hertfordshire nennt Arthur Young als Beispiel einen Bauern, der wenige Kilometer von Wallington entfernt lebte. «Mr. Forster aus Royston, ein Mann, der sich auf Ackerbau und Viehzucht versteht, klagte darüber, wie misslich das System der *open fields* sei, und bat inständig um eine allgemeine *enclosure*. Den Gepflogenheiten der *open fields* zufolge dürfe er ohne Erlaubnis des Gemeindeschäfers keine Rüben säen und müsse diesem 1 s. 6d. pro Morgen Land bezahlen, damit die Pflanzen nicht abgefressen würden.» Die Entscheidungen wurden also gemeinschaftlich getroffen. *Enclosure* schwächte die Macht dieser Gemeinschaft, stürzte die Landarbeiter*innen in Armut und machte die Landbesitzer*innen reicher.

Die Einhegung erfolgte legal und im buchstäblichen Sinne: Youngs Buch enthält Abbildungen, auf denen die Technik des *plashing* zu sehen ist; Jungpflanzen wurden so miteinander verschlungen, dass sie zu undurchdringlichen Hecken wuchsen, die das umhegte Feld dann begrenzten. In einigen Dörfern nahe Wallington lehnte die bäuerliche Bewohnerschaft die *enclosure* allerdings bis ins 19. Jahrhundert hinein ab und verteidigte die Bewirtschaftung nach dem *open-fields*-System. Auch Young kam schließlich zu der Erkenntnis, dass die *enclosure* die Menschen verarmen und verelenden ließ.

Während die Aristokratie auf diese Weise eine alte bäuerliche Kultur zerstörte, gab sie sich selbst das Image von enger Verbundenheit mit Natur und Ländlichkeit. Die Kunsthistorikerin Ann Bermingham schreibt: «Die Natur wurde mitsamt ihrer vielfältigen Repräsentation in Malerei, Dichtung, Briefen, Umgangsformen, Kleidung, Philosophie und Wissenschaft zu einem überragenden gesellschaftlichen Wert. Wann immer soziale Veränderungen veranschaulicht und gerechtfertigt werden mussten, griff man auf sie zurück. Man tat etwas so oder so, weil es ‹natürlicher› war.» Die Definition, der zufolge die Gesellschaftsordnung natürlich und der Adel in der Natur verwurzelt war, diente der britischen Aristokratie auch dann noch als Begründung dafür, ihre Macht und ihren Reichtum zu vergrößern, als die Franzosen und Französinnen ihre Adeligen nach der Revolution von 1789 köpften und aus dem Land warfen. Die Vorstellung von der Natur als Kriterium für alles Wahre und Gute besteht bis in unsere Zeit.

Ein vielsagendes Detail war die Ästhetik der Offenheit, die an Bedeutung gewann, als sich die Gärten des englischen Adels von abgeschlossenen, extrem artifiziellen Anlagen zu natürlich anmutenden Landschaftsgärten entwickelten, die weit mehr Fläche beanspruchten. Bermingham hebt hervor, dass diese Gärten «zunehmend natürlich wirkten und der Landschaft in der Zeit vor der Einhegung durch die *enclosure*-Maßnahmen ähnelten», während ebendiese Maßnahmen die umliegende Landschaft immer reglementierter und künstlicher aussehen ließen. Die paradiesischen Gefilde der Landschaftsgärten definierten sich auch durch die Mittel, mit denen man den Zutritt zu ihnen beschränkte – etwa durch den Ha-Ha, einen Graben rings um das gesamte Areal, der eine Barriere bildete, ohne den Blick zu verstellen; so wirkte das Gelände grenzenlos. Ein Ha-Ha ermöglichte beides – das Gefühl der Schrankenlosigkeit im Innern und den Ausschluss anderer.

Dennoch wurde die Natur zu Orwells Zeiten meist außerhalb der sozialen oder politischen Sphäre verortet. Bertolt Brechts Gedicht «An die Nachgeborenen» von 1939 enthält die folgenden berühmten Zeilen:

Was sind das für Zeiten, wo
Ein Gespräch über Bäume fast ein Verbrechen ist
Weil es ein Schweigen über so viele Untaten einschließt!

Schon Anfang der dreißiger Jahre sagte der französische Fotograf Henri Cartier-Bresson etwas ganz Ähnliches: «Die Welt bricht zusammen, und Leute wie Adams und Weston fotografieren Felsen!» Weil für ihn Bäume und Felsen offenbar außerhalb des politischen Raums existierten, als könnte ihnen menschlicher Einfluss nichts anhaben, wertete er die Fotos der *straight photography* als Rückzug und apolitischen Akt. Viele zeitgenössische Fotograf*innen zeigten in ihren Arbeiten die sozialen Auswirkungen der Dürre in der sogenannten *dust bowl* im Mittleren Westen der USA, wo die Welt buchstäblich zusammenbrach, weil die oberen Bodenschichten von gewaltigen Staubstürmen weggeweht wurden, und die Bundesregierung Baumreihen als Windschutz pflanzte, um die Erosion aufzuhalten. Alle Kunst ist Propaganda, schrieb Orwell, und die Natur ist politisch – was auch für Gärten, Blumen und Bäume gilt. Und für das Wasser, die Luft, den Boden und das Wetter.

Kurz bevor ich dies schrieb, hatte eine Nachrichtenagentur aus Australien berichtet: «Gemäß jüngsten Angaben haben die Buschfeuer der letzten Wochen im gesamten Land mehr als zehn Millionen Hektar Boden zerstört, das entspricht der Größe von Südkorea. Besonders stark betroffen war der Südosten.» Die Feuer vernichteten auch große Teile der Gondwana-Wälder, des ältesten Regenwalds der Erde – Regionen, die seit hundert Millionen Jahren stabile Feuchtgebiete gewesen waren. Menschen sterben im Kampf für das Überleben des Amazonas-Regenwalds, und welche Rolle Aufforstungen und Wälder beim Abwenden der Klimakatastrophe spielen werden, wird ebenso heftig diskutiert wie die Definition von Wald als ein im Idealfall komplexes Ökosystem mit zahlreichen unterschiedlich alten Lebensformen statt einer Baumplantage in Monokultur. Ob Bäume gefällt oder erhalten beziehungsweise gepflanzt werden sollen, entscheidet sich in politischen Schlachten.

Während ich dies schreibe, schlagen Handwerker in meinem Haus Löcher in die Wand, sodass ich die Balken aus dem Holz des Mammutbaums sehen kann, mit denen es Ende des 19. Jahrhunderts gebaut wurde. Ich weiß nicht, wie alt die Bäume waren, als man sie fällte, aber wahrscheinlich stammten sie aus Urwäldern, in denen Farne, Vögel und Pflanzengemeinschaften unter dem Blätterdach und oben in den Kronen dieser Kolosse lebten und Pilznetzwerke (rhizomatischer als Rhizome) die Wurzelsysteme der Giganten miteinander verbanden. Ich schreibe dies mithilfe von sauberer Wind- und Sonnenenergie, für die man sich in meinem Wohnort entscheiden kann, weil sich die Leute gegen das Energieunternehmen zusammentaten und es der Ingenieurskunst in einer der am wenigsten beachteten Revolutionen der Geschichte in den ersten beiden Dekaden des 21. Jahrhunderts gelang, Wind und Sonnenlicht in effiziente und erschwingliche Energie zu transformieren. Ich schreibe dies in einem Haus, das mit Wasser aus einem 250 Kilometer entfernten Schmelzwasserreservoir in einem Nationalpark der Sierra Nevada versorgt wird, den es nur gibt, weil um den Schutz des Gebiets gekämpft wurde, das John Muir und sein Sierra Club vor mehr als einem Jahrhundert verloren hatten.

Mir ist bewusst, dass auch der Wunsch, zu gärtnern, sich auf dem Land aufzuhalten oder aufs Land zu ziehen – oder zumindest die Art, wie diese Sehnsucht ausgelebt wird –, kulturell determiniert ist. Orwell räumte das 1940 in einem Essay ein, in dem er über seine Generation schrieb: «Die meisten Sprösslinge der Mittelklasse wuchsen in Sichtweite einer Farm auf, und natürlich begeisterte sie deren idyllische Seite – Pflügen, Ernten, Dreschen und so weiter. Wenn sie nicht selbst zugriffen, machten sie sich wahrscheinlich keine Vorstellung von der entsetzlichen Knochenarbeit, die mit der Rübenernte und dem Melken von Kühen mit entzündeten Eutern frühmorgens um vier verbunden ist.»

Ich lernte diese Lektion von der Wandmalerin Juana Alicia. Die Latina-Künstlerin ist in der San Francisco Bay Area eine legendäre Figur und war Studentin im ersten Seminar, das ich, damals Mitte zwanzig, jemals gegeben habe. Das Seminar fand am San Francisco Art Institute statt, und es ging um Landschaft und ihre Darstellung. Etwa in der Mitte des Semesters erzählte Juana, die ganz in meiner Nähe wohnte und gelegentlich mit mir nach Hause fuhr, dass sie als Kind und junge Frau in Kalifornien auf dem Land gearbeitet habe und während ihrer Schwangerschaft beim Salatpflücken mit Pestiziden in Berührung gekommen sei. Die Fotos von den Agrarlandschaften, die ich im Seminar zeige, erinnerten sie jedes Mal wieder daran. Das war nicht nur der freundlichste Rüffel, den ich je bekommen habe, sondern auch einer der wirkungsvollsten.

Juana hatte mir erneut etwas vor Augen geführt, was mir meine schwarzen Nachbar*innen einige Jahre zuvor bereits klargemacht hatten: dass der Wunsch, gröber, bäurischer, derber, verlotterter zu sein, meist von weißen Angestellten gehegt wird, während diejenigen, die der harten Landarbeit – sei es als Pächter*in eines Stücks Land, als Sklav*innen oder als Wanderarbeiter*innen – gerade erst entkommen sind, sich meist voller Freude wie aus dem Ei gepellt zeigen und schick aussehen wollen, nachdem man sie immer behandelt hat, als wären sie schmutzig oder rückständig. Nur wer sich seines hohen Werts sicher sein darf, wünscht sich in die Niederungen, nur wer sich wirklich als Städter*in fühlt, sehnt sich nach dem Land, nur wer glatt gebügelt ist, mag das Raue, nur wen Künstlichkeit beunruhigt, sucht diese Art von Authentizität. Wer das «flache Land» als Ort der Ruhe und Erholung empfindet, arbeitet bestimmt nicht auf dem Bauernhof.

Im 19. und 20. Jahrhundert galt die Wertschätzung der Natur häufig als Zeichen von Kultiviertheit und sogar Tugendhaftigkeit. Natürlich liebte Stalin die Gärten und Gewächshäuser seiner Datschen; die Nazis verschmolzen die Idee der «Rassenreinheit» mit dem Gedanken, die Natur, vor allem die Wälder, zu bewahren, und nicht wenige frühe amerikanische Naturschutzvereinigungen förderten eugenisches Gedankengut. Man kann die Natur moralisch einwandfrei lieben, doch Naturliebe ist kein Garant für Moral.

2
Von vornehmer Herkunft

Der Maler Sir Joshua Reynolds, im England des 18. Jahrhunderts ein prominenter Künstler, schuf zu Beginn der 1760er Jahre sein großflächigstes Werk. Es ist so riesig – mehr als zweieinhalb Meter hoch und mehr als dreieinhalb Meter breit –, dass es vom Rahmen gelöst werden muss, wenn man es aus dem Raum im Metropolitan Museum of Art, in dem es hängt, heraustransportieren will. Das Bild zeigt drei Männer in einer Landschaft fast in Lebensgröße. Zwei sitzen in Stadtkleidung an einem Tisch, einer steht etwas abseits und trägt eher ländliche Kleidung. Ein Stück Architektur, ein Pfeiler mit einem klassizistischen Kopf und Torso, teilt das Gemälde in zwei Hälften. Die Steinfigur ist von Pflanzen so stark umrankt und verhüllt, dass man sie leicht übersieht, obwohl sie sehr hell ist. Die Architektur, die auch Natur und Referenz auf die klassische Antike ist, vermittelt den Eindruck einer spezifischen Vornehmheit und Erdverbundenheit. Die Landschaft, die sich dahinter erstreckt, passt ideal zum dargestellten Moment: duftig belaubte Bäume, ein sanft gewelltes Gelände, eine ruhige Wasserfläche und dahinter weitere Hügel und Bäume. Keine Zäune, Bauernhöfe, Häuser, Mauern, Straßen, andere Menschen – nur unbevölkerte, in die Ferne reichende Natur.

Links hinter dem Tisch sitzt ein gewöhnlich wirkender Mann, der ernst dreinblickt und offenbar älter ist als die beiden anderen. Fast in der Mitte hat es sich ein blasser Mann in Seidenstrümpfen und weißer Kniehose mit übereinandergeschlagenen Beinen auf seinem Stuhl bequem gemacht. Ein Jagdhund, der in ebenso lässiger Haltung vor ihm hockt, lässt den Kopf auf seinem Schenkel ruhen. Die Rüschen am Hemd des Mannes spreizen sich über dem obersten Westenknopf wie die Flügel eines zerfledderten Schmetterlings. Die sitzenden Männer und der Hund blicken zu der allein und etwas abseits stehenden Gestalt auf der rechten Bildhälfte hin, die wegen ihres offeneren Hintergrunds fast wie eine Welt für sich wirkt. Der rote Rock und die grüne Weste dieses Mannes kontrastieren mit den gedämpften Farben der beiden anderen, und seine hohen gespornten Stiefel lassen ihn tatkräftiger wirken als sie, obwohl sich auch über seiner Weste Rüschen bauschen. Seine entspannte Miene drückt Langeweile oder Geringschätzung aus und lässt ihn älter wirken, als er 1763 war, nämlich erst zwanzig.

Der Mann ist Charles Blair, George Orwells Ururgroßvater. Bei dem in der Bildmitte sitzenden Mann handelt es sich um Henry Fane. Beider Status änderte sich zwischen dem Tag, an dem Reynolds das Bild zu malen begann, und dem Tag, an dem er es vollendete. Im Jahr 1762 stieg Fane zum Ehrenwerten Henry Fane auf, nachdem ein entfernter Verwandter ohne Nachkommen gestorben war und sein Vater den Titel 8. Earl of Westmoreland erhalten hatte. Im selben Jahr heiratete Blair Henry Fanes Schwester Mary und wurde somit Schwiegersohn eines Earls. Die Kunsthistorikerin Katharine Baetjer erklärt: «Da nicht bekannt ist, ob er bis zu diesem Zeitpunkt etwas geleistet hatte – und falls ja, was –, können wir nur vermuten, dass mit diesem Bild auf geradezu monumentale Weise traditionelle Familien- und Freundesbande gefeiert werden sollten.» An anderer Stelle schreibt sie, dass «[e]in jüngerer Sohn [...] in dynastischer Hinsicht eigentlich nicht wichtig genug» gewesen sei, um zum Motiv eines so großen und teuren Gemäldes zu werden. (Das Honorar für Reynolds betrug zweihundert Pfund, eine damals gigantische Summe. Reynolds war *der* Porträtmaler seiner Zeit, produzierte solche Bilder wie am Fließband und wurde damit sehr reich.) Vielleicht hatte Blair seine Finger im Spiel, als Reynolds mit dem Gemälde beauftragt wurde, das ihn, Blair, auf einer Stufe mit dem adeligen Fane zeigt. Allerdings verblieb das Bild in der Familie Fane, bis es halb vermodert in einer Abstellkammer entdeckt, restauriert und an Junius Morgan, einen weiteren Emporkömmling, verkauft wurde, der es 1887 dem Metropolitan Museum schenkte. (Morgan hatte sein Geld als Banker verdient, vor allem mit der Bank, die später JPMorgan Chase heißen würde.)

Das Geld, das den jungen Blair für eine Verbindung mit der Tochter eines Earls qualifizierte, stammte aus Jamaika und damit aus dem Zuckergeschäft. Zucker war zu jener Zeit nicht nur ein überaus wertvolles Genussmittel – die britischen Exporte aus Jamaika, vorwiegend Zucker und aus Zucker gewonnener Rum, brachten fünfmal so viel ein wie die Exporte aus den dreizehn Kolonien in Nordamerika –, sondern auch das Resultat außerordentlich brutaler Sklaverei. Versklavte Afrikaner*innen, der Großteil der jamaikanischen Bevölkerung, wurden von der weißen Minderheit mit massiver Grausamkeit geknechtet, bei der Arbeit buchstäblich zu Tode geschunden und durch Nachschub aus Afrika ersetzt. Die ständige Furcht der britischen Kolonialmacht vor einer Rebellion der Afrikaner*innen diente wiederum als Rechtfertigung für noch mehr Brutalität.

Obwohl sie nicht lesen und schreiben lernen und auf keine mitfühlenden Zuhörer*innen hoffen durften, erzählten immerhin so viele der auf den Westindischen Inseln versklavten Menschen ihre Geschichte, dass einige Zeugnisse aus ihrer Perspektive überliefert sind. So wissen wir von Mary Prince, die als Zwölfjährige auf Bermuda aus ihrer Familie und der vertrauten Umgebung gerissen und an ein hartherziges Ehepaar verkauft wurde. Ihre neue Besitzerin brachte ihr diverse Hausarbeiten bei. «Und sie lehrte mich noch so viel mehr (wie könnte ich es je vergessen!). Ich musste lernen, den genauen Unterschied zwischen dem Schmerz zu erkennen, den das Seil, die Fuhrmannspeitsche und die Bullenpeitsche jeweils hervorriefen, wenn die Frau sie mit eigener grausamer Hand gegen meinen nackten Körper schwang. [...] Ob ich mich abends schlafen legte oder morgens erwachte – immer war ich voller Angst und Kummer und wünschte mir oft, ich könnte dieser schrecklichen Gefangenschaft entfliehen wie die arme Hetty und im Grab Ruhe finden.» Hetty war eine befreundete Sklavin, die während ihrer Schwangerschaft geschlagen worden war, «bis das Blut an ihr herunterströmte», und die die Misshandlung nicht überlebt hatte. Mary Prince wurde mehrmals weiterverkauft. Einer ihrer Besitzer nahm sie zu sich nach England, wo sie nach einiger Zeit die Freiheit erlangte und 1831 den Bericht über ihr Leben veröffentlichen konnte.

In einem Ende 1936 verfassten Brief beschrieb Eileen Blair ihren ersten Besuch bei den Schwiegereltern. Das Haus war «sehr klein und vor allem voller Ahnenbilder. Die Blairs stammen ursprünglich aus dem schottischen Tiefland und sind ziemlich langweilig, aber einer von ihnen verdiente viel Geld mit Sklaven, und sein Sohn [...], ein unfassbarer Schwachkopf, heiratete die Tochter des Duke of Westmoreland (von dem ich noch nie gehört hatte) und lebte auf so großem Fuß, dass er sein ganzes Geld verprasste, konnte dann aber nichts mehr verdienen, weil es keine Sklaven mehr gab. Sein Sohn ging in die Armee, wurde schließlich Pfarrer, heiratete ein fünfzehnjähriges Mädchen, das ihn hasste, und wurde Vater von zehn Kindern, von denen nur Erics Vater, heute 80, noch lebt. Sie haben zwar keinen Penny, sitzen aber noch am wackligen Rand der vornehmen Gesellschaft, wie Eric in seinem neuen Buch schreibt, das bei der Familie wohl eher nicht so gut ankommen wird.» Orwell hat sich zwar kaum über seine Vorfahr*innen geäußert, doch der Protagonist in *Auftauchen, um Luft zu holen* geht eine – unglückliche – Ehe mit einer Frau dieser Herkunft ein. «Seit Generationen waren sie in ihrer Familie Soldaten, Seeleute, Geistliche, Beamte in Indien und Ähnliches gewesen. Sie hatten nie Geld, andererseits aber hatte niemals einer von ihnen etwas getan, was ich arbeiten nennen würde. Man kann mir sagen, was man will, diese Schicht hat einfach etwas Anziehendes an sich [...].»

Das englische Wort *gentility* hat die Bedeutung «von edler Geburt», «aristokratischer Herkunft» und ist mit den Wörtern *genteel* (nobel, elegant) und *gentle* (vornehm, behutsam) wie in *gentleman* verwandt – Wörtern, die sowohl die soziale Klasse bezeichnen als auch den Eindruck von Kultiviertheit vermitteln beziehungsweise beides zusammenfügen, als wäre es immer gemeinsam anzutreffen. *Gentility* und *genteel* sind auch mit dem Wort *gentile* verwandt, das die Bedeutung «Nichtjude» hat. *Gentry* (niederer Adel), *gentility, gentiles, gentlemen* – und schließlich *gentleness*: Im 16. Jahrhundert erhielt das Wort zusätzlich die Bedeutung «Freundlichkeit», «Güte». Die gemeinsame Wurzel ist *gen-*, ein urindoeuropäisches Wort mit der Bedeutung «gebären», «zeugen». Zu den linguistischen Nachfahren dieser Wurzel gehören *Generation*, *generativ*, *genuin*, *Genealogie*, *generös*, *Genitalien*,

Genesis, *degeneriert*. Später kamen die *Gene*, die *Genetik* und der *Genozid* hinzu.

Die drei porträtierten Männer wurden als *genteel* dargestellt, als vornehme Menschen, die sich in der Naturlandschaft wohl und zu Hause fühlen. Derjenige, der so selbstbewusst in einer ländlichen Gegend Englands steht – beziehungsweise Reynolds' idealisiertes Abbild dieses Mannes –, besaß Plantagen und Sklav*innen, von denen auf dem Gemälde nichts zu sehen ist. Anders gesagt: Die Eleganz der Männer und ihre in den gemäßigten Breiten liegende, zum Müßiggang einladende Umgebung beruhen auf Arbeit unter brutalen Bedingungen in den Tropen. Das System ist unter dem Namen Dreieckshandel bekannt: Britische Güter wurden gegen Menschen aus Afrika eingetauscht, die man dann nach Nord- und Südamerika brachte. Von den Erlösen kaufte man Zucker und Rum. Auch asiatische Handelswaren gehörten zu diesem System, das eigentlich eher kreisförmig als triangulär aufgebaut und in jeder Phase widerwärtig war. So schuf man mit Brutalität einen Luxus in Form konzentrierter Süße. Wie Baumwolle, Tee und Porzellan, das im Englischen bis heute *china* heißt, kam in der Kolonialzeit auch der Zucker als neue Substanz nach Großbritannien. Anfangs ein seltener Luxus, wurde er nach und nach zum Grundgenussmittel. Am Ende konnte die Quintessenz der englischen Lebensart, die Tasse Tee, mit indischem Tee und karibischem Zucker zubereitet und in chinesischem Porzellan serviert werden.

Reynolds' Gemälde ist ein sogenanntes Konversationsstück und gehört damit einem Genre an, das die Darstellung wohlhabender Leute in entspannter Atmosphäre, häufig im Freien und gewissermaßen natürlich agierend umfasst. Auf anderen Konversationsstücken sieht man einen schwarzen

Diener oder Sklaven, manchmal auch einen kleinen schwarzen Jungen mit Halseisen. Diese schwarzen Figuren werden bei den Bildern, auf die ich gestoßen bin, nicht genannt; die Gemälde sind meist so betitelt, als wäre ausschließlich die weiße Familie porträtiert. Diese Menschen wurden nicht im Stil der retuschierten Fotos aus der Sowjetunion unter Stalin getilgt, sondern unkenntlich belassen und nie in den Kreis der anderen aufgenommen.

Wie aus dem Gedicht von Brecht und dem Diktum Cartier-Bressons hervorgeht, galt die Natur auch zu Orwells Zeit noch als ein Raum jenseits der Politik, ja als Zuflucht davor. Erst in den letzten Jahrzehnten fiel gewissermaßen eine Mauer, und die Politik drängte herein. Besser gesagt: Heute spricht die Wissenschaft über das, was außerhalb der Gemälde, Romane, Gärten, Parks und Anwesen lag und dem, was darin war, schon immer Bedeutung verlieh. Der Vorgang ist fast das Gegenteil dessen, was Lawrence Weschler in «Vermeer in Bosnia» beschreibt – wie die Ruhe in Vermeers Bildern einem Richter am Strafgerichtshof durch die Tage und Jahre hilft, in deren Verlauf er sich die grauenhaften Aussagen von Tätern und Opfern anhören muss. In diesem Fall ist der Rückzug ein Refugium, aus dem heraus man sich weiterhin mit der Realität von Brutalität, Ungerechtigkeit und Leid befassen kann; im anderen Fall flüchten Menschen, die das Leid und ihre Beteiligung daran ausblenden wollen, in Gärten und auf Landsitzen vor der Realität. Der Garten als Rückzug, der Garten als Angriff.

Edward Saids Buch *Kultur und Imperialismus* von 1993 enthält ein häufig zitiertes Kapitel über Jane Austens 1814 veröffentlichten Roman *Mansfield Park*, der von dem tiefen Wunsch handelt, der Klasse und gesellschaftlichen Stellung der Bertrams anzugehören, einer reichen Familie, die auf einem Landgut in Südengland lebt. In diesem Roman, ihrem prüdesten und am wenigsten humorvollen, fallen mehrere Kinder von Sir Thomas Bertram aus dem ummauerten Garten der *gentility* heraus, während sich seine aus einer armen Familie stammende Nichte Fanny Price mittels Anstand und Beflissenheit in ihn hineinarbeitet. Und hinter dem Ganzen, so Said, stehen die Zuckerplantagen in Antigua und die Schufterei der Sklav*innen, auf denen der Luxus und das müßige Leben der Familie beruhen. Zwar fährt Sir Thomas mit seinem ältesten Sohn in die Karibik, um auf seinen Besitztümern nach dem Rechten zu sehen, verlässt damit jedoch den Schauplatz der Handlung. Die Insel mit ihren Plantagen, den Sklav*innen und dem System der Zuckerproduktion liegen außerhalb der Perspektive des Romans. Das finanzielle Fundament des Ganzen und die dahinter stehenden oder darunter begrabenen Menschen bleiben unsichtbar und sind sogar der Fantasie entzogen.

Im Jahr 2013 veröffentlichte English Heritage, die staatliche Behörde, die die historischen Landschaften Großbritanniens verwaltet, eine Anthologie mit dem Titel *Slavery and the British Country House*, Sklaverei und der britische Landsitz. Im Vorwort heißt es: «Erst in den letzten zwanzig Jahren wurde der Zusammenhang zwischen Großgrundbesitz, britischen Kolonien und der Arbeit versklavter Afrikaner*innen offenkundig.» Beschrieben wird der Reichtum, der aus der Ferne nach Großbritannien gelangte und für den Bau grandioser Anwesen auf noch grandioseren Ländereien verwendet wurde. «Sowohl die Gruppe der Händler als auch die der britischen Großgrundbesitzer, die beide im späten 17. Jahrhundert für einen starken Anstieg der Zahl von Landsitzen sorgten (die Großgrundbesitzer, um ihren Status zu festigen, die Händler, um Zugang zu dieser Elite zu erlangen), versuchte sich zunehmend den Anschein von vornehmer Herkunft, Empfindsamkeit und Kultiviertheit zu geben – nicht zuletzt um sich von ihrer realen Verbindung mit der Ökonomie des atlantischen Sklavenhandels zu distanzieren.»

In einem Beitrag für das Buch heißt es: «Was Großbritannien insgesamt betrifft, führen die Daten über die Kompensationen für freigelassene Sklaven zu dem Schluss, dass in den 1830er Jahren fünf bis zehn Prozent aller britischen Landsitze von Sklavenhaltern bewohnt waren und der Prozentsatz in einigen Orten und Regionen noch sehr viel höher lag.» Die grausame Gefangenschaft in Form der Sklaverei und die arbeitsintensiven Zuckerplantagen geistern durch Orte, die an ihrer Oberfläche so gegensätzlich dazu sind, dass sie fast als Alibis taugen: die szenisch schönen Landschaften, denen scheinbar jeder Zusammenhang mit Manipulation, schwerer Arbeit, Produktion und Politik fehlt. In diesem Sinne war das Unpolitische der Natur selbst ein Produkt der Politik.

3
Zucker, Mohn, Teak

Der Plantagenbesitzer Charles Blair heiratete Lady Mary Fane, deren Vater in der tief im Sklavenhandel verstrickten Stadt Bristol Handel getrieben hatte, bevor er nur noch seinen neu erworbenen Status als Earl genoss. Auch ihn malte Reynolds Anfang der 1760er Jahre und stellte ihn als stattlichen, selbstbewussten Mann mit weißer Perücke dar, der in solche Mengen matten roten Samts gehüllt ist, dass er ein bisschen an ein hochkant in einer trübgrünen Landschaft stehendes Sofa erinnert. Mary Fanes Mutter Elizabeth Swymmer Fane hatte ihrerseits eine Zuckerplantage und viel Geld aus dem Sklavenhandel geerbt.

Wie von Eileen Blair erwähnt, verloren die Nachkommen von Charles Blair und Mary Fane Blair das aus Jamaika stammende Vermögen, was wohl auch mit der 1833 erfolgten Abschaffung der Sklaverei im Britischen Empire zusammenhing. In einem Verzeichnis der Blair'schen Plantage West Prospect finden sich die Namen einiger der 133 Menschen, die dort 1817 als Sklav*innen gehalten wurden: Big Nancy, Abigail, Maryann, Charity, Daphne, Hannah, Louisa, Lucky, Sam Ross, Philip, Johnny, Yorkshire, Dorset, Dublin, Galway. Die englischen und irischen Ortsnamen zeugen von einer besonders perfiden Methode, verschleppten Afrikaner*innen neue Namen zu verpassen. Harry Blair, 20, und Sarah Blair, 33 Jahre alt, gehören zu den wenigen auf der Liste, die einen

Nachnamen tragen – der in diesem Fall die Frage aufwirft, ob ihr Besitzer nicht auch ihr Vater war.

Mit seiner Umbenennung von Eric Blair in George Orwell distanzierte sich Orwell zwar von den Blairs, gab sich aber zugleich einen Namen, in dem das Englische noch stärker zum Ausdruck kommt. George, der heilige Georg, ist der Schutzpatron Englands, und auf dem Thron saß damals König George V. Orwell hatte als Schüler genug Griechisch und Latein eingetrichtert bekommen, um zu wissen, dass sich der Name aus den Wörtern für Erde und Arbeit zusammensetzt und Bauer – Erdarbeiter – bedeutet, weshalb Vergils episches Lehrgedicht vom Landbau den Titel *Georgica* trägt. *Orwell* ist ein altes englisches Wort, in dem natürlich *well* steckt – Brunnen, Quelle. Eine mögliche Übersetzung lautet «Quelle an einem spitzen Hügel». *Oran* beziehungsweise *ora* bedeutet Grenze, Ufer, Rand, Kante, sodass sich Orwell mit «Brunnen am Ufer» übersetzen lässt. Es gibt Leute mit dem Nachnamen Urwell und in Schottland eine alte Pfarrgemeinde namens Orwell, deren Name angeblich gälischen Ursprungs ist und «Eibenholz» bedeutet. Alle diese Bedeutungen betreffen Landschaftsmerkmale. Orwell soll durch den Fluss Orwell in der Nähe seines Elternhauses in Suffolk auf den Namen gekommen sein. *Orwell* hat den zusätzlichen ambivalenten Charme, ein bisschen wie «or» (oder) mit der Bedeutung des Alternativen und wie «oh well» (tja, na ja) zu klingen, leicht resigniert, wie ein Seufzer, ein Achselzucken.

Dass Orwell als leicht spleeniger Jugendlicher eine Abneigung gegen Schott*innen hegte, mag für ihn ein weiterer Grund gewesen sein, in der Öffentlichkeit nicht unter dem Namen seiner Familie aufzutreten. Dass er sich in den letzten Lebensjahren nach Schottland zurückzog, spricht wiederum für eine Überwindung dieser Antipathie. Denn Blair ist ein schottischer Name. Charles Blair, Erbe von Land und Menschen auf Jamaika, heiratete Mary Fane, und die beiden bekamen einen Sohn, den sie ebenfalls Charles nannten, und dessen jüngster Sohn hieß Thomas Richard Arthur Blair. Dieser Enkel des Mannes, der das Gemälde von Reynolds dominiert, und Großvater des Mannes, der im Zentrum dieses Buches steht, wurde Pfarrer, lebte lange in Indien und offenbar auch auf Tasmanien. Mit Mitte dreißig heiratete Pfarrer Thomas Blair auf einer seiner Reisen von oder nach Indien die fünfzehnjährige Frances Catherine Hare, die er am Kap der Guten Hoffnung im heutigen Südafrika kennengelernt hatte. Beide waren eher Bürger des Empire als Bürger Englands. Orwells Vater, der jüngste Sohn dieses jüngsten Sohns, kam 1857 zur Welt, erhielt den Namen Richard Walmesley Blair und verbrachte seine Kindheit und Jugend vorwiegend in Dorset im Süden Englands. Auch Richard Blair heiratete spät. Bis zu seinem Ruhestand, den er 1912 antrat, arbeitete er in Indien für eine britische Behörde als Kontrolleur in der Opiumproduktion. Orwell wurde in dem Landstädtchen Motihari im Bundesstaat Bihar geboren, dem Zentrum der nordindischen Opiumindustrie. Über die Lebensumstände der Familie zu jener Zeit, als seine Mutter, seine ältere Schwester und er mit seinem Vater zusammenwohnten, ist nicht viel bekannt. Ein Foto von ihm als missmutig dreinblickendes dickes Baby, das von einer dunkelhäutigen, ganz in Weiß gekleideten Frau in den Armen gehalten wird, verdeutlicht, wie reizvoll der Kolonialismus für weniger betuchte Brit*innen war, weil er ihnen ein luxuriöseres, elitäreres Leben mit Bediensteten ermöglichte, als sie es im Mutterland je hätten führen können.

Richard Blair beaufsichtigte den Mohnanbau und die Produktion der Droge – Arbeitsprozesse, die für die indischen

Bauern, die den Mohn pflanzten und das Rohopium verarbeiteten, Verarmung, Zwang und gelegentlich brutale Bestrafung bedeuteten. Bekanntlich drehte man einen Großteil des so produzierten Opiums China an, im Gegenzug für den Import der zahlreichen Waren aus diesem Land, auf die es Großbritannien abgesehen hatte. Mitte des 19. Jahrhunderts kam es wegen Chinas Widerstand gegen die Droge, die so viele Menschen im Land abhängig gemacht und zerrüttet hatte, zu mehreren Opiumkriegen. «Englands Nationalblume ist zwar die rote Tudor-Rose, doch in Wahrheit – so heikel das auch sein mag – verdanken die Engländer einen Großteil ihres Reichtums einer anderen blutroten Blume – dem Mohn», schrieb kürzlich ein Autor, und der Protagonist von Orwells Roman *Tage in Burma*, ein in Burma lebender englischer Teakhändler, äußert sich dazu folgendermaßen: «Wir Anglo-Inder könnten fast erträglich sein, wenn wir nur zugeben wollten, dass wir Diebe sind, und weiterstehlen würden ohne den ganzen Schwindel.»

Orwell ist ein Kind des Empire, Sohn von Kolonist*innen und Beamten, die vom Land und der Arbeit anderer lebten. Seine Mutter Ida Mabel Limouzin Blair wuchs in Burma auf, wo sich ihr Vater, ein Franzose, als Teakhändler und Schiffbauer betätigte. Teakwälder in Küstennähe, Zuckerrohrfelder auf einer Insel und Opiummohn in der Mitte eines Kontinents – weltumspannende Landschaften der Arbeit und Ausbeutung, die für ihre fernen Nutznießer*innen oft, vielleicht fast immer unsichtbar waren. Ich glaube nicht an die Vererbung von Schuld, aber ich glaube an historisches Erbe, und Orwell war ein Nachfahr von Menschen, die aus den Geschäften des Empire und den Hierarchien im Heimatland Nutzen gezogen und in manchen Fällen über reale Macht verfügt hatten. Die Mühelosigkeit, mit der sich seine Ahn*innen von Generation zu Generation zurückverfolgen lassen, sagt meiner Ansicht nach sehr viel aus. Denn nur Menschen, die in Register eingetragen, die amtlich anerkannt waren, können aufgespürt werden. Nur sie waren mit auf dem Bild.

Zu diesen Ahn*innen zählen Adelige, Bürgerliche, Parlamentarier und ein Königsmörder – Colonel Adrian Scrope, gehängt, ausgeweidet und gevierteilt, weil er das Todesurteil gegen Charles I. unterzeichnet hatte. Unter ihnen finden sich Schriftsteller*innen – der unbedeutende Dichter Nicholas Rowe, der unbedeutende Bühnenautor Francis Fane und, soweit ich informiert bin, Frances Manners, die in die erste britische Anthologie von Autorinnen, *The Monument of Matrons* von 1582, aufgenommen wurde. Zu Orwells Vorfahren gehören zwar Sklavenbesitzer*innen, doch über seine Großmutter Frances Hare Blair war er auch mit William Wilberforce verwandt, der die parlamentarische Bewegung für die Abschaffung der Sklaverei anführte. Manches davon stand in der Familienbibel, die Orwell neben dem Silber und einigen der von Eileen Blair erwähnten Gemälde geerbt hatte. Familienbibeln und Silber – in mir, einem Menschen mit irisch-katholischen und ostjüdischen Vorfahr*innen, die keine Erbstücke vermachten, vom öffentlichen Leben weitgehend ausgeschlossen waren und deren Verzeichnisse nach ein paar Generationen verblassen, ruft beides ein Gefühl hervor, das früher wohl Neid war, jetzt aber nur noch von innerer Distanziertheit zeugt.

4
Old Blush

Ohne Wurzeln, von den Jahreszeiten befreit, alterslos schweben sie über fliederblauen, hellgrünen oder gelbbraunen Feldern. Ewig blühend, die Blütenblätter perfekt, der Schatten eines jeden Blatts klar auf dem Blatt darunter, vom Boden losgelöst in Sphären ohne Dornen, Erde, Schnecken, Blattläuse, ohne Tod und Verfall. Unabhängig von der Schwerkraft, an vielen Stellen geballt wie Himmelsgebilde, ein Rosennebel, eine Rosengalaxie, eine Rosen-Supernova, manchmal von Bändern durchschlungen oder aus Sträußen mit kleineren Blumen ragend.

Die Chintz- und Kattunrosen wurden populär, als Ralph Lauren und andere Designer 1984 für ihre Mode- und Wohntextilien-Kollektionen zum ersten Mal nostalgische Blumenmuster verwendeten. Eine Modejournalistin der *Washington Post* schrieb im März 1985: «Es fällt in diesem Zusammenhang weder leicht, Lob auszusprechen noch – falls man geschmacklich eher nicht zu überdimensionierten Kohlrosen neigt – Kritik zu üben. Angeblich hat Ralph Lauren den derzeitigen Run auf Chintz ausgelöst, als er dieses Material letztes Jahr für Einrichtungsgegenstände *und* Kleidung verwendete.» Sie sprangen mir damals ins Auge und ließen eine Sehnsucht entstehen, den Wunsch, nicht nur die Rosen oder die damit bedruckten Kissenbezüge und Jacken zu besitzen, sondern auszukosten, was sie zu verheißen schienen: eine untrennbar mit einer bestimmten Form von Anglophilie verknüpfte, ganz eigene Behaglichkeit, Zuversicht, Gediegenheit und Bodenständigkeit.

Diese Rosen verhießen mehr als sich selbst. Sie waren begehrenswerter als lebende, weil sie fortdauerten, wobei die Schönheit von Blumen doch auch in ihrer Vergänglichkeit liegt. Meine Sehnsucht hatten zuvor schon andere Blumenbilder geweckt: Als junge Frau war ich verrückt nach antiken chinesischen Schultertüchern mit den wundervoll in Flachstickerei hervorgehobenen Pfingstrosenblüten, und Hiroshiges Pflaumenblüten fand ich ebenso hinreißend wie die Abbildungen auf alten amerikanischen Samentütchen und die ärmlich wirkenden bedruckten Baumwollstoffe, die einst Mehlsäcke gewesen waren und aus denen man auf dem Land Quilts und Kleidung nähte. Doch die Rosen von 1984 brachten spezielle, rankende Assoziationen mit sich.

Keine Ahnung, woher wir wussten, dass es um mehr als um Rosen, Blumen und Stoff ging, nämlich um Landhäuser, Status und Überlieferung. Die amerikanische Geschichte war damals an einen kritischen Punkt gelangt: Das Gleichheitsideal und die Zuversicht in die Zukunft schwanden, während die Reagans im Weißen Haus an ihrem Modell eines hochpreisigen Elitismus für die wenigen bastelten und die Sicherheitsnetze für die vielen kappten. Die Ästhetik der Stoffe von Lauren und anderen war nostalgisch, in die Vergangenheit gerichtet. Meine Sehnsucht nach diesen geblümten Stoffen war der sanft nagende Wunsch nach etwas, das mehr und anders war als die Gegenstände selbst, nach dem Ankommen in einem bestimmten Zustand und in einer Welt, der sie nur als Verzierung dienten. Sie waren die Tickets für den Eintritt in eine selbstgefällige Zuversicht, die mich zugleich anzog und abstieß.

Der Wunsch danach war der Wunsch nach mehr und etwas anderem als ihnen. Ich wollte das, was sie bedeuteten, und verachtete zugleich diese Verheißung. Kaum hatte ich mir etwas aus einem solchen Stoff gekauft, fand ich es zu überladen, zu sentimental, zu süßlich, als dass ich es tragen oder besitzen wollte. Die rosenübersäten Kleider, Kissen, Bettbezüge waren wie die Süßigkeiten, nach denen man giert und die einem doch schon vor dem ersten Bissen leichte Übelkeit bereiten. Sie winkten von fern mit Versprechungen in Bezug auf den Ort, zu dem sie gehörten, während dieser Ort nie meiner gewesen war und nie meiner sein würde. Vielleicht war die Distanz zwischen ihnen und mir eine zeitliche: Ihre Verlockung kam aus der Traumwelt einer idealisierten Vergangenheit des Idyllischen, Paradiesischen. Das Paradies aber ist ein ummauerter Garten, den auch das definiert, was er ausschließt.

Das Wort *Nostalgie* ist aus *nóstos*, Heimkehr, und *álgia*, Schmerz, zusammengesetzt. Doch die Stoffe weckten in mir die Sehnsucht nach der Heimkehr zu etwas, das nie mein Heim oder das meiner Vorfahr*innen gewesen war. Das Gleiche hatten sie offenbar in Ralph Lauren bewirkt, dem in der Bronx aufgewachsenen Sohn jüdischer Einwanderer, der in den sechziger Jahren mit einer Krawattenlinie namens Polo startete und mit dem Verkauf von Kleidung und Einrichtungsgegenständen ein milliardenschweres weltweites Imperium schuf – besser gesagt: mit dem Verkauf der Vision, das Eingangstor stürmen und sich zum Landadel gesellen zu können, indem man dessen Kleidung und Einrichtung nachäfft.

Dabei sind es weniger die Dinge an sich, die wir authentisch begehren; vielmehr hat man unsere Wünsche so gestutzt, auf Spaliere gezogen und gezüchtet, dass wir uns nach ihnen drehen, wie sich die Sonnenblume zur Sonne dreht, und authentisch ist nur die Kraft dieses Wunsches, trotz seines manipulierten Ursprungs. Laurens Anzeigen wirkten wie Standbilder aus Filmen mit großen, schlanken, reichen, privilegierten Menschen, die über endlose Freizeit verfügen und sich immer in eleganter, schöner Umgebung bewegen. Mit den Kostümen Robert Redfords in *Der große Gatsby*, der auch wieder von einem Emporkömmling innerhalb der Geldelite handelt und damit Laurens Leben widerspiegelt, landete der Designer einen seiner ersten Coups, und die Modelinie Safari, die er 1984 startete, soll von den Dreharbeiten für den 1985 angelaufenen Film *Jenseits von Afrika* beeinflusst sein, ein Film, für den die Geschichte der dänischen Adeligen Tania Blixen über ihr Leben auf einer kenianischen Plantage zu einer Folge von Szenen aufbereitet wurde und in dem wunderschöne Imperialist*innen (darunter Robert Redford als großwildjagender Sohn eines englischen Earls) wunderschön gekleidet in wunderschönen Innen- und Außenräumen zu sehen sind.

Bei Laurens Produkten und Visionen ging es ums Empire, und beim Empire ging es schon immer darum, dass Menschen scheinbar etwas beherrschten, was sie längst eingeholt und umgeformt hatte. Lauren machte das in solchen textilen Bildern unsichtbar Inbegriffene sichtbar: ihre Verbindungen in einen bestimmten Bereich, den er bedenkenlos betrat beziehungsweise neu erfand – mit sich selbst im Zentrum eines Empire, das die Vorstellung von Safaris, Polo, Aristokratie und kulturellem Erbe heraufbeschwor und dessen vermeintliches Wesen er entwertete, indem er es als Oberfläche neu erfand.

Polo war ein persisches und indisches Spiel, bevor die Briten es sich aneigneten. *Calico*, Kattun, stammt aus der indischen Küstenstadt Calicut, von wo aus nicht nur der leichte Baumwollstoff, sondern auch Gewürze nach Europa importiert wurden. Der Begriff *Chintz* tauchte als englisches Wort erstmals im 16. Jahrhundert in Dokumenten der Ostindien-Kompanie auf und geht wahrscheinlich auf ein indisches Wort zurück, das besprühen oder berieseln bedeutet. Die Herstellung von Chintzstoffen geschah in einem aufwendigen Prozess, bei dem Baumwolle händisch bemalt oder im Blockdruckverfahren bedruckt wurde. Diese indische Technik kam zu Beginn des 18. Jahrhunderts in Europa in Mode und verbreitete sich rasch. Der Londoner Romanautor Daniel Defoe berichtete: «[...] Chintz und bemalter Kattun, die bisher nur für Teppiche, Steppdecken und dergleichen sowie als Kleidung für die Kinder der gewöhnlichen Leute Verwendung gefunden haben, werden nun von unseren Damen getragen.»

Anfangs waren die Muster noch rein indisch – gewundene, ineinander verschlungene Pflanzen mit idealisierten beziehungsweise abstrahierten, kräftig umrandeten Blüten. Die englische Industrie passte die indischen Techniken nach und nach an, und Chintz wurde typisch englisch. Der gestreifte Chintz von Richard Ovey aus dem Jahr 1801 sieht dem Stoff durchaus ähnlich, den Ralph Lauren 1984 für seine Blümchenkleider verwendete – girlandenartig angeordnete Fuchsien und andere Blüten gemischt mit großen Rosen, dazwischen grün und pink gestreifte Bänder, naturalistischer als die indischen Blumendarstellungen mit ihren markanten Rändern und der starken Formalisierung. Die Kontraste waren schwächer, die Linien weicher, die Ränder weniger klar definiert. Mitte des 19. Jahrhunderts hatte der Export von Stoffen – hergestellt aus Baumwolle, die man von den Plantagen in den Vereinigten Staaten bezog – einen riesigen Anteil am Handel Großbritanniens mit der restlichen Welt.

Selbst die Vorbilder für all die Chintzrosen waren vermutlich neue Züchtungen gekreuzt mit Rosen aus China, die im Gegensatz zu den meisten europäischen monatelang statt nur einmal kurz blühten. In seinen berühmten Gedichtzeilen «Wahr' deine Knospen, Rosenstrauch, / Die Zeit, zwar alt, ist flüchtig» spielt Robert Herrick, ein Dichter des 17. Jahrhunderts, auf die nur im Frühling kurz blühenden alten Rosensorten an. Als Rosen plötzlich bis in den Sommer und Herbst hinein blühten, war es um den «Sic transit gloria mundi»- und Vanitas-Nimbus der europäischen Rosen geschehen. Frauen sollten zwar noch immer jung heiraten, doch die Rosen blühten den ganzen Sommer hindurch und länger.

«Durch das Aufkommen der Chinarose in England Ende des 18. Jahrhunderts veränderten sich die Gartenrosen Europas, Amerikas und des Nahen Ostens grundlegend», schrieb der Rosenzüchter Charles C. Hurst 1941. «Die alten Rosen blühten überwiegend nur einmal im Jahr, nämlich im Frühsommer, die modernen dagegen ununterbrochen vom Frühsommer bis in den Spätherbst. In einem günstigen Klima, etwa an der Riviera, können sie das ganze Jahr über blühen, da sie potenzielle Dauerblüher sind. Wie die jüngste Forschung zeigt, verdanken sie diese Fähigkeit einem nach Mendel rezessiven Gen, das durch die in China bereits seit mehr als tausend Jahren kultivierten China- und Teerosen in unsere modernen Rosen gelangte.»

Vier Chinarosen, die zwischen 1792 und 1824 nach England gebracht wurden, erhielten die Bezeichnung «chinesische Zuchtrosen», als wären sie Rennpferde wie die arabischen Deckhengste, die mehr als ein Jahrhundert früher ins Land gekommen waren und durch das Belegen englischer

Stuten die Vollblüter hervorgebracht hatten. Obwohl es sich um chinesische Rosen handelte und zumindest eine bereits in Schweden kultiviert worden war, bevor sie nach Großbritannien gelangte, benannte man sie nach Engländern: Slater's Crimson China, Parsons' Pink China – auch unter dem Namen Old Blush bekannt –, Hume's Blush Tea-Scented China und Parks' Yellow Tea-Scented China. Die Rosen, die ich in Orwells Garten in Wallington noch im November hatte blühen sehen, stammten wie fast alle Gartenrosen, die man heute im Westen pflanzt, zweifellos zum Teil von diesen Chinarosen ab.

Als Elton John Prinzessin Diana nach ihrem Tod als «England's Rose» besang und vor dem Tor von Buckingham Palace ein Meer von Blumen lag, waren wohl auch die Rosen in der Vorstellung der Menschen und die in dem Blumenmeer zum Teil chinesisch. Dasselbe gilt für die Rosen, die der berühmte Züchter David Austin kultivierte, der 2018 starb, nachdem er sechzig Jahre lang Rosen hervorgebracht hatte, die sowohl den Duft und die alten Formen der früheren Rosen besaßen als auch die Fähigkeit der Floribundarosen und Teehybriden, wiederholt zu blühen. Austin bezeichnete sie alle als Englische Rosen und gab ihnen englische Namen aus Literatur, Gesellschaft und Geschichte, so etwa Ancient Mariner, Wife of Bath, Thomas à Becket und Emily Brontë. Auch nach Aristokrat*innen, Gartenkünstler*innen und Shakespeare-Figuren von Falstaff bis Perdita wurden die Rosen benannt und sogar nach Mortimer Sackler, dem aus Brooklyn stammenden Vermarkter pharmazeutischer Opioide. Natürlich wäre einerseits Sackler besser durch eine Mohnblume repräsentiert; andererseits war der Opiumhandel das Kerngeschäft des Britischen Empire (und das Lebenswerk von Orwells Vater).

Als ich nach England flog, um für dieses Buch zu recherchieren, las ich mir das Snackangebot der British Airways durch und fand unter anderem Jaffa Cakes, weiche Kekse mit einer Schicht Marmelade und einem Überzug aus dunkler Schokolade. Im Flugzeug selbst bestellte ich zwar keine, doch den Name zu lesen hatte mir Lust darauf gemacht, und im Flughafen kaufte ich mir dann eine Schachtel. Wie es der Zufall wollte, stand in der *London Review of Books*, die ich von zu Hause mitgenommen hatte, ein Artikel über Jaffa: «Es geschieht zweimal im Jahr. Dann füllt sich der Strand zwischen Tel Aviv und Jaffa mit Palästinenser*innen aus dem Westjordanland. Viele Kinder haben nur an diesen beiden Tage die Gelegenheit, das Meer zu sehen, obwohl ihre Wohnorte in den besetzten Gebieten zum Teil nur zwanzig, dreißig Kilometer entfernt liegen.»

Später landete ich an diesem heißen Augusttag in der riesigen Abteilung für Lebensmittel und gehobene Haushaltswaren im Kaufhaus Fortnum & Mason mitten in London. Es wimmelte nur so von Menschen, allem Anschein nach aus dem Ausland, die sich um dekorative Blechdosen mit Tee und Keksen und weitere Erscheinungen des «typisch Englischen» rissen, etwas, das zumindest uns, den an einem warmen Spätsommertag in das Kaufhaus gepferchten Menschen, etwas galt und das wir haben wollten. Unsicher, ob sich in diesem Kaufakt Unterwerfung, Eroberung oder eine obskure Mischung aus beidem ausdrückte, erstand auch ich eine Packung Tee und zog weiter ins ähnlich überfüllte Kaufhaus Liberty of London, wo ich mich für einen geblümten Stoff entschied.

Großbritannien – das mythische, ins Abendrot des Empire getauchte, nicht das von Widersprüchen zerrissene reale der Gegenwart – erschien mir wie ein Ort, über den uns allen, auch mir in Kalifornien, zu viel beigebracht worden war, und wie eine Collage aus zahllosen Teilen des Anderswo. Großbritannien war die Person im Raum, für die man sich interessieren und über die man alles wissen sollte und die angeblich darüber bestimmte, was wichtig war und wie alles zu sein hatte. Als ich älter wurde und mehr über Klasse, Imperialismus und das britisch beherrschte Irland erfuhr, aus dem die Großeltern meiner Mutter geflohen waren, überwand ich meine Anglophilie zwar nicht ganz, konnte ihr aber eine leichte Anglophobie entgegensetzen. Doch meine Gefühle waren rein gar nichts verglichen mit denen von Jamaica Kincaid, über die sie so eloquent wie vehement schrieb.

5
Blumen des Bösen

Kincaid, die in Antigua aufwuchs, als die kleine Karibikinsel noch in britischem Besitz war, spricht, als hätte sich alles, was in jenem vornehmen aristokratischen Großbritannien ungesagt geblieben war, zu einer gewaltigen Stimme zusammengeballt: «Ich kann Ihnen nicht sagen, wie wütend es mich macht, wenn Leute aus Nordamerika mir sagen, wie sehr sie England lieben, wie schön England ist – mit seinen Traditionen. Alles, was sie sehen, ist so eine runzlige alte Schachtel, die in einer Kutsche vorbeifährt und der Menge zuwinkt. Ich hingegen sehe die Millionen Menschen, von denen ich lediglich einer bin, die zu Waisen gemacht wurden: kein Mutterland, kein Vaterland, keine Götter, keine Erdhügel als Heiligtümer, kein Übermaß an Liebe, das vielleicht zu den Dingen führen könnte, die ein Übermaß an Liebe manchmal mit sich bringt, und, was das Schlimmste und Schmerzhafteste ist, keine Sprache.»

Das heißt, sie hatte statt einer eigenen Muttersprache das Englische, aus dem sie allerdings ihren ganz eigenen Prosastil formte, wütende und präzise Sätze, wann immer möglich gestützt auf rhythmische Wiederholung und silbenarme Wörter. Ihre Sätze winden sich, ranken sich in die Höhe, bedecken den Boden, wachsen zu komplexen Gedanken über Blumen, Gärten, die Natur, Rassismus, Kolonialismus und Zorn heran. Sie schreibt wie niemand sonst als leidenschaftliche und versierte Gärtnerin mit echter Liebe zu den Pflanzen und zur Ästhetik und mit scharfem Blick auf alle Themen, die von einer Gartenmauer nicht ausgeschlossen werden.

Ende der sechziger Jahre war sie als junge Frau nach New York gegangen und hatte als Kindermädchen gearbeitet. Ein Mann, dem ihre Schlagfertigkeit und Direktheit aufgefallen waren, brachte sie zum *New Yorker*, wo sie als Autorin angestellt wurde. Der im Haus vorherrschende Schreibstil war von weißen Männern wie E. B. White und John McPhee geprägt, eine karge, zackige Sprache, die als Gipfel der Klarheit und literarischen Qualität galt, ein Stil, der zwischen den Zeilen besagte, dass alles, was der Autor schreibe, von jedem vernünftigen Menschen gutgeheißen werde, die jeweilige Tendenz allgemeingültig und der gesunde Menschenverstand sowohl ein höchstes Gut als auch eine ausgemachte Sache sei.

Auch Kincaids Stil war klar und direkt, doch ihr blieb immer bewusst, dass viele, vor allem Weiße, nicht ihrer Meinung waren. Sätze wie «Fast so, als schämten sie sich der Abneigung und Feindseligkeit, die sie Ausländern entgegenbringen, lieben die Engländer ausländische Pflanzen und nehmen sie samt und sonders bereitwillig auf» sind forsche Kriegserklärungen beziehungsweise Ausdruck der Erkenntnis, dass sich die alten Kriege in verschiedensten Bereichen wie Botanik, Gärten, Namen und den Vorstellungen vom Schönen und Guten abspielen. Kriege, die auch gegen Kincaid geführt werden. Und die Amerikaner bekommen ihr Fett ebenfalls ab: «Der große Abraham Lincoln, ein Präsident, mit dem ich mich so verbunden fühle, dass ich in meinem Garten nach ihm benannte Rosen ziehe, war ein Rassist, aber er hasste die Sklaverei, und mir, die ich zum Glück den Versklavten entstamme, genügt das.»

Sie zog schließlich nach Vermont, obwohl sie immer wieder erklärte, wie sehr sie Schnee, Kälte und überhaupt den Winter hasse, und legte einen ambitionierten Garten an, über den sie viel schrieb – auch über die Pflanzen, die sie bestellte, und die Gartenkataloge, in die sie sich vertiefte. Kincaid beschreibt die schiere Freude an einem Garten und an den Pflanzen in allen Einzelheiten, die Gefühle, Wünsche und Stimmungen, die sie hervorrufen. Sie erzählt, wie sie dasitzt und ein eigenhändig angelegtes Blumenbeet bewundert, und welche Rosen sie grauenhaft findet und welche besonders schön.

Doch genauso sind Vertreibung, entwurzelte Menschen, aufgezwungene Kultur, verpflanzte und veränderte Pflanzen, vergessene und erfundene Vergangenheiten, geraubte alte und willkürlich verpasste neue Namen wiederkehrende Themen in ihren Texten über Pflanzen und Gärten. «Ich kenne die Namen der Pflanzen nicht, die dort wachsen, woher ich komme. [...] Diese Unkenntnis der Botanik jenes Ortes, aus dem ich komme (und von dem ich stamme), zeigt im Grunde nur, dass ich eine von den Eroberten war, als ich dort lebte, und mich in einem eroberten Land befand. Ein Prinzip dieses Umstands lautet, dass nichts an dir interessant ist, solange der Eroberer es nicht für interessant befindet. Es gab zum Beispiel einen botanischen Garten [...], doch soweit ich mich erinnere, wuchsen dort keine in Antigua heimischen Pflanzen.»

Kolonialismus bedeutete, sehr viel über die Kolonialherren und ihr Herkunftsland zu wissen und sehr wenig über das eigene Volk und seine Heimat. In dem Essay «Blumen des Bösen» schreibt Kincaid über die schwimmenden Gärten im Tal von Mexiko – dort, wo heute Mexiko-Stadt liegt –, über die spanische Invasion unter Cortés und über die Pflanze Co-

coxochitl, die man nach Europa brachte und mit dem Namen eines Schweden namens Dahl versah. Durch Züchtung entstanden zahlreiche prachtvolle Dahliensorten, doch die Herkunft der Blume geriet in Vergessenheit. An anderer Stelle äußert sich Kincaid besonders erbittert über Narzissen.

Die Titelfigur ihres 1990 erschienenen Romans *Lucy* ist wie sie selbst eine junge Immigrantin aus der Karibik. Lucy arbeitet als Kindermädchen und ist genervt von ihrer Arbeitgeberin, die eine gedankenlose Ignoranz in Bezug auf die Differenzen zwischen den beiden Frauen an den Tag legt und im Verhältnis zwischen Chefin und Angestellter keine klaren Grenzen zu ziehen weiß. Der Konflikt, der nur Lucy bewusst ist, erreicht seinen Höhepunkt, als ihre Arbeitgeberin sie auffordert, die Narzissen zu bewundern, die im eisigen Nordosten der Vereinigten Staaten zu Frühlingsbeginn aus dem Boden schießen. Lucy erinnert sich, dass sie in der Queen Victora Girls' School auf ihrer kolonisierten Insel Wordsworths Narzissen-Gedicht auswendig lernen musste, und erzählt von einem Albtraum, in dem sie von diesen Blumen, die sie noch nie gesehen hatte, vernichtet wird. «Ich hatte das alles vergessen, bis Mariah von Narzissen sprach, und ich erzählte es ihr mit einer Wut, die uns beide verblüffte.» Dann sehen sie die Narzissen im Park. «Es war mir ein Rätsel, warum ich diese Blumen töten wollte, denn ich wusste rein nichts über sie.» Oder doch kein Rätsel – immerhin hatten sie versucht, sie zu töten.

Einige Jahre später erklärte Kincaid noch einmal: «Ich mag Narzissen nicht, aber das liegt am englischen Schulsystem. Ich wurde als Kind gezwungen, das Gedicht von William Wordsworth auswendig zu lernen.» Jahre später kommt sie ein weiteres Mal darauf zu sprechen: «Aus meiner kindlichen Perspektive fand ich das Gedicht, seinen Inhalt (nicht seinen Autor) und die Menschen, die es mir nahebringen wollten, widerlich. [...] ‹Ich wanderte der Wolke gleich› wurde für mich nicht zu einer individuellen Vision, die das geistige Auge gelassen erstaunt, sondern zu der tyrannischen Ordnung eines Volks, der Briten, in meinem Kinderleben.»

Dies schrieb sie, nachdem sie zusätzlich zu den 3500 bereits in ihren Garten gepflanzten Narzissenzwiebeln weitere 2000 gesetzt hatte. Vielleicht war sie an dem Punkt angelangt, an dem sie die auferlegten Bedeutungen durch eigene wettmachen konnte. Pflanzen haben ja viele Facetten. Sie wachsen, entwickeln sich, stellen sich auf ihre Umgebung ein, verwelken, und ebenso nehmen sie auch Bedeutungen an, die wir ihnen zuschreiben, vom Weihnachtsbaum über den Siegerkranz und den spirituell aufgeladenen Lotus bis hin zu den erotischen Orchideen. Für einen Menschen, der beides von klein auf kannte, bedeuten Narzissen und die englische Sprache etwas ganz anderes. Am 13. März 1940 trägt Orwell Folgendes in sein Tagebuch ein: «Der Frost hat außer ein paar Rosenkohlröschen alle Kohlarten zerstört. Der Frühkohl ist nicht nur erfroren, sondern komplett verschwunden, bestimmt von den Vögeln gefressen. Der Lauch hat überlebt, tut sich aber sichtlich selbst leid. [...] Die Rosenstecklinge haben mit einer Ausnahme überlebt. Die Schneeglöckchen und einige gelbe Krokusse blühen, ein paar Primeln versuchen es. Tulpen und Narzissen spitzen aus dem Boden. Der Rhabarber treibt, ebenso die Pfingstrosen. Die Schwarzen Johannisbeeren knospen, die Roten noch nicht. Die Stachelbeeren knospen.»

Mit dem Garten, den er in Wallington anlegte, und den Rosen, die er dort pflanzte, verwurzelte sich Orwell in einem bestimmten Boden, in bestimmten Vorstellungen, Traditionen, einer bestimmten Herkunft, die, ob er sie ausstehen konnte oder nicht, seine waren und ihn umgaben. Dass er die Entscheidung zum sozialen Abstieg traf, sich einen Großteil seiner Nahrungsmittel eigenhändig erarbeitete und seine Ziegen auf Gemeindeland grasen ließ, könnte aber auch bedeuten, dass er sich von alldem lösen wollte. Ganz entkommen konnte er ihm nicht, und selbst in der Art, wie er es versuchte, steckten noch tief sitzende Vorstellungen von ländlicher Idylle und einem bäuerlichen Ideal. Doch er war sich dieser Einflüsse bewusst.

In dem Jahr, in dem er die Rosen pflanzte, schrieb er: «[...] damit man in England relativ komfortabel leben kann, [...] müssen hundert Millionen Inder auf dem Existenzminimum vegetieren – ein schlimmer Zustand, aber man willigt jedes Mal in ihn ein, wenn man in ein Taxi steigt oder einen Teller Erdbeeren mit Sahne isst.» Wobei Erdbeeren mit Sahne im Gegensatz zu Tee mit Zucker immerhin heimische Produkte sind. Zehn Jahre später griff er das Thema noch einmal auf und ließ seine britischen Mitbürger*innen wissen: «Sie haben die Wahl: Indien befreien oder extra Zucker verwenden. Was ist Ihnen lieber?»

VI
DER PREIS DER ROSEN

Rosenproduktion in der Nähe von Bogotá, Kolumbien, 2019.

1

Schönheitsprobleme

Der Mann, der 1936 Rosen pflanzte, schrieb oft über Blumen. In seine in England angesiedelten Romane streute er Schilderungen von Blumen auf Wiesen, an Teichen, Feldwegen und in anderer ländlicher Kulisse ein (und in *Tage in Burma* finden sich sowohl Beschreibungen tropischer Blumen als auch solcher aus mittleren Breiten, die dort gigantische Ausmaße erreichten). Seine Tagebücher enthalten Listen mit Blumen, die er zu kaufen beabsichtigte, Berichte über die Kultivierung heimischer Blumen und Anmerkungen zu Wildblumen, die er irgendwo entdeckt hatte. In einem Essay, der 1944 in der *Tribune* erschien, beklagt er «das rasante Verschwinden englischer Blumennamen. [...] Vergissmeinnicht werden immer häufiger Myosotis genannt, und auch viele andere Namen – Fackellilie, Bubiköpfchen, Fuchsschwanz, Porzellanblümchen – weichen farblosen griechischen Namen aus den botanischen Lehrbüchern.» Die Blumennamen lagen ihm so sehr am Herzen, dass er zwei Jahre später in einem seiner bekanntesten Essays, «Politics and the English Language», Politik und die englische Sprache, noch einmal darauf zurückkam.

Fünf Jahre nachdem er die Rosen in Wallington gepflanzt hatte, erklärte er in seinem zu Kriegszeiten verfassten Essay «The Lion and the Unicorn: Socialism and the English Genius», Der Löwe und das Einhorn: Sozialismus und der englische Genius, dass «ein nebensächlicher englischer Wesenszug, der zwar extrem stark ausgeprägt ist, über den man aber nur selten spricht [...] in der Liebe zu Blumen besteht. Sie gehört zu den ersten Eigenarten, die ins Auge fallen, wenn man aus dem Ausland, insbesondere aus Südeuropa, nach England kommt. Widerspricht sie nicht der englischen Gleichgültigkeit gegenüber den schönen Künsten? Nein, das tut sie nicht, denn diese Liebe empfinden auch Menschen ohne jedes Gefühl für Ästhetik.» Das Interesse an Blumen sei ein Hobby, und das Betreiben von Hobbys ein Merkmal von Leuten, denen persönliche Freiheit und das Privatleben wichtig sind. Und doch hatte er eine Tür geöffnet, wenn auch ohne das Zimmer dahinter zu betreten – eine Tür möglicherweise, die in etwas Größeres als ein Zimmer führt. Wer durch diese Tür geht, über der «Orwell und die Ästhetik» steht, nähert sich dem Kern dessen, was Orwell im Leben zu erreichen versuchte.

Die Tür öffnet sich einen Spalt. Was ist mit denen, die Blumen lieben, aber keinen Sinn für Ästhetik haben? In diesem Abschnitt des Essays behauptet Orwell, dass die Liebe zu Blumen nicht zwingend mit Ästhetik verbunden sei, sofern Ästhetik rein visuelles Vergnügen bedeute. Ist das so? Ist Ästhetik auf das rein Visuelle beschränkt? Orwell bezeichnet die Beschäftigung mit Blumen als Hobby und nennt als weitere in England verbreitete Beispiele «Briefmarkensammler, Taubenliebhaber, Amateurschreiner, Gutscheinausschneider, Dartspieler, Kreuzworträtsel-Fans» – Menschen, deren Steckenpferde sich in Nützlichkeit und Altertümlichkeit stark unterscheiden. Doch die Blumenliebe erfasst auch Nichtgärtner*innen, und so sind Blumen für manche etwas, was produziert und gehegt wird, für andere etwas, was man auf Wiesen, in Gärten oder auf Vasen betrachten und dessen man sich erfreuen kann, ohne weiter etwas tun zu müssen. Was also lieben diese Menschen, wenn sie Blumen lieben?

Mithilfe von Blumen werden natürlich Erotik, Romantik, Festlichkeit und Spiritualität zum Ausdruck gebracht, das ist klar; man bekränzt mit ihnen Altäre, siegreiche Rennpferde und so fort. Doch schon bevor eine Blume für etwas anderes benutzt wird, nämlich um bestimmte menschliche Anlässe hervorzuheben, ist sie selbst Anlass für Aufmerksamkeit. Blumen sind schön, heißt es, doch das, was mit der Schönheit einer Blume gemeint ist, geht über deren Erscheinung hinaus, weshalb echte Blumen so viel schöner als künstliche sind (während Darstellungen von Blumen möglicherweise auf das Reale und seinen Nachhall verweisen, was künstliche Blumen nicht tun). Diese Schönheit liegt zum Teil in dem, worauf sich die Blume bezieht oder woran sie anknüpft, in der Verkörperung von Leben und Wachstum und der Ankündigung der Frucht, die aus ihr hervorgehen wird. Jede Blume ist ein Knoten in einem Netzwerk botanischer Verbindungs- und Erneuerungssysteme. Die sichtbare Blume ist deutlicher Ausdruck dieser komplexen Systeme, und die Schönheit, die ihr als autonomem Objekt zuerkannt wird, besteht auch darin, dass sie Teil eines größeren Ganzen ist.

Ich denke, dass die uns so bewegende Schönheit der Natur nicht zuallererst auf der statischen visuellen Pracht beruht, wie sie ein Gemälde einfangen kann, sondern auf der Zeit in Form von Mustern, Wiederkehrendem, dem rhythmischen Ablauf von Tagen, Jahreszeiten und Jahren, dem Mondzyklus und den Gezeiten, Geburt und Tod. Denn Harmonie, Organisiertheit, Kohärenz und Muster sind per se etwas Schönes, und die psychische Not, die der Klimawandel und die Umweltzerstörung mit sich bringen, rührt zumindest teilweise aus der Zerstörung dieses Rhythmus. Nicht die räumliche Ordnung spielt die größte Rolle, sondern die zeitliche. Es gibt durchaus Bilder, die das vermitteln, doch die Angewohnheit, in Bildern zu sehen, lässt uns den Tanz aus den Augen verlieren. Indigene Völker, die unter anderem wegen ihrer Unempfänglichkeit für die Natur in englisch-rustikaler Form verachtet wurden, verehrten die Natur eher als geordnete Zeitmuster denn als statischen, bildlichen Genuss, feierten beispielsweise eher wichtige Momente im zeitlichen Lauf der Sonne durch das Jahr als einen besonders schönen Sonnenuntergang.

Im Vorwort zu der voluminösen Ausgabe von Orwells *Gesammelten Essays* in der Everyman's Library schrieb John Carey: «Die Schönheit rühmt er so gut wie nie, und wenn es doch einmal geschieht, dann im Zusammenhang mit eher schäbigen und kaum beachteten Gegenständen – [...] dem Auge der gemeinen Kröte, einem Sixpence-Rosenstock von Woolworth.» Ich dagegen behaupte, dass er die Schönheit durchaus oft rühmt und mithilfe der schäbigen Dinge die Definition von Schönheit erweitert, Beispiele sucht, die weder elitär noch klischiert sind, und ästhetischen Reiz im Alltäglichen, Gewöhnlichen, Vernachlässigten findet. So widersetzt sich die Schönheit selbst der Konvention. Noch in der Trostlosigkeit des Romans *1984* gibt es für den einsamen Rebellen immer wieder Atempausen, die ihm Dinge verschaffen, die er bewundert, ersehnt, genießt, allen voran eine ganz gewöhnliche Landschaft und ein Briefbeschwerer mit einer kleinen roten Koralle.

Winston Smith bezeichnet den Briefbeschwerer, den er in einem Trödelladen entdeckt hat, als schön, und dieser Gegenstand spielt im weiteren Verlauf des Romans eine wichtige Rolle. «Wenn ein Parteimitglied so etwas besaß, war das eine merkwürdige Sache, ja sogar eine kompromittierende Sache. Alles Alte, und in diesem Zusammenhang alles Schöne, galt immer unterschwellig als suspekt.» Suspekt als Zeichen des Bewusstseins und der Freude, die die Partei auslöschen will, und als Symbol für die Erfahrung, die Orwell in «The Lion and the Unicorn» würdigt, wenn er Hobbys als private Aktivitäten bezeichnet, die der Totalitarismus abschaffen will. Der erwähnte Essay beginnt mit dem berühmten Satz: «Während ich dies schreibe, fliegen über mir hochzivilisierte Menschen und wollen mich töten.» Wie ein Suchscheinwerfer taucht der Zusammenhang Orwells Anliegen in ein dramatisches Muster aus Licht und Schatten. Dieser Zusammenhang ist in seinem Werk stets präsent. Der Briefbeschwerer steht im Kontext der Gedankenpolizei, die Hobbys und die Frage der Schönheit sind mit den deutschen Bombenangriffen verknüpft.

Das Wort *Schönheit* besagt alles und nichts. Es ist abgedroschen und wird wegen seiner inflationären Verwendung kaum noch zur Kenntnis genommen. Meist wird es in Bezug auf rein visuelle Schönheit verstanden. Unter den im *Oxford Dictionary* aufgezählten Bedeutungen finden sich allerdings viele, die nicht visuell konnotiert sind, etwa die folgende: «[...] diejenige Eigenschaft eines Menschen oder Gegenstands, die erfreut oder zufriedenstellt; moralische oder intellektuelle Vortrefflichkeit [...]». Ein bewundernswerter Mensch, ein beeindruckendes oder herausragendes Beispiel für etwas.

In ihrem Buch *On Beauty and Being Just* weist die Kulturwissenschaftlerin Elaine Scarry darauf hin, dass sich die Kritik an der Schönheit unter anderem gegen die Passivität ihres Genusses richte, der darin bestehe, «etwas zu betrachten oder sich anzuhören, ohne das Gesehene oder Gehörte ändern zu wollen». Eine in ihrer Schlichtheit bestechende

Definition. Weil es der verwirklichte erwünschte Zustand sein kann, den man nicht ändern möchte, treffen an diesem Punkt ästhetische und ethische Kriterien aufeinander. Dem stellt Scarry das Betrachten oder Lauschen gegenüber, «das dem Eingreifen in das Gesehene oder Gehörte beziehungsweise dessen Veränderung vorausgeht (etwa im Fall von Ungerechtigkeit)». Menschen, die von Produktivität und Ungerechtigkeit besessen sind, verachten oft das Nichtstun, obwohl man unter *nichts tun* üblicherweise auch subtile Handlungen, Beobachtungen und Beziehungstätigkeiten versteht, die sogar sehr viel tun. Nichtstun tut etwas, dessen Wert und Ergebnis schwer zu bemessen und zu kommerzialisieren ist, und man könnte sogar behaupten, dass jede einzelne Nichttat, durch die Quantifizierbarkeit und Kommerzialisierbarkeit verhindert werden, ein Sieg über Fließbänder, Autoritäten und Vereinheitlichung ist. Nicht zufällig beginnt Jenny Odells Buch *Nichts tun: Die Kunst, sich der Aufmerksamkeitsökonomie zu entziehen* in einem öffentlichen Rosengarten in Oakland, Kalifornien.

«Etwas zu betrachten oder sich anzuhören, ohne das Gesehene oder Gehörte ändern zu wollen.» Vielleicht berichten Orwells Haushaltstagebücher genau davon. Aus den kurzen Eintragungen über die Arbeit, das Gärtnern und die banalen Alltagsbegebenheiten spricht nicht der große Wunsch, die Dinge mögen anders sein, als sie sind. Die erzählende Literatur – Roman, Mythos, Märchen, Journalismus – verhandelt oft das, was passiert, wenn etwas schiefläuft: Der Politiker ist korrupt, der Fluss verschmutzt, die Arbeiter*innen werden ausgebeutet, jemand hat den Liebsten oder die Liebste verloren. Noch in den beschaulichsten Kinderbüchern kommt es zu kleineren Krisen aufgrund von Verlusten, Missverständnissen oder verpassten Verbindungen. Alles, was ohne den Wunsch existiert, es zu ändern, ist statisch; es liegt entweder vor dem Beginn der Geschichte, vor der Ungnade, in die jemand fällt, oder nach ihrem Ende, das mit einem Wiedersehen, einer Richtigstellung oder einer andersgearteten Problemlösung herbeigeführt wurde. Doch jeder Bericht über etwas Missglücktes enthält als Wert und Ziel zumindest implizit das, was es bedeuten würde, wäre es richtig gelaufen. Und die Geschichte wird meist von dem Wunsch vorangetrieben, das Gerechte, Faire, Gute zu verteidigen und wiederherzustellen.

Dieses Spannungsverhältnis besteht selbst in der nichterzählenden Kunst. Die Künstlerin Zoe Leonard scheute sich, während der Aids-Krise schöne Bilder zu produzieren, und äußerte ihre Bedenken gegenüber dem Künstler und Aktivisten David Wojnarowicz. Der erwiderte: «Zoe, diese Sachen sind so schön, genau dafür kämpfen wir doch. Wir sind zwar wütend und klagen, weil wir das nun mal müssen, aber im Grunde wollen wir zurück zur Schönheit. Wenn du das aufgibst, verlieren wir unser Ziel.» Schönheit kann beides sein – das, was man nicht verändern will, und das, wohin man gehen möchte, der Kompass oder besser Polarstern auf dem Weg zur Veränderung. Leonard sagte über das Gespräch mit Wojnarowicz: «Wir waren einfach zu beschäftigt, um uns mit Schönheit zu befassen. Wir waren zu wütend. Wir waren zu verzweifelt. Ich bin mir wie ein Arschloch vorgekommen mit diesen Wolkenbildern, aber David hatte recht. Man kämpft ja nicht, weil man unbedingt kämpfen will, sondern weil man als Mensch etwas erreichen möchte. Um eine Welt zu schaffen, in der man herumsitzen und Wolken betrachten kann. Dieses Recht haben wir Menschen.» Man könnte auch sagen: Wer zu lange nicht herumsitzt und Wolken betrachtet, vergisst, wie das geht oder welchen Sinn es hat. Man schrumpft mit der Zeit und kann das Ziel nicht mehr erreichen.

Die Frau, von der Orwell per Leserbrief gerügt wurde, weil er über Rosen geschrieben hatte, setzte offenbar die Aufmerksamkeit gegenüber dem, was nicht verändert werden muss, mit Untätigkeit, Zeitverschwendung und Ablenkung gleich. Menschen, die sich ganz auf das Unrecht konzentrieren, also auf das, was man umso mehr verändern will, je mehr man es betrachtet, halten das Betrachten von Dingen, die man nicht verändern will, für eine Pflichtverletzung oder ein Wegducken vor der Wahrnehmung dessen, was man verändern möchte. Ich dagegen sehe darin die Gelegenheit, Kraft zu tanken, um dem Zerstörerischen begegnen zu können. Scarry zufolge bietet es darüber hinaus Gelegenheit, die Grundmuster des Erstrebenswerten und Guten zu überprüfen. Welches Ziel hat soziale Veränderung oder politisches Engagement? Könnte die Überprüfung des bereits existierenden oder früher vorhandenen Guten zur Aufgabe gehören? Denn es besteht ein wichtiger Unterschied zwischen der schlecht gelaunten (und weit verbreiteten) Haltung, wonach wir immer wieder von vorn anfangen müssen, weil alles beschmutzt oder korrupt ist, und der Einstellung, die besagt, dass das Gute wie ein Samen ist, der energischer zum Wachsen gebracht oder weiter verbreitet werden muss.

2
In der Rosenfabrik

Ich sah sie schon kurz vor der Landung. Gewächshäuser, die sich in der pechschwarzen Nacht wie riesige Lampions durch die kolumbianische Savanne zogen. Ihretwegen war ich gekommen, doch ob ich Zutritt zu einem von ihnen erhalten würde, stand in den Sternen. Viele hatten das schon vor mir versucht und waren gescheitert, denn es wurde ein großes Geheimnis um sie gemacht. Was die Gewächshäuser hervorbrachten, sah jeder, wenn es sich in die Vereinigten Staaten ergoss; geheim war, wie es hergestellt wurde. Nach der Landung am Flughafen von Bogotá besorgte uns mein Begleiter Nate Miller ein Taxi, und wir fuhren durch die Außenbezirke der wuchernden Stadt und kilometerlang über breite, von Betonbauten gesäumte Straßen.

Wie andere lateinamerikanische Städte, in denen ich gewesen war, wirkte Bogotá gleichzeitig monumental und mickrig, majestätisch und gefährlich. Die Architektur der Stadt hatte etwas Improvisiertes. Rechts und links der Boulevards drängten sich in Stil und Stabilität stark variierende Gebäude, an manchen Ecken standen schwer bewaffnete Polizisten, und die Eingänge von Bürohäusern und Restaurants wurden von finster blickenden Securityleuten bewacht, die ebenfalls Automatikwaffen trugen. Mit NATO-Draht bewehrte Mauern, vergitterte Fenster, durch jeweils mehrere Schlösser gesicherte Türen.

Der Taxifahrer setzte uns in einer Kopfsteinpflasterstraße ab, die, wie ich am nächsten Morgen sehen würde, in die steil aufragenden grünen Berge östlich der Stadt hinaufführte. Wir waren so spät nachts eingetroffen, dass ich nicht mehr weiß, wie wir an den Schlüssel zu der Wohnung kamen, die wir für eine Woche vom Onkel eines Freunds von Nate gemietet hatten. Ich schlief in einem Zimmer mit weiß verputzten Wänden, einer dreieinhalb Meter hohen Decke und einem Massivholzbett mit verschlissenen, schmutzigen Bezügen und einem Haufen schmuddeliger Decken. Das Fenster zur Straße hatte zwei Holzläden, die nach innen mit riesigen Eisenriegeln verschlossen wurden; außen befand sich zusätzlich ein Metallgitter.

Als wir am nächsten Morgen Kaffee trinken gingen, konnte ich mir den hübschen alten Bezirk Candelaria gründlicher ansehen. Die große Armut der Betreiber*innen kleiner Imbissstände auf den Straßen war offensichtlich – das Angebot bestand meist nur aus ein paar Gebäckstücken oder Süßigkeiten, die vermutlich kaum Gewinn abwarfen. An einer Straßenecke wurde mit Smaragden gehandelt – die Männer hielten die ungeschliffenen Steine aus der kolumbianischen Erde in der offenen Hand und feilschten mit anderen Männern. Kunsthandwerkerinnen hockten vor ausgebreiteten Decken, auf denen sie ihre traditionellen Perlenketten ausgelegt hatten, und eine alte Frau tanzte zur Musik aus einem kleinen Lautsprecher und setzte ihre Schritte so ernst und würdevoll, als wäre sie der einzige Mensch in einer tristen Welt, hatte aber einen Hut für Münzen aufgestellt.

Nate, in San Francisco aufgewachsen, war nach dem College in Kolumbien für eine NGO tätig gewesen, die für die Rechte von Arbeitnehmer*innen kämpfte. Wer in Kolumbien eine Gewerkschaft gründet oder auch nur Mitglied ist, lebt gefährlich. Ein amerikanischer Augenzeuge hat dagegen ein nicht ganz so großes Risiko, umgebracht zu werden, und kann unter Umständen andere vor dem Tod bewahren. Gegen Ende seines Aufenthalts hatte Nate die Arbeitsbedingungen in der Blumenindustrie recherchiert und in den Vereinigten Staaten einen umfangreichen Bericht darüber veröffentlicht. Land und Leute waren ihm ans Herz gewachsen, und er hatte enge Freundschaften geschlossen, sodass ich ihn leicht dazu überreden konnte, schon eine Woche früher als geplant anzureisen und mich durch die vom Schnittblumenanbau geprägten Randbezirke Bogotás zu führen, ehe er zu einem Besuch bei seinem Patensohn und Namensvetter an die Küste fahren würde.

Er hatte sich Urlaub von seinem Gewerkschaftsjob in New York genommen, und wir trafen uns in Texas auf dem Flughafen, wohin ich aus San Francisco geflogen war. Die Reise von dort nach Kolumbien hatten wir gemeinsam unternommen. Nate – ich kannte ihn schon, als er noch keine zwanzig war – ist idealistisch, begeisterungsfähig und sehr gesellig. Ein großer, dünner Mann mit lockigem, seitlich kurz geschnittenem Haar und einer Brille, die ihn ein bisschen eulenhaft wirken lässt. Seine Haut ist so braun, dass er oft für eine PoC gehalten wird. Weil er obendrein fließend Spanisch mit kolumbianischem Akzent spricht, ging er fast überall als Einheimischer durch, während ich, blass und nur mit äußerst rudimentären Spanischkenntnissen gesegnet, natürlich auffiel.

Am ersten Vormittag stiegen wir in einen der inoffiziellen kleinen Busse, mit denen sich die Armen durch Bogotá und durchs Umland bewegen, und fuhren zum Stadtrand, wo die Blumen angebaut werden. Im Bus herrschte dichtes Gedränge, ständig stiegen Leute ein und aus. Der Fahrer hielt an mehreren Checkpoints und gab irgendwelchen Männern Geld. Auf den begrünten Mittelstreifen der Boulevards dösten Bauarbeiter in hellblauer Arbeitskleidung und neongrünen Sicherheitswesten, und bei jedem Halt versuchten Leute, knallbunte Rosen zu verkaufen, oder stürzten zwischen den Autos hervor auf den Bus zu, um die Windschutzscheibe zu putzen. Und überall in dem Trubel streunten Hunde umher, die kein Mensch beachtete.

Kaum hatten wir die ländliche Region erreicht, waren wir auch schon bei den Gewächshäusern angekommen, die ich während der Landung am Abend zuvor hatte leuchten sehen. Sie waren riesig, jedes so groß wie ein Sportplatz, mit Wänden und Dächern aus durchsichtigem Plastik, die der Staub mit der Zeit trüb gemacht hatte. Sie standen nicht jedes für sich, sondern immer zu zehnt oder zwölft nebeneinander. Die meisten waren zum Teil hinter Hecken und Mauern verborgen und wurden am Eingangstor von Sicherheitsleuten bewacht. Durch die noch klaren Stellen konnte man Blumen sehen. In der Savanne rings um Bogotá, mehr als zweieinhalbtausend Meter über dem Meeresspiegel und nur knapp fünfhundert Kilometer nördlich des Äquators, herrscht ein mildes, konstantes Klima, und da es am Äquator das ganze Jahr über täglich zwölf Stunden Sonnenlicht gibt, kann zu jeder Jahreszeit geerntet werden.

Vor einigen Jahrzehnten begann man die Blumenindustrie in Kolumbien als Ersatz für eine andere Exportpflanze zu fördern, nämlich den Coca-Strauch beziehungsweise das Kokain, das man aus seinen Blättern gewinnt. Der Austausch schlug zwar fehl – Coca wird noch immer angebaut, wenn auch in abgelegeneren Gebieten –, doch es entstand eine gigantische Blumenindustrie, die zu ganz eigenen Problemen führte. Achtzig Prozent der in den USA verkauften Rosen sowie diverse andere für den Export bestimmte Blumen kommen aus Kolumbien. Erstmals wurden 1965 Blumen von dort per Flugzeug in die Vereinigten Staaten gebracht; als Nate seinen Bericht schrieb, war das Land der zweitgrößte Blumenexporteur der Welt, und die Branche, in der ungefähr 130000 Kolumbianer*innen arbeiten, beschäftigte mehr Frauen als jede andere im Land. Den europäischen Blumenmarkt beliefert eine ähnlich funktionierende Industrie in Kenia und Äthiopien.

Während wir durch ein kleines Dorf gingen und einen weiteren Bus nahmen, um an einer kilometerlang von Plastik-Gewächshäusern gesäumten Schnellstraße wieder auszusteigen, erzählte mir Nate, dass die meisten Arbeiter*innen noch eine Generation zuvor selbstständige Bauern gewesen waren. Durch einen Prozess vergleichbar dem der Einhegung der Gemeindeflächen im 18. und 19. Jahrhundert in Großbritannien waren viele dieser Menschen zu grundbesitzlosen Arbeiter*innen in einer industrialisierten Landwirtschaft geworden. Wir sahen zwar den einen oder anderen normalen Bauernhof mit Kühen und kleinen Feldern, auf denen Verschiedenes angebaut wurde, doch die Blumenindustrie bildet mit ihren Gewächshäusern eine Art Plastikring um Bogotá, und über den Flughafen erfolgt der Großteil der Ausfuhr.

Ich hatte eine Mail an die Rainforest Alliance geschrieben, eine Organisation, die durch Zertifizierung sicherstellen soll, dass der Blumenanbau nach hohen Umwelt- und Arbeitsstandards erfolgt, und tatsächlich war uns kurz vor der Abreise ein Besuch in einer solchen Blumenfarm in Aussicht gestellt worden. Wir fanden das so erstaunlich, dass wir es gar nicht recht glauben konnten. Nate hatte es während seiner jahrelangen Recherchen trotz mehrerer Versuche nie geschafft, in ein Gewächshaus hineinzukommen, und dem

Kameramann aus Bogotá, den ich später kennenlernte, war es auch nie gelungen. Ich hatte der Organisation in der Mail mitgeteilt, ich würde an einem Buch über Rosen arbeiten und mit einem Freund unterwegs sein. Sie hatten mich offenbar nicht gegoogelt – sonst wäre wohl ein Alarm losgegangen –, und nach dem Namen meines Reisebegleiters hatten sie auch nicht gefragt – der Alarm wäre weitaus schriller gewesen. Wir gingen also an diesem ersten Tag die Schnellstraße mit den Gewächshäusern entlang und fragten mehrmals vergeblich, ob wir einen Blick hineinwerfen dürften. Dann stiegen wir in ein Taxi und probierten es bei einigen anderen Farmen – mit dem gleichen Ergebnis.

Am nächsten Tag brachte uns ein klappriges kleines Taxi zur Privatadresse eines Mitarbeiters der Rainforest Alliance, einem wunderschönen Haus in den Bergen im Osten der Stadt. Von dort fuhren wir im Luxus-Leihwagen des Mannes, Chauffeur inklusive, durch die mit großen Bäumen bestandenen und mit teuren Häusern bebauten höher gelegenen Außenbezirke zur Sunshine Bouquet Company, einem amerikanischen Unternehmen. Noch bevor wir vor dem streng bewachten und hinter Hecken verborgenen Eingang der Rosenfarm beziehungsweise Rosenfabrik hielten, war uns klar, dass Nate sehr viel mehr über diese Industrie wusste als der Rainforest-Alliance-Angestellte, was wir ihm aber natürlich nicht sagten. Der gut angezogene Mann sprach ein exzellentes Englisch durchsetzt mit Höflichkeitsfloskeln und Businessplattitüden. Soweit ich es verstanden habe, war es auch für ihn der erste Besuch in einer Rosenfarm.

Man führte uns in eine Art Sitzungsraum, der Einblick in eine bereits gut besuchte Kantine bot – für die meisten beginnt die Arbeit sehr früh am Morgen –, und erzählte uns dies und jenes, aus dem hervorging, dass die Geschäftsführung sehr stolz auf das Unternehmen war und keinen Zweifel hatte, dass wir beeindruckt sein würden. Dann zogen wir mit einem Vorgesetzten und zwei höherrangigen Angestellten namens Carolina und José los. Wie die meisten anderen Arbeiter*innen trugen auch die drei Overalls, die am Rücken mit einem Slogan bedruckt waren.

Auf dem Overall von Carolina stand:

Cuando se trabaja en equipo,
es éxito y los triunfos de se celebran equipo.
Wenn ihr als Team arbeitet,
feiert ihr auch den Erfolg und den Triumph als Team.

Auf Josés Overall war zu lesen:

El esfuerzo y la pasión satisface nuestra labor.
Einsatz und Leidenschaft schaffen Zufriedenheit
mit der Arbeit.

Die Slogans standen auch auf den Overalls anderer Arbeiter. Weitere lauteten:

Sunshine bouquet, el mejor lugar para ser feliz.
Sunshine Bouquet, der beste Ort zum Glücklichsein.

Queremos crecer junto contigo.
Wir möchten gemeinsam mit dir wachsen.

La actitud depende de ti.
Lo demás queremos que lo aprendas aquí.
Deine Einstellung bringst du mit.
Den Rest lernst du hier.

Solche Slogans werden wegen ihrer bedenklichen Unehrlichkeit und ihrer abstrusen Widersprüchlichkeit oft als orwellsch bezeichnet – und weil man sie Arbeiter*innen aufzwingt, die dem Inhalt eher nicht aus vollem Herzen zustimmen und sie auch nicht freiwillig auf dem Rücken tragen würden. Doch ich war nicht gekommen, um mir Overalls vorführen zu lassen, sondern wollte Rosen sehen und herausfinden, wie man sie produzierte. Und wirklich standen wir wenig später in einem der vielen Gewächshäuser, die alle aus einem Metallgerüst bestanden, an dem riesige Plastikplatten so befestigt waren, dass sie sich bei warmem Wetter zum Lüften öffnen ließen und wieder geschlossen werden konnten, wenn es kühler wurde.

Wir betraten das Gewächshaus durch eine Tür in der Mitte. Vor uns lag ein breiter Gang, der zur Tür auf der anderen Seite führte. Rechts und links des Gangs reihten sich bis zur gegenüberliegenden Wand hin Rosenstöcke, die größer waren als ich und so nah beieinanderstanden, dass sie eine dichte Hecke bildeten, in der man die einzelnen Pflanzen auf den ersten Blick nicht voneinander unterscheiden konnte. Um zwischen den Reihen hindurchzukommen, was wir gleich darauf versuchten, musste man sich regelrecht durchzwängen. Überall lauerten Dornen. Jeder Stock wurde mithilfe von Schnüren, die zwischen Holzpflöcke gespannt waren, aufrecht gehalten. Das Ganze hatte etwas Beengtes, Gedrängtes. Es war eine in ihrer ständigen Wiederholung fast verwirrende Masse von Rosen in so vielen Reihen, die sich so weit erstreckten, dass der Blick auf den Fluchtpunkt gezogen wurde und die Rosen und Stützpflöcke zur noch immer im Inneren des Plastik-Gewächshauses liegenden Ferne hin kleiner und kleiner wurden.

Von unseren Führer*innen erfuhr ich, dass der Jahresertrag pro Quadratmeter 104 Rosen betrug. Im Mittelgang standen schmale Rollwagen, auf die Arbeiter die geschnittenen Rosen ordentlich stapelten. Alle Exemplare einer Pflanzreihe hatten die gleiche Farbe, aber unterschiedlich weit geöffnete Blüten. Vor jeder Reihe stand ein Schild mit dem Sortennamen. Iron Pink. Constellation. Billabonga. Privilege. Pink Floyd. Pop Star. Icon. Billionaire. Halloween. Die aussortierten Rosen und die Schnittabfälle landeten in Mülleimern.

Es handelte sich überwiegend um Teehybriden, die strukturierter und gerader sind als alte Rosen. Die geschlossenen Blüten formen eine klar definierte Spitze, und ein paar Blütenblätter stehen steif von der Knospe ab und bilden ihrerseits klare Linien und Spitzen. Die einwärts gewölbten Blütenblätter der alten Rosen sind meist runder und zarter und erreichen ihre größte Ausdruckskraft bei geöffneter Blüte. Im Vergleich zu den modernen Rosen, die oft so aufdringlich wirken, als wäre eine introvertierte Blume extrovertiert geworden, haben sie etwas Züchtiges. Die meisten kommerziell genutzten Rosen öffnen sich nie ganz und werden als Knospen vermarktet – wie eine spitze Schrotkugel aus dicht gepackten Blütenblättern am Ende eines langen Stiels. Im Dutzend sehen sie aus wie Köcher mit grellfarbigen Pfeilen.

Die Arbeiter*innen haben ihren eigenen Slogan: «Die Liebenden bekommen die Rosen, wir die Dornen.» Eine einzelne Rose ist schön; Gewächshäuser mit Abertausenden Rosen, Orte, an denen jährlich Millionen produziert werden, wo Stiele, Blätter und Blütenblätter den Boden bedecken und als Nebenprodukt im Abfall landen, sind es nicht. Die Schönheit dieser Blumen würde, wenn überhaupt, anderswo, für andere Menschen, auf einem anderen Kontinent sichtbar werden. Einige Rosen werden in Papiertüten gezogen, um die Blütenblätter vor Licht zu schützen, und in manchen Reihen endeten die Stämme der Rosenstöcke oben in braunen Säcken. Sie erinnerten damit an Operndiven, die hinter der Bühne Lockenwickler tragen.

Während wir weitergingen, stehen blieben, schauten und zuhörten, erklärte man uns, dass aus diesem Gewächshauskomplex heraus kurz vor dem Valentinstag sechs Millionen Rosen in die USA geflogen werden und weitere sechs Millionen vor dem Muttertag. Für das Personal der gesamten kolumbianischen Blumenindustrie bedeuten diese beiden Tage enormen Druck, Überstunden und Erschöpfung. Doch auch während des restlichen Jahres erfolgen die Lieferungen fast täglich. Kühltransporter mit einer Ladekapazität von jeweils vierhundert Kisten mit Rosen fahren von Sunshine Bouquet zum Flughafen, wo die Blumen in Boeings verladen, nach Miami geflogen und dort für den Vertrieb in den gesamten USA wiederum in Laster umgepackt werden. Jede Kiste enthält 330 Rosen; eine Boeing 747 hat Platz für 5000 Kisten und somit für 1,65 Millionen Rosen. Ein riesiges, ausschließlich mit Rosen beladenes Flugzeug, das unter Verbrennung von Kohlenstoff über die Karibik hinwegdüst, um seine Last bei Menschen abzuliefern, die keine Ahnung haben, woher diese Supermarktrosen stammen – gibt es ein besseres Symbol für Entfremdung? Können Rosen entwurzelter sein als diese? «Nur ganz selten und mit einer entschiedenen gedanklichen Anstrengung bringe ich die Kohle mit der Arbeit weit weg in den Bergwerken in Verbindung», hatte Orwell über das Zeug geschrieben, das er zu Hause verbrannte, und noch seltener denkt irgendwer beim Anblick dieser Rosen an die Arbeit in den Gewächshäusern, den unsichtbaren Fabriken zur Produktion visuellen Vergnügens.

3
Der kristallene Geist

Vor vielen Jahren geriet ich mit einigen anderen Autoren und Autorinnen in Streit über die Frage, was ein gutes Buch ausmacht. Einer von ihnen war ganz hingerissen von einem bestimmten schön geschriebenen und intelligent konstruierten Roman, und andere folgten seinem Urteil, dass es nichts weiter brauche. Tatsächlich hatte das Buch seine formalen Vorzüge, doch die abwertende und verzerrende Darstellung einer bestimmten marginalisierten Gruppe und Grausamkeit im Allgemeinen machten es in meinen Augen mindestens so hässlich wie schön. In seinem Essay über Jonathan Swift hatte Orwell geschrieben: «Es stimmt, dass die literarische Qualität eines Buches bis zu einem geringen Grad unabhängig von seinem Thema ist. Einige Leute haben eine angeborene Begabung, mit Worten umzugehen, so wie andere eine ‹gute Nase› beim Spielen haben. Es ist oft eine Frage des richtigen Zeitpunktes und eines instinktiven Wissens, wie weit man gehen darf.»

Das von den anderen so gepriesene Buch manipulierte seinen Stoff und verletzte durch die Täuschung der Leser*innen journalistische und geschichtswissenschaftliche Standards. Mit der Entstellung des Quellenmaterials hatte der Autor seiner Kunstfertigkeit den Vorrang über jede Verpflichtung nicht nur gegenüber den beschriebenen Menschen eingeräumt, sondern auch gegenüber denen, die das

Buch lesen wollten, um mehr über die Welt zu erfahren, und gegenüber der Historie – als wäre das Leben anderer Menschen ein Rohmaterial, mit dem Schriftsteller*innen tun können, was sie wollen. Für mich ist es immer eine Herausforderung, aber auch eine Verpflichtung, mich beim Schreiben an die Fakten zu halten, und ich bin überzeugt, dass Sachbuchautor*innen genug Freiraum finden können, ohne die Tatsachen zu verdrehen und zu verzerren.

Meine Ansicht, dass es sich hier nicht um ethische Fragen handelte, die vom ästhetischen Erfolg getrennt zu betrachten wären, sondern um einen Bestandteil der Ästhetik des Kunstwerks, wurde von keinem meiner Kolleg*innen geteilt. Schönheit ist nie rein formal und liegt nie nur in den oberflächlichen Eigenschaften, die dem Auge oder Ohr schmeicheln, sondern fußt auch auf Bedeutungsmustern, auf dem Bekenntnis zu Werten und der Verbindung mit dem Leben der Leserin und der Welt, die sie kennenlernen möchte. Die Bewegung einer Tänzerin kann schön sein, weil sie eine von einer qualifizierten Künstlerin und Athletin präzise ausgeführte Geste ist, während selbst der graziös ausgeführte Fußtritt eines Kindes immer hässlich ist. Die Bedeutung untergräbt die Form, deren Eleganz durch die von ihr transportierte Bedeutung jederzeit beschädigt werden kann. «Das Erste, was wir von einer Mauer verlangen, ist, dass sie aufrecht steht», schrieb Orwell in seiner Kritik an Salvador Dalí. «Steht sie aufrecht, ist es eine gute Mauer. Die Frage, wozu sie dient, ist davon gänzlich unabhängig. Und doch müsste selbst die beste Mauer niedergerissen werden, wenn sie ein Konzentrationslager umschließt.» Die Form lässt sich von der Funktion nicht trennen. Und die Schönheit – oder Scheußlichkeit – liegt eher in der Bedeutung, in der Wirkung und in den Implikationen als in der Erscheinung.

Der einsame Dissident, der sich am 5. Juni 1989 in der Nähe des Tiananmen-Platzes in Peking vor einen langen Panzerkonvoi stellte, um die Fahrzeuge am Niederwalzen des Student*innenaufstands zu hindern, war eine unscheinbare schmächtige Gestalt, die ein weißes Hemd, schwarze Hosen und in jeder Hand eine Plastiktüte trug. Den Blick auf die Panzer gerichtet, machte der Mann eine unbeholfene, steife Armbewegung und trippelte dann nach links und rechts, um immer direkt vor dem ersten Panzer zu sein. Nun versinnbildlicht eine gefährliche Konfrontation mit einer weit überlegenen Macht genau das, was wir unter einer schönen Geste verstehen. Der Mann war offensichtlich bereit, für ein Ideal und im Namen einer Gruppe von Idealist*innen alles aufs Spiel zu setzen. Das Wort *Integrität* bedeutet moralische Konsistenz und moralisches Engagement, aber auch etwas Ganzes, Ungebrochenes, Unversehrtes, etwas, das man in vielen schönen Gegenständen antrifft. Das Buch, das mir so zuwider war, hatte Glauben und Gemeinschaftlichkeit zerstört.

Orwell begeisterte sich für die Schönheit von Gesten und Absichten, von Idealen und Idealismus, wo immer er ihnen begegnete, und verwendete einen großen Teil seines Lebens darauf, sie zu verteidigen, indem er sich dem jeweiligen Gegenteil widersetzte. In *Mein Katalonien* beschreibt er eine besonders eindrückliche Begegnung damit: «Einen Tag, ehe ich in die Miliz eintrat, sah ich in der Lenin-Kaserne in Barcelona einen italienischen Milizsoldaten, der vor dem Offizierstisch stand. Er war ein zäher Bursche, fünf- oder sechsundzwanzig Jahre alt. [...] Etwas in diesem Gesicht rührte mich tief. [...] In seiner schäbigen Uniform und mit seinem grimmigen, rührenden Gesicht ist er für mich ein typisches Bild der besonderen Atmosphäre jener Zeit.»

Gleich darauf beschreibt er diese besondere Atmosphäre, von der die ganze Stadt erfasst war: «Kellner und Ladenaufseher schauten jedem aufrecht ins Gesicht und behandelten ihn als ebenbürtig. Unterwürfige, ja auch förmliche Redewendungen waren vorübergehend verschwunden. [...] Auf der Rambla, der breiten Hauptstraße, in der große Menschenmengen ständig auf und ab strömten, röhrten tagsüber und bis spät in die Nacht Lautsprecher revolutionäre Lieder. Das Seltsamste von allem aber war das Aussehen der Menge. [...] Es gab vieles, was ich nicht verstand. In gewisser Hinsicht gefiel es mir sogar nicht. Aber ich erkannte sofort die Situation, für die zu kämpfen sich lohnte.»

An den Soldaten erinnerte er sich noch Jahre später und schrieb ein Gedicht über ihn, in dem er die Vermutung äußerte, dass der junge Mann tot sein musste, vergessen und begraben unter einem Haufen Lügen. Die Schlusszeilen jedoch lauten:

Aber was ich in deinem Gesicht gesehen habe,
kann keine Gewalt mir nehmen:
keine je gezündete Bombe zerreißt
den kristallenen Geist.

Diese Eigenschaften – ob man sie nun heroisch, edel oder idealistisch nennt – machten die Schönheit aus, die er in Spanien fand, wo er aber zugleich die Scheußlichkeit eines pervertierten Kriegs, das Chaos in den Schützengräben, die Todesnähe nach einer Schussverletzung und die anschließende Jagd auf ihn erlebte. In dem Gedicht sind Lügen an sich etwas Mörderisches, Erstickendes, doch etwas lebt über den Tod hinaus. Das Nebeneinander von Gegensätzen und ihr Zusammenprall finden sich häufig in Orwells Werk.

Sie erzeugen die Spannungen, die er untersucht – Igel und Propheten, Flieder und Nazis, Kröten und Atombomben, schöne alte Bücher und Gedächtnislöcher.

Sie bilden die Parteien in den Konflikten, die ihn faszinierten, und manchmal erweist sich die eine als Gegengewicht zur unheilvollen Hässlichkeit der anderen. Als er London 1941 während der deutschen Bombenangriffe verließ, nachdem er sich tags zuvor U-Bahnhöfe und eine Krypta angesehen hatte, die zu Luftschutzbunkern umfunktioniert worden waren, schrieb er: «In Wallington. Überall Krokusse, vereinzelte Goldlackknospen, Schneeglöckchen voll erblüht. Im Winterweizen sitzen Hasen und starren einander an. Hin und wieder – alle paar Monate – bekommt man in diesem Krieg die Nase kurz über Wasser und stellt fest, dass sich die Erde immer noch um die Sonne dreht.»

Das Wort *Desintegration*, Zerfall, hat dieselbe Wurzel wie *Integrität* und bedeutet wörtlich den Verlust der Integrität, die alles zusammenhält. In dem Gedicht schwingt mit, dass Orwell den Spanischen Bürgerkrieg als einen lang anhaltenden Angriff auf viele Formen von Integrität betrachtete. Es gibt die friedliche, den Gärtnern vertraute Desintegration, die Umwandlung des nicht mehr Lebenden in Nahrung für neues Leben, und die erzwungene, gewaltsame. So haben gefilmte Nuklearexplosionen, wenn sich die Wolke gleich einer monströsen Blüte wie im Zeitraffer entfaltet, und ebenso Waldbrände durchaus etwas Erhabenes: Auch Gewalt und Zerstörung bergen oft Schönheit in sich. Neun Jahre nachdem er als Leiter des Manhattan-Projekts die ersten Atombomben entwickelt hatte, darunter auch die beiden, die 1945 auf Japan abgeworfen worden waren, fragte man J. Robert Oppenheimer in einer Anhörung – es ging um mögliche Sympathien für den Kommunismus –, ob er aus moralischen

Gründen gegen die Entwicklung der Wasserstoffbombe sei, die über weit größere Sprengkraft verfügen würde. Seine Antwort erinnert an Orwells Bemerkung über Mauern: «Selbst wenn sie rein technisch gesehen eine großartige, fantastische, wunderschöne Aufgabe wäre, hielte ich diese Bombe für eine grauenhafte Waffe.»

Heute ist die Welt voller Dinge, die zwar schön aussehen, aber unter Anwendung schrecklicher Mittel hergestellt wurden. Menschen sterben, damit diese Mine Profit abwirft oder diese Schuhe so kostengünstig wie möglich produziert werden, und jene Raffinerie bläst bei der Erdölproduktion giftige Dämpfe in die Luft. Ich habe solche Diskrepanzen immer als einen das ganze moderne Leben beherrschenden Mangel an Integrität empfunden.

Früher wusste man von den Bäumen, die das Holz lieferten, von den Feldern, auf denen das Getreide wuchs, von den Quellen, Flüssen, Brunnen und vom Regen, denen man das Trinkwasser verdankte; man wusste, woher ein Gegenstand kam, von welchem Menschen oder Ding. Produzent*in und Konsument*in waren entweder identisch oder kannten einander. Industrialisierung, Urbanisierung und Globalisierung schufen eine Welt, in der das Wasser aus dem Hahn fließt, Nahrungsmittel und Kleidung in Geschäften gekauft werden können, Brennstoff größtenteils unsichtbar ist (was zu Orwells Zeiten mit ihren Kohlenrutschen und der verrußten Luft noch nicht galt) und die Arbeit, die das alles ermöglicht, meist von Menschen erledigt wird, die ihrerseits kaum in Erscheinung treten. Der daraus resultierende Nutzen – ein anregenderes, vielfältigeres materielles und geistiges Leben – hat allerdings seinen Preis.

Die Orte, Pflanzen, Tiere, Materialien und Gegenstände, einst so vertraut wie Freunde und Verwandte, sind ebenso fremd geworden wie die Menschen, die mit den Materialien hantieren. Dinge von jenseits des Horizonts, jenseits des Wissens tauchen auf, und Wissen, früher selbstverständlich und alltäglich, verwandelt sich in das Ergebnis eines willentlich vollführten Akts. Einen solchen Willensakt vollzog Orwell, als er in den Norden Englands fuhr, um sich die Kohleindustrie und die Armut in der Region anzusehen, die das Land in Gang hielt, und als er über die Ausbeutung Indiens schrieb, die den Lebensstandard der Engländer sicherte. Edward Saids Kritik an *Mansfield Park* gilt nicht nur der Tatsache, dass darin alles auf Sklavenarbeit gestützt ist, sondern auch dem Umstand, dass die Gesellschaft Jane Austens sowie der Roman selbst und seine Figuren dies nicht zur Kenntnis nehmen. Sie wissen nicht, wer und was sie sind, und ihre Ignoranz ist der hässliche Versuch, Hässliches zu vertuschen.

In meinem frühen Erwachsenenleben in den achtziger Jahren gab es progressive Kampagnen mit dem Ziel, das bis dahin Unsichtbare sichtbar zu machen und beiden, Produzent*innen und Verbraucher*innen, mehr Verantwortung zu übertragen. Ferne Sweatshops und Regenwälder, die Apartheid in Südafrika, die Kernwaffentests in den Wüsten Nevadas und Kasachstans, die in Deutschland stationierten Atomwaffen, die Abholzung uralter Wälder an der nordamerikanischen Pazifikküste und am Amazonas, von der US-Regierung unterstützte schmutzige Kriege und Todeskommandos in Zentralamerika – das alles sollten sich die Menschen nach dem Willen der Aktivist*innen vorstellen und ihre eigene Verbindung mit alldem verstehen lernen. Räumliche Distanz machte die Produktion unsichtbar, auch wenn Ausbeutung ebenso gut auf dem Getreidefeld neben dem eigenen Haus oder in der Küche eines Lokals stattfinden kann. Dieser Aktivismus zwang uns, das jeweilige Endprodukt immer mit dem Wissen um die Bedingungen seiner Herstellung zu betrachten. Im Grunde sollte das Verlorene zurückgewonnen und das einst im Alltag verankerte Wissen mühsam wiederhergestellt werden.

Im Zusammenhang mit Rosen ist die besagte Diskrepanz besonders groß. Die Rose gilt als Symbol der Liebe, des romantischen Gefühls, als Geschenk, das Zuneigung oder Bewunderung vermitteln soll, und oft haftet ihr ähnlich wie einem Blumengarten etwas Leichtes an, Vergnügen und Freude, Muße und Fülle. «Lasst Blumen sprechen» lautete ein bekannter Werbeslogan der Floristikbranche, und die Sprache der Blumen kennt nur das Zarte, Liebevolle. In Virginia Woolfs Roman *Mrs. Dalloway* kauft Mr. Dalloway einen großen Strauß roter und weißer Rosen für seine Frau, der ihr «Ich liebe dich» sagen soll – Worte, die der Mann selbst nicht aussprechen kann.

Immer wenn wir Blumen schenken, überreichen wir nicht nur ein Dutzend Rosen, sondern auch die damit verbundenen Assoziationen. Doch was überreichen wir, wenn historische Bedeutung und gegenwärtige Realität in offenem Konflikt miteinander stehen? Eine Rosenarbeiterin hatte zu Nate gesagt: «Heutzutage werden Rosen nicht mit Liebe produziert, sondern mit Tränen. Überall auf der Welt will man mit unserem Erzeugnis schöne Gefühle zum Ausdruck bringen, aber wir werden so schlecht behandelt.» Ich weiß nicht mehr, auf welchem Weg ich vor langer Zeit erfahren habe, dass die Rosen in den Supermärkten und Blumengeschäften unter erschreckenden Bedingungen angebaut werden. In jedem Fall sind sie für mich seitdem eine Ware, in der das Spannungsverhältnis zwischen dem Aussehen einer Sache und ihrer Bedeutung als Arbeits- und Industrieprodukt besonders eklatant ist.

4
Die hässliche Seite der Rosen

Wie viele Eigenschaften kann man einer Sache nehmen, bis sie ihren Namen nicht mehr verdient? Wann ist etwas nicht mehr es selbst, sondern etwas anderes? Wann löst sich eine Bedeutung auf, wann wird eine Definition so stark gedehnt, dass sie reißt? Während des Rundgangs durch die Rosenfarm führte man mich auch in einen sehr langen Raum mit Hunderten von Rosensträußen in allen erdenklichen Farben, die in Glaszylindern auf langen Stahltischen standen und dort auf ihre Haltbarkeit getestet wurden. Vor jedem Bouquet war ein Kärtchen mit dem Namen der Rosen aufgestellt, wie Platzkarten bei einem gesetzten Essen. Sophie, Mandala, Titanic, Tibet (eine weiße Rose), Escimo (ebenfalls weiß), Bikini, Freedom, Porvenir, Priceless, Lady Night, Diplomat, Light Orlando, Malibu, Classic Cézanne, Confidential, Mother of Pearl. Die zumeist englischen Namen erinnerten wieder daran, dass diese Rosen für den Export bestimmt waren.

Erstaunlich war das, was fehlte. Von den Tausenden Rosen in dem niedrigen Raum ging so gut wie kein Geruch aus. Duft ist wie eine Stimme, durch ihn sprechen die Blumen –«Zärtlichkeiten, die schweben», nannte ihn der Dichter Rainer Maria Rilke. Lasst Blumen sprechen; diese Rosen waren stumm. Im Gewächshaus waren wir zwar auf eine Reihe mit gelben Rosen gestoßen, die dufteten, doch gezüchtet werden die Blumen auf Aussehen und Haltbarkeit hin – die beiden Eigenschaften, die sie profitabel machen (und obwohl Rosen als fragil gelten, sind sie ziemlich robust im Vergleich zu vielen empfindlichen und kurzlebigen Blumen, die sich nicht für die Massenproduktion und den internationalen Vertrieb eignen). Der Duft wird nicht bewusst weggezüchtet, ist aber auch nicht Ziel der Zucht.

Das alte Hohelied der Rose galt nicht nur ihrem Äußeren, sondern auch dem, was sie der Nase bietet. «Schön ist die Rose, aber schöner noch / Scheint sie uns durch den Duft, der in ihr lebt», schrieb Shakespeare. Auch Sprichwörter thematisieren den Geruch, etwa «Gemalte Rosen duften nicht», oder «Die schönste Rose duftet nicht für sich allein». Alle diese Sentenzen setzen voraus, dass Rosen duften. Das Extrahieren von Rosenduft ist eine Kunst, die seit dem 13. Jh. v. Chr. ausgeübt wird; schon im antiken Persien, Babylonien und Griechenland wurden Duftöle hergestellt. Angeblich waren die Perser*innen die Ersten, die den Duft destillierten, und diese alten Methoden werden im Iran noch heute in heimischen Destillerien von Parfümeur*innen eingesetzt, die für eine Boeing-747-Ladung von 1,65 Millionen kaum duftender Rosen nicht die geringste Verwendung hätten.

Doch es war nicht der fehlende Duft, der mich beim Besuch der Rosenfabrik am meisten verstörte. Nach dem Gewächshaus kam die Werkhalle, ein riesiger kalter Raum, in den die Rosen aus den Gewächshäusern gebracht wurden, um ihn als verpackte Sträuße wieder zu verlassen, zum Teil schon mit dem Preisschild und dem Namen des fernen Supermarkts versehen, für den sie bestimmt waren. Eine Fabrik, deren Produkt zufällig Rosen waren, eine Rosenfabrik. Der Boden war nass und mit Blättern, dornigen Stielen und

Blütenblättern bedeckt. Die zumeist jungen, flinken Arbeiter*innen trugen Gummistiefel und graue Overalls oder Arbeitshemden mit den erwähnten Slogans. Einige trugen auch Gummihandschuhe.

In der eisigen Kälte der Werkhalle arbeiteten ungefähr 150 Leute. Ich kam mir wie eine Voyeurin vor, die sie bei ihrer täglichen Schufterei beobachtete, und schämte mich, in Begleitung ihrer Chefs erschienen zu sein, weil das so wirkte, als würde ich das System gutheißen und mit der Geschäftsführung gewissermaßen unter einer Decke stecken. Dass ich ihnen im Beisein ihrer Vorgesetzten zusah, müssen sie als einschüchternd und beklemmend empfunden haben. Sie waren zu sehr von der Arbeit gefordert, als dass wir sie hätten stören dürfen, und weil sie keine von Nate oder mir gestellte Frage ohne Risiko hätten ehrlich beantworten können, gab es keinen Grund, mit ihnen zu sprechen. Wir begrüßten sie nur und sagten Danke.

Die Rosen hatte man angebaut, doch die Sträuße entstanden wie jedes andere Massenprodukt am Fließband. Männer schoben große vollgeladene Rollwagen durch die Halle. Andere Arbeiter*innen nahmen die in Netzmatten aus Kunststoff verpackten Blumen von den Wagen, sortierten sie nach Farbe, Stiellänge und anderen Eigenschaften und luden sie auf ein Gestell, das die ganze Länge der Halle einnahm und wie ein riesiger Kamm aussah. Die Rosen wurden zwischen den Zähnen dieses Kamms aneinandergereiht, auf der anderen Seite von anderen Arbeiter*innen büschelweise in Bouquetgröße herausgezogen, nach Qualität und einem einheitlichen Erscheinungsbild sortiert und so arrangiert, dass die Knospen – es waren immer Knospen, nie geöffnete Blüten – bündig lagen. Wieder andere entfernten blitzschnell einen Teil der Blätter beziehungsweise füllten

Eimer mit Wasser und schoben die fertigen Sträuße in eine Halle mit einer Temperatur knapp über dem Gefrierpunkt, wo die Bouquets für den Transport vorbereitet wurden. Ein Teil davon landete tatsächlich auf Fließbändern, den Sinnbildern des Fordismus.

Am Ende unseres Besuchs durften wir uns jeweils einen Strauß aussuchen und hatten die Wahl zwischen Rosenbouquets, wie ich sie knalliger und artifizieller nie zuvor gesehen hatte: weiße Rosen mit grellpinken Rändern, dazwischen Schleierkraut und Zweige mit irgendwelchen hellen Beeren. Nate und ich entschieden uns für die beiden am wenigsten grauenhaften; das Angebot abzulehnen erschien uns zu anstrengend. Ich trug meinen wie einen Schandfleck, als ich hinausging, denn ich sah damit aus wie ein Mensch, der der Verlockung billiger Rosen und der Vorstellung, sie wären schön, erlegen war – in einer Weltgegend, in der nahezu jeder ihren hässlichen Ursprung kennt.

Am nächsten Tag unternahmen wir einen Ausflug, bei dem ich mehr darüber lernte. Wir fuhren wieder in das Dorf, in dem wir am ersten Tag gewesen waren, und hielten in einer stillen Nebenstraße vor dem schattigen Büro der Casa de Las y Los Trabajadores de las Flores, einer Organisation, die sich für die Rechte der Arbeiter*innen in der Blumenbranche einsetzt. Die Leiterin, Beatriz Fuentes, eine kräftige Frau in einem braunen Pullover, das lange Haar zum Zopf geflochten, begrüßte Nate sehr herzlich. Nachdem wir uns hingesetzt hatten, erzählte sie mir ihre Geschichte (auf Spanisch – Nate übersetzte). Sie hatte 1997 als Siebzehnjährige zu arbeiten begonnen, als sich die Blumenindustrie in einer Umbruchphase befand. Es sei ein paternalistisches System gewesen, erklärte sie. Der Besitzer habe den Arbeiter*innen damals kleine Gefälligkeiten erwiesen – kostenloses Mittagessen, Milch von einer Kuh auf dem Werksgelände, einmal im Jahr ein gemeinsames Festmahl –, doch plötzlich sei alles anders geworden, mit den gewohnten Vergünstigungen und Belohnungen sei es vorbei gewesen. «Sie kamen rein und sagten irgendwas über Effizienz und Produktivität. Unsere ganze Art zu arbeiten wurde auf den Kopf gestellt.»

Die Arbeiter*innen verloren ihren Angestelltenstatus. Sie galten von nun an als Subunternehmer*innen und vorübergehend Beschäftigte, wodurch man ihnen die Rechte von unbefristet Beschäftigten nahm, obwohl sie zum Teil schon jahrzehntelang im selben Betrieb tätig gewesen waren. Wer krank wurde, eine Verletzung davontrug, für seine Rechte eintrat oder sich gewerkschaftlich organisierte, konnte in diesem System problemlos entlassen werden. Und es gab keine Lohnerhöhungen mehr. Die meisten Arbeiter*innen erhalten ungefähr 256 Dollar im Monat, und nur mit Überstunden lässt sich mehr verdienen. Nate hatte in seinem Bericht geschrieben, dass «einzelnen Arbeiter*innen zufolge in den Spitzenzeiten, beispielsweise in den Wochen und Monaten vor dem Muttertag und dem Valentinstag, oft mehr als hundert Stunden pro Woche gearbeitet wird. Die Frauen, darunter viele, die ihre Familie allein ernähren, sind zahlreichen giftigen Chemikalien ausgesetzt, die mit vermehrt auftretenden Geburtsfehlern in Verbindung gebracht werden.»

Eine weitere gravierende Veränderung waren laut Beatriz die Leute, die plötzlich auftauchten und die Arbeiter*innen beobachteten. Sie erfassten genau, wie oft jemand pro Schicht zur Toilette ging oder wie lange es dauerte, bis die Rosen innerhalb einer Reihe geschnitten waren. Die neuen Vorschriften, die auf Grundlage dieser Informationen erlassen wurden, zwangen die Arbeiter*innen zu erhöhter Produktivität bei eingeschränkter Bewegungsfreiheit. Wie wir in Sunset Bouquet gesehen hatten, waren die Arbeitsplätze modernisiert und den Beschäftigten jeweils bestimmte Tätigkeiten zugeteilt worden, die sie den ganzen Tag ausführen mussten. Die Arbeiter*innen waren zu frei einsetzbaren Rädchen in einer gigantischen, gnadenlosen Maschinerie geworden, die sich so beschleunigt hat, dass sie mittlerweile ein Mehrfaches von dem leisten müssen, was vor dreißig Jahren gefordert war.

«In den Gewächshäusern», berichtete Beatriz weiter, «mussten zwei oder drei den ganzen Tag schneiden, mit der Schere, immer nur schneiden. Und hinter ihnen ging eine Frau – wir nannten sie die ‹Schlittschuhläuferin› –, die die Blumen aufgehoben, gezählt, etikettiert und nach oben gebracht hat. Man musste also den ganzen Tag schneiden, immer nur schneiden. Dadurch entstand ein neues Problem: Als die großen Unternehmen ans Ruder kamen, gab es plötzlich Berufskrankheiten wegen der monotonen Bewegungen. Wir mussten mit der Schere ernten, und andere Frauen sortierten den ganzen Tag. Dadurch kam es zu Schleimbeutelentzündungen, Sehnenentzündungen und Beschwerden im Schulterbereich.»

Nachdem sie elf, zwölf Jahre lang Blumen geschnitten hatte, litt Beatriz unter Schmerzen im Arm. «Ich ging zu meinem Hausarzt. Er stellte mir Fragen, führte Tests durch und fand heraus, dass ich durch die Arbeit im Blumenanbau ein Karpaltunnelsyndrom und eine Sehnenscheidenentzündung entwickelt hatte.» Mit diesen Diagnosen schickte er sie zum Betriebsarzt. «Mir, einer Einunddreißigjährigen, wurde erklärt, das Karpaltunnelsyndrom und die Sehnenscheidenentzündung seien entstanden, weil ich Kartoffeln geschält, die Kleider meiner Kinder gebügelt, Geschirr gespült und deshalb zu viele Bewegungen ausgeführt hätte.»

Später stießen drei Frauen zu uns, die seit mindestens fünfundzwanzig Jahren für große Blumenunternehmen arbeiteten, obwohl sie aufgrund der Arbeitsbedingungen chronische Beschwerden und Schmerzen hatten, von denen sie, wie man an ihren vorsichtigen Bewegungen sah, stark beeinträchtigt waren. Sie sprachen von sexueller Belästigung, erzählten von einer Frau, die entlassen worden war, weil sie sich zu Hause um ihr krankes Kind gekümmert hatte, anstatt zur Arbeit zu gehen, und schilderten, wie mühsam es war, die Arbeiter*innen gewerkschaftlich zu organisieren, um ihnen zu ihren Rechten zu verhelfen und Schutz zu bieten.

Im Jahr 2004 schaffte es Beatriz, in ihrem Betrieb einen Betriebsrat zu gründen. «Die Blumenunternehmen hatten schon immer etwas gegen Gewerkschaften. Seit ich in der Branche arbeite, habe ich mindestens fünfzehn Betriebsschließungen miterlebt, und jedes Mal aus dem gleichen Grund: Wenn sich die Arbeiter*innen gewerkschaftlich organisieren und um ihre Rechte kämpfen, machen die Unternehmen lieber dicht und melden Insolvenz an, nur um zu verhindern, dass wir uns einer Gewerkschaft anschließen.»

Die Probleme betrafen jedoch nicht nur die Menschen. Wie die vier Frauen erklärten, braucht diese durstige Industrie auch das Grundwasser auf. «Das Wasser wird knapp. Man darf nicht vergessen, dass eine Blume zu sechzig Prozent aus Wasser besteht. Jede einzelne besteht aus sechzig Prozent Wasser und vierzig Prozent Feststoffen. Wir exportieren also auch Unmengen Wasser. Außerdem denken die Leute, wir hätten hier in der Savanne von Bogotá saubere Luft, aber das ist eine Lüge. In Wahrheit ist die Luft hier sehr stark verschmutzt. Sechzig Jahre lang wurden Chemikalien,

Fungizide und so weiter eingesetzt. Die Fungizide haben die Schmetterlinge, Würmer und andere Insekten getötet, die es früher gab. Die Blumenzucht führt also nicht nur zu sozialen und arbeitsrechtlichen Problemen, sondern bringt auch Gefahren für die Umwelt mit sich. Die sozialen und arbeitsrechtlichen Probleme des Blumenanbaus sind zwar groß, und wir kämpfen dagegen, aber der Umweltaspekt ist entsetzlich. Sie haben das Wasser, die Tiere, die Pflanzen, die Luft, einfach alles zerstört!»

Lag die Hässlichkeit in den Rosen, weil sie so hergestellt wurden, oder in uns, weil wir das nicht sahen? Waren die Rosen zu Lügen verkommen, weil sie etwas zu sein vorgaben, was sie in Wahrheit nicht waren? Waren sie plötzlich Symbole der Täuschung, Fälschungen sozusagen, die zwar ihre formale Schönheit, nicht aber die Bedingungen ihrer Produktion zu erkennen gaben? In Orwells Werk geht es oft um Hässliches in allen möglichen Ausprägungen, doch was er scheußlich fand, dient als Negativbild dessen, was für ihn schön war.

5
Schnee und Tinte

Für Orwell lag in der Sprache viel Hässliches und viel Schönes. Er stritt leidenschaftlich für die Sprache als eine Vereinbarung, die alle anderen Vereinbarungen bedingt. Wörter sollen einen verlässlichen Bezug zu dem aufweisen, was sie beschreiben, ganz gleich, ob es sich dabei um einen Gegenstand, ein Ereignis oder eine Verpflichtung handelt. (Und durch den ehrlichen Umgang mit Ambivalenz, Ambiguität, Verwirrtheit, Konflikthaftigkeit und fehlender seriöser Information kann man auch unklare Themen mit Klarheit behandeln. Ein Beispiel dafür ist *Mein Katalonien*, das Buch, in dem er zugab, dass er die Wahrheit mancher Situationen nicht kenne und nur berichten könne, was er in anderen gesehen habe.) Ein Synonym für gebrochene Vereinbarungen lautet «Lüge».

Lügen höhlen die Fähigkeit, Wissen über etwas zu erlangen und mit anderen zu kommunizieren, nach und nach aus. Indem sie ihr Wissen verschweigen oder verfälschen oder die Unwahrheit sagen, enthalten Lügner*innen anderen die Information vor, die diese brauchen, um am öffentlichen und politischen Leben teilzunehmen, Gefahren zu vermeiden, ihr Umfeld zu verstehen, nach Prinzipien zu handeln, sich selbst, ihre Mitmenschen und die Gesamtsituation zu verstehen, gute Entscheidungen zu treffen und letztlich frei zu sein. Wer lügt, treibt einen Keil zwischen sein Wissen und das Wissen der Opfer seiner Lüge, wobei die Belogenen vollkommen überzeugt, aber auch verwirrt und argwöhnisch sein können. Vielleicht wissen sie sogar, dass sie getäuscht werden. Dann können sie sich der Art der Täuschung oder dessen, was damit verschleiert wird, bewusst sein oder auch nicht. Oft zwingen autoritäre Machthaber die Menschen, die um die Lüge wissen, sich darauf einzulassen, was diese zu Mitverschwörer*innen wider Willen macht, die ihrerseits andere täuschen können. Wissen ist Macht und die gerechte Verteilung von Wissen untrennbarer Bestandteil von Gleichheit. Ohne gleichberechtigten Zugang zu den Fakten ist keine gleichberechtigte Entscheidungsfindung möglich.

Wird mittels Lügen zu verhindern versucht, dass bestimmte Informationen nach außen gelangen, so will man mit anderen Formen von Machtmissbrauch vermeiden, dass Fakten, Informationen oder Sichtweisen den Weg nach innen finden. Dies geschieht, indem man Menschen in bestimmte Kategorien einteilt und ihre Äußerungen oder ihr Zeugnis per Gesetz ausschließt, die Betroffenen diskreditiert, einschüchtert oder ihren untergeordneten Status zementiert. Ich habe in den vergangenen Jahren in meinen Büchern darauf hinzuweisen versucht, wie ungleich die Möglichkeiten der Meinungsäußerung sind, wie häufig sexuelle und geschlechtsbedingte Gewalt sowie Rassismus angewendet werden, um bestimmte Stimmen zu unterdrücken, wobei nicht selten Drohungen, Gewalt und systematische Abwertung zum Einsatz kommen. Die Urheber*innen entsprechender Äußerungen werden als unglaubwürdige oder unqualifizierte Personen bezeichnet, die es nicht wert seien, gehört zu werden oder auch nur Zugang zu den gesellschaftlichen Räumen zu erhalten, in denen per Meinungsäußerung bestimmt wird, wie und in welcher Welt wir leben.

Das Entwerten von Äußerungen ermöglicht es einer Gesellschaft, durch das Leugnen seiner Existenz offiziell gegen etwas zu sein, was sie in Wahrheit toleriert oder sogar fördert. Ein großer blinder Fleck in Orwells Werk ist die Genderproblematik, die Frage, wie Ehe und Familie zu autoritären Regimes im Miniaturformat werden können, bis hin zur Unterdrückung der Wahrheit und zur öffentlichen Verbreitung von Lügen zum Schutz der Mächtigen. Dieses Vorgehen wiederholt sich am Arbeitsplatz, in der Schule (wo Orwell es sehr wohl erkannte), im öffentlichen Leben wie auch in anderen privaten Bereichen und verfestigt sich in Form von Gesetzen, Tradition und Kultur. Orwell lebte in einer Zeit, in der man (von wenigen wichtigen Ausnahmen abgesehen) gegenüber Phänomenen der Ungleichheit kalkuliert ahnungslos war, die wir seither mühsam als solche zu benennen versuchen. Besser gesagt: Einige von uns versuchen es, während andere nach Kräften das Ziel verfolgen, die alte Ordnung mit ihren Unterdrückungs- und Ausschlussmechanismen aufrechtzuerhalten.

Man kann Orwell vorwerfen, insofern darüber geschwiegen zu haben, als er in seinen Buchbesprechungen und literarischen Essays kaum je Schriftstellerinnen berücksichtigt hat. Die meisten Essays, in denen er die Bewegungen und Tendenzen innerhalb der zeitgenössischen Literatur behandelt, haben ausschließlich Männer zum Thema, obwohl damals zahlreiche Autorinnen Bücher veröffentlichten. In seinem Essay über Henry Miller aus dem Jahr 1940 steht folgender Satz: «Miller schreibt über den Mann auf der Straße, und es ist eigentlich schade, dass die Straße voller Bordelle ist.» «Schade» nicht etwa wegen der Frauen in diesen Bordellen, die dazu verdammt sind, nur den schemenhaften Hintergrund zu bilden, sondern wegen des Romans, den er bespricht, und vielleicht wegen des Mannes, der selbstverständlich im Vordergrund steht. Auf Rassismus reagierte Orwell sensibler und verhandelte ihn unter anderem in seinen Texten über Indien, Burma, den Imperialismus, den Kolonialismus und die Diskriminierung der Schwarzen in den Vereinigten Staaten.

Der Begriff *gaslighting*, der den Versuch bezeichnet, die Wahrnehmung eines anderen zu unterminieren, ist in den letzten Jahren aus dem Bereich des Privaten – wo er vor allem dort Anwendung findet, wo ein Mann eine Frau manipuliert, um ihren Glauben an ihre eigene Wahrnehmung zu zerstören – in die öffentliche Sphäre gerückt, wo er beschreibt, was Demagogen mit ganzen Gesellschaften machen. In Sissela Boks wegweisendem Buch *Lying* heißt es: «Täuschung und Gewalt sind die zwei Formen des bewussten Angriffs auf Menschen. Mit beiden kann man Menschen zwingen, gegen ihren Willen zu handeln. Ein Großteil des Schadens, den Opfer durch Gewalt erleiden, kann ihnen auch durch Täuschung zugefügt werden. Täuschung kontrolliert aber subtiler, weil sie nicht nur auf Aktion beruht, sondern auch auf Glauben.» In Form von vorenthaltener Informationen dient die Lüge den Lügner*innen gewissermaßen als Schild, in Form von Unrichtigkeit als Schwert. Es zählt durchaus, ob die Menschen die Lüge glauben oder nicht, doch auch unglaubwürdige Lügen aus dem Mund eines Mächtigen richten Schaden an. Wer dem Zwang unterliegt, mit solchen Lügen zu leben, macht die Erfahrung großer Machtlosigkeit in Hinsicht auf das jeweilige Narrativ und damit möglicherweise in Hinsicht auf schlichtweg alles. Autoritäre Herrscher betrachten die Wahrheit, die Fakten und die Historie als ein rivalisierendes System, das besiegt werden muss.

Am Anfang von Orwells Autorenleben stand die übliche

Abscheu vor Heuchelei und faulen Ausreden. Diese Abscheu wurde durch die Erfahrung des Spanischen Bürgerkriegs verstärkt, konzentrierte sich seitdem auf die Macht der politischen Lüge und verstärkte sich noch in seinen Essays aus den vierziger Jahren sowie in *Farm der Tiere* und in *1984*, dem vielleicht wichtigsten Buch des 20. Jahrhunderts über das systematische Lügen. Orwells Begegnung mit der Propaganda im Spanischen Bürgerkrieg schärfte seinen Blick auf die Menschen in seinem Umfeld, auf die Korruptheit nicht nur des vermeintlichen Feindes, sondern auch derer, denen er sich selbst zugehörig fühlte.

Gemeint sind die Linke und die Intelligenz in der sogenannten freien Welt, die über Stalins himmelschreiende Diktatur der Lüge schwiegen – eine Diktatur, die in der Sowjetunion, an deren Außenposten und weltweit in Gestalt ihrer Befürworter*innen herrschte. Sollte der Kommunismus das Ziel gehabt haben, die Macht auf die ganze Welt zu verteilen, so tat die sowjetische Führung das Gegenteil: Sie hortete Macht, indem sie Informationen verschwieg – ob nun die Wahrheit über die Hungersnot in der Ukraine oder wissenschaftliche Fakten –, und nutzte sie als Waffe in Schauprozessen, bei erzwungenen Geständnissen sowie beim Ausradieren und Umschreiben der jüngsten Geschichte. Die Sowjetunion zwang gewöhnliche Leute, selbst zu Lügnern zu werden, Dinge zu wiederholen, die sie nicht glaubten, und sich Dingen zu fügen, deren Falschheit ihnen bewusst war. (Etwas von diesem Zwang steckte in den Slogans, mit denen die Rosenarbeiter*innen herumlaufen mussten.)

Ein weiterer wichtiger Aspekt jedes Lügenregimes ist die ungleiche Verteilung der Privatsphäre, die unsere Gedanken und Handlungen schützt. Den Mächtigen bleibt es erspart, sich zu verantworten, indem ihre Taten verschleiert und geschönt werden, während man den gewöhnlichen Leuten ihre Privatsphäre nimmt, indem man sie überwacht und auffordert, sich gegenseitig bei den Behörden anzuschwärzen. Dieser Verrat verletzt nicht nur die Privatsphäre an sich, sondern stellt den Staat obendrein über die Loyalität zu Familie und Freund*innen. Pawel Morosow, der Junge, der seinen Vater 1932 bei den Behörden seiner Heimatregion im Ural denunziert hatte, was zu dessen Hinrichtung führte, wurde zum Helden und Namensgeber zahlloser Gruppen der sowjetischen Jugendorganisation Junge Pioniere. Dieses Motiv klingt in *1984* in der Figur des Tom Parson an: Winston Smiths Nachbar wird von seiner eigenen Tochter wegen Gedankenverbrechens verraten und ist derart indoktriniert, dass er das Kind in seiner Gefängniszelle reumütig in den höchsten Tönen lobt.

In der Sowjetunion und ihren Satellitenstaaten konnte man sich mithilfe falscher Beschuldigungen mühelos rächen; das Lügenregime ermunterte und belohnte Lügner*innen. Dieser Umstand sowie die permanente Überwachung bewirkten, dass die Menschen ihre wahren Gedanken, Hoffnungen und Erfahrungen anderen gegenüber verschwiegen. Auch kapitalistische Länder blicken auf eine beschämende Geschichte zurück, in der ihren Bürger*innen das Recht auf Privatheit genommen und illegales, unmoralisches staatliches Vorgehen vertuscht wurde. In den Vereinigten Staaten kam die antikommunistische Ära dieser finsteren Mischung aus Unterdrückung, Infiltration des Privatlebens und Glauben am nächsten (dicht gefolgt von der intensivierten staatlichen Überwachung der Bürger seit dem 11. September 2001) – ein Spiegelbild dessen, was man damals zu bekämpfen behauptete.

Mit der Zeit bricht die Herrschaft der Lüge im Totalitarismus die Psyche vieler der durch sie unterdrückten Menschen. Sie bringt die Leute dazu, die Suche nach dem Wahren und Richtigen in den eigenen Gedanken und Worten wie auch in denen der anderen aufzugeben. Dieser Verzicht vollzieht sich entweder in Form intellektueller Kapitulation – aus Angst entsteht die Bereitschaft, alles, was man glauben soll, zu glauben – oder als Flucht in den Zynismus mit der Weigerung, noch irgendetwas zu glauben, und der Überzeugung, alle wären gleichermaßen korrupt. Hannah Arendt schrieb dazu die berühmten Worte: «Der ideale Untertan totalitärer Herrschaft ist nicht der überzeugte Nazi oder Kommunist, sondern der Mensch, für den der Unterschied zwischen Fakt und Fiktion (d.h. die Realität des Erlebens) und der zwischen Wahr und Falsch (d.h. die Normen des Denkens) nicht mehr existieren.» Eine von Orwells wichtigsten Aufgaben war die Vermessung dieses Unterschieds, denn Arendts Diktum lässt sich umkehren: Die mächtigsten Feind*innen des Totalitarismus sind diejenigen, die den Unterschied zwischen Fakt und Fiktion sowie zwischen Wahr und Falsch klar und leidenschaftlich benennen und auf der Realität ihrer eigenen Erfahrung ebenso bestehen wie auf ihrer Fähigkeit, Zeugnis davon abzulegen.

Arendt gelangte in ihrem Buch *The Elements of Totalitarianism* beziehungsweise *Elemente und Ursprünge totaler Herrschaft* zu einer ähnlichen Diagnose wie Orwell in *1984*. In ihrem 1951 erschienenen Werk spricht sie von der «Verlassenheit», die daraus resultiert, dass «der Mensch [...] nicht nur das Vertrauen in sich selbst als Partner seiner Gedanken [verliert], sondern auch das grundlegende Zutrauen zur Welt, das Erfahrungen erst ermöglicht. Selbst und Welt, Erfahrungsfähigkeit und Denkfähigkeit gehen zugleich zugrunde.» Orwell wiederum schreibt 1946 in seinem Essay

«Zur Verhinderung von Literatur», Lügen seien «integrale Bestandteile des Totalitarismus, etwas, was weiterbestehen wird, auch wenn Konzentrationslager und Geheimpolizei sich nicht mehr als notwendig erweisen würden». Wer die totale Macht hat, besitzt die Macht über die Wahrheit, die Tatsachen und die Geschichte und kann über die Träume, Gedanken und Gefühle danach greifen. Orwell fährt fort: «Vom totalitären Standpunkt ist Geschichte eher etwas, das immer neu geschaffen statt gelehrt werden muss. Der totalitäre Staat ist praktisch eine Theokratie, und seine herrschende Klasse muss als unfehlbar erscheinen, um ihre Position zu behaupten. Da aber tatsächlich niemand unfehlbar ist, so erweist sich die Abänderung von Vorgängen als notwendig, um zu beweisen, dass dieser oder jener Fehler gar nicht begangen worden ist, und dieser oder jener nie errungene Sieg tatsächlich stattgefunden hat. [...] Totalitarismus benötigt eine unausgesetzte Abänderung der Vergangenheit und führt auf die Dauer zur Skepsis an einer objektiven Wahrheit.»

Es gibt keinen Totalitarismus ohne Lügen. Deshalb stellt er vor allem ein Sprach- und Erzählproblem dar, das bis zu einem gewissen Grad mithilfe von Sprache bekämpft werden kann – mit der Sprache der Geschichte, die nicht durch das Regime manipulierbar ist, mit unabhängigem Journalismus, der die aktuelle Situation offenlegt, mit Logik und wissenschaftlichen Methoden, die basierte Aussagen erforderlich machen, mit der Sprache von Ideen, die die Menschen dazu ermuntern, eigene Vorstellungen und Prinzipien zu entwickeln und die Welt kritisch und mit der Bereitschaft zu betrachten, aus Wörtern hervorgehende Abmachungen einzuhalten. Mit der Sprache der Liebe und des Miteinanders, die Beziehungen aufbaut und die Einsamkeit vertreibt. Mit

Gedichten, die Erlebtes nuanciert fassen und in unerwartete Richtungen weisen. Für diese Dinge bedarf es entweder der Freiheit, sie gefahrlos anwenden zu können, oder des Mutes, sie auch dann anzuwenden, wenn sie Gefahr bedeuten.

Weiter heißt es in Orwells Essay: «Um vom Totalitarismus korrumpiert zu werden, braucht man nicht in einem totalitären Lande zu leben. Die bloße Vorherrschaft bestimmter Ideen verbreitet eine Art Gifthauch, der ein Thema nach dem andern für die Literatur unmöglich macht. Wo immer eine den Massen aufgezwungene Ideologie herrscht – oder zwei, wie das oft der Fall ist –, hört gute Literatur auf.» Hier geht gute Literatur aus der Freiheit hervor, namentlich aus der Freiheit, die Wahrheit zu sagen. Wörter können im besten Fall Sachverhalte aufdecken und in aller Deutlichkeit zeigen. Im schlimmsten Fall tun sie das Gegenteil. Dieses Problem greift Orwell in dem ebenfalls 1946 verfassten Essay «Politics and the English Language» auf: «Der bombastische Stil ist an sich schon eine Art Euphemismus. Unmengen von lateinischen Wörtern fallen wie weicher Schnee auf die Fakten, lassen die grobe Struktur verblassen und umhüllen alle Details.» Der Essay befasst sich nicht nur mit blanken Lügen, sondern auch mit Umschreibungen und Ausweichmanövern, mit der Fähigkeit, Verbrechen und Korrumpierung zu kaschieren oder zu entschuldigen. Die Duldung und Verbreitung von Lügen durch seine Kolleg*innen aus Literatur und Journalismus und deren Gebrauch der Sprache als Mittel der Täuschung und Verschleierung beschäftigten Orwell ebenso sehr wie die Lügen der Politiker*innen.

Sein Hass auf schlampige Sprache hatte auch ästhetische Gründe, doch vor allem wusste er genau, wie leicht sich damit Untaten rechtfertigen oder kaschieren lassen. «Heutzutage ist politisches Reden und Schreiben im Wesentlichen gleichbedeutend mit der Verteidigung dessen, was nicht zu verteidigen ist. Gegebenheiten wie die fortdauernde britische Herrschaft in Indien, die Säuberungen und Deportationen in Russland, die Atombombenabwürfe in Japan können zwar durchaus verteidigt werden, doch muss dies mithilfe von Argumenten geschehen, die den meisten Menschen zu brutal sind und den erklärten Zielen der politischen Parteien widersprechen. Deshalb muss die politische Sprache hauptsächlich aus Beschönigungen, ausweichenden Antworten und generell wolkigen Formulierungen bestehen.»

Orwell kritisiert in diesem Essay die Verwendung abgestandener Metaphern und greift selbst zu frischeren, die wie viele Metaphern der Natur entstammen. Da ist das Bild vom alles dämpfenden Schnee, der das, was darunter liegt, undeutlich macht – ein Bild von strahlendem Weiß, dem gleich darauf ein dunkles folgt: «Wenn zwischen den wahren und den verlautbarten Zielen eine Lücke klafft, greift man fast instinktiv zu langen Wörtern und abgedroschenen Phrasen, so wie ein Tintenfisch Tinte verspritzt.» Vom Schnee zur Tinte – eine elegante Wendung in einem zornigen Essay. «Doch so, wie der Gedanke die Sprache korrumpieren kann, kann auch die Sprache den Gedanken korrumpieren.» *Korrumpieren* bedeutet sowohl, etwas in ethischer Hinsicht zerrütten als auch in einen Zustand von Verfall und Verwesung gelangen. Das Wort kommt vom lateinischen Verb *rumpere*, zerbrechen. Korruption ist Bruch und Zersetzung. Daher das Widerwärtige am Vertragsbruch und am Verlust der Integrität von Wissenschaft, Geschichte, Bildung, Beziehungen, Sinn, möglicherweise auch von Denkweisen, Körpern, Orten und Ökosystemen.

Die Fähigkeit zu verbinden und zu erkennen entdeckte Orwell auch in einzelnen Wörtern. Folgerichtig wird das Englische in *1984* von den Behörden zu Neusprech geschrumpft. Smiths Kollege im Ministerium für Wahrheit, zuständig für das Austrocknen der Sprache, erklärt: «Siehst du denn nicht, dass Neusprech kein anderes Ziel verfolgt, als die Reichweite des Denkens einzuschränken? Am Ende machen wir Gedankenverbrechen faktisch unmöglich, da es keine Wörter mehr geben wird, mit denen man Verbrechen ausdrücken könnte.» Jedes Wort ist, direkt oder indirekt, ein Geflecht von Beziehungen, eine Spezies innerhalb eines Ökosystems. Der Tod eines Worts dünnt die Sprache und die Denkmöglichkeiten aus. Irgendwann wird Denken unmöglich, und das System bricht zusammen, so wie ein Ökosystem zusammenbricht, wenn wichtige Arten aussterben.

In dem Anhang über Neusprech, den Orwell seinem Roman beigefügt hat, beschreibt der Autor, wie das Wort *frei* dahingehend geschrumpft wurde, dass es nur noch «frei von» bedeutet, so wie in dem Satz «Dieser Hund ist frei von Läusen». «Es konnte nicht in seinem alten Sinn von ‹politisch frei› oder ‹geistig frei› verwendet werden, da politische und geistige Freiheit nicht einmal als Begriffe existierten und daher notwendigerweise namenlos waren.» Nicht nur bestimmte Wörter sind verloren gegangen, sondern auch die Komplexität, die Nuancen, Schattierungen und die Fähigkeit von Wörtern, Bilder heraufzubeschwören. An anderer Stelle – auch dort unter Verwendung eines Begriffs aus der Natur – schreibt er, «dass die Fantasie sich wie bestimmte Tierarten in der Gefangenschaft nicht fortpflanzt». Neusprech ist ein Gedankenkäfig.

In «Politics and the English Language» thematisiert er Sprache, die schlaff, verschwommen, lavierend, gewunden, vermeidend ist. In *1984* geht es dagegen um allzu dichte Sprache mit beschränktem Vokabular und reduzierten Konnotationen, Sprache, aus der Wörter eliminiert oder von ihnen zugehörigen Assoziationen abgetrennt worden sind. Irgendwo dazwischen liegt die Möglichkeit einer Sprache, die klar ist und dennoch Bilder hervorruft, in der die Erkundungen dessen, der sie spricht oder schreibt, die Zuhörenden oder Lesenden zu eigenen Erkundungen animiert, einer Sprache, die ein bisschen wild ist und in der sich das Wilde und das Freie überschneiden. In dieser Integrität, den eingehaltenen Abmachungen, den Versuchen, durch den Gebrauch von verbindenden, ermächtigenden, befreienden, erhellenden Wörtern zu kommunizieren und etwas wiederherzustellen, liegt die Schönheit, der Orwell sich am stärksten verpflichtet fühlt und die er in den Büchern anderer und in seinen eigenen Bemühungen als Autor am meisten rühmt.

Diese Schönheit gleicht nicht zwingend dem sichtbaren Glanz, auf den sich das Wort üblicherweise bezieht. Orwell erörterte die Thematik in dem Essay «Warum ich schreibe» von 1946 und nannte darin als eines seiner Motive «Sinn für Schönheit der Umwelt oder für Worte und ihre richtige Anordnung. Freude an der Wechselwirkung von Klängen, an der Geschlossenheit guter Prosa oder dem Rhythmus einer guten Erzählung. Der Wunsch, mit andern ein Erlebnis zu teilen, das man als wertvoll empfindet und nicht in Vergessenheit geraten lassen möchte.» Als junger Mann, gesteht er, «wollte [ich] große naturalistische Romane mit einem unglücklichen Ausgang machen, voll minutiöser Beschreibungen und überraschender Vergleiche und ebenso reich an gedrechselten Passagen, in denen Worte hauptsächlich ihres Klanges wegen verwendet wurden.» Die Vorliebe für das Gedrechselte hielt nicht an. «Bei einem Rückblick auf mein Werk stelle ich fest, dass meine Bücher immer dann leblos geworden sind, wenn ihnen eine *politische* Absicht fehlte und ich mich in gedrechselte Passagen, nichtssagende Sentenzen, schmückende Beiworte und ganz allgemein in Geschwafel verlor.»

Die ethische Intention schärfte die ästhetischen Mittel, soll das heißen, und die Politik bewahrte ihn vor der Belanglosigkeit. «In friedlichen Zeiten hätte ich vielleicht reich ausgeschmückte oder auch rein beschreibende Bücher verfasst, ohne mir überhaupt eines politischen Standpunktes bewusst zu werden. So wie die Dinge liegen, sah ich mich fast gezwungen, eine Art Pamphletist zu werden.» Doch Pamphletist war weder ein schlechter Beruf noch einer ohne ästhetische Anforderungen und Vergnügen an der Ästhetik: «Während der letzten zehn Jahre habe ich mich immer am meisten darauf konzentriert, in künstlerischer Form politisch zu schreiben. [...] Ich schreibe [...], weil ich eine Lüge entdeckt habe, die ich aufzeigen will, irgendetwas, worauf ich die Aufmerksamkeit lenken möchte. Meine erste Sorge ist, gehört zu werden.»

Die Sätze, die dann folgen, waren lange mein Credo: «Aber ich könnte weder ein Buch noch einen längeren Artikel für eine Zeitschrift schreiben, wenn es nicht auch ein künstlerisches Erlebnis wäre. Wer sich die Mühe macht, sich mit meinen Arbeiten zu beschäftigen, wird finden, dass sie, selbst wo es sich um reine Propaganda handelt, viel enthalten, was ein Berufspolitiker für überflüssig erklären würde. Ich wäre nicht imstande, und ich habe auch nicht die Absicht, die Weltanschauung aufzugeben, die ich seit meiner Kindheit habe. Solange ich lebe und gesund bin, wird mir gute Prosa immer wichtig sein, werde ich immer das Antlitz der Erde lieben und meine Freude an handfesten Themen und Schnipseln von unnützer Information haben.» Das scheinbar Überflüssige sind die kleinen Freuden und persönlichen

Verpflichtungen ähnlich den Rosen in «Brot und Rosen». (Und mit der Weltanschauung aus der Kindheit dürfte das breit gefächerte, ungezügelte Interesse an allem Möglichen gemeint sein, vor allem aber die Liebe zum Antlitz der Erde im darauf folgenden Satz.)

Klarheit, Genauigkeit, Korrektheit, Ehrlichkeit und Wahrhaftigkeit sind für Orwell ästhetische Werte, ja ästhetischer Genuss. Als er 1937 in Spanien für seine Ideale kämpfte, schrieb Eileen Blair dem Verleger von *Der Weg nach Wigan Pier*: «Vor allem möchte mein Mann, dass im ersten Kapitel, vorletzter Absatz, ein Wort geändert wird. Im Manuskript lautet der Satz ‹Zum ersten Mal in meinem Leben sah ich, auf einem schneefreien Flecken neben der Eisenbahnlinie, Saatkrähen miteinander kopulieren.› Meinem Mann zufolge hatten Gollancz und er *miteinander kopulieren* [*copulating*] durch *beim Liebesspiel* [*courting*] ersetzt, aber nun soll der Satz wie folgt lauten: ‹... Saatkrähen sich paaren›, weil er Krähen beim Liebesspiel schon hundertmal gesehen hat. Sollte Gollancz seine Meinung geändert und *kopulieren* beibehalten haben, wäre das natürlich noch besser, aber große Hoffnungen habe ich nicht.» Sorgfalt noch in den kleinsten Dingen.

Klarheit, Ehrlichkeit, Korrektheit, Wahrhaftigkeit sind schön, weil durch sie die Darstellung dem Dargestellten treu bleibt, Wissen demokratisiert wird, Menschen ermächtigt und Türen geöffnet werden, Information frei fließen kann und Abmachungen eingehalten werden. Etwas klar, ehrlich, korrekt und wahrhaftig Geschriebenes ist in sich schön und schön durch das, was daraus hervorgeht. Auch die konventionellere Schönheit kommt bei Orwell vor – Naturlandschaften, vom burmesischen Dschungel bis zu den Wiesen Großbritanniens, die vielen Blumen, das golden schimmernde Krötenauge. Die Schönheit aber, in der Ethik und Ästhetik nicht voneinander zu trennen sind, die sprachliche, auf Wahrheit und Integrität beruhende Schönheit als etwas Ganzheitliches, als Verbundenheit der Sprache mit dem Beschriebenem, Verbundenheit eines Menschen mit einem anderen oder zwischen Angehörigen einer Gemeinschaft oder Gesellschaft ist die Schönheit, die Orwell in seinem Werk im Wesentlichen angestrebt hat.

VII
ORWELL,
DER FLUSS

Vernon Richards, Orwell mit seinem Sohn, *1945.*

1
Ein Verzeichnis von Freuden

Im Jahr 1936 pflanzte ein junger Schriftsteller Rosen. Ein Jahrzehnt später machte sich ein müder und klüger gewordener Mann an die Arbeit und schuf einen wesentlich ambitionierteren Garten. In den zehn Jahren zwischen dem kleinen Garten in Wallington in Südengland und dem auf der Isle of Jura vor der Westküste Schottlands, der sich zu einer kleinen Farm auswachsen würde, hatte sich das Leben des Mannes viele Male verändert, und als Schriftsteller war er unendlich viel besser geworden.

Im Krieg war er hager geworden. Eileen war nach London gezogen und hatte in staatlichen Behörden gearbeitet – zuerst im Press and Censorship Bureau des Informationsministeriums, dann im Ministerium für Ernährung. Orwell folgte ihr später in die Stadt. Von 1941 bis 1943 schrieb er für den Indien-Sender der BBC Beiträge, lud mit seinem Team Autoren zu Gesprächen ein. Wegen dieser neuen Tätigkeit musste er den Garten aufgeben und verlor viel Zeit, in der er hätte schreiben können, doch durch das Geld, das Eileen und er verdienten, wurden sie zum ersten Mal in ihrer Ehe relativ wohlhabend. Sie wohnten fast den ganzen Krieg über in London, fuhren nur gelegentlich am Wochenende nach Wallington und ließen Freunde, die ausgebombt waren oder Urlaub machen wollten, in ihrem Häuschen wohnen.

John Morris, ein BBC-Kollege von Orwell, verglich ihn mit «den Figuren an der Fassade der Kathedrale von Chartres. Sein langer, dünner Körper hatte dieses typisch gotische Verhärmte. Er lachte viel, aber wenn seine Miene unbewegt war, sprach aus seinem von Falten durchfurchten Gesicht die graue Askese eines in Stein gehauenen, stark verwitterten Heiligen aus dem Mittelalter. [...] Das Auffälligste waren sein üppiges, schwer zu bändigendes Haar und der seltsame Ausdruck in seinen Augen – eine Mischung aus Güte und Fanatismus, so als sähe er mehr als die Normalsterblichen (was ja auch stimmte).» Andere erwähnten, dass er oft keuchte und ihn schon kleinere Anstrengungen erschöpften. Er – genauer, sein Körper – war ausgelaugt.

Er widmete sich nun verstärkt dem literarischen Schreiben. Die Fabel mit dem Titel *Farm der Tiere. Ein Märchen*, veröffentlicht im August 1945, wurde zu seinem ersten kommerziellen Erfolg. Orwell hatte den Roman im Krieg verfasst, unterstützt von Eileen, die ihn ermutigte und Anregungen beisteuerte. Als am 28. Juni 1944 eine deutsche Bombe die Londoner Dachgeschosswohnung des Paars zerstörte, waren die beiden nicht zu Hause, aber das Buchmanuskript wurde im Zimmer zerstreut und mit Staub bedeckt. «Dieses Ms. ist in einen Bombenangriff geraten, daher die späte Einreichung. Es ist zwar ein bisschen zerknittert, aber in keiner Weise beschädigt», schrieb er an T.S. Eliot beim Verlag Faber and Faber, der es schließlich wie zahlreiche andere Verleger ablehnte.

Einige Wochen vor dem Bombenangriff hatten sie ein Baby adoptiert und damit Orwells lang gehegten Kinderwunsch erfüllt. Dass Eileen dem Vorhaben mit größerer Ambivalenz gegenüberstand, mag an ihrem eigenen schlechten Gesundheitszustand gelegen haben. Der Junge erhielt den Namen Richard Horatio Blair. Er war ein sanftmütiges Kind, das sich gut entwickelte, von beiden Adoptiveltern bald sehr geliebt wurde und ihnen viel Freude machte. Doch dann endete das Projekt, Richard gemeinsam großzuziehen (auch Orwell hatte sich um ihn gekümmert, wenngleich bei häufiger Abwesenheit), mit Eileens Tod. Sie war schon seit Längerem krank gewesen und starb ein knappes Jahr nach der Adoption, als Orwell gerade durch Deutschland reiste, um über das Kriegsende zu berichten. Vielleicht hatten die Kriegsrationierungen und die magere Kost ihren Tribut gefordert; Orwell machte auch die langen Arbeitszeiten im Büro verantwortlich, die Eileen mehrere Jahre hindurch abgeleistet hatte. Außerdem hatten beide unglaublich viel geraucht (Eileen sagte einmal, sie könnten sich eine größere Wohnung leisten, wenn sie weniger rauchen würden).

Eileens größtes gesundheitliches Problem waren offenbar mehrere Gebärmuttermyome, die zu chronischem Blutverlust, Anämie und zeitweise heftigen Schmerzen führten. (Ihre Gebärmutterblutungen, seine Lungenblutungen – die beiden waren ein reichlich angeschlagenes Paar. Obendrein war Eileen aus Angst vor einer Diagnose, die sie im Vorfeld der Adoption hätte angeben müssen, bewusst nicht zum Arzt gegangen.) Sie willigte schließlich ein, sich operieren zu lassen, und schrieb ihrem Mann aus dem Krankenhaus ergreifend liebevolle, von Selbstlosigkeit zeugende Briefe, in denen sie sich weniger um sich als um die entstehenden Kosten sorgte. Am 29. März 1945 starb sie während des Eingriffs, wahrscheinlich durch die Narkose. Sie war neununddreißig.

Der Orwell des Jahres 1946 verwundert. Nicht sehr lange vor Eileens Tod war im März 1943 seine verwitwete Mutter gestorben, ihr folgte im Mai 1946 seine ältere Schwester, und mit seiner eigenen Gesundheit ging es bergab. Doch trotz der vielen Gründe, in Trauer und Erschöpfung zu versinken, war er produktiv und voller Pläne. So hatte er sich vorgenommen, einen ambitionierten Roman zu schreiben, damals noch unter dem Titel *The Last Man in Europe*, und in einer der abgelegensten Gegenden Großbritanniens, auf der Hebriden-Insel Jura, wo er sich im Sommer 1944 bereits kurz aufgehalten hatte, ein neues Leben zu beginnen. Trotz der Klage, «unter der Knute des Journalismus» leben zu müssen, um sein Auskommen zu haben, schrieb er in enormem Tempo Essays und Rezensionen. Im Winter und Frühling jenes Jahres brachte er es zeitweise auf vier Texte pro Woche.

Dazu gehört eine Reihe von Essays, in denen er lieb gewonnene Annehmlichkeiten und kleine Freuden des Lebens preist. Sie entstanden zwischen Ende 1945 und Mai 1946, als er den Journalismus aufgab, nach Jura zog und mit der Niederschrift des Romans begann, der schließlich den Titel *1984* erhielt. Für die Entstehung dieser Essays gibt es eine praktische Erklärung: Die aufs Häusliche, Idyllische beschränkten Themen zwangen den überarbeiteten Autor weder zu umfassender Lektüre noch zu aufwendiger Recherche. Ein bisschen Tagträumen genügte. Man könnte sie als literarische Leichtgewichte abtun, fänden sich nicht Spuren davon in dem geplanten Schwergewicht von Roman. Und so, wie noch in seinen schärfsten politischen Schriften die Freude am «Antlitz der Erde» und an «handfesten Themen und Schnipseln von unnützer Information» durchscheint, dringt in vielen dieser Essays das Politische durch. Die Auswahl an allgemein zugänglichen, preiswerten oder kostenlosen Vergnügungen und die Lust am Alltagsleben waren im Großbritannien der Nachkriegszeit selbst schon ein Politikum, und dasselbe galt für die Hinwendung zur Natur als einer wichtigen sinn- und wertstiftenden Quelle. (In einem der Essays aus dieser Zeit schreibt er, Bücher seien kein Luxus, den sich normale Leute nicht leisten könnten, und begründet seine Behauptung unter anderem mit einem Vergleich der Preise von Büchern und Zigaretten.) Politik und Moral: Vielleicht versuchte er andere – und sich selbst – aufzumuntern, indem er zur Sprache brachte, was ihm behagte.

Der erste in dieser Reihe von Essays war «In Defence of English Cooking», Zur Verteidigung der englischen Küche, der Mitte Dezember im *Evening Standard* erschien. Orwell ergötzt sich an einschlägigen Erinnerungen und an den Namen von Gerichten: «Zuallererst Bücklinge, *Yorkshire Pudding*, *Devonshire Cream*, Muffins und *Crumpets*. Dann die Süßspeisen – zu viele, als dass ich sie alle aufzählen könnte, doch ein paar besondere sollen genannt sein: *Christmas Pudding*, Siruptörtchen und Apfelklöße. Fast ebenso lang wäre die Liste mit dem Gebäck: Früchtebrot (wie man es vor dem Krieg bei Buzzard bekam), *Short Bread* und Safranbrötchen, nur als Beispiel.» Er rühmt Marmelade, *Haggis*, Nierenfettpudding, preist «Brotsauce, Meerrettichsauce, Minzsauce, Apfelsauce – ganz zu schweigen von Johannisbeergelee, das sowohl zu Hammelfleisch als auch zum Hasenbraten hervorragend passt».

Einen Tag bevor dieser Text über Braten, Puddings und Saucen veröffentlicht wurde, trug Orwell «Politics and the English Language» in sein Einnahmenbuch ein. Das neue Jahr begann er mit dem wütenden Essay «Zur Verhinderung von Literatur», der in *Polemic* abgedruckt wurde, und am 5. Januar folgte ein Stück über das Vergnügen an Trödelläden, die er sorgsam von Antiquitätengeschäften unterschied und wegen ihres staubigen Halbdunkels, der beschädigten, wertlosen Waren und ihrer Besitzer würdigte, diesen fast immer rätselhaften Gestalten ohne jedes Interesse am Geschäft. Die «schönsten Schätze entdeckt man nie auf den ersten Blick, sondern muss erst ein wildes Durcheinander aus Bambusholz-Tortenständern, Cloches aus Britannia-Metall, altertümlichen Taschenuhren, Büchern voller Eselsohren, Straußeneiern, Schreibmaschinen längst nicht mehr existierender Marken, Brillengestellen ohne Gläser, Dekantierkaraffen ohne Stopfen, präparierten Vögeln, Kaminschirmen, Schlüsselbunden, Schachteln mit Muttern und Bolzen, Muscheln aus dem Indischen Ozean, Stiefelspannern, chinesischen Ingwertöpfen und Gemälden mit Hochlandrindern durchstöbern».

Listen erstellen ist eine Form des Sammelns. Sie sind Verzeichnisse dessen, was zumindest der Fantasie zur Verfügung steht, und manchmal bedeuten sie auch die ersehnte Vergewisserung, dass sich hinter der realen Entbehrung ein reicher Vorrat verbirgt. In Orwells Roman *Auftauchen, um Luft zu holen* von 1939 sinniert der Protagonist: «Sogar in den Namen der gewöhnlichsten Fische liegt so etwas wie Friede: Rotauge, Rotflosse, Weißfisch, Silberling, Barbe, Brassen, Gründling, Hecht, Döbel, Karpfen, Schleie. Es sind solide Namen. Die Menschen, die sie geschaffen haben, wussten nichts von Maschinengewehren, sie lebten nicht in Angst vor der Kündigung und verbrachten ihr Leben nicht mit Aspirinschlucken, sie gingen nicht in Filme und brauchten sich nicht zu überlegen, wie sie dem Konzentrationslager entrinnen könnten.»

Menschen, die unter harten Bedingungen leben – im Krieg, auf einer Expedition, im Gefängnis oder in anderen Anstalten –, stürzen sich oft in Tagträume und Gespräche über die Köstlichkeiten, die sie am liebsten essen würden, oder über andere Alltagsvergnügungen, nach denen sie hungern, und erstellen Listen, die ihnen das Gefühl geben, sie könnten ihre Zukunft selbst bestimmen. Auch Orwells «inventarische» Essays, geschrieben nach dem Ende eines Kriegs, als das Essen noch rationiert und damit knapp und eintönig war, sind wohl aus einer solchen Verfassung heraus entstanden. In seiner Aufzählung der Trödelschätze nennt er auch Briefbeschwerer aus Glas, «in die ein Stück Koralle eingeschlossen ist, aber die sind immer unglaublich teuer». Genau so ein Briefbeschwerer wird in *1984* zu einem der zentralen Symbole, nachdem Winston Smith ihn gekauft hat (und auch der Besitzer eines Trödelladens spielt eine wichtige Rolle). Den Reiz solcher Läden führt Orwell zurück auf «die Dohle in uns allen, diesen Instinkt, der ein Kind dazu motiviert, Kupfernägel, Uhrfedern und die Glasmurmeln aus den Limonadenflaschen zu horten. Um an einem Trödelladen Spaß zu haben, muss man nichts kaufen; man muss nicht einmal etwas kaufen wollen.»

Am 12. Januar veröffentlichte er einen Essay über die korrekte Zubereitung von Tee, die nach seiner festen Überzeugung wie folgt abzulaufen hatte: kochendes Wasser direkt aus dem Kessel in eine Ton- oder Porzellankanne, lose Teeblätter in üppiger Menge, möglichst aus Indien, nicht aus China, und – der umstrittenste und von ihm am heftigsten verteidigte Punkt: zuerst den Tee in die Tasse, dann die Milch. Kein Zucker. Am 19. Januar erschien ein Stück mit dem Titel «Songs We Used to Sing», Lieder, die wir früher sangen; in dieser Phase seines Schriftstellerlebens beschäftigte er sich mit Nonsense-Gedichten, Märchen, beliebten Liedern, Kinderreimen, Witzpostkarten, «guten schlechten Büchern» und anderen Elementen der Populärkultur. (So erarbeitete er eine Radiofassung von *Rotkäppchen*, die im Sommer 1946 von der BBC gesendet wurde.) Ein paar Monate zuvor hatte sein Verleger Fredric Warburg – der *Farm der Tiere* veröffentlicht hatte, nachdem das Manuskript von mehreren anderen Verlagen abgelehnt worden war – von einem Kinderreim-Projekt geschrieben, an dem Orwell arbeite; außerdem «möchte [er] seine journalistische Arbeit von Anfang Mai bis November unterbrechen und sich für ein halbes Jahr auf die Hebriden zurückziehen, um einen Roman zu schreiben».

Susan Watson, die Orwell als Betreuerin für Richard engagiert hatte, erinnerte sich an einen Besuch von Tante Nellie, bei dem die Tante und ihr Neffe dessen große Sammlung derb lustiger Postkarten von Donald McGill durchgingen und sich köstlich amüsierten. In seinem langen, 1941 erschienenen Essay über solche Karten und ihren bodenständigen Humor hatte er geschrieben, sie seien Ausdruck der «Sancho-Pansa-Sicht auf die Welt», der Komödie des Überlebens, und einen kleinen Verweis auf Don Quijote hinzugefügt: «Wenn es zum Schlimmsten kommt, werden Menschen zu Helden. Frauen ertragen Entbindungen und die Scheuerbürste, Revolutionäre halten in der Folterkammer den Mund, von sinkenden Kriegsschiffen wird noch geschossen, wenn das Deck längst überspült ist. Dennoch lässt sich das andere im Menschen, der faule, feige, steuerhinterziehende Ehebrecher, der in uns allen steckt, nicht vollständig unterdrücken und muss sich hin und wieder Gehör verschaffen.»

«Es ist schrecklich kalt hier, und der Brennstoffmangel war noch nie so schlimm wie ausgerechnet jetzt», schrieb er im Winter in einem Brief, und die Bemerkung lässt darauf schließen, dass alles Freudige in jener Zeit auf seine Fantasie beschränkt war. Doch schon im nächsten Essay lobt – oder verteidigt – er das britische Klima: «Es gibt das Wetter für den Liegestuhl im Garten und das Wetter für die Frostbeulen und die Triefnase.» Eine Aufzählung kleiner, unscheinbarer Genüsse in der Stadt und auf dem Land, Monat für Monat: im April «der erdige Geruch nach einem Schauer», im Mai «die Wohltat, keine Unterkleidung zu tragen», im Juni «die Wolkenbrüche. Der Duft des Heus. Spaziergänge nach dem Abendessen. Die Knochenarbeit der Kartoffelernte», im Juli «die Möglichkeit, ohne Jackett ins Büro zu gehen. Das endlose Klack-Klack-Klack der Kirschsteine auf den Londoner Gehwegen» bis zu den «tobenden Stürmen» und dem «Geruch der Müllfeuer» im November. Der Februar, gibt er zu, ist «ein besonders widerwärtiger Monat, dessen einziger Vorzug in seiner Kürze liegt. Doch um unserem Klima gegenüber fair zu bleiben, sollte man sich immer sagen, dass der Rest des Jahres ohne diese feuchtkalte Zeit ganz anders wäre.» Solche plastischen Einzelheiten, die beschreiben, wie es ist, in die Welt eingebettet zu sein, und benennen, was gefühlt, gerochen, geschmeckt und gehört wird, machen auch Orwells Romane lebendig, und auch die faire Haltung durchzieht sein gesamtes Werk.

Im widerwärtigen Februar schildert er mit der gleichen Strenge, die er schon bei der einzig wahren Zubereitung von Tee walten ließ, einen perfekten imaginären Pub namens Moon Under Water und widmet auch ihm eine Aufzählung: «Das gemaserte Holz, die gravierten Spiegel hinter der Theke, die gusseisernen Öfen, die schwülstig verzierte, vom Tabakrauch dunkelgelb verfärbte Decke, der ausgestopfte Stierkopf über dem Kaminsims – die ganze solide, behagliche Hässlichkeit des 19. Jahrhunderts.» In diesem Pub geht es so ruhig zu, dass man sich gut unterhalten kann. Nie wird dort gepöbelt. Man bekommt Stout vom Fass in Gläsern oder Zinnbechern, es gibt einen Garten, in dem an Sommerabenden ganze Familien sitzen, und die Bedienungen kennen jeden Gast mit Namen. Solche häuslichen Szenen finden sich in den Essays aus jener Phase immer wieder, und der zuletzt genannte lässt erkennen, dass ohne die politische Brisanz in seinem übrigen Werk aus Orwell möglicherweise ein den guten alten Zeiten nachweinender Grantler geworden wäre.

Die Texte aus jenen Monaten bestanden jedoch nicht nur aus Tagträumerei und Idylle. Zu Jahresbeginn schrieb er eine vierteilige Analyse der politischen Lage, thematisierte den Hunger, der überall in Europa herrschte, besprach die Dystopie *Wir* des russischen Autors Jewgeni Samjatin und den Roman *Black Boy* des Amerikaners Richard Wright, stritt sich per Brief mit dem Verfasser eines Buchs über Burma, half dem geflüchteten Autor Victor Serge, veröffentlicht zu werden, wurde auf George Woodcocks Bitte hin stellvertretender Vorsitzender des anarchistisch ausgerichteten Freedom Defence Committee und setzte sich mit einem offenen Brief im *Manchester Guardian* für indische Reisende ein, die man auf einem Passagierschiff schlecht behandelt hatte. Orwell blieb also auch in der Zeit der idyllischen Essays politisch.

Hin und wieder berief er sich auf die Vergangenheit, um die Gegenwart zu kritisieren – seine konservative Seite, die sich in der Trauer um Dinge zeigte, die schlechter geworden oder verschwunden waren. In einer Schmähschrift gegen moderne «Vergnügungsorte» tritt er für die Natur ein und für alles, was die Menschen angesichts der Naturgewalten klein und kümmerlich macht. Auch nicht natürliche Gewalten in Form der ersten Atomexplosionen vom Sommer 1945 werden genannt: «Inzwischen wächst die Macht der Menschen über die Natur. Mithilfe der Atombombe könnten wir buchstäblich Berge versetzen, ja wir könnten angeblich sogar das Klima der Erde verändern, indem wir die polaren Eiskappen abschmelzen und die Sahara bewässern.» Selbst im Kröten-Essay vom 12. April tauchen Atombomben auf.

Der Essay über das Klima erschien am 2. Februar, der über den idealen Pub am 9. Februar, einer über Pazifismus am 10. Februar, der berühmte über Kriminalromane mit dem Titel «Decline of the English Murder», Der Niedergang des englischen Mords – ein Lobgesang auf die alten Mordgeschichten und heftige Kritik an den brutaleren neuen –, am 15. Februar. Am 21. Februar teilte die *Manchester Evening News* ihrer Leserschaft mit, dass Orwells regelmäßig erscheinende Kolumne diesmal wegen einer Erkrankung des Autors entfalle. Orwell hatte erneut eine Lungenblutung erlitten. Auch im März fehlte die Kolumne.

Im Februar hatte er einer Freundin geschrieben, dass er nach Wallington fahren, seine Sachen im Häuschen zusammenpacken und diesen Abschnitt seines Lebens beenden müsse, «aber das schiebe ich vor mir her, weil ich das letzte Mal mit Eileen dort war und es mir zu schaffen macht, dass ich hinmuss». In einem Brief an George Woodcock vom 14. März heißt es, er liege noch immer krank im Bett. Am Tag darauf verfasste er ein längeres Schreiben, in dem er einer jungen Frau, die er nicht einmal besonders gut kannte, die Ehe antrug und gestand: «Eigentlich gibt es in meinem Leben nur noch meine Arbeit und die Sorge dafür, dass Richard einen guten Start ins Leben bekommt. Nur fühle ich mich manchmal so entsetzlich allein. Ich habe Hunderte von Freunden, aber keine Frau, die sich für mich interessiert und mich anspornt.» Nicht nur diese junge Frau, auch andere wiesen die verzweifelten, unbeholfenen Avancen zurück, die er in dieser Zeit machte.

Die Kröte in «Gedanken über die gemeine Kröte», erschienen am 12. April, ist gewissermaßen ein Porträt des Künstlers als erschöpfte, aber hoch motivierte Amphibie. «Im Frühjahr, nach ihrem langen Winterschlaf, hat die Kröte ein vergeistigtes Aussehen wie ein strenggläubiger englischer Katholik gegen Ende der Fastenzeit. Ihre Bewegungen sind langsam, aber zielstrebig. Sie ist sichtlich abgemagert, weshalb die Augen ungewöhnlich groß wirken. Man hat jetzt Gelegenheit, etwas zu bewundern, was einem sonst entgeht, nämlich ihre Augen, die schönsten von allen lebenden Tieren.» Die Kröte frisst Insekten, kommt wieder zu Kräften, und nun beginnt «eine Periode intensiver Geschlechtlichkeit». Orwell beschreibt das Paarungsverhalten der Tiere, die orgiastische Willkür der Partnerwahl, und nennt «das Laichen der Kröten [...] eins der Zeichen des Frühlings [...], die den größten Eindruck auf mich machen», vergisst jedoch nicht zu erwähnen, dass «viele Leute eine Abneigung gegen Reptilien und Amphibien haben [...]». Gegen Ende des Essays, kurz vor dem Fazit, denkt er über die Menschen nach, die mit dem, was ihm gefällt und was er gern tut, nichts anfangen können: «Wie oft habe ich Kröten bei der Paarung oder zwei Hasen bei einem Boxkampf in einem grünen Getreidefeld beobachtet und all der gewichtigen Persönlichkeiten gedacht, die mich gern daran gehindert hätten. Zum Glück konnten sie es nicht.»

In einem Brief an eine andere Frau, mit der er in jenem Frühling befreundet war, schrieb er: «Morgen fahre ich nach Wallington und sortiere die Möbel und Bücher aus. Der Möbelpacker von Pickford wird dann hoffentlich bald kommen und mir mitteilen, wann er das Zeug wegbringen kann. Und ich muss noch viel kaufen. Das Ganze ist ein einziger Albtraum, aber ich kann es auf niemand anderen abwälzen.» Er musste also nicht nur die literarischen Listen und Bestandsverzeichnisse erstellen, die über die Essays von 1946 verteilt sind, sondern auch reale. Fast genau zehn Jahre nach seinem Umzug nach Wallington war die Angst vor der Rückkehr überwunden. Das Material, auf das er mit diesem Sprung in die Vergangenheit stieß, fand Eingang in den Essay «A Good Word for the Vicar of Bray», der zwei Wochen nach dem Loblied auf die Kröten in der *Tribune* erschien.

Dieser überschwängliche Text, der mich einst so stark beeindruckt und mich nicht nur zu Orwells Häuschen in Wallington und zu den von ihm gepflanzten Rosen geführt hatte, sondern auch zum Anlass wurde, dieses Buch zu schreiben, entstand nach der Reise des Witwers Orwell zu einem Schauplatz seiner Ehe – einer Reise, die er antrat, um einen Schlusspunkt hinter eine Lebensphase zu setzen. «Neulich», heißt es im Bray-Essay, «war ich einen Tag lang in dem Häuschen, in dem ich einmal gewohnt habe, und stellte überrascht – angenehm überrascht – fest, wie gut sich alles entwickelt hat, was ich vor fast zehn Jahren gepflanzt habe. Genau gesagt hatte ich das Gefühl, unbewusst Gutes getan zu haben», und in einem Brief schreibt er, der Besuch sei weniger schmerzlich als erwartet gewesen, außer in dem Moment, in dem er alte Briefe gefunden habe. Er sei die Straße zu dem «kleinen, nicht mehr genutzten Speicherbecken hinaufgegangen, in dem wir früher Molche gefangen haben, und die Kaulquappen waren schon da, wie immer um diese Zeit». Bereits im nächsten Absatz erwähnt er seine Vorfreude auf Jura und schildert weit größere Gewässer und Tiere: «Es gibt dort Buchten, wo das Wasser so klar ist, dass man ungefähr sechs Meter tief hinunterschauen kann, und überall schwimmen Robben.»

In dem Haushaltstagebuch, das er nun fortführte, notierte

er, was alles blühte, als er aufbrach, um von London aus zum Begräbnis seiner Schwester Marjorie in Nottinghamshire, anschließend in die Nähe von Edinburgh zu einem Treffen mit Freunden aus dem Spanischen Bürgerkrieg und danach auf die Insel Jura zu fahren. Unterwegs legte er am 22. Mai einen Zwischenstopp in Newcastle ein, um sich um Eileens Grab zu kümmern. «Die Polyantha-Rosen auf E's Grab haben alle gut gewurzelt. Habe Blaukissen, eine kleine Phlox-Sorte, Steinbrech, eine Art Zwergginster, Hauswurz und Miniaturnelken gepflanzt. Die Pflanzen waren in eher schlechtem Zustand, aber das Wetter war regnerisch, demnach müssten sie angehen.» Ein ergreifenderes Bild von Orwell ist wohl kaum vorstellbar: ein Witwer, der sich an einem grauen, feuchten Tag an einem Ort, mit dem ihn kaum etwas verbindet, über das Grab seiner jungen Frau beugt.

Der Essay «Warum ich schreibe» erschien im Juni, muss jedoch früher verfasst worden sein. Nach Orwells Ankunft auf Jura war jeder Tag mit harter Arbeit gefüllt. Er musste das lange Zeit unbewohnte Bauernhaus in ein Zuhause verwandeln, einen Garten anlegen, Kaninchen jagen, angeln und kam überhaupt zu allem, nur nicht zum Schreiben. Die einzige Ausnahme war das Haushaltstagebuch, dessen Einträge wiederum aus Listen bestanden: die gefangenen Fische und erledigten Arbeiten, die gesetzten Pflanzen, das Wetter, die gesichteten Tiere, die erworbenen Geräte, Fakten der jüngsten Vergangenheit und Vorhaben für die unmittelbare Zukunft. Er hatte Barnhill, das abgelegene Haus, über seinen Freund David Astor gefunden. Mit seinen vier Schlafzimmern und den Nebengebäuden bot es viel Platz und stand nur einen kurzen Fußmarsch von der Ostküste Juras entfernt an der Schottland zugewandten Küste in einer kleinen Senke inmitten der grandiosen Hügellandschaft.

Manche bezeichneten seinen Rückzug in diese Abgeschiedenheit als reinen Selbstmord oder als masochistisch, und viele, die über ihn geschrieben haben, sind der Ansicht, er hätte vernünftigerweise in London bleiben sollen, anstatt unvernünftigerweise auf einer schottischen Insel zu leben. Für sie besteht Vernunft offenbar darin, das Leben lieber möglichst in die Länge zu ziehen, als es möglichst erfüllend zu leben. Orwell hatte sich seit jeher tendenziell für die zweite Option entschieden. Außerdem barg schon allein die vom Kohlerauch verschmutzte Londoner Luft Gefahren, die man zu seinen Lebzeiten kaum erkannte, vor allem für jemanden, der an Lungenproblemen litt. Bereits vor der berühmten Katastrophe von 1952, der Tausende von Londonern zum Opfer fielen, war es durch massive Luftverschmutzung regelmäßig zu Krisen gekommen, in denen das Alltagsleben unter freiem Himmel und sogar in Häusern wegen des dichten Smogs zum Erliegen kam – so beispielsweise im Januar 1942, als Orwell mit Richard in der Stadt wohnte, und ein weiteres Mal 1948, als mehrere hundert Menschen zu Tode kamen. Obendrein war die Stadt nach dem Krieg voller Schutt und Ruinen: Die Bombenangriffe der Deutschen hatten insgesamt 1,7 Millionen Gebäude beschädigt und mehr als 70000 zerstört.

Bereits im Sommer 1940 hatte Orwell in sein Tagebuch geschrieben: «Ich denke ständig an meine Hebriden-Insel, die ich wohl nie besitzen oder auch nur sehen werde.» Mit dem Umzug auf die Insel konnte er sich dank der Einnahmen aus seiner dystopischen Fabel einen Traum erfüllen. Auf Jura war die Luft frisch und das Wetter im Sommer meist angenehm mild. Allerdings rauchte Orwell auch dort weiterhin seinen starken Tabak, verbrannte Torf, und der Ofen in seinem Arbeitszimmer wurde mit Paraffin beheizt – nichts, was einer kranken Lunge zuträglich gewesen wäre. Immerhin verbrachte er viel Zeit im Freien. Als er im November wieder in London war, berichtete er, in der Stadt herrsche größere Kälte als auf der Insel, und der Brennstoff sei noch knapper.

Mit dem Umzug nach Jura verknüpfte Orwell die Hoffnung, seinem Sohn ein Umfeld zu bieten, in dem er sich frei bewegen könnte. Für sich sah er die Möglichkeit, aus der Londoner Literaturszene herauszukommen und wieder mehr zu schreiben. Er war ein liebevoller, sehr engagierter Vater. Den Erinnerungen von Susan Watson zufolge gab er damit an, «dass er sich während der Bombardierungen ganz allein um Richard gekümmert hatte, und er war stolz darauf, nur ein einziges Fläschchen ausgelassen zu haben, weil er mit dem Kind in den Luftschutzbunker gehen musste. Einige hatten geglaubt, er würde Richard nach Eileens Tod weggeben, aber daran hat er keine Sekunde gedacht.» Vielleicht zog er auch deshalb auf die Insel, weil er glaubte, dass eine Stadt wie London in künftigen Atomkriegen zur Zielscheibe werden könnte, und Bombenangriffe hatte er genug erlebt. Außerdem wollte er möglichst weit weg vom stark reglementierten Staat der Nachkriegszeit. Einem Freund schrieb er, dass er für das Gewehr, mit dem er auf Kaninchenjagd gehe, keinen Waffenschein benötige, «weil es auf der Insel keinen einzigen Polizisten gibt!»

Sobald sich alles eingespielt hatte, konnten er und die Menschen in seiner direkten Umgebung – Richard, Susan Watson, die sich als Kindermädchen um den Kleinen kümmerte, bis sie von Orwells unerbittlicher, schwer arbeitender jüngeren Schwester Avril Blair vertrieben wurde, diverse Gäste und schließlich auch Farmarbeiter – ziemlich gut von den Früchten des Gartens leben, von der frischen Milch und der Butter, die zunächst von einem zwei Kilometer entfernten Kleinbauern kamen, dann von der eigenen Kuh. Sie hatten die Eier der eigenen Hühner, die von Orwell erlegten Kaninchen, Fisch, den er von einem kleinen Motorboot aus fing, Krebse und Hummer aus Fallen und gelegentlich eine Festtagsgans aus der selbst gehaltenen Herde. Im Moor konnte man Torf für den Eigenbedarf stechen, was Orwell auch tat. Wegen der Lebensmittelrationierung, die im Krieg begonnen hatte (und erst in den fünfziger Jahren beendet wurde), fehlte es allerdings immer an Mehl und Brot, sodass Besucher inständig um entsprechende Mitbringsel gebeten wurden. In einem kurz zurückliegenden Gespräch über die Zeit, die er mit seinem Vater auf Jura verbrachte, erzählt Richard Blair, dass sie insgesamt eine Fläche von sechseinhalb Hektar bewirtschaftet hätten.

Die Briefe, in denen Orwell seine Freunde zu Besuchen animierte, entbehren wegen der ständig wiederholten Anweisungen nicht einer gewissen Komik: «[...] erkläre ich dir, wie du hierherkommst. Die Reise ist im Grunde nicht problematisch, außer dass du die letzten 13 Kilometer zu Fuß gehen musst.» Zunächst waren Zug- und Busfahrten zu bewältigen und anschließend die Überfahrt mit der Fähre. Die erwähnten letzten dreizehn Kilometer mussten auf einer Straße zurückgelegt werden, die für die meisten Fahrzeuge selbst bei Trockenheit zu holprig und bei Nässe vollkommen unpassierbar war. Orwell ging die Strecke oft zu Fuß und trug dabei manchmal obendrein Gepäck oder Möbelstücke. Hin und wieder stieg er auf ein Motorrad, das ständig repariert werden musste. Strom gab es nicht, und das nächste Telefon war zwanzig Kilometer entfernt. Doch er fühlte sich offenbar wohl. Im Juni begann er mit der Aussaat in seinem ambitionierten Gemüsegarten und pflanzte später Blumen, darunter Lupinen, Stiefmütterchen, Schlüsselblumen, Tulpen und wiederum Rosen. Im Juli bestellte er sechs Apfelbäume und sechs andere Obstgewächse, darunter zwei Schattenmorellen. Er pflanzte eine neue Zukunft, erhoffte sie sich zumindest.

Ich meinerseits hatte gehofft, mir das Haus im Jahr 2020 ansehen zu können. Dann durchkreuzte die Pandemie meine Pläne, und mir blieb nur, der Besitzerin von Barnhill zu schreiben. Auf meine Frage, ob von Orwells Arbeit noch irgendetwas zu sehen sei, antwortete Damaris Fletcher, ein Mitglied der Familie, in deren Besitz das Anwesen schon zu Orwells Zeiten gewesen war: «Da der ‹Garten› von Barnhill nicht eingezäunt ist, sind schon oft Rotwild und Wildziegen auf der Suche nach Futter bis an die Fenster gekommen. [...] Die einzige Pflanze aus Orwells Zeit hier im Haus, die wie durch ein Wunder überlebt hat, ist die Azalee vor dem Küchenfenster.» Und sie fügte hinzu: «Bei der Entscheidung, was er auf dem torfigen Moorboden und angesichts der sehr kurzen Vegetationszeit anbauen sollte, erwies sich der große Orwell als romantischer Träumer. Man kann auf Jura durchaus Gärten anlegen, aber ich denke da oft an den Garten meiner Schwiegermutter in Ardlussa. Der ist zum Schutz vor plündernden Tieren und dem kalten Wind von einer drei Meter hohen Ziegelmauer umgeben, und die Erde wurde vom Festland geliefert. Die Boote luden Schiefer aus dem hiesigen Steinbruch, und vor der Rückfahrt wurde der Laderaum mit der besten Gartenerde gefüllt.» Orwells Zuversicht in Hinblick auf die Langlebigkeit sowohl des Gartens als auch des Gärtners war verfehlt; doch vielleicht war sie ja als trotzige Geste gedacht oder als eine Art Glücksspiel.

In jenem Frühling der zahlreichen Essays hatte er viel über das häusliche Leben, über Behaglichkeit und Privatheit nachgedacht. Zu Beginn des Essays «Decline of the English Murder» wird die Vorstellung eines fiktiven Lesers heraufbeschworen, der sonntagnachmittags auf dem Sofa vor dem Kamin sitzt und sich nach dem Genuss eines Bratens mit *Yorkshire Pudding* und «einer Tasse mahagonibraunen Tees in die perfekte Stimmung versetzt sieht», ein Buch zu lesen, in dem ein Mord geschieht. In einem Artikel vom Januar 1946 hatte Orwell Pläne für einen ultramodernen Wohnungsbau kritisiert und behauptet, dass die Menschen zwar «Kinderkrippen und Mütterberatungsstellen, aber eben auch Privatsphäre haben möchten. Sie möchten sich Arbeit ersparen, aber ihr Essen eben auch selbst kochen. [...] Ein starker Instinkt warnt sie davor, die Familie zu zerstören, die einzige Zuflucht vor dem Staat in modernen Zeiten.» In *1984* würden die Privatsphäre und persönliche Beziehungen als Bollwerke des Individuums zum zentralen Thema werden.

Jahre nach Orwells Tod schrieb sein Freund Sir Richard Rees: «Eine meiner eindrücklichsten Erinnerungen an diesen unbeirrbaren Mann, der sich sein Märtyrertum selbst auferlegt hatte, betrifft die Behaglichkeit, die er verströmte. Bei der mitternächtlichen Rückkehr von einer der vielen katastrophal verlaufenen Besorgungstouren auf Jura – wenn man beispielsweise das letzte Stück zu Fuß hatte zurücklegen müssen, weil der Laster mit den unentbehrlichen Lampenöl-Fässern irgendwo in den Bergen liegen geblieben war – stellte man fest, dass Orwell sein Krankenzimmer verlassen, den Herd in der Küche angeheizt und das Abendessen gekocht hatte – und nicht nur, um dem Zweck Genüge zu tun, sondern so, dass auf allem ein heimeliger, gastlicher, an Dickens erinnernder Schimmer lag.» Und obwohl auf Jura so viel zu tun war, hatte er bereits die ersten fünfzig Seiten seines neuen Romans geschrieben, als er die Insel im Herbst verließ. Genauer gesagt beklagte er, nicht mehr geschafft zu haben. Doch um diese fünfzig Seiten schreiben zu können, hatte er zuvor die Grundlage für das gesamte Buch erarbeiten müssen.

2
«Wie die Hagebutte zur Heckenrose»

In seiner Autobiografie *Erinnerung, sprich* schreibt Vladimir Nabokov, der nicht nur Romanautor, sondern auch leidenschaftlicher Schmetterlingsforscher war: «Es ist erstaunlich, wie Schmetterlinge dem Blick des normalen Sterblichen entgehen. ‹Keine›, erwiderte seelenruhig der rüstige Schweizer Wandersmann mit Camus im Rucksack, als ich ihn meiner ungläubigen Gefährtin zuliebe fragte, ob er auf dem Wege, den er gerade herabgekommen war und auf dem Du und ich vor wenigen Augenblicken noch in ganzen Schwärmen von ihnen geschwelgt hatten, irgendwelche Schmetterlinge bemerkt habe.» Weil man sieht, was man sucht, kehrte ich nach der Begegnung mit Orwells Rosen und der Beschäftigung mit vieler seiner anderen Werke zu dem Roman zurück, den ich schon so oft gelesen hatte.

Wer ein wichtiges Buch zum wiederholten Mal liest, besucht gewissermaßen aufs Neue eine alte Freundin. Man erkennt bei einer solchen Wiederbegegnung, wie sehr man sich verändert hat, sieht anders, weil man anders ist. Manche Bücher wachsen im Lauf der aufgefrischten Bekanntschaft, manche verkümmern. Oder man findet andere Antworten, weil man andere Fragen stellt. Diesmal fiel mir auf, wie viel Sinnlichkeit, Schönheit und Freude in *1984* vorkommt – gefährdet, heimlich, entstellt, aber vorhanden. Die meisten erinnern sich an den Großen Bruder, die Gedankenpolizei, das Gedächtnisloch, Neusprech, Folter und an die anderen Aspekte einer brillant ausgearbeiteten Vision des auf die Spitze getriebenen Totalitarismus. Das war bei Erscheinen des Buchs das Neue und Verblüffende und stand für alles, was die Werte Orwells und seines Protagonisten bedrohte.

Zwangsläufig geht es auch in dem Roman um diese Werte. Winston Smith ist alles andere als ein Vorbild oder Held, aber er widersetzt sich. Sein Widerstand äußert sich nicht in Taten, die den Umsturz des Regimes zur Folge hätten – auch wenn er den Umsturz anstrebt und sich schließlich bereitwillig dafür einsetzt –, sondern in Gedanken und Handlungen, die den Prinzipien der Partei zuwiderlaufen. Diese Prinzipien beruhen nicht nur auf der Überwachung von Verhalten und Infrastruktur, sondern auch auf der Kontrolle des Bewusstseins und der Kultur. Deshalb bemüht sich Smith um ein Innenleben mit Erinnerungen, Gedanken, Gefühlen, Vernunft, Eigensinn, wahrer Einsamkeit und echten menschlichen Verbindungen und sammelt Beweise für die Existenz einer objektiven Realität, der seine Loyalität gilt – versucht er doch ständig, ein stabiles Bewusstsein der Vergangenheit zusammenzustückeln, obwohl seine Tätigkeit im Ministerium für Wahrheit gerade darin besteht, sie zu verändern. Er sehnt sich nach dem Geistigen und Sinnlichen im Leben, nach Schönheit, Geschichte, Natur, Freude, Sex und nach der Privatsphäre und Freiheit, die all das erst ermöglichen. Seine Liebesbeziehung mit einer Frau (eine Beziehung, die diese Qualitäten in gewisser Weise in sich birgt) treibt die Handlung des Romans voran.

Falls es denn eine Handlung gibt. Im ersten Kapitel beginnt Smith Tagebuch zu schreiben und verwendet dazu ein schönes altes Buch mit cremefarbenem Papier und marmoriertem Einband, erstanden in einem Trödelladen in einem proletarischen Viertel der Stadt, die einst London war. Das Buch ist wegen der sinnlichen Materialien, aus denen es besteht, und weil es zu privaten Gedanken und Notizen anregt, ein Relikt der Vergangenheit, denn auch Hoffnung, Introspektion und Erinnerung sind durch das Regime bedroht. «Er war bereits tot [...]», denkt er, während er mithilfe eines Tintenfässchens und eines altertümlichen Federhalters zu schreiben beginnt, und weiter: «Jetzt, da er sich selbst als toten Mann begriffen hatte, wurde es ihm wichtig, so lange wie möglich am Leben zu bleiben.»

Doch genau das tut er nicht. Stattdessen beschließt er, sein Leben so intensiv wie möglich zu leben, sein Verhalten wird riskant – er schreibt subversive Gedanken in sein Tagebuch, vernachlässigt seine Pflichten, streift allein umher, geht eine Liebesbeziehung ein und wagt den politischen Widerstand. Er ist dabei von Beginn an zum Scheitern verurteilt. Seine Freiheit besteht allein in dem, was er sagt und tut. Die buddhistische Parabel von dem Menschen, der von einem Tiger verfolgt über eine Klippe fällt und ein Erdbeerpflänzchen zu fassen bekommt, das sich nach und nach aus dem Fels löst, sodass der Todessturz unvermeidlich wird, rät, die Erdbeere mit Genuss zu essen. Diesem Rat folgte Orwell mit seinem neuen Leben auf Jura und Winston Smith mit seiner Suche nach kleinen Vergnügungen und privaten Freiheiten.

Bei der erneuten Lektüre fiel mir außerdem auf, wie verträumt *1984* ist, wie weit entfernt vom konventionellen realistischen Roman, der sich an die Regeln der Wahrscheinlichkeit und Glaubwürdigkeit hält. Im dritten Kapitel träumt Smith von seiner Mutter und seiner jüngeren Schwester, die in dem Chaos verschwanden, das der bestehenden Ordnung vorausging – er träumt oft von den beiden –, und dann von einem Ort: «Plötzlich stand er auf kurzem, federndem Rasen, an einem Sommerabend, während die schräg einfallenden Strahlen der Sonne den Boden vergoldeten. Die Landschaft, die er um sich herum wahrnahm, tauchte immer wieder in seinen Träumen auf, sodass er sich nie richtig sicher war, ob er sie in der wirklichen Welt gesehen hatte oder nicht. In der wachen Welt seiner Vorstellungen nannte er diese Landschaft das Goldene Land. Es war eine alte, von Kaninchen bewohnte Wiese, mit einem quer verlaufenden Fußpfad und hier und da einem Maulwurfshügel.» Eine klassische Orwell-Landschaft von nicht unbedingt außergewöhnlicher Schönheit.

In dem Traum taucht eine junge Frau auf. «Mit einer einzigen fließenden Bewegung riss sie sich die Kleider vom Leib und warf sie verächtlich beiseite.» Smith staunt über die Geste. «Mit dieser Anmut und Unbekümmertheit schien sie eine ganze Kultur abzuschütteln, ein ganzes Gedankengebäude, als könnten der Große Bruder und die Partei und die Gedankenpolizei mit einer einzigen ausladenden Armbewegung ins Nichts gefegt werden.» Hundert Seiten später hat er die dunkelhaarige Julia kennengelernt, die ihm den komplizierten Weg zu einem Treffpunkt außerhalb Londons beschreibt, einem Ort, der bis hin zu den Maulwurfshügeln dem Goldenen Land seiner Träume gleicht. Dort entledigt sie sich «mit derselben großartigen Geste, mit der eine ganze Kultur ausgelöscht zu werden schien» ihrer Kleider.

Traum und Albtraum durchziehen den ganzen Roman, denn das Regime kennt Smiths Gedanken, Handlungen und Ängste besser, als es seine eigene Überwachungstechnik vermag. Genauer gesagt: Traum, Albtraum und lange, informative Exkurse über die Mechanismen der Welt von *1984*. Der Roman enthält einen umfangreichen Ausschnitt aus dem verbotenen Buch des vom Regime verteufelten Goldstein, einen Anhang über Neusprech sowie mehrere kürzere, in den Text eingewobene Abhandlungen über die Politik und die Methoden, mit denen es Winston und Julia zu tun haben. Bevor ich es wieder las, dachte ich, diese drei Bestandteile würden nicht miteinander verschmelzen, was sie aber – und zwar großartig – tun. Meist funktioniert das, indem von einem Erlebnis Winstons unmerklich zur Erläuterung eines Aspekts seiner Lebenswelt übergegangen und dann wieder zu Tagtraum und Traum gewechselt wird.

Ein wiederkehrendes Motiv sind die Gesten von Frauen: die erotische, Hingabe und Offenheit vermittelnde Geste der Geliebten, die zurückgenommene und beschützende der Mutter. Der Roman erzählt von starken Frauen, deren Kraft den im bösen Sinn starken Männern entgegensteht und über die sogar die etwa sechzigjährige warmherzige Trinkerin mit Nachnamen Smith verfügt, die Winston im Gefängnis des Ministeriums für Liebe den Arm um die Schulter legt und darüber sinniert, dass sie seine Mutter sein könnte. Kurz nach dem Beginn der Handlung sieht Winston in einem Kinofilm, wie geflüchtete Kinder in einem Rettungsboot von Maschinengewehren niedergemäht werden. Eine Frau in dem Boot versucht, ihren kleinen Sohn mit den Armen zu schützen, kann die Kugeln aber natürlich nicht abhalten. Diese Geste taucht erneut auf, als Winston wieder von seiner Mutter träumt: «Der Traum stand ihm immer noch lebhaft vor Augen, insbesondere die umschließende, beschützende Armbewegung, in der seine ganze Bedeutung enthalten zu sein schien.»

Er denkt an seine Mutter: «Es wäre ihr nie in den Sinn gekommen, dass eine Handlung, die wirkungslos ist, deshalb bedeutungslos wird. Wenn man jemanden liebte, liebte man ihn, und wenn man nichts anderes geben konnte, gab man ihm oder ihr immer noch Liebe.» Dinge, die um ihrer selbst willen geschehen, ohne einem übergeordneten Zweck zu dienen oder Teil einer praktischen Maßnahme zu sein, tauchen in Orwells Buch wiederholt als Ideale auf. Die Drossel im Goldenen Land singt aus keinem erkennbaren Grund, und das Lied des Vogels vertreibt Winstons Angst und seine Gedanken und bringt ihn ganz zu sich.

Das Goldene Land, wo sich Winston und Julia zum ersten Mal lieben, ist zwar ein kraftvoller Ort, doch den Kern des Romans bildet das Zimmer über dem Trödelladen im Prole-Viertel, in dem Winston das alte Buch und später einen Briefbeschwerer aus Glas mit einem Stück Koralle darin gekauft hat. Wie die Drossel ist ihm auch dieser Briefbeschwerer deshalb so wichtig, weil er keinen Nutzen erfüllt, sondern um seiner selbst willen existiert. Nutzlosigkeit ist per se eine Form von Widerstand; das, was als nutzlos gilt, erfüllt in Wahrheit subtilere Zwecke. Der Briefbeschwerer, den Winston mitnimmt und auf den Tisch im Zimmer legt, besitzt eine eigene Kraft. Er ist eine Linse, die den Blick in eine andere Welt ermöglicht, «ein kleines Stück Geschichte, das man vergessen hat zu ändern. [Er] ist eine Botschaft von vor hundert Jahren, wenn man sie entschlüsseln könnte.» Und er ist die Welt, die sich die beiden geschaffen haben: «Der Briefbeschwerer war das Zimmer, in dem er sich befand, und die Koralle war Julias Leben und sein eigenes Leben, festgehalten für die Ewigkeit im Herzen des Kristalls.»

Auch vor dem Fenster des Zimmers gibt es etwas, was ihn verzaubert. Dreimal sieht er beim Blick nach draußen «[...] eine unförmige Frau, stämmig wie eine normannische Säule, mit kräftigen, geröteten Unterarmen und einer Sackleinenschürze um die Hüften [...]». Wenige Seiten später heißt es: «Man gewann den Eindruck, dass diese Frau vollkommen zufrieden gewesen wäre, wenn der Juniabend ewig so weitergegangen wäre, wenn die Kleidungsstücke nie ausgegangen wären, wenn sie dort tausend Jahre Zeit gehabt hätte, Windeln aufzuhängen und diesen Quatsch zu trällern.» Jedes Mal wenn Winston und Julia die Frau sehen, hängt sie Windeln auf und singt dabei mit kräftiger Altstimme und starkem Cockney-Akzent immer dasselbe Lied – zwar nur einen «schmalzigen Song», doch die um Liebe, Sehnsucht und Verlust kreisenden Reime wirken subversiv, weil sie private Bindungen und persönliche Erinnerungen würdigen, und die Stimme überhöht mit ihrer emotionalen Wucht noch den Inhalt des Textes.

Früh im Roman kommt Winston der Gedanke, dass das Tragische, wie es seiner Mutter widerfuhr, «in eine längst vergangene Zeit [gehörte], in eine Zeit, als es noch Privatsphäre, Liebe und Freundschaft gab und die Mitglieder einer Familie noch füreinander da waren, ohne nach einem Grund fragen zu müssen». Die Sängerin und das Lied feiern zumindest eine banale Form solcher Liebe. Mit ihrem Lied erinnert sich die Frau, trauert, bringt Wertschätzung für etwas zum Ausdruck oder singt doch zumindest davon. Die Windeln zeigen, dass sie neues Leben umsorgt, wodurch eine gewisse Hoffnung für die Zukunft entsteht und in der Gegenwart der Gestus der Fürsorglichkeit aufscheint. Das Regime setzt alles daran, jede Hoffnung und Erinnerung, die Geschichte und menschliche Beziehungen zu vernichten und eine unveränderliche Gegenwart zu schaffen, in der es absolute Kontrolle nicht nur über äußere Ereignisse, sondern auch über das Innenleben der Menschen ausübt. Liebe ist subversiv. Erinnerung ist subversiv. Hoffnung ist subversiv, und sogar die Wahrnehmung ist es. «Die Partei befahl, man dürfe der Beweiskraft der eigenen Augen und Ohren nicht trauen. Das war ihr letztgültiger und essenziellster Befehl.» Später werden auch die Wissenschaft, die Evolutionsgeschichte, die fossile Überlieferung und das Alter der Erde von einem Folterer negiert: «Wir machen die Gesetze der Natur.»

Es gab sie vielleicht schon vor tausend Jahren und wird sie in tausend Jahren noch geben. Die Waschfrau ist eine Offenbarung, eine elementare Lebenskraft, etwas Überirdisches, eine Fruchtbarkeitsgöttin. Während sich Winstons Idyll seinem brutalen Ende nähert, sieht er sie ein letztes Mal, nachdem er Julia im Mahagonibett Goldsteins Buch vorgelesen hat. Als er die Passage erreicht, die das zentrale Geheimnis des Regimes zu enthüllen verspricht, ist Julia eingeschlafen. Frustriert, aber auch in seiner Einschätzung bestärkt durch ein Buch, das bis dahin nur bestätigt hat, was er schon wusste, verstummt Winston, schläft ebenfalls ein und hört beim Aufwachen wieder das Lied der Waschfrau.

Als er diesmal ans Fenster tritt, betrachtet er sie bei ihrer Arbeit in einer frischen, vom Regen gesäuberten Welt genauer, und es «[...] ging ihm zum ersten Mal auf, dass sie schön war. Nie zuvor wäre ihm eingefallen, dass der Körper einer Frau von etwa fünfzig Jahren, der vom Kinderkriegen enorm in die Breite gegangen und danach von der Arbeit abgehärtet war, bis er rau war wie eine überreife Rübe, schön sein könnte. Aber so war es, ‹und warum auch nicht?›, dachte er. Der feste, konturenlose Körper, wie ein Granitblock, und die raue, gerötete Haut verhielten sich zu einem Mädchenkörper wie die Hagebutte zur Heckenrose. Warum sollte man die Frucht geringer achten als die Blüte?»

Offenbar ist dies für den Autor nicht weniger als für seinen Protagonisten ein Moment, in dem sie eine ganz eigene Form von Schönheit erkennen, eine Zähigkeit, die dem Leben entspricht und für seinen Fortbestand sorgt, eine Überlebenskraft und ein Durchhaltevermögen, die schon an sich schön sind. Und ein Moment, in dem die Metapher das Trennende überwinden hilft, in dem das, was er über die Blüte, die Frucht und den Ablauf der Zeit in der Botanik gelernt hat, Werkzeug zum Verständnis des Menschen wird. «Sie hatte ihre Blütezeit gehabt», sagt sich Winston, «vielleicht für ein Jahr mit der Schönheit einer Heckenrose, dann war sie plötzlich angeschwollen wie eine überreife Frucht und war hart und rötlich und rau geworden, und dann war ihr Leben bestimmt gewesen von Wäschewaschen, Schrubben, Stopfen, Kochen, Fegen, Polieren, Flicken, Schrubben, Wäschewaschen, erst für die eigenen, dann für die Enkelkinder, über dreißig ununterbrochene Jahre hinweg. Und nach all dem sang sie immer noch.» Er denkt an die Drossel, die im Goldenen Land sang, an Dinge, die nur um ihrer selbst willen existieren, die etwas preisen, und empfindet «mystische Verehrung» für die Sängerin. Kurz darauf stürmt die Gedankenpolizei das Zimmer, und mit der Idylle ist es vorbei. Dass sie mit einer Vision von Schönheit und Ehrfurcht endet, empfand ich beim Wiederlesen als sehr bedeutsam.

Der Rest des Romans erzählt von Winstons Zerstörung und seinem erbärmlichen Leben danach. Doch er hat das Gesuchte gefunden. «Wenn es noch Hoffnung gibt», denkt Winston mehrmals, «dann liegt sie bei den Proles.» Dass man ihn mittels Gehirnwäsche und Folter zu einem gebrochenen, gefügigen Halbtoten gemacht hat, bedeutet nicht den Untergang. Das Buch stützt seine abschließende Aussage nicht auf Winstons Schicksal, sondern setzt auf die Waschfrau und auf das, wofür sie steht – Lebendigkeit, Großherzigkeit, Fruchtbarkeit. Zumindest war das mein Eindruck.

Margaret Atwood hat mit einer anderen Begründung darauf hingewiesen, dass *1984* nicht die absolute Dystopie ist, für die der Roman meistens gehalten wird. «Man hat Orwell Verbitterung und Pessimismus vorgeworfen, hat ihn beschuldigt, uns mit der Vision einer Zukunft alleingelassen zu haben, die dem Einzelnen keine Chance lässt und darin besteht, dass der brutale, totalitäre Stiefel der alles kontrollierenden Partei das menschliche Gesicht unaufhörlich zertrampelt», schrieb sie 2003 im *Guardian*. Sie argumentiert mit dem letzten Teil des Romans, dem Anhang über Neusprech, der wie ein historisches Dokument formuliert ist: «Der Essay über Neusprech ist in englischer Hochsprache, in der dritten Person und in der Vergangenheitsform verfasst, was nur bedeuten kann, dass das Regime gestürzt worden ist und Sprache und Individualität überlebt haben. Für den Verfasser des Essays über Neusprech, wer immer er sei, ist die Welt von *1984* Vergangenheit. Deshalb glaube ich, dass Orwell sehr viel mehr Zutrauen zur Widerstandskraft des menschlichen Geistes hatte, als ihm gemeinhin attestiert wird.» Atwood hat sich dieses Mittel geborgt und in dem pseudowissenschaftlichen Nachwort ihres Romans *Der Report der Magd* angedeutet, dass auch das Regime in ihrem Buch untergehen wird.

Grauen muss nicht ewig anhalten, um seine Wirkung zu entfalten. Die Sowjetunion, die 1991 zerfiel, hatte den Tod von mehreren zehn Millionen Menschen verursacht und noch weit mehr zerrüttet und in Leid gestürzt, und zum Teil lebt die Brutalität des früheren Regimes im heutigen Russland fort (dessen Regierung Stalin nach Kräften rehabilitiert, die Geschichte umschreibt und Dissident*innen tötet). Auch Freude muss und kann nicht unaufhörlich sein. Winston Smith sucht Freude und Vergnügen. Nachdem er beides gefunden hat, foltert man ihn und unterzieht ihn einer Gehirnwäsche, damit er ein zu Freude und Vergnügen unfähiger Mensch wird. Doch er hat auch die Wahrheit gesucht, einen Sinn. Man darf nicht übersehen, dass auch sie ihm wichtig sind, auch sie vom Regime zertrampelt werden.

Er ist geschlagen; aber davor hat er gelebt, und obwohl solche Siege flüchtig sind, sind sie doch Siege. Gibt es denn einen Sieg, der nicht zeitlich begrenzt ist? In Orwells Roman steckt eine weitere Geschichte, in der Winston Smith keine Regeln bricht, kein Risiko eingeht, keine Freude findet, mit keiner Frau schläft. Eine Geschichte ohne Folter und Gefängnis, besser gesagt: eine Geschichte, in der Gefängnis und Folter zwar existieren, ihn aber wesentlich effizienter über den Gehorsam kontrollieren, den er dem Regime gegenüber aus Vorsicht übt, als wenn sie ihm nach seiner Rebellion direkt als Strafe auferlegt würden.

Nachdem Julia und er sich im Goldenen Land zum ersten Mal geliebt haben, sinniert Winston: «Früher, dachte er, betrachtete ein Mann den Körper einer jungen Frau und fand ihn begehrenswert, und damit hatte es sich.» Jetzt ist daraus ein politischer Akt geworden, ein Schlag gegen das Regime, ein Sieg. Wenn auch ein flüchtiger, für den sie zahlen werden. *1984* ist eine Warnung vor gegenwärtigen wie potenziellen Gefahren, eine Verteidigung all dessen, was Orwell wertschätzte. Auch das fiel mir beim Wiederlesen auf. Eine Warnung ist keine Prophezeiung: Warnungen setzen voraus, dass wir uns entscheiden können, und weisen auf die Konsequenzen hin, während Prophezeiungen auf einer nicht veränderbaren Zukunft beruhen (und natürlich handelt das Buch sowohl von Gräueln und Gefahren seiner Gegenwart als auch davon, was daraus wird, wenn man sie an ihr logisches Ende führt). Mit den Worten Octavia Butlers, die in ihren Romanen über Utopien und Dystopien spekulierte:

«Schon der Versuch, nach vorn zu blicken, um Möglichkeiten erkennen und auf Gefahren aufmerksam machen zu können, ist ein Akt der Hoffnung.»

Orwell vollendete den Roman, während er allmählich an der Tuberkulose zugrunde ging, und oft heißt es, Winston Smiths erschreckender körperlicher Verfall im Gefängnis sei ein Spiegelbild der Zerrüttung des Autors aufgrund der Krankheit und der brachialen Therapien, mit der sie behandelt wurde. In gewisser Weise hatten die Bakterien seine Lunge in einen Garten verwandelt, in dem sie prächtig gediehen und sich von ihm ernährten, als wäre das weiche Gewebe fruchtbarer Humus. Die Tuberkulose grassierte das ganze 19. Jahrhundert hindurch und bis ins 20. Jahrhundert hinein – zu den Schriftsteller*innen, die ihr zum Opfer fielen, gehörten John Keats, Emily Brontë, Henry David Thoreau, Paul Laurence Dunbar, Anton Tschechow und Franz Kafka. Als Orwell im Sterben lag, waren die ersten Antibiotika, die eine Heilung ermöglichten, gerade erst entwickelt worden. In den wohlhabenderen Ländern wird die Krankheit heute mit verbesserten Antibiotika geheilt, doch sie führt noch immer zum Tod von jährlich mehr als einer Million Menschen und zählt zu den am häufigsten auftretenden Infektionskrankheiten. Das Immunsystem gesunder Menschen kann das Fortschreiten der Krankheit meist aufhalten oder die Bazillen ganz vernichten. Doch Orwell war nicht gesund.

Nach einem Winter in London hielt er sich von April bis Dezember 1947 wieder in Barnhill auf. Als er erneut abreiste, blieb seine Schwester Avril und kümmerte sich um die Tiere und den Garten – besser gesagt, um die Farm, denn der Garten war um einiges größer geworden. Im Herbst hatte Orwell trotz seines schlechten Zustands einen Entwurf des Romans fertiggestellt; nun begab er sich an Heiligabend in ein Krankenhaus in der Nähe von Glasgow, wo er sieben Monate blieb. Weil Tuberkelbazillen viel Sauerstoff benötigen, versuchten die Ärzte, die Luftzufuhr in den linken Lungenflügel zu reduzieren. Sie durchschnitten den Zwerchfellnerv, der die Atmung gewährleistet, und pumpten im Abstand von mehreren Tagen Luft in den Bauchraum, um den Druck auf den stillgelegten Lungenflügel aufrechtzuerhalten.

Obwohl Orwell aß, so viel er nur konnte – auch das gehörte zur Therapie –, wurde er immer dünner. Sein Körper verfiel; die Organfunktionen ließen nach, Zellwände, Venen, Arterien und Kapillargefäße rissen ein, was zu starken Blutungen führte. Er löste sich förmlich auf. Obendrein befürchtete er, Richard mit der Krankheit anzustecken: «Seit mir klar war, was mit mir nicht stimmt», schrieb er am Neujahrstag 1948 an die Witwe von Eileens Bruder, «habe ich alles unternommen, damit er nicht mehr in mein Zimmer kam, was aber natürlich nicht immer gelang.»

Mit Unterstützung seines Freundes Dave Astor, der ihm eine Ausfuhrgenehmigung verschaffte, und dank seines neuen Wohlstands konnte er sich Streptomycin besorgen, ein Antibiotikum, das in den USA bereits zur Behandlung von Tbc angewendet wurde, in Großbritannien aber noch nicht erhältlich war. Wahrscheinlich aufgrund der mangelnden Erfahrung seiner Ärzte mit dem Medikament nahm er täglich eine so hohe Dosis ein, dass sich seine Haut rötete und schälte, seine Haare und Nägel aus- beziehungsweise abfielen und sich im Rachenraum Geschwüre bildeten, die nachts so stark bluteten, dass sein Mund jeden Morgen mit geronnenem Blut verklebt war. Nach fünfzigtägiger Einnahme beendete Orwell die Therapie, und die Symptome verschwanden. Den Rest des importierten Antibiotikums verschenkte er und rettete damit angeblich zwei Frauen vor der Krankheit.

Nachdem er im Spätsommer 1948 für den Rest des Jahres auf die Insel zurückgekehrt war, führte er sofort sein Haushaltstagebuch weiter. Im ersten Eintrag berichtet er vom Hafer und vom Heu und notiert: «Rosen, Mohnblumen, Nelken, Ringelblumen in voller Blüte, Lupinen blühen noch teilweise. [...] Viele Äpfel an einigen Bäumen von 1946, aber kein starkes Wachstum. Erdbeeren hervorragend.» Den Hühnern, Kühen und dem Schwein ging es gut; auch ein Pferd namens Bob war angeschafft worden. Im Gegensatz zu den früheren Tagebüchern schrieb er in diesem auch über seinen eigenen Gesundheitszustand. Obwohl er an manchen Tagen zu schwach war, um etwas zu notieren, blieb er bis Heiligabend, dem Datum der letzten Eintragung. «Überall Schneeglöckchen. Ein paar Tulpen sind gekommen. Noch immer vereinzelte Goldlackblüten.» Eine gute Woche später wurde er in ein Sanatorium in den Cotswolds gebracht, wo er sich die ersten neun Monate des Jahres 1949 aufhielt.

Weil sich sein Zustand zusehends verschlechterte, wurde er ins Londoner University Hospital eingewiesen. In seinem letzten Tagebuch berichtet er von Todesträumen, wie er sie nannte: «Manchmal vom Meer oder von der Küste – häufiger von riesigen prachtvollen Gebäuden oder Straßen oder Schiffen, in denen ich mich oft verlaufe, aber immer mit einem seltsamen Glücksgefühl und dem Eindruck, im Sonnenschein zu gehen. Die Gebäude usw. stehen fraglos für den Tod.» Wenige Wochen vor seinem sechsundvierzigsten und letzten Geburtstag am 25. Juni 1949 erschien *1984* in Großbritannien und den USA. Der Roman wurde vielfach rezensiert und beeindruckte Kritiker*innen und Leser*innen zutiefst; bis heute sanken weder die Verkaufszahlen, noch hat die Wirkung des Buchs jemals nachgelassen. Von sowjettreuen Kommunist*innen und von Sozialist*innen, die den Roman als Angriff auf die damals regierende Labourregierung betrachteten, wurde *1984* heftig kritisiert, von Konservativen wiederum damals wie heute als ein Buch missverstanden, das kommunistische beziehungsweise sozialistische Ansichten vertrete.

Orwell versuchte, diese Fehlwahrnehmung in einem Schreiben an den Vorsitzenden der amerikanischen Automobilarbeiter-Gewerkschaft richtigzustellen, das im Magazin *Life* abgedruckt wurde. «Mein Roman *1984* soll kein Angriff auf den Sozialismus oder die britische Labour Party sein, sondern aufzeigen, zu welchen Perversionen eine staatlich gelenkte Wirtschaft führen kann, die im Kommunismus und im Faschismus zum Teil bereits Wirklichkeit wurde. Ich glaube nicht, dass die von mir beschriebene Gesellschaft *tatsächlich* entstehen wird, aber ich glaube (immer unter Berücksichtigung der Tatsache, dass es sich um eine Satire handelt), dass etwas Ähnliches entstehen *könnte*. Ebenso glaube ich, dass sich totalitäre Ideen in den Köpfen von Intellektuellen überall auf der Welt festgesetzt haben.» Mit dem Schauplatz der Romanhandlung – England – solle unterstrichen werden, dass der Totalitarismus überall triumphieren könne. Wenige Tage später berichtete er seinem Freund Richard Rees in einem Brief, er wolle sich auf Jura weitere Schweine anschaffen.

Am frühen Morgen des 21. Januar 1950 starb Orwell in seinem Zimmer im Privatkrankenhaus an einer massiven Lungenblutung, was nichts anderes bedeutet, als dass er an seinem eigenen Blut erstickte. In dem Raum stand eine Angelrute. Wenige Monate zuvor hatte er in einer eigens für den

Anlass gekauften Hausjacke aus Samt die junge Zeitschriftenredakteurin Sonia Brownell geheiratet. Angesichts der großen Summen aus den Buchverkäufen hatte das Paar geplant, in einem Privatflugzeug in die Schweiz zu fliegen, wo Orwell sich in ein Sanatorium begeben und nach Möglichkeit auch angeln wollte. So wie die Bäume und Rosen, die er pflanzte, der Sohn, den er adoptierte, und vielleicht auch die Ehe, die er im Krankenhausbett liegend einging, erscheint auch die Angelrute wie eine Geste der Hoffnung – nicht der Hoffnung auf eine sichere Zukunft, sondern auf eine, die es sich zu erleben lohnte.

Zu den wenigen Essays, die er in den letzten Jahren seines Lebens schrieb, zählt ein langer, nachdenklicher Text über Mahatma Gandhi, den im Januar 1948, wenige Monate nachdem die Briten mit seiner Hilfe aus Indien vertrieben worden waren, ein Attentäter getötet hatte. Der Essay erschien im Januar 1949. Im Gegensatz zum Roman, der meist mit dem Unausgesprochenen arbeitet, neigen Essays zur Deutlichkeit, und so finden sich in «Gedanken über Gandhi» Maximen aus *1984* in anderer Formulierung. Orwell empfand den in seinen Augen starren Absolutheitsanspruch und die strenge Askese der transzendenten Spiritualität Gandhis als befremdlich und sogar leicht bedenklich. Beides war ihm zu abstrakt und schien darauf hinauszulaufen, dass der Zweck Mittel heiligen könnte, die ihn zu sehr an den ideologischen Fanatismus erinnerten, gegen den er sich sein Leben lang ausgesprochen hatte. Der Essay mag keine korrekte Interpretation Gandhis sein, in jedem Fall aber ist er klarer Ausdruck der Ansichten und Prioritäten des Autors Orwell.

«Verwurzelt» und «geerdet» ist das Gegenteil von «transzendent», und Orwell waren die kleinen Freuden und Vergnügungen wichtig, die Liebe zu den Dingen dieser Welt, nicht zu denen der nächsten. Das folgende Credo teilte er in dem Essay mit: «Das Wesentliche des Menschseins liegt darin, nicht Vollkommenheit anzustreben, sondern bereit zu sein, um der Treue zu einem Menschen willen auch eine Sünde zu begehen, das Asketentum nicht so weit zu treiben, dass jede freundschaftliche Verbundenheit unmöglich wird, und sich darauf gefasst zu machen, am Ende besiegt und mit leeren Händen dazustehen, der unvermeidliche Preis dafür, seine Liebe auf andere menschliche Einzelwesen fixiert zu haben. Zweifellos sind Alkohol, Tabak usw. Dinge, die ein Heiliger meiden sollte, aber auch Heiligkeit ist etwas, was menschliche Wesen vermeiden sollten. [...] Viele Leute haben einfach nicht den Ehrgeiz, Heilige zu sein, und vermutlich haben einige, die Heiligkeit erlangten oder danach strebten, sich nie ernstlich versucht gefühlt, sich wie menschliche Wesen zu benehmen.»

Zum Menschsein gehörte für Orwell die Bereitschaft zu leiden, Leid zu akzeptieren und die eigenen Fehler sowie die der anderen in Kauf zu nehmen. Den Preis, der für jede Freude zu zahlen ist, bezog er mit ein. Auch die Hingabe an die Dinge dieser Welt, Opferbereitschaft und eine Herzenswärme, die Gandhi seiner Ansicht nach fehlte, können Kern einer spirituellen Haltung sein. Vielleicht wird Orwells wenig heiliger Märtyrer Winston Smith gerade durch sein Unglück ganz Mensch, und vielleicht gehört zu dieser Entwicklung auch die Erkenntnis, dass die Waschfrau schön ist – die neu gewonnene Fähigkeit, unvollkommene, nicht idealisierte Schönheit wahrzunehmen. «Unsere Aufgabe besteht darin», schrieb Orwell im Gandhi-Essay, «das Leben auf dieser Erde lebenswert zu machen, dem einzigen Wirkungsbereich, den wir haben.»

Er wünschte sich Rosen auf seinem Grab. Als ich vor ein paar Jahren nachsah, stand dort ein leicht zerzauster Strauch mit roten Blüten.

3
Orwell, der Fluss

Weit von der Küste Suffolks entfernt, in der flachen Landschaft East Anglias, gewinnt der schmale Fluss Gipping auf seinem Weg zum Meer durch das Wasser der Nebenflüsse an Breite. Auf Höhe der Stoke Bridge in der Stadt Ipswich ändert sich sein Name, und er wird zum 18 Kilometer langen Orwell (je nach Informationsquelle sind es auch 20 oder 15 Kilometer). Die Brücke und der Namenswechsel bezeichnen ungefähr den Punkt, an dem der Süßwasserfluss endet und der Gezeitenfluss mit Brackwasser beginnt – falls er auf dieser Strecke überhaupt als Fluss gelten kann und nicht eher als lang gestreckte Mündung. Er ist nicht mehr ganz dasselbe Gewässer wie Anfang der dreißiger Jahre, als sich ein aufstrebender junger Schriftsteller nach ihm benannt haben soll. Der Anstieg des Meeresspiegels, durch den Klimawandel bewirkt, könnte den Punkt, an dem Meerwasser eindringt, möglicherweise flussaufwärts verschieben und diesen gesamten Abschnitt verlängern; aber vielleicht auch nicht, denn gleichzeitig nagt die ansteigende Nordsee gierig an der Küste von Suffolk. Und weil es durch die steigenden Meere auch häufiger zu Überflutungen kommt und immer größere Flächen überschwemmt werden, verbirgt sich unter der Oberfläche des Orwell eine 200 Tonnen schwere und 70 Millionen Pfund teure Stahlkonstruktion, die Ipswich bis ins 22. Jahrhundert hinein vor Fluten schützen soll.

Als ich einen Nachmittag lang im Bereich der Brücke umherspazierte, die den Punkt markiert, wo der Gipping zum Orwell wird, erschien mir Ipswich wie eine erschöpfte Stadt. Viele Gebäude dienten nicht mehr ihrem ursprünglichen Zweck, und der einst bedeutende Seehafen hatte seine beste Zeit eindeutig hinter sich. Eine Schaufensterauslage kreiste thematisch um die letzten Segelschiffe, die in den dreißiger Jahren mit Weizen aus Australien im Hafen eingelaufen waren, und an die Wand eines stillgelegten Industriegebäudes hatte jemand eine große hellblaue Krake mit Ketten statt Armen gemalt. Auch im Skatepark auf der Gipping-Seite der Brücke gab es Graffiti, und an der Wand eines anderen alten Ufergebäudes war dort, wo man den Efeu weggerissen hatte, eine kahle Stelle entstanden, die wie ein Phantombaum aussah.

Hinter Ipswich wird der Orwell breiter und vereint sich kurz vor der Mündung in die Nordsee mit dem Stour. Der Tiefseehafen, den sie gemeinsam bilden, spielte mehr als tausend Jahre lang eine bedeutende Rolle für den Handel, von dort aus invadierte England andere Länder oder wurde invadiert, hier verteidigte es seine Küste. Im Jahr 885 stellte sich Alfred der Große dort den einfallenden Wikingern entgegen, doch später gelang es Wikingerschiffen, den Orwell hinaufzusegeln und Ipswich zu zerstören. Ein dänisches Königreich wurde errichtet. In diesem Hafen begannen militärische Invasionen, Pilger*innen schifften sich ein, Handelsschiffe liefen ihn mit Büchern und Wein vom Kontinent an und verließen ihn wieder beladen mit Holz, Salz und Stoffen.

Die moderne Orwell Bridge überspannt den Fluss mit einer Länge von 190 Metern ein kleines Stück stromaufwärts des Orwell Country Parks, eines Waldgebiets, das zum Kiesufer des Flusses hin abfällt. Als ich dort war, hingen die Eicheln blassgrün an den Bäumen, ein dunkelgrüner Streifen Tang ließ erkennen, bis wohin die Flut reichte, und eine vom Sturm zwischen die glatten Kiesel gewehte, mit Schotter beschwerte Herrenunterhose zeugte von anderen Ereignissen. Sam hatte sich mir bei meinen Erkundungen angeschlossen. Als wir am Ufer des Flusses standen, stellte er sich laut die Frage, ob des Wort *orwellsch* nicht besser etwas anderes als unheilvoll, pervertiert, böse, trügerisch bedeuten, etwas anderes als eine Verlogenheit oder Unehrlichkeit bezeichnen sollte, die so destruktiv ist, dass sie einem Angriff auf die Wahrheit, das Denken und das Recht gleicht.

Es kommt nur selten vor, dass aus dem Namen einer Schriftsteller*in ein Adjektiv hervorgeht. Eine Schnellsuche in der *Washington Post* erbrachte 754 Treffer für *orwellsch*, darunter «eine innerbetriebliche Zensurbürokratie orwellschen Ausmaßes», «taktisch gezielte Unterdrückung von Information, die nur als orwellsch bezeichnet werden kann», einen «orwellsch anmutenden Test für Einwanderer», «orwellsche Angriffe auf die objektive Realität», eine «orwellsche Sprache, die das Böse verbergen soll» und sogar «orwellsches Doppelsprech», wobei für *Doppelsprech* offenbar der Neologismus *Doppeldenk* aus *1984* Pate stand. Besonders gut eignet sich das Wort für die Charakterisierung und Verurteilung des von der chinesischen Regierung derzeit unternommenen Versuchs einer totalen Kontrolle und Überwachung ihrer Bürger, der damit einhergeht, die muslimischen Uigur*innen im Westen des Landes zu internieren und zu sterilisieren, ihre Moscheen zu zerstören und anderes zu unternehmen, was einem Genozid gleichkommt.

Den beliebten Kunstgriff, von Orwell beschriebene und verurteilte Phänomene mit heutigen Verbrechen und Schmierenkomödien zu verknüpfen, habe ich mir nicht zuletzt deshalb verboten, weil das zu einfach wäre und viel zu viele Themen dafür infrage kämen (und hätte ich es getan, wären auch die Unterschiede zwischen unseren Problemen und der absoluten, brutalen Tyrannei in *1984* zu berücksichtigen gewesen). Das Zeitalter Trumps und der Leugnung des Klimawandels könnte natürlich kaum orwellscher sein. Schon vor dem Jahr 1984 bedienten sich Leitartikel bei dem Roman, um destruktive politische Phänomene wie Ronald Reagans einlullende Beschönigungen des Klassenkriegs und Diskriminierung aufgrund von *race* zu beschreiben oder später dann die Lügenkampagne, mit der Tony Blair und George W. Bush Kriege gegen einen abstrakten «Terror» anzettelten, in denen circa eine Million ganz und gar nicht abstrakte Menschen ums Leben kamen. Als Reaktion darauf entstand unter anderem die Website Memory Hole, Gedächtnisloch, benannt nach dem Schlitz in der Wand der Arbeitsnische, in den Winston Smith Zeitungsartikel wirft, nachdem er die von der Realität eingeholten Aussagen darin durch passendere ersetzt hat.

Zu allem Übel hat sich das Silicon Valley, in dessen Nähe ich wohne, zu einer globalen Supermacht entwickelt. Der beispiellose Reichtum einiger weniger den Markt dominierender Unternehmen wurde erwirtschaftet, indem man den Datenfluss so regelte wie die Schleusen, Wehre und Hochwasserklappen den Orwell und über jede und jeden von uns mehr Informationen zusammentrug, als es sich der Große Bruder, der KGB, die Stasi und das FBI je erträumt hätten. Und nur zu oft machen wir bereitwillig mit: Wir nehmen es hin, dass unsere Telefone unsere Bewegungen verfolgen, und ermöglichen es den Social-Media-Plattformen und Webshops, Dossiers über uns anzulegen, die dann von anderen Unternehmen angekauft werden. Ergebnis dieses Vorgehens waren der Umschwung der öffentlichen Meinung in Hinsicht auf das Referendum bzw. die Wahlen 2016, der zuerst zum Brexit, dann zur Präsidentschaft Trumps führte, der Aufstieg eines Demagogen in Brasilien und ein Genozid in Burma. Neuartige Gesichtserkennungstechniken und DNA-Analysemethoden erweitern die Macht der Behörden und höhlen die Privatsphäre aus. Da Orwells Kritik meines Erachtens in den nächsten Jahrzehnten nicht gegenstandslos werden wird, trifft der Begriff *orwellsch* die Sache zu gut, als dass man ihn nicht mehr in diesem Sinne verwenden sollte. Gleichzeitig hatte Sam natürlich recht.

Orwells größte Leistung besteht darin, den Totalitarismus wie keiner vor ihm nicht nur als Bedrohung der Freiheit und der Menschenrechte benannt und beschrieben zu haben, sondern auch als Gefahr für Sprache und Bewusstsein, und dies auf so überzeugende Weise, dass der Schatten – oder das Leuchtfeuer – seines letzten Romans bis in die Gegenwart hineinreicht. Diese Leistung wird noch größer und wertvoller durch das Engagement und den Idealismus, die sie befeuert haben, durch das, was Orwell für kostbar und wünschenswert hielt, durch seine Wertschätzung des Wünschens, der Freude, des Vergnügens selbst und durch seine Erkenntnis, dass im Widerstand gegen den autoritären Staat und dessen die Seele zerstörende Übergriffe all das zur Kraft werden kann.

Was er geleistet hat, ist jetzt die Aufgabe von uns allen. Sie war es schon immer.

Danksagung

Dieses Buch entstand in einer krisenhaften Zeit für das Klima, die Umwelt und die Natur, für die Menschenrechte und die Demokratie, für Medien, Technik, Gender und *race*, in der sich zusätzlich die Frage stellte, wer sprechen darf und wer die Lügner*innen kritisch überprüft. Ich habe ein paar Jahre mit einem Fuß in Orwells Zeit gelebt und viel darüber nachgedacht, wer eigentlich seine Arbeit in unserer Zeit erledigt. In den Jahren, in denen dieses Buch entstand, haben mich viele politische Essayist*innen, Historiker*innen und Journalist*innen, Medien- und Technikkritiker*innen, Dissident*innen und Whistleblower*innen, Menschenrechtsaktivist*innen, Klimaschützer*innen und Fürsprecher*innen der Marginalisierten und Entwerteten beeindruckt – zu viele, als dass ich sie alle nennen könnte. Darunter waren Persönlichkeiten des öffentlichen Lebens, deren Schriften ich las oder denen ich zugehört habe, aber auch Freund*innen und Bekannte, die mich in Gesprächen oder durch ihr Beispiel anspornten, und manche waren beides zugleich.

Sie haben mir immer wieder gezeigt, warum Genauigkeit und Sorgfalt im Umgang mit der Sprache, den Fakten, der Naturwissenschaft und der Geschichte so wichtig sind, haben mir klargemacht, welche Kraft von einer einzelnen Stimme oder einem Chor vieler ganz gewöhnlicher Menschen ausgehen kann, haben mich darauf hingewiesen, dass die wirklich wichtigen Dinge nicht zuletzt verteidigt werden können und müssen, indem man sie benennt, anerkennt, versteht und offen würdigt. Genauso wichtig aber waren für mich und für den Inhalt dieses Buchs diejenigen, die das Vergnügen, die Freude, die Schönheit und jene Momente im Leben verteidigen und dafür sorgen, dass sie entstehen, die nicht produktiv, nicht in Ergebnissen messbar sind – die privaten, nachdenklichen, abschweifenden Augenblicke, die uns ebenso nähren und formen. Diese Menschen, das sind die Maler*innen, Musiker*innen, Gärtner*innen und Dichter*innen.

Bücher zu schreiben ist ein einsames Geschäft – zumindest sobald man tatsächlich zu schreiben beginnt –, und dieses Buch wurde obendrein zum größten Teil im Ausnahmezustand der durch Corona erzwungenen Isolation verfasst. Doch sein Ursprung liegt in Gesprächen und in der Zugewandtheit und Freundschaft vieler Menschen. Mein erstes Dankeschön gilt natürlich meinem lieben Freund Sam Green. Unser nie abbrechendes Gespräch und seine nie versiegende Wissbegier, wenn es um Bäume geht, haben mich auf die Suche gebracht und schließlich zu Orwells Rosen geführt. Gedankt sei auch Dawn Spanyol und Graham Lamb, die mir ihr Haus geöffnet haben, mich, eine Fremde, so freundlich an ihrer Begeisterung für Gärten und Schriftsteller*innen teilnehmen ließen und gemeinsam mit mir Zusammenhänge, Eventualitäten und Zeugnisse der Vergangenheit durchgegangen sind. (Ich kann nur hoffen, dass meine Leser*innen die Privatsphäre der beiden respektieren und nicht zu ihrem Haus pilgern werden.) Rob Macfarlane danke ich für die vielen Streifzüge durch Wörter und Landschaften in all den vielen Jahren.

Ich danke Nate Miller für eine fantastische Woche in Kolumbien, wo wir in der Rosenindustrie herumschnüffelten, und für fast zwanzig Jahre Freundschaft. Ich danke Beatriz Fuentes und der Casa de Las y Los Trabajadores de las Flores und ihren Kolleg*innen, die dort mit mir sprachen, sowie Nancy Viviana Piñeiro, die dabei übersetzt hat.

Olga Tomchin und Zarina Zabrisky gebührt Dank für ihre Hilfe im Zusammenhang mit russischen Quellen und Informationen, Mauricio Montiel Figueras für einen zauberhaften Nachmittag in der Basilica de Nuestra Señora de Guadalupe in Mexiko-Stadt und meiner lieben Chilanga-Freundin Adriana Camarena dafür, dass sie mir im Lauf der Zeit viele Verbindungen zu der Basilika aufgezeigt hat; ein Hinweis von ihr führte uns am 12. Dezember 2010 bei Tagesanbruch in die Kathedrale von San Francisco, wo der Erzbischof vor einem Juan Diego kniete, den ein lateinamerikanischer Einwanderer mimte, während es von der Kirchenkuppel Rosenblütenblätter in allen Farben regnete. Mein Dank gilt Nicola Beauman, die mich in ihrem Haus in Cambridge wohnen ließ und mir großzügig ihren herrlichen Garten und ihre Bibliothek anvertraute.

Adam Hochschild danke ich für seine hilfreiche Antwort auf meine E-Mail vom Dezember 2019 mit dem Betreff «Hättest du Zeit für eine kleine Plauderei über Stalin?», für unsere lange Freundschaft, sein Wissen über die Sowjetunion, den Spanischen Bürgerkrieg und linke Politik im 20. Jahrhundert und für seine Bücher über diese Themen. Er hat auch einen Entwurf dieses Buchs gelesen und mich enorm weitergebracht. Ich danke carla bergman für ihre Reaktion auf einen frühen Entwurf, für unsere Freundschaft und ihren Einsatz in Sachen militante Freude. Joe Lamb und dem Planetologen David Grinspoon schulde ich Dank für die Durchsicht der naturwissenschaftlichen Abschnitte.

Allen Wissenschaftler*innen, die Orwells Schriften, die Briefe und Erinnerungen seiner Freund*innen und Einzelheiten seiner Biografie gesammelt und herausgegeben haben, schulde ich größten Dank auch für ihre Einschätzungen und Interpretationen. Genannt seien Peter Davison, Herausgeber der zwanzigbändigen Gesamtausgabe von George Orwells Werken, und Peter Stansky, dessen zweibändige Orwell-Biografie zeigt, wie sehr sich Empathie und Expertise gegenseitig verstärken können. Ihn durfte ich zu Beginn meiner Arbeit an diesem Buch in seinem Haus in der Nähe von Stanford besuchen, nachdem Amy Elizabeth Robinson mir erzählt hatte, dass Peter ganz in meiner Nähe wohnt, und dankenswerterweise den Kontakt zwischen uns herstellte. Adam Eaker, Sammlungsleiter für Malerei am Metropolitan Museum, hat mit mir über Sir Joshuah Reynolds' «Porträt» von Orwells Vorfahren gesprochen und korrespondiert und mir Zugang zum Archiv des Museums und damit zu Informationen über das Bild verschafft. Gedankt sei auch Raghu Karnad für sein Angebot, mich zu Orwells Geburtsort in Nordindien zu bringen. Schade, dass wir diese Abenteuerreise nicht unternehmen konnten, aber vielleicht lässt sie sich nachholen. Damaris Fletcher danke ich für den reizenden Briefwechsel über Barnhill, Michael Mattis und Julie Hochberg für die Erlaubnis, Tina Modottis Foto *Roses, Mexiko* zu verwenden, und Caroline Deck vom Auktionshaus Phillips für den Kontakt zu den neuen Besitzer*innen.

Sehr dankbar bin ich den Bibliotheken, die ich genutzt habe – darunter die Bibliothek der University of California, Berkeley, und der Cambridge University, das Orwell-Online-Archiv des University College London und die San Francisco Public Library –, und natürlich all ihren Mitarbeiter*innen. Geschrieben habe ich das Buch im ersten Jahr der Pandemie und auch die Anmerkungen in der Zeit zusammengestellt, als alle Bibliotheken geschlossen waren. Deshalb musste ich mich während des Schreibprozesses auf die Bücher stützen, die ich schon hatte, kaufen konnte oder im Internet ausfindig machte. Ich danke den Rosengärten in Berkeley und San Francisco sowie den Gärtner*innen dort und bin froh, dass Rosen der Öffentlichkeit gratis zugänglich gemacht werden. Auch beim Marktstand neben der Simón-Bolívar-Statue auf der United Nations Plaza in San Francisco bedanke ich mich, weil er mich seit mehr als dreißig Jahren mit nicht perfekten, dornigen, duftenden Rosen aus regionalem Anbau versorgt.

Ich danke meiner Agentin Frances Coady von Aragi Inc., Paul Slovak und Bella Lacey, den Verleger*innen des Buchs, sowie den Mitarbeiter*innen im Lektorat, in der Herstellung, im Marketing und Vertrieb von Viking – vor allem Maya Baran, Sara Leonard sowie Allie Merola – und von Granta Books – dort insbesondere Pru Rowlandson – für die Arbeit, die sie in *Orwells Rosen* gesteckt haben. Und dem Grafiker Jon Gray für das grandiose Cover.

Last and never least geht mein Dank an Charles für sein auf Orwells Krankheiten angewendetes Fachwissen als Lungenspezialist und für seine Begleitung durch die Zeiten der Recherche, des Lesens und Schreibens, des Zweifelns, Entscheidens und Staunens.

Anmerkungen

Alle Zitate ohne Hinweis auf eine Übersetzung ins Deutsche wurden von Michaela Grabinger übertragen.

9 «Schon der Versuch, nach vorn zu blicken»: Octavia Butler, «A Few Rules for Predicting the Future», *Essence*, Mai 2000, S. 165f.

Teil I: Der Prophet und der Igel

Tag der Toten

15 «Ihr Schweigen ist beredter»: Man Ray, *Selbstporträt. Eine illustrierte Autobiographie*, übers. v. Reinhard Kaiser, München: Schirmer/Mosel 1983, S. 330f.

18 «Doch nach der langen Zeit»: Dieses Zitat sowie die folgenden Zitate: George Orwell, «A Good Word for the Vicar of Bray», *Smothered Under Journalism* in: *The Complete Works of George Orwell*, Bd. 18, hg. v. Peter Davison, London: Secker and Warburg 1998, S. 259.

20 prägte 1945 den Begriff *Kalter Krieg*: George Orwell, «Du und die Atombombe», in: ders., *Anmerkungen zum Nationalismus und weitere Essays*, übers. v. Tom Amarque, Hamburg: Nikol 2021, S. 68.

21 «Schon ein Apfelbaum»: Orwell, «A Good Word for the Vicar of Bray», in: *Smothered Under Journalism*, S. 261.

25 «das Glanzstück des Gartens»: Aus der selbst verlegten achtseitigen Broschüre *Monks Fitchett – The Road to George Orwell* von Esther M. Brookes, 1983. Graham hatte mir gegenüber die halb scherzhaft gemeinte Bemerkung gemacht: «Möchten Sie nicht auch etwas über die eigentliche Berühmtheit erfahren, die dieses Haus bewohnt hat?» Eine Anspielung auf Esther und den großen Eindruck, den sie in der Gegend um Wallington hinterließ.

25 «Den restlichen Phlox heruntergeschnitten»: *George Orwell Diaries*, hg. v. Peter Davison, New York: Liveright 2009, S. 252f.

Flower-Power

28 so wie alles ein Symbol für den Körper sei: Mary Douglas, *Reinheit und Gefährdung. Eine Studie zu Vorstellungen von Verunreinigung und Tabu*, übers. v. Brigitte Luchesi, Berlin: Dietrich Reimer 1985, S. 161.

30 «Die Dornen sind das beste Teil an dir.»: Marianne Moore, «Nur für Rosen», in: dies., *Gedichte. Eine Auswahl*, übers. v. Eva Hesse u. Werner Riemerschmid (das Gedicht «Roses Only» übers. v. Eva Hesse), Wiesbaden: Limes 1954, S. 96ff., hier S. 99.

31 «Das rasch reagierende, hochentwickelte Hirn»: Loren Eiseley, *Die ungeheure Reise. Von der Entstehung des Lebens und der Naturgeschichte des Menschen*, übers. v. Stefan W. Escher, München: Piper 1959, S. 80.

33 zweihundert Tonnen und somit 134 Millionen Hagebutten: «Rose Hip Syrup Supplies on Sale Next Month», *Times* (London), 15. Januar 1942.

34 «Die meisten haben fünf Blütenblätter»: Das Theophrast-Zitat stammt aus Jennifer Potter, *The Rose*, London: Atlantic Books 2010, S. 10. Das Plinius-Zitat ebd., S. 15.

Flieder und Nazis

36 «Ich quittierte den Dienst teilweise deswegen»: George Orwell, «Autobiographisches», in: ders., *Rache ist sauer. Erzählungen und Essays*, übers. v. Felix Gasbarra, Zürich: Diogenes 1975, S. 7. Dieser Essay übers. v. Peter Naujack.

37 «Leute aus East End»: George Orwell, «Hopfenpflücken», in: ders.: *Im Innern des Wals. Ausgewählte Essays I*, übers. v. Felix Gasbarra, Zürich: Diogenes 1975, S. 52.

37 «Sie waren von der Sorte»: ebd.

39 «Ebenso sehr wie seine heroischen Taten»: Noelle Oxenhandler, «Fall from Grace», *New Yorker*, 16. Juni 1997, S. 65.

39 «dieser Tanz war wirklich geeignet»: Jacques Lusseyran, *Das wiedergefundene Licht. Die Lebensgeschichte eines Blinden im französischen Widerstand*, übers. v. Uta Schmalzriedt, Stuttgart: Klett-Cotta 2019, E-Book.

40 Er litt die meiste Zeit seines Lebens: Einen guten Einblick in Orwells Krankengeschichte bietet J. Ross, «Tuberculosis, Bronchiectasis, and Infertility: What Ailed George Orwell?», *Clinical Infectious Diseases* 41, Nr. 11, 1. Dezember 2005, S. 1599–1603.

41 «Er rebellierte gegen seinen biologischen Zustand»: Arthur Koestler in: Audrey Coppard u. Bernard Crick, *Orwell Remembered*, London: BBC 1984, S. 169.

42 «nicht besonders lange Spaziergänge»: Die Zitate stammen von Jacintha Buddicom, *Eric and Us*, mit einem Nachwort von Dione Venables, Chichester, UK: Finlay Publisher 2006, S. 26 u. 38.

43 «Wir machten immer endlose Spaziergänge»: George Orwell, *Auftauchen, um Luft zu holen*, übers. v. Helmut M. Braem, Zürich: Diogenes 1981, S. 51.

43 «Wenn Sie sich ein Bild von der Zukunft machen wollen»: George Orwell, *1984*, übers. v. Holger Hanowell, Ditzingen: Reclam 2021, S. 307.

43 «Die politische Sprache»: George Orwell, «Politics and the English Language», *Horizon*, April 1946, und in: *George Orwell: In Front of Your Nose: 1945–1950*, hg. v. Sonia Orwell u. Ian Angus, Boston: David R. Godine 2000, S. 139.

43 «Fragen Sie einen Journalisten»: George Orwell, As I Please, *Tribune*, 17. März 1944, und in: *As I Please, 1943–1945*, hg. v. Sonia Orwell u. Ian Angus, Boston: David R. Godine 2000, S. 110. Die *jackboot*-Thematik griff er am 18. August 1944 noch einmal auf, wiederum in der *Tribune*: «Trotz meiner Anti-jackboot-Kampagne [...] sind die jackboots verbreitet wie eh und je. [...] Allerdings kann mir nach wie vor niemand genau sagen, was ein jackboot ist. Ich höre immer nur, dass es sich um einen Stiefel [«boot», Anm. d. Übers.] handle, den man anzieht, wenn man sich wie ein Tyrann aufführen will.» (S. 177)

43 «In der guten alten Zeit»: Orwell, As I Please, *Tribune*, 21. Januar 1944, und in: *Orwell in Tribune, «As I Please» and Other Writing 1943–47*, hg. v. Paul Anderson, London: Politicos 2006, S. 87f.

44 «Der Garten ist noch immer ein Saustall»: Brief an Jack Common vom 16. April 1936, in: *George Orwell: A Life in* Letters, hg. v. Peter Davison, New York: Liveright 2010, S. 60.

44 «Ein gefallener deutscher Soldat»: George Orwell, «Rache ist sauer», in: *Rache ist sauer*, S. 75. Dieser Essay übers. v. Peter Naujack.

45 «Wer sich die Mühe macht»: George Orwell, «Warum ich schreibe», in: ders., *Das George Orwell Lesebuch. Essays, Reportagen, Betrachtungen*, hg. v. Fritz Senn, übers. v. Felix Gasbarra, Zürich: Diogenes 1981, S. 28.

46 «das rosa blühende Unkraut»: Orwell, As I Please, *Tribune*, 25. August 1944, und in: *Orwell in Tribune*, S. 181.

46 «Ich brachte ihm zwei Dinge mit»: Coppard u. Crick, *Orwell Remembered*, S. 75.

47 «Er sprach über die Vorgehensweise»: a.a.O., S. 91.

47 «Er kannte sich auf dem Land gut aus»: Kay Ekevall in Stephen Wadhams, *Remembering Orwell*, London: Penguin 1984, S. 57.

47 «Wenn man mit Orwell auf dem Land spazieren ging»: Coppard u. Crick, *Orwell Remembered*, S. 239ff.

47 «zu Tode gelangweilt»: David Holbrook in: Wadhams, *Remembering Orwell*, S. 179.

48 «Vor zweihundert Jahren wäre ich vielleicht»: Orwell, «Warum ich schreibe», in: *Das George Orwell Lesebuch*, S. 26.

49 Diese Tante, Helene Limouzin: Über Nellie Limouzin gibt es einen längeren Aufsatz: Darcy Moore, «Orwell's Aunt Nellie», in: *George Orwell Studys* 4, Nr. 2, 2020, S. 30–45.

49 «Es gab die Tante Ivy»: Buddicom, *Eric and Us*, S. 14.

50 «Damit kannst du die Miete»: Nellie Limouzin in *A Kind of Compulsion*, in: *The Complete Works of George Orwell*, Bd. 10, hg. v. Peter Davison, London: Secker and Warburg 1998, S. 314.

50 «Verzeihen Sie mir»: Brief an Brenda Salkeld, in: *Orwell*, *An Age Like This*, S. 119.

51 «Kürbisse, denen man beim Wachsen»: Brief an Eleanor Jaques, in: *George Orwell, A Life in Letters*, S. 26.

51 «Unsere Zeit widert mich dermaßen an»: Brief an Brenda Salkeld, in: *Über George Orwell*, hg. v. Manfred Papst, übers. v. Matthias Fienbork, Zürich: Diogenes 1984, S. 130.

52 «In unser Haus kommen ständig»: a.a.O., S. 130f.

52 «Ja, einmal waren wir zum Abendessen»: Ruth Pitter in: Coppard u. Crick, *Orwell Remembered*, S. 70.

53 «Ich [...] war sowohl ein Snob»: George Orwell, *Der Weg nach Wigan Pier*, übers. v. Manfred Papst, Zürich: Diogenes 1982, S. 137.

54 «In Borlase, der Weide des Milchbauern»: George Orwell, *Eine*

Pfarrerstochter, übers. v. Hanna Neves, Zürich: Diogenes 1983, S. 64.

56 «Der Garten hat Potenzial»: *Orwell: An Age Like This*, S. 214.

58 «Er war Traditionalist»: Stephen Spender in: Coppard u. Crick, *Orwell Remembered*, S. 262.

58 «In den ersten Wochen unserer Ehe»: Eileen O'Shaughnessy Blair in: *The Lost Orwell: Being a Supplement to «The Complete Works of George Orwell»*, hg. v. Peter Davison, London: Timewell Press, S. 64.

59 «Wir haben jetzt 26 Hühner»: *George Orwell Diaries*, S. 154.

61 «Neben meiner eigentlichen Arbeit»: Orwell, «Autobiographisches», in: *Rache ist sauer*, S. 8.

63 «In einer Welt, in der von der Partei»: Kunio Shin, «The Uncanny Golden Country: Late Modernist Utopia in *Nineteen Eighty Four*», 20. Juni 2017, https://modernismmodernity.org/articles/uncanny-golden-country. Letzter Zugriff 6. Februar 2022.

63 «[n]icht nur die Gültigkeit der Erfahrung»: Orwell, *1984*, S. 94.

63 «Steine sind hart»: a.a.O., S. 95.

63 «Die Partei befahl»: ebd.

63 «Mich hat in meinem Leben»: «Interview mit Ross Gay, *Jacket Copy*: He Has His Own Orchard!», *Harriet* (Blog), Poetry Foundation, https://www.poetryfoundation.org/harriet-books/2016/02/ross-gay-interview-at-jacket-copy-he-has-his-own-orchard. Letzter Zugriff 6. Februar 2022.

65 «[Ich sah] einen kleinen Jungen»: George Orwell, «Vorwort zur ukrainischen Ausgabe von *Farm der Tiere*» (März 1947), in: *Das George Orwell Lesebuch*, S. 13f.

65 «Die Dahlien haben sich sofort schwarz verfärbt»: *George Orwell Diaries*, S. 249.

66 «Zuzusehen, wie die weltlichen Dinge zerfallen»: Wendy Johnson, *Gardening at the Dragon's Gate*, New York: Bantam Dell 2008, S. 121.

66 «[...] die Quelle, aus der sich seine Vitalität speiste»: George Woodcock, *Der Hellseher. George Orwells Werk und Wirken*, übers. v. Matthias Fienbork, Zürich: Diogenes 1985, S. 76.

66 «Freude erneuert den Menschen»: carla bergman u. Nick Montgomery, *Joyful Militancy: Building Thriving Resistance in Toxic Times*, Oakland, CA: PM Press 2017, S. 59f.

Rauch, Kohleschiefer, Eis, Schlamm, Asche

71 glauben wir zwar, wir hätten: Michael Pollan schreibt in *Die Botanik der Begierde. Vier Pflanzen betrachten die Welt*, übers. v. Christiane Buchner u. Martiny Tichy, München: Claasen 2002: «Wir halten die Domestikation automatisch für etwas, das wir mit anderen Arten anstellen, dabei ist es genauso logisch, zu sagen, bestimmte Pflanzen und Tiere hätten uns domestiziert, gleichsam als clevere evolutionäre Strategie, um ihre Interessen durchzusetzen.» (S. 13)

72 «Die moderne englische Literaturwelt»: Orwell, *Der Weg nach Wigan Pier*, S. 160.

73 «[…] die abscheuliche Gegend von Schlackenbergen»: a.a.O., S. 19.

74 «wie eine Welt, aus der die Vegetation verbannt ist»: a.a.O., S. 103.

74 «von der Farbe ungebrannter Umbraerde»: ebd.

74 «in der Dunkelheit sieht man»: *George Orwell Diaries* (Abschnitt über Wigan Pier), S. 77.

74 «Die Stirnen mancher älteren Männer»: Orwell, *Der Weg nach Wigan Pier*, S. 36.

74 «Unsere Zivilisation beruht […] auf Kohle»: a.a.O., S. 21.

75 «Die Maschinen, die für uns lebensnotwendig sind»: a.a.O., S. 21f.

75 «Nur ganz selten und mit einer entschiedenen gedanklichen Anstrengung»: a.a.O., S. 34.

Karbon

77 «Nachdem Laurentia mit Avalonia»: Variscan Orogeny, «Geological Society of London», https://www.geolsoc.org.uk/Plate-Tectonics/Chap4-Plate-Tectonics-of-the-UK/Variscan-Orogeny. Letzter Zugriff 6. Februar 2022.

80 Im Jahr 2009 berichteten Wissenschaftler: Howard J. Falcon-Lang, William A. DiMichele, Scott Elrick u. W. John Nelson, «Going underground: In search of Carboniferous coal forests», *Geology Today* 25, Nr. 5 (September–Oktober 2009): S. 181–184.

80 Georg Feulner, Wissenschaftler: Georg Feulner, «Formation of most of our coal brought Earth close to global glaciation», *Procee-*

dings of the National Academy of Science, https://www.pnas.org/content/114/43/11333. Letzter Zugriff 6. Februar 2022.

81 «Alles Ständische und Stehende verdampft»: Karl Marx, Friedrich Engels, «Manifest der Kommunistischen Partei», in: dies., *Werke*, Bd. 4, Berlin/DDR: Dietz 1972, S. 465, http://www.mlwerke.de/me/me04/me04_459.htm. Letzter Zugriff 8. Februar 2022.

82 «Die Überreste der Sumpfgräser»: M. Iljin, *Fünf Jahre, die die Welt verändern. Erzählung vom großen Plan*, ohne Ang. d. Übers., München: Verlag zur Förderung der wissenschaftlichen Weltanschauung 2005, S. 65f. In englischer Sprache online zugänglich auf https://www.marxists.org/subject/art/literature/children/texts/ilin/new/index.html. Letzter Zugriff 4. März 2022.

Im Dunkel

84 er habe noch ein paar sehr alte Frauen getroffen: Orwell, *Der Weg nach Wigan Pier*, S. 34.

84 «Ich muss das ohne Licht machen»: *The Condition and Treatment of the Children Employed in the Mines of the United Kingdom*, London: William Strange 1842, S. 48.

87 Im Jahr 1800 förderte und verbrauchte Großbritannien: Zahlen im Zusammenhang mit der britischen Kohleförderung von 1800 bis zur Gegenwart: Hannah Ritchie, «The death of UK coal in five charts», Our World in Data, 28. Januar 2019, https://ourworldindata.org/death-uk-coal. Letzter Zugriff 6. Februar 2022.

87 Im Jahr 2015 schloss das letzte Kohlebergwerk: Ritchie, «The death of UK coal».

87 2019 nutzte das Land: Jasper Jolly, «Great Britain records two weeks of coal-free electricity generation», *Guardian*, 31. Mai 2019, https://www.theguardian.com/business/2019/may/31/great-britain-records-two-weeks-of-coal-free-electricity-generation.

88 «Nachdem wir einige hundert Meter»: George Orwell, «Auszüge aus dem Tagebuch zu *The Road to Wigan Pier*», in: *Das George Orwell Lesebuch*, S. 94.

88 «Der Ort, an dem diese Männer»: a.a.O., S. 118.

89 «Wenn ich meinen Garten umgrabe»: Orwell, *Der Weg nach Wigan Pier*, S. 32f.

89 Drei Jahre lang, klagte sein Freund: Richard Rees, zit. in: Peter Stansky u. William Abrahams, *Orwell: The Transformation*, New York: Alfred A. Knopf 1979, S. 145.

89 «Der Spanische Bürgerkrieg und andere Ereignisse»: Orwell, «Warum ich schreibe», in: *Das George Orwell Lesebuch*, S. 27.

90 «1000 Tonnen Rauchpartikel»: «Case Study – The Great Smog», Royal Meteorological Society, https://www.metlink.org/resource/case-study-the-great-smog/. Letzter Zugriff 6. Februar 2022.

91 Frühe Schätzungen: Die Zahl von 12000 Toten ist weit verbreitet und stammt offenbar von Michelle L. Bell, Devra L. Davis u. Tony Fletcher, «A Retrospective Assessment of Mortality from the London Smog Episode of 1952: The Role of Influenza and Pollution», *Environmental Health Perspectives*, Januar 2004, S. 6ff.

91 pro Jahr 800000 Menschen in Europa: s. Damian Carrington, «Air pollution deaths are double previous estimates, finds research», *Guardian*, 12. März 2019, https://www.theguardian.com/environment/2019/mar/12/air-pollution-deaths-are-double-previous-estimates-finds-research. Letzter Zugriff 7. Februar 2022. Zur Studie von 2021 s. Oliver Milman, «‹Invisible Killer›: fossil fuels caused 8,7 million deaths globally in 2018, research finds», *Guardian*, 9. Februar 2021, https://www.theguardian.com/environment/2021/feb/09/fossil-fuels-pollution-deaths-research. Letzter Zugriff 7. Februar 2022.

93 etwa 280 ppm: PA Media, «Carbon dioxide levels in atmosphere reach record high», *Guardian*, 7. April 2021, https://www.theguardian.com/environment/2021/apr/07/carbon-dioxide-levels-in-atmosphere-reach-record-high. Letzter Zugriff 7. Februar 2022.

Teil III: Brot und Rosen

Rosen und Revolution

99 Die Transaktion machte Schlagzeilen: Über den Auktionspreis berichtete Rita Reif, Auctions, *New York Times*, 19. April 1991.

100 die Blumen für die Aufnahme hingelegt: Patricia Albers, *Schatten, Feuer, Schnee. Das Leben der Tina Modotti*, übers. v. Christiane Barckhausen-Canale, München: List 1999, S. 174.

101 niemand weine: Peter Coyote 2019 in einem Gespräch mit Michael Pollan und der Autorin in Book Passage, Corte Madera, CA.

102 «Doch wenn Verwesung in die Blume dringt»: William Shakespeare, *Die Sonette*, Zweisprachige Ausgabe, neu übersetzt von Christa Schuenke, München: dtv 2005, S. 101.

103 «In deinem Leib hat sich aufs neu entzündet»: Dante Alighieri, *Die Göttliche Komödie*, Das Paradies, übers. v. Philaletes, München: Droemersche Verlagsanstalt 1952, S. 384.

106 «[...] mit der Aufforderung an Juan Diego»: D.A. Brading, *Mexican Phoenix: Our Lady of Guadalupe: Image and Tradition Across Five Centuries*, Cambridge: Cambridge University Press 2001, S. 357.

Wir kämpfen auch für Rosen

108 «Das Beste an der Kundgebung war»: Dieses Zitat und weitere Zitate von Todd, Informationen über ihre Begegnungen im Süden von Illinois und die Entstehung des Slogans «Brot und Rosen» in: Helen Todd, «Getting Out the Vote: An Account of a Week's Automobile Campaign by Women Suffragettes», *The American Magazine*, September 1911, S. 611–619.

109 «Wenn wir zusammen gehen»: James Oppenheim, «Brot und Rosen», übers. v. Peter Maiwald, https://www.aalen.igm.de/news/meldung.html?id=50073. Letzter Zugriff 1. November 2021.

110 «Wir wollen etwas verändern»: Aus dem Lied «Eight Hours», veröffentlicht 1878, Text von I.G. Blanchard, Melodie von Rev. Jesse H. Jones, in: *The Fireside Book of Favorite American Songs*, hg. v. Margaret Bradford Boni, New York: Simon and Schuster 1952. Angaben laut https://www.marxists.org/subject/mayday/music/eighthour.html. Letzter Zugriff 7. Februar 2022.

111 «ein Recht auf Leben»: Schneidermans Rede wurde unter der Überschrift «Das Stimmrecht für Frauen» in *Life and Labor*, September 1912, S. 288, veröffentlicht.

Ein Loblied

114 «Ein Briefpartner wirft mir vor»: Orwell, As I Please in: *Orwell in Tribune*, S. 87.

114 «Nachdem ich in dieser Kolumne»: a.a.O., S. 129f.

115 «Ist es sehr verwerflich»: George Orwell, «Gedanken über die gemeine Kröte», in: *Rache ist sauer*, S. 100.

116 1939 verbrannten die Nazis: Daniela Späth/lbh, «Vor 75 Jahren: NS-Bilderverbrennung», Deutsche Welle (DW), 20. März 2014, https://www.dw.com/de/vor-75-jahren-ns-bilderverbrennung/a-17503698. Letzter Zugriff 7. Februar 2022.

116 «Die neue Kunst, die jetzt entsteht»: Dieses und das zweite Blunt-Zitat: Miranda Carter, *Anthony Blunt: His Lives*, New York: Farrar, Straus & Giroux 2003, S. 149 u. 203.

116 «Ich gehe, sooft ich kann»: Lawrence Weschler, *Vermeer in Bosnia*, New York: Pantheon Books 2004, S. 14.

117 «diese Bilder gerade mit dem Druck»: a.a.O., S. 16.

119 «Alle Kunst ist bis zu einem gewissen Grad Propaganda»: *Orwell: My Country Right or Left: 1940–1943*, hg. v. Sonia Orwell u. Ian Angus, Boston: David R. Godine 2000, S. 239f.

119 «Es gibt keine wirklich unpolitische Literatur»: «Politics and the English Language», in: *George Orwell: In Front of Your Nose*, S. 137.

119 «weil ich eine Lüge entdeckt habe»: Orwell, «Warum ich schreibe», in: *Das George Orwell Lesebuch*, S. 28.

120 «Das andere Argument geht davon aus»: Orwell, «Gedanken über die gemeine Kröte», in: *Rache ist sauer*, S. 100.

122 «den Sozialismus vom Utopismus zu trennen»: Orwell, As I Please, *Tribune*, 24. Dezember 1943, und in: *Orwell in Tribune*, S. 74.

122 «Wird der Traum vom Paradies aber Wirklichkeit»: Milan Kundera in: Philip Roth, *Shop Talk*, übers. v. Bernhard Robben, München: Hanser 2004, S. 123.

123 «Alle ‹vorteilhaften› Utopien»: George Orwell, «Können Sozialisten glücklich sein?», in: ders., *Anmerkungen zum Nationalismus und weitere Essays*, übers. v. Tom Amarque, Hamburg: Nikol 2021, S. 55.

123 «ein ereignisloses, gedämpftes, ‹vernünftiges› Leben»: ebd.

123 «Der Geschlechtsakt, erfolgreich durchgeführt»: Orwell, *1984*, S. 80.

124 «Heute wissen wir nur, dass die Fantasie»: George Orwell, «Zur Verhinderung von Literatur», in: *Rache ist sauer*, S. 96.

124 «[...] das wahre Ziel des Sozialismus»: Orwell, «Können Sozialisten glücklich sein?», in: *Anmerkungen zum Nationalismus*, S. 60.

124 «Sie wollten durch die endlose Fortsetzung»: a.a.O., S. 61.

Toast mit Butter

126 «Und gerade 1936»: George Woodcock, *The Crystal Spirit: A Study of George Orwell*, Boston: Little, Brown and Co. 1966, S. 167.

127 das Familiensilber verpfänden musste: Anthony Powell, *Infants of the Spring*, Berkeley: University of California Press 1977, S. 98.

127 «desillusionierten kleinen Mittelklassejungen»: Harry Pollitt, «Mr Orwell will have to try again», *Daily Worker*, 17. März 1937.

128 «Die Wintergerste stand»: George Orwell, *Mein Katalonien. Bericht über den Spanischen Bürgerkrieg*, übers. v. Wolfgang Rieger, Zürich: Diogenes 1975, S. 91.

129 «Auf einem von Kugeln zerzausten Baum»: a.a.O., S. 129.

129 «Wie sehr damals auch geflucht wurde»: a.a.O., S. 133.

130 «voller revolutionärer Töne»: a.a.O., S. 54.

130 «Künstler in seinem Beruf»: a.a.O., S. 55.

131 «Bei den kommunistischen Intellektuellen»: Stephen Spender in: Arthur Koestler u.a., *Ein Gott, der keiner war*, hg. v. Richard Crossman, Konstanz–Zürich–Wien: Europa 1950, S. 267f.

132 «Seltsam, aber bis zu diesem Augenblick»: George Orwell, «Einen Mann hängen», in: *Das George Orwell Lesebuch*, S. 65.

132 «Er war nur halb angezogen»: George Orwell, «Rückblick auf den Spanischen Krieg», in: *Das George Orwell Lesebuch*, S. 154. In einem Brief vom 15. April 1938 (*George Orwell: A Life in Letters*, S. 105) schrieb Orwell an Stephen Spender, er habe ihn zwar vor der ersten persönlichen Begegnung als typischen «Salonbolschewisten» bezeichnet, doch «hätte ich meine Haltung Ihnen gegenüber auch dann geändert, wenn ich Sie bei unserem Kennenlernen nicht zufällig sympathisch gefunden hätte. Sobald man jemandem leibhaftig gegenübersteht, wird einem augenblicklich bewusst, dass der andere ein Mensch ist und keine Karikatur, die bestimmte Ideen verkörpert.»

132 «Er sollte uns immer daran erinnern»: Eileen Blair, Brief an Norah Myles, in: *George Orwell: A Live in Letters*, S. 95.

Die letzte gestrige Rose

134 «praktisch barfuß»: Eileen Blair, Brief an ihren Bruder Laurence O'Shaughnessy, in: *George Orwell: A Life in Letters*, S. 77.

134 «Hätte der sowjetische Diktator»: Adam Hochschild, *Spain in Our Hearts: Americans in the Spanish Civil War, 1936–1939*, New York: Houghton Mifflin Harcourt 2016, S. 47.

136 «Mein erster Gedanke»: Orwell, *Mein Katalonien*, S. 232.

137 Auch Modotti war ihrer Biografin zufolge: Albers, *Schatten, Feuer, Schnee*, S. 409–413.

137 «Hatte sie früher auf persönliche und sexuelle»: a.a.O., S. 245. Louis MacNeice, auch er ein Zeitgenosse Orwells, schrieb: «Die Kommunistische Partei war gerade deshalb so anziehend, weil sie Opfer forderte; man musste das eigene Ego für sie hintanstellen.» (Carter, *Anthony Blunt*, S. 111.)

137 «von Themen wie Blumen und Architektur ab[wandte]»: Albers, *Schatten, Feuer, Schnee*, S. 238.

138 das sie von Mexiko ins Exil brachte: Zu Vittorio Vidali s.a. Dorothy Gallagher, *All the Right Enemies: The Life and Murder of Carlo Tresca*, Burnett Bolloten, *The Spanish Civil War: Revolution and Counterrevolution*, Paul Preston, *The Spanish Holocaust: Inquisition and Extermination in Twentieth-Century Spain* und Dominic Moran, *Pablo Neruda*. Moran schreibt: «In Spanien, wo er an Hunderten von den Sowjets gebilligten Exekutionen kommunistischer ‹Abweichler› mitwirkte, war er auch an der Verschleppung und grausamen Ermordung Andrés Nins beteiligt gewesen.» (S. 89)

140 «Genau wie die Jungfrau Maria»: Albers, *Schatten, Feuer, Schnee*, S. 390.

140 «dass es sich für einen Agitator nicht gehörte»: Emma Goldman, *Gelebtes Leben. «Living My Life»*, Bd. 1, übers. v. Renate Orywa u. Sabine Vetter, Berlin: Karin Kramer 1982, S. 68.

140 «dieses Café ein Treffpunkt»: Paz zitiert in Albers, *Schatten, Feuer, Schnee*, S. 406.

141 «fast ein Monster»: Hugh Thomas, *The Spanish Civil War*, überarbeitete Ausgabe, New York: Modern Library 2001, S. 310.

141 «Hier unten gab es immer noch das England»: Orwell, *Mein Katalonien*, S. 287.

143 «die letzte gestrige Rose»: Pablo Neruda, «Tina Moddoti ist tot», in: ders., *Die Gedichte*. Bd. 1, hg. v. Karsten Garscha, dieses Gedicht übers. v. Erich Arendt, München: Luchterhand 2009, S. 268ff., hier S. 268.

143 «die neue Rose», ebd.

143 «Denn die Flamme stirbt nicht»: a.a.O., S. 270.

144 «sie hatte Differenzen»: Victor Serge, *Notebooks*, New York: NYRB Books 2019, S. 135. Auf S. 144 berichtet Serge, ein Gefährte von ihm sei «überzeugt, dass Tina Modotti ‹beseitigt› wurde». Patricia Albers zitiert in ihrer Biografie der Künstlerin Stimmen, denen zufolge Modotti vergiftet wurde (S. 449f.), und erwähnt, dass in einem Bericht in der mexikanischen Presse von Modottis «Abscheu vor den Säuberungsaktionen, die der Kommissar Carlos im republikanischen Spanien durchgeführt hatte» die Rede gewesen sei. (S. 449.) Außerdem zitiert sie den Anarchisten Carlo Tresca, der Vidali für den Mörder Modottis hielt. Vidali wurde später beschuldigt, Tresca ermordet zu haben. Paul Preston schreibt in *The Spanish Holocaust: Inquisition and Extermination in Twentieth-Century Spain*: «Sowohl Josef Grigulewitsch (Codename ‹Maks›), der kurzzeitig unter Vidali im Fünften Regiment tätig war, als auch Vidali selbst (Codename ‹Mario›) gehörten der NKWD-Abteilung für besondere Aufgaben (Attentate, Terror, Sabotage und Entführungen) an, die von Jakob Serebrianski geleitet wurde. Vidali wie auch Grigulewitsch waren später maßgeblich am ersten Versuch beteiligt, Trotzki zu ermorden.» (S. 353)

144 «der Mörder», «der Schakal», «der Gedungene»: Neruda, *Die Gedichte*, Bd. 1, S. 269.

Teil IV: Stalins Zitronen

Der Feuersteinweg

147 Esther Brookes, die Lehrerin: Esther Brookes in ihrer selbst verlegten Broschüre über das Häuschen in Wallington, dem sie den Namen Monks Fitchett gab.

148 ist die Landwirtschaft: s. John W.M. Wallace, *An Agricultural History of the Parish of Wallington: Farming from Domesday Onwards*, Wallington UK: Wallington Parochial Church Council 2010.

152 «Jeder Punkt eines Rhizoms»: Gilles Deleuze, Félix Guattari, *Tausend Plateaus*, hg. v. Günther Rösch, übers. v. Gabriele Ricke u. Ronald Voullié, Berlin: Merve 1992, S. 16.

152 a.a.O., S. 21.

153 «die zu Trägern eines Teiles unserer Gedanken»: Henry David Thoreau, *Walden oder Leben in den Wäldern*, übers. v. Emma Emmerich und Tatjana Fischer, Zürich: Diogenes 2015, S. 326.

155 «Seit dem Krieg habe ich mich ganz»: Charles C. Hurst, «Genetics of the Rose», *The Gardeners' Chronicle* Nr. 35–36, 14. Juli 1928.

156 «die fünfzig besten Duftrosen»: Der Katalog befindet sich unter seinen Papieren in der Cambridge University Library.

Reich der Lügen

158 «im größten Teil seiner Rede»: Alle drei Zitate: Orwell, «Zur Verhinderung von Literatur», in: *Rache ist sauer*, S. 77.

158 «Seine allererste Freiheit»: John R. Baker, «Science, Culture and Freedom», in: *Freedom of Expression: A Symposium*, London: Hutchinson International Authors Ltd. 1945, S. 118f.

159 «der weltweit einzige Mensch»: Gary Paul Nabhan, *Where Our Food Comes From: Retracing Nikolay Vavilov's Quest to End Famine*, Washington, DC: Island Press 2011, S. 11.

161 «dem der Neodarwinismus Platz macht»: Jossip Wissarionowitsch Stalin, «Anarchie oder Sozialismus», verfasst 1906/1907, in: J.W. Stalin, *Werke*, Bd. 1, Berlin: Dietz 1950, S. 257–323. http://www.mlwerke.de/st/st01/st01_257.htm. Letzter Zugriff 8. Februar 2022.

161 «Der Sozialismus ist eine Theorie»: Anton Pannekoek, Marxismus und Darwinismus (Vortrag), Leipzig: Verlag der Leipziger Buchdruckerei 1909, https://www.aaap.be/Pages/Pannekoek-de-1909-Marxismus-Und-Darwinismus.html. Letzter Zugriff 8. Februar 2022.

163 «Die Mendel'sche Vererbungslehre»: Julian Huxley, *Soviet Genetics and World Science*, London: Chatto and Windus 1949, S. 183.

166 der Dramatiker George Bernard Shaw: In einem Brief vom 2. März 1933 an den *Manchester Guardian* erklärt Shaw: «Besonders abstoßend und lächerlich ist das Wiederaufleben der alten Versuche, die Lebensumstände der russischen Arbeiter mit Sklaverei und Hunger gleichzusetzen, den Fünfjahresplan als gescheitert dar-

zustellen, die neuen Unternehmungen als bankrott zu bezeichnen und das kommunistische Regime so zu beschreiben, als taumelte es seinem Ende entgegen. [...] Wir wollen festhalten, dass wir nirgendwo Anzeichen der behaupteten wirtschaftlichen Sklaverei, Entbehrung, Arbeitslosigkeit und zynischen Hoffnungslosigkeit in Bezug auf Besserung gesehen haben, die das unvermeidliche und akzeptable Maß überschritten hätten und wie sie von der Presse in unseren eigenen Ländern aufgrund ‹fehlenden Nachrichtenwerts› ignoriert werden.»

166 Nur wenige Journalist*innen: Malcolm Muggeridge berichtete 1933 in mehreren Artikeln für den *Manchester Guardian*, Gareth Jones ebenfalls 1933 in mehreren Artikeln für die *New York Evening Post* und andere Zeitungen.

166 «das wichtigste Produkt der Sowjetunion»: Dieses Zitat und die weiteren Zitate stammen von Malcolm Muggeridge, der den Text am 27. März 1933 anonym im *Manchester Guardian* veröffentlichte.

167 «Wie viele andere, die voller Hoffnung»: Besprechung des Buchs *Assignment in Utopia* von Eugene Lyons durch Orwell in: *Orwell: An Age Like This*, S. 333. Ursprünglich erschienen in *The New English Weekly*, 9. Juni 1938.

167 «Die Formel 2 + 2 = 5»: Eugene Lyons, *Assignment in Utopia*, New York: Harcourt Brace & Co. 1937, S. 240.

168 «Erschießen war die bevorzugte Lösung»: Adam Hochschild, *Stalins Schatten. Gespräche mit Russen heute*, übers. v. Brigitte Flickinger, Göttingen: Steidl 1994, S. 15.

169 «Wir werden den Scheiterhaufen besteigen»: Wawilow, zitiert in Peter Pringle, *The Murder of Nikolai Vavilov: The Story of Stalin's Persecution of One of the Twentieth-Century's Greatest Scientists*, London: JR Books 2009, S. 231.

169 «Soso, [...] Sie sind also der Wawilow»: Simon Ings, *Triumph und Tragödie. Stalin und die Wissenschaftler*, übers. v. Brigitte Döbert, Hamburg: Hoffmann und Campe 2018, S. 336.

171 «Aus Weizen kann Roggen werden»: *Our Job Is to Make Life Worth Living*, Bd. 20 von *The Complete Works of George Orwell*, hg. v. Peter Davison, London: Secker & Warburg 1998, S. 214.

Herbeigezwungene Zitronen

172 Churchill oder seine Tochter: Auf https://ww2today.com/5th-february-1945-churchill-roosevelt-and-stalin-meet-at-yalta findet sich ein entsprechender Bericht eines Attachés, ein weiterer in der CIA-Zeitschrift *Studys in Intelligence* 46, Nr. 1, Pittsburgh: Government Printing Office 2002, S. 29 u. S. 102.

172 «Er ließ im Garten seiner Datscha»: Molotow in: Zhores A. Medvedev u. Roy A. Medvedev, *The Unknown Stalin*, New York: The Abrams Press 2004, S. 194. Dort heißt es auch: «Im Jahr 1946 war er besonders scharf auf Zitronen.»

173 Ein anderer hochrangiger Funktionär: V.M. Molotov u. Feliz Chuev, *Molotov Remembers: Inside Kremlin Politics*, Chicago: Ivan R. Dee 2007, S. 175. Der Funktionär war Akaki Iwanowitsch Mgeladze, ehemaliger Erster Sekretär des Zentralkomitees der Kommunistischen Partei Georgiens.

173 «[E]r mochte die Natur nicht nur betrachten»: Swetlana Allilujewa, *Zwanzig Briefe an einen Freund*, übers. v. Xaver Schaffgotsch, Zürich-Wien-Frankfurt: Fritz Molden 1967, S. 51.

173 «Sorgt dafür, dass sie sich an die Kälte gewöhnen!»: Aus dem Buch *Stalin's Near Dacha* (auf Russisch).
«Céалин. Больêая книга о нем» Ŭоллекéив авéоров под редакцией А.И. Анийкина. Глава 16. Эвкалипéы и лимоны. *Stalin: Ein großes Buch über Ihn*, hg. v. A.I. Aniskin, Moskau: ACT 2014, S. 324.

173 «werden wir nämlich alle miteinander geköpft»: Lewis Carroll, *Alice im Wunderland*, übers. v. Christian Enzensberger, Frankfurt a.M.: Insel 1975, S. 81.

175 «Wirklich beängstigend»: Orwell, As I Please, *Tribune*, 4. Februar 1944, und in: *George Orwell: As I Please*, S. 88.

175 «Wer die Vergangenheit kontrolliert»: Orwell, *1984*, S. 42.

175 «Etwa ein Vierteljahrhundert nach seinem Tod»: Nabhan, *Where Our Food Comes From*, S. 176.

Teil V: Rückzüge und Angriffe

Einhegungen

179 «Manche Gärten gelten»: Ian Hamilton Finlay, u.a. in Robin Gillanders, *Little Sparta*, Edinburgh: Scottish National Portrait Gallery 1998.

180 «[...] wir müssen unseren Garten bestellen»: Voltaire, «Candide oder der Optimismus», in: Voltaire, *Sämtliche Romane und Erzählungen*, Bd. 1, übers. v. Ilse Lehmann, Frankfurt a.M.: Insel 1976, S. 390.

181 «die politisch dominanten Landbesitzer»: Peter Linebaugh, *Stopp, Thief!*, Oakland, CA: PM Press 2013, S. 144.

182 «Freiheit grenzenlos prägte das lebhafte Bild»: John Clare, «Die Moore» («The Mores»), in: ders., *A Language that is Ever Green*, zweispr. Ausg., hg. u. übers. v. Manfred Pfister, Berlin: Das kulturelle Gedächtnis 2021, S. 128ff., hier S. 129.

182 «sagt verschreckte Freiheit»: a.a.O., S. 133.

182 «Vögel, Bäume, Blumen»: ebd.

182 «Mr. Forster aus Royston»: Arthur Young, *A General View of the Agriculture of Hertfordshire Drawn Up for the Consideration of the Board of Agriculture and Internal Improvement*, London: Gedruckt v. B. McMillan 1804, S. 48.

183 «Die Natur wurde mitsamt»: Ann Bermingham, *Landscape and Ideology: The English Rustic Tradition, 1740–1860*, Berkeley: University of California Press 1986, S. 1.

184 «zunehmend natürlich wirkten»: a.a.O., S. 13f.

184 «Was sind das für Zeiten»: Bertolt Brecht, «An die Nachgeborenen», in: ders., *Ausgewählte Gedichte*, Auswahl von Siegfried Unseld, Frankfurt a.M.: Suhrkamp 1964, S. 56ff., hier S. 56.

184 «Die Welt bricht zusammen»: Henri Cartier-Bresson zit. in Estelle Jussim u. Elizabeth Lindquist-Cock, *Landscape as Photograph*, New Haven, CT: Yale University Press 1985, S. 140.

185 «Gemäß jüngsten Angaben»: Rachel Elbaum, «Australian crews race to contain blazes ahead of heat wave later this week», NBC News, 7. Januar 2020, https://www.nbcnews.com/news/world/australian-crews-race-contain-blazes-ahead-heatwave-later-week-n1111656. Letzter Zugriff 8. Februar 2022.

186 «Die meisten Sprösslinge der Mittelklasse»: Orwell, «Im Innern des Wals», in: *Im Innern des Wals*, S. 102.

187 Wandmalerin Juana Alicia: Die Arbeiten von Juana Alicia sind auf https://juanaalicia.com/ zu sehen.

Von vornehmer Herkunft

190 «Da nicht bekannt ist»: Katharine Baetjer, *British Paintings in the Metropolitan Museum of Art, 1575–1875*, New Haven, CT: Yale University Press, S. 64.

191 «[e]in jüngerer Sohn [...] in dynastischer Hinsicht»: Katharine Baetjer, *British Portraits in the Metropolitan Museum of Art*, New York: The Metropolitan Museum 1999, S. 27.

191 Das Honorar für Reynolds: Baetjer, *British Paintings in the Metropolitan Museum of Art*, S. 65.

192 «Und sie lehrte mich noch so viel mehr»: Mary Prince, *The History of Mary Prince, a West Indian Slave, Related by Herself*, London: F. Westley u. A. H. Davis 1831, S. 6.

192 «sehr klein und vor allem voller Ahnenbilder»: Eileen O'Shaughnessy Blair in: *The Lost Orwell*, S. 65.

193 «Seit Generationen»: Orwell, *Auftauchen, um Luft zu holen*, S. 171.

196 «Erst in den letzten zwanzig Jahren»: *Slavery and the British Country House*, hg. v. Madge Dresser u. Andrew Hann, Swindon, UK: English Heritage 2013, S. 13, https://historicengland.org.uk/images-books/publications/slavery-and-british-country-house/. Letzter Zugriff 8. Februar 2022.

197 «Was Großbritannien insgesamt betrifft»: a.a.O., S. 20.

Zucker, Mohn, Teak

198 «In einem Verzeichnis der Blair'schen Plantage»: https://www.ucl.ac.uk/lbs/estate/view/1789.

199 «Quelle an einem spitzen Hügel»: David Mills, *A Dictionary of English Place Names*, Oxford: Oxford University Press 2011, S. 356.

199 *Oran* beziehungsweise *ora* bedeutet: Walter W. Skeat, *The Place Names of Suffolk*, Cambridge: Cambridge Antiquarian Society 1914, S. 114.

199 «Eibenholz»: W.J.N. Liddal, *The Place Names of Fife and Kinross*, Edinburgh: William Green and Sons 1896, S. 45.

200 Beide waren eher Bürger des Empire: Zu den zahlreichen Quellen im Zusammenhang mit Orwells Herkunft zählt Peter Stansky u. William Abraham, *The Unknown Orwell*, New York: Alfred A. Knopf 1972, S. 4–9. Auch Gordon Bowkers Biografie *George Orwell*, London: Abacus 2003, S. 3–10, beschäftigt sich mit dem Thema.

201 «Englands Nationalblume»: Garry Littman, «A Splendid Income: The World's Greatest Drug Cartel», *Bilan*, 24. November 2015, https://www.bilan.ch/opinions/garry-littman/_a_splendid_income_the_world_s_greatest_drug_cartel. Letzter Zugriff 8. Februar 2022.

201 «Wir Anglo-Inder könnten fast erträglich sein»: George Orwell, *Tage in Burma*, übers. v. Susanna Rademacher, Zürich: Diogenes 1982, S. 45.

202 Zu diesen Ahn*innen zählen: Die Auflistung habe ich zum Teil aus Genealogie-Websites zusammengestellt, die es mir ermöglichten, ein bisschen über die veröffentlichten Daten hinaus zu recherchieren.

Old Blush

203 «Es fällt in diesem Zusammenhang weder leicht»: «The Drumbeats of Fashion», *Washington Post Magazine*, 10. März 1985.

207 besprühen oder berieseln: Zur Etymologie des Wortes *Chintz* s. Rosemary Crill, *Chintz: Indian Textiles for the West*, London: Victoria and Albert Publishing in association with Mapin Publishing 2008, S. 9.

207 «[...] Chintz und bemalter Kattun»: a.a.O., S. 16.

207 Der gestreifte Chintz von Richard Ovey: Abgebildet in Linda Eaton, *Printed Textiles: British and American Cottons and Linens, 1700–1850*, New York: The Monacelli Press 2014, S. 108.

208 «Wahr' deine Knospen, Rosenstrauch»: Robert Herrick, «Lied», in: *Lieder aus der Fremde*. In Beiträgen von Friedrich Bodenstedt u.a., hg. v. Hermann Harrys, dieses Gedicht übers. v. Hermann Harrys, Hannover: Carl Rümpler 1857, S. 278.

208 «Durch das Aufkommen der Chinarose»: Charles C. Hurst, «Notes

on the Origin and Evolution of Our Garden Roses», *Journal of the Royal Horticultural Society* 66 (1941), S. 73–82.

209 Mortimer Sackler, dem aus Brooklyn stammenden: David Austin, *Faszination Englische Rosen*, übers. v. Stefan Leppert, München: Deutsche Verlags-Anstalt 2017. Auf S. 286 heißt es: «‹Mortimer Sackler› bildet einen großen Strauch, der viel Platz benötigt.»

210 «Es geschieht zweimal im Jahr»: Yonatan Mendel, «A Palestinian Day Out», *London Review of Books*, 15. August 2019, https://www.lrb.co.uk/the-paper/v41/n16/yonatan-mendel/diary. Letzter Zugriff 9. Februar 2022.

Blumen des Bösen

212 «Ich kann Ihnen nicht sagen, wie wütend»: Jamaica Kincaid, *Nur eine kleine Insel*, übers. v. Ilona Lauscher, München: Knaur 1993, S. 31f.

213 «Fast so, als schämten sie sich»: Jamaica Kincaid, *Mein Garten(Buch)*, übers. v. Renate Orth-Guttmann, Frankfurt a.M.: Heinrich & Hahn 2005, S. 102.

213 «Der große Abraham Lincoln»: Jamaica Kincaid, «Inside the American Snow Dome», *Paris Review*, 11. November 2020, https://www.theparisreview.org/blog/2020/11/11/inside-the-american-snow-dome/. Letzter Zugriff 9. Februar 2022.

214 «Ich kenne die Namen der Pflanzen nicht»: Jamaica Kincaid, «Flowers of Evil», *New Yorker*, 5. Oktober 1992, S. 156.

215 «Ich hatte das alles vergessen»: Jamaica Kincaid, «Mariah», *New Yorker*, 26. Juni 1989, S. 32 u. 35.

215 «Ich mag Narzissen nicht»: Jamaica Kincaid, «Alien Soil», *New Yorker*, 21. Juni 1993, S. 51.

215 «Aus meiner kindlichen Perspektive»: Jamaica Kincaid, «Garden Inspired by William Wordsworth's Dances with Daffodils», *Architectural Digest*, Mai 2007, https://www.architecturaldigest.com/story/gardens-article. Letzter Zugriff 9. Februar 2022.

216 «Der Frost hat außer ein paar Rosenkohlröschen»: *George Orwell Diaries*, S. 261.

217 «[...] damit man in England relativ komfortabel»: Orwell, *Der Weg nach Wigan Pier*, S. 156.

217 «Sie haben die Wahl»: George Orwell, «Do Our Colonies Pay?», in: *Orwell in Tribune*, S. 301.

Teil VI: Der Preis der Rosen

Schönheitsprobleme

221 «das rasante Verschwinden englischer Blumennamen»: Orwell, As I Please, 21. April 1944, in: *Orwell in Tribune*, S. 129.

221 «ein nebensächlicher englischer Wesenszug»: George Orwell, «The Lion and the Unicorn: Socialism and the English Genius», veröffentlicht 1941 als kleines Buch sowie in: *Orwell: My Country Right or Left*, Boston: David R. Gorine 2000, S. 58f.

222 «Briefmarkensammler, Taubenliebhaber»: Orwell, «The Lion and the Unicorn», in: *Orwell: My Country Right or Left*, S. 59.

224 «Die Schönheit rühmt er so gut wie nie»: John Carey, Vorwort zu *George Orwell: Essays*, New York: Alfred A. Knopf 2002, S. XV.

224 «Wenn ein Parteimitglied so etwas besaß»: Orwell, *1984*, S. 111.

225 «etwas zu betrachten oder sich anzuhören»: Elaine Scarry, *On Beauty and Being Just*, Princeton, NJ: Princeton University Press 1999, S. 61.

226 «das dem Eingreifen in das Gesehene»: ebd.

227 «Wir waren einfach zu beschäftigt»: Zoe Leonard in einem Interview mit Anna Blume, Anthony Meier Fine Arts, www.anthonymeierfinearts.com/attachment/en/555f2a8acfaf3429568b-4568/Press/555f2b29cfaf3429568b5c35. Letzter Zugriff 9. Februar 2022.

In der Rosenfabrik

231 einen umfangreichen Bericht: Nates Bericht aus dem Jahr 2017 hat den Titel *Mother's Day in the Flower Fields: Labor Conditions and Social Challenges for Columbia's Flower Sector Employees* und wurde von Project for International Accompaniment and Solidarity sowie von Global Exchange veröffentlicht. http://pasointernational.org/en/2017/05/new-report-mothers-day-in-the-flower-fields/. Letzter Zugriff 9. Februar 2022.

238 «Nur ganz selten»: Orwell, *Der Weg nach Wigan Pier*, S. 34.

Der kristallene Geist

239 «Es stimmt, dass die literarische Qualität»: George Orwell, «Politik contra Literatur: Eine Untersuchung von Gullivers Reisen», in: *Rache ist sauer*, S. 132.

240 «Das Erste, was wir von einer Mauer verlangen»: George Orwell, «Vorrecht des Klerus. Einige Bemerkungen über Salvador Dalí», in: *Rache ist sauer*, S. 46f.

241 «Einen Tag, ehe ich in die Miliz eintrat»: Orwell, *Mein Katalonien*, S. 7f.

242 «Kellner und Ladenaufseher»: Orwell, a.a.O., S. 9f.

242 «Aber was ich in deinem Gesicht»: Orwell, «Rückblick auf den Spanischen Krieg», in: *Das George Orwell Lesebuch*, S. 174.

243 «In Wallington. Überall Krokusse»: *George Orwell Diaries*, S. 330, Eintrag vom 4. März 1941.

244 «Selbst wenn sie rein technisch gesehen»: Transkript des Films *The Trials of J. Robert Oppenheimer*, Regie David Grubin, gesendet am 26. Januar 2009 von PBS, https://www-tc.pbs.org/Oppenheimer_transcript. Letzter Zugriff 9. Februar 2022.

Die hässliche Seite der Rosen

247 «Zärtlichkeiten, die schweben»: Rainer Maria Rilke, «Die Rosen», in: ders., *Les Roses – Die Rosen. Les Fenêtres – Die Fenster*, zweispr. Ausgabe, übers. v. Yvonne Goetzfried, Cadolzburg: ars vivendi 2001, S. 27.

248 «Schön ist die Rose»: Shakespeare, *Die Sonette*, S. 61.

Schnee und Tinte

257 «Miller schreibt über den Mann»: Orwell, «Im Innern des Wals», in: *Im Innern des Wals*, S. 91.

258 «Täuschung und Gewalt sind die zwei Formen»: Sissela Bok, *Lying*, New York: Vintage 1999, S. 18.

261 «Der ideale Untertan totalitärer Herrschaft»: Hannah Arendt, *The Origins of Totalitarianism*, New York: Harcourt Brace & World 1951, S. 474.

261 «der Mensch [...] nicht nur das Vertrauen»: a.a.O., S. 477.

262 «integrale Bestandteile»: Orwell, «Zur Verhinderung von Literatur», in: *Rache ist sauer*, S. 83.

262 «Vom totalitären Standpunkt ist Geschichte»: a.a.O., S. 83f.

263 «Um vom Totalitarismus korrumpiert zu werden»: a.a.O., S. 89.

263 «Der bombastische Stil»: George Orwell, «Politics and the English Language», in: *George Orwell: In Front of Your Nose*, S. 136.

263 «Heutzutage ist politisches Reden»: ebd.

264 «Wenn zwischen den wahren und den verlautbarten Zielen»: ebd.

265 «Siehst du denn nicht»: Orwell, *1984*, S. 62.

265 «Es konnte nicht in seinem alten Sinn»: a.a.O., S. 343.

265 «dass die Fantasie sich wie bestimmte Tierarten»: Orwell, «Zur Verhinderung von Literatur», in: *Rache ist sauer*, S. 96.

266 «Sinn für Schönheit der Umwelt»: Orwell, «Warum ich schreibe», in: *Das George Orwell Lesebuch*, S. 24.

266 «wollte [ich] große naturalistische Romane»: a.a.O., S. 22f.

266 «Bei einem Rückblick auf mein Werk»: a.a.O., S. 30.

267 «In friedlichen Zeiten»: a.a.O., S. 25.

267 «Während der letzten zehn Jahre»: a.a.O., S. 27f.

267 «Aber ich könnte weder ein Buch»: a.a.O., S. 28.

268 «Vor allem möchte mein Mann»: Brief an Victor Gollancz, *Facing Unpleasant Facts, 1937–1939*, in: *The Complete Works of George Orwell*, Bd. 11, hg. v. Peter Davison, London: Secker & Warburg 1998, S. 356.

268 «Zum ersten Mal in meinem Leben»: Orwell, *Der Weg nach Wigan Pier*, S. 21, mit Ausnahme des Wortes «kopulieren».

Teil VII: Orwell, Der Fluss

Ein Verzeichnis von Freuden

274 «den Figuren an der Fassade»: Coppard u. Crick, *Orwell Remembered*, S. 171.

274 «Dieses Ms. ist in einen Bombenangriff geraten»: *George Orwell: A Life in Letters*, S. 236.

275 Eileen sagte einmal: Bernard Crick, *George Orwell. Ein Leben*, übers. v. Friedrich Polakovics unter Mitwirkung v. Harald Raykowski, Frankfurt a.M.: Insel 1984, S. 578.

277 «Zuallererst Bücklinge»: «In Defence of English Cooking», in: *George Orwell: Collected Essays*, hg. v. John Carey, New York: Everyman's Library 2002, S. 971f.

278 «schönsten Schätze entdeckt man nie»: George Orwell, «Just Junk – But Who Could Resist It?», *Evening Standard*, 5. Januar 1946, und in: *Smothered Under Journalism*, S. 18.

278 «Sogar in den Namen der gewöhnlichsten Fische»: Orwell, *Auftauchen, um Luft zu holen*, S. 96.

279 «in die ein Stück Koralle»: Orwell, «Just Junk – But Who Could Resist It?», *Evening Standard*, 5. Januar 1946, und in: *Smothered Under Journalism*, S. 18.

279 «die Dohle in uns allen»: Orwell, «Just Junk – But Who Could Resist It?», *Evening Standard*, 5. Januar 1946, und in: *Smothered Under Journalism*, S. 19.

280 «möchte [er] seine journalistische Arbeit»: Fredric Warburg, Brief an Roger Senhouse in: *Smothered Under Journalism*, S. 38.

280 «Sancho-Pansa-Sicht»: George Orwell, «The Art of Donald McGill», in: *Orwell: My Country Right or Left*, S. 162f.

280 «Es ist schrecklich kalt hier»: George Orwell, Brief an Geoffrey Gorer, 22. Januar 1946, in: *Über George Orwell*, S. 140.

280 «Es gibt das Wetter für den Liegestuhl»: Dieses Zitat und die folgenden Zitate: George Orwell, «Bad Climates Are Best», *Evening Standard*, 2. Februar 1946, und in *Smothered Under Journalism*, S. 90ff.

281 «Das gemaserte Holz»: George Orwell, «The Moon Under Water», *Evening Standard*, 9. Februar 1946, und in: *Smothered Under Journalism*, S. 99.

282 «Inzwischen wächst die Macht»: Orwell, As I Please, *Tribune*, 11. Januar 1946, und in *Smothered Under Journalism*, S. 32.

283 «aber das schiebe ich vor mir her»: George Orwell, Brief an Dorothy Plowman, 19. Februar 1946, in: *Smothered Under Journalism*, S. 115f.

283 «Eigentlich gibt es in meinem Leben»: George Orwell, Brief an Anne Popham, 15. März 1946, in: *Smothered Under Journalism*, S. 153f.

284 «Im Frühjahr, nach ihrem langen Winterschlaf»: Orwell, «Gedanken über die gemeine Kröte», in: *Rache ist sauer*, S. 97.

284 «eine Periode intensiver Geschlechtlichkeit»: ebd.

284 «das Laichen der Kröten»: a.a.O., S. 98.
284 «viele Leute eine Abneigung»: ebd.
284 «Wie oft habe ich Kröten»: a.a.O., S. 102.
284 «Morgen fahre ich nach Wallington»: George Orwell, Brief an Inez Holden, 9. April 1946, in: *Smothered Under Journalism*, S. 230.
285 «Neulich war ich einen Tag lang»: Orwell, «A Good Word for the Vicar of Bray», in: *Smothered Under Journalism*, S. 260.
285 «kleinen, nicht mehr genutzten Speicherbecken»: George Orwell, Brief an Anne Popham, 18. April 1946, in: *Smothered Under Journalism*, S. 249. Offenbar ließ er die Briefe zurück, und Esther Brookes, die das Häuschen nach Orwells Auszug kaufte, verbrannte sie.
286 «Die Polyantha-Rosen»: *George Orwell Diaries*, S. 418.
287 Obendrein war die Stadt nach dem Krieg: Betsy Mason, «Bomb-Damage Maps Reveal London's World War II Devastation», *National Geographic*, 18. Mai 2016, https://www.nationalgeographic.com/science/article/bomb-damage-maps-reveal-londons-world-war-ii-devastation. Letzter Zugriff 10. Februar 2022.
287 «Ich denke ständig an meine Hebriden-Insel»: *George Orwell Diaries*, S. 288.
288 «dass er sich während der Bombardierungen»: Susan Watson in Coppard u. Crick, *Orwell Remembered*, S. 220.
288 «weil es auf der Insel»: George Orwell, Brief an Michael Meyer, 23. Mai 1946, in: *George Orwell: A Life in Letters*, S. 312.
289 In einem kurz zurückliegenden Gespräch: Richard Blair in einem Gespräch für die Orwell Society, 21. Februar 2021. «The Orwell Society George Talk Barnhill A Most Ungetatable Place», The Orwell Society, 22. Februar 2021, YouTube-Video, 1:20:44, https://www.youtube.com/watch?v=BBReoKNoB7M. Letzter Zugriff 10. Februar 2022.
289 «erkläre ich dir, wie du hierherkommst»: George Orwell, Brief an Richard Rees, 5. Juli 1946, in: *George Orwell: A Life in Letters*, S. 317.
290 «Da der ‹Garten› von Barnhill»: E-Mail von Damaris Fletcher an die Autorin, 25. September 2020. Rings um das Schloss auf der etwas nördlicher gelegenen Isle of Skye gibt es noch immer große Blumengärten, und Bernard Crick schreibt in seiner Orwell-Biografie: «Das Klima war mild. Literaturkritiker haben lange Erwägungen über Orwells Persönlichkeit und seine letzten Veröffentlichungen

auf klimatologische Fantastereien aufgebaut. [...] Dreißig Kilometer weiter südlich in der Meerenge von Jura beispielsweise liegt die Insel Gigha mit den Gärten von Achamore House, deren Baumbestand und Sammlungen von Rhododendren, Kamelien und Azaleen zu den schönsten auf den Britischen Inseln gehören.» Bernard Crick, *Orwell. Ein Leben*, S. 685.

291 «einer Tasse mahagonibraunen Tees»: George Orwell, *Tribune*, 15. Februar 1946, und in: *Smothered Under Journalism*, S. 108. Es soll nicht unerwähnt bleiben, dass er sich unter dem Leser einen Mann vorstellt, dessen Frau «bereits im Sessel eingeschlafen ist».

291 «Kinderkrippen und Mütterberatungsstellen»: George Orwell, «On Housing», *Tribune*, 25. Januar 1946, und in: *Smothered Under Journalism*, S. 78.

291 «Eine meiner eindrücklichsten Erinnerungen»: Richard Rees, *George Orwell: Fugitive from the Camp of Victory*, London: Secker & Warburg 1961, S. 151f.

«Wie die Hagebutte zur Heckenrose»

293 «Es ist erstaunlich, wie Schmetterlinge»: Vladimir Nabokov, *Erinnerung, sprich. Wiedersehen mit einer Autobiographie*, übers. v. Dieter E. Zimmer, Reinbek: Rowohlt 1995, S. 156.

295 «Er war bereits tot»: Orwell, *1984*, S. 35.

296 «Plötzlich stand er auf kurzem, federndem Rasen»: a.a.O., S. 37.

296 «Mit einer einzigen fließenden Bewegung»: a.a.O., S. 38.

296 «Mit dieser Anmut und Unbekümmertheit»: ebd.

296 «mit derselben großartigen Geste»: a.a.O., S. 143.

297 «Der Traum stand ihm immer noch»: a.a.O., S. 186.

297 «Es wäre ihr nie in den Sinn gekommen»: a.a.O., S. 187.

298 «ein kleines Stück Geschichte»: a.a.O., S. 166.

298 «Der Briefbeschwerer war das Zimmer»: a.a.O., S. 168.

298 «eine unförmige Frau»: a.a.O., S. 157.

299 «Man gewann den Eindruck»: a.a.O., S. 162.

299 «schmalzigen Song»: ebd.

299 «in eine längst vergangene Zeit [gehörte]»: a.a.O., S. 37.

299 «Die Partei befahl, man dürfe»: a.a.O., S. 95.

300 «Wir machen die Gesetze der Natur»: a.a.O., S. 304.

300 «ging ihm zum ersten Mal auf»: a.a.O., S. 252f.

301 «Sie hatte ihre Blütezeit gehabt»: a.a.O., S. 253.

301 «Wenn es noch Hoffnung gibt»: a.a.O., S. 81 u. 96. Sinngemäß S. 100 u. 254.

302 «Man hat Orwell Verbitterung»: Margaret Atwood, «Orwell and me», *Guardian*, 16. Juni 2003, https://www.theguardian.com/books/2003/jun/16/georgeorwell.artsfeatures. Letzter Zugriff 10. Februar 2022.

302 «Der Essay über Neusprech»: Atwood, «Orwell and me», *Guardian*.

303 «Früher, dachte er»: Orwell, *1984*, S. 145.

304 «Schon der Versuch, nach vorn zu blicken»: Octavia Butler, «A Few Rules for Predicting the Future».

305 «Seit mir klar war»: *George Orwell: A Life in Letters*, S. 377.

306 «Rosen, Mohnblumen, Nelken»: *George Orwell Diaries*, S. 541.

306 «Überall Schneeglöckchen»: *George Orwell Diaries*, S. 562.

306 «Manchmal vom Meer oder von der Küste»: *Our Job Is to Make Live Worth Living*, S. 203.

307 «Mein Roman *1984*»: *Life*, 25. Juli 1949, und in: *Our Job Is to Make Live Worth Living*, S. 135.

309 «Das Wesentliche des Menschseins»: George Orwell, «Gedanken über Gandhi», in: ders.: *Rache ist sauer*, S. 165.

309 «Unsere Aufgabe besteht darin»: a.a.O., S. 163.

Orwell, Der Fluss

312 «Im Jahr 885»: Alle historischen Informationen über den Orwell: W.G. Arnott, *Orwell Estuary: The Story of Ipswich River (with Harwich and the Stour)*, Ipswich, UK: Norman Adlard & Co. 1954.

Bildnachweis

Der Prophet und der Igel D. Collings, Die Ziege Muriel, *1939 (Porträt Orwells in Wallington.)* Abdruck mit freundlicher Genehmigung des Orwell Archive, University College London.

Unter der Erde *Das unbetitelte Foto des Fotografen Sasha, Pseudonym des Briten Alexander Stewart, zeigt zwei Bergarbeiter mit einem Förderwagen. Zeche Tilmanstone, Kent 1930.*
D and S Photography Archives/Alamy Stock Photo.

Brot und Rosen *Tina Modotti*, Roses, Mexico, *1924*. Abdruck mit freundlicher Genehmigung der Michael Mattis and Judy Hochberg Collection.
Rückseite des Fotos Rosen, Mexiko *von Tina Modotti, 1924, mit Vittorio Vidalis Stempel*. Abdruck mit freundlicher Genehmigung der Michael Mattis and Judy Hochberg Collection.

Stalins Zitronen *Jakow Guminer*, 2 + 2 plus die Begeisterung der Arbeiter = 5, *1931*. Abdruck mit freundlicher Genehmigung der Marx Memorial Library, London.

Rückzüge und Attacken *Sir Joshua Reynolds*, The Honorable Henry Fane (1739–1802) mit Inigo Jones und Charles Blair, *1761–66*. Aus der Sammlung des Metropolitan Museum.

Der Preis der Rosen *Rosenproduktion in der Nähe von Bogotá, Kolumbien, 2019*. Foto der Autorin.

Orwell, der Fluss *Vernon Richards*, Orwell mit seinem Sohn, *1945*. Abdruck mit freundlicher Genehmigung des Orwell Archive, University College London.

Register